[长篇小说]

爱情万岁

上

黄晓阳 著

重庆出版集团 重庆出版社

生命的河里
流淌的并不仅仅是血液
还有传承

——献给父亲母亲!

目　录

01　解放区的天是明朗的天 / 1

　　天真的是变了。王志坚屁颠屁颠跳跑过来，手舞足蹈地挥着那双短而粗的手，露出满嘴被烟熏黄的牙，大声地说："快喽，快喽，解放军已经入城喽，转眼就要到喽。快去后台准备好喽。"方子衿弯腰拾起一位同学掉下的彩带，迈开优雅的双腿往后走，同时跟着广播乐曲哼起了刚刚才学会的今天要演唱的歌曲："解放区的天是明朗的天，解放区的人民好喜欢。"

02　毛主席派来的救命恩人 / 19

　　从楚乡码头上岸，县委书记带着一帮人在码头迎接他们。县委书记说，你们是党和毛主席派来的救命恩人。山区的老百姓缺医少药到了什么程度，不亲自见一见，你们是想象不到的。有时候，一片阿司匹林就可以救活一条命。当然，山区还不是非常太平，山里既有国民党反动派化整为零潜伏下来的特务，也有占山为王的土匪，还有老虎呀狼呀。

03　男人是世界上最可恶的动物！ / 45

　　从他们的话语和目光之中，方子衿再一次看透了男人的欲望。他们艳美陆秋生，也嫉妒陆秋生，甚至为陆秋生将这样的美女抢走而惋惜不已。面对这些人，方子衿脸上挤出一种矜持的笑容，心中却在想：如果给他们机会，他们会不会像方家坝子那些人对待母亲一样对待自己？这个答案甚至不是她自己得出的，而是那些男人的目光泄露的。

04　你等着我，一定要好好等着我 / 78

　　仅仅几分钟，汽车驶过了这座铁桥。桥的另一端，仍然有军人站岗。

白长山想，自己已经踏上了朝鲜的土地。他抬头看了看天，天是黑的，没有月亮，也看不到星星。在那一瞬间，白长山再一次想起那个注定要在他的生命旅程留下永恒印记的女人。他在心里默默地说：我的女人，你等着我，你一定要好好等着我。我会从朝鲜带着立功的勋章回来娶你。

05 朝鲜战场来的金达莱花 / 110

他突然有一种强烈的冲动，要好好地给这个叫方子衿的女孩回一封信，要写得有诗意，要充满感情。光写一封信还不够，应该回赠她的玫瑰花。可这是在战场上，又是大冬天的，什么都没有。如果是春天的话，他或许可以采几枝金达莱花夹在信里。在朝鲜，最常听到的就是金达莱，许多人的名字就叫金达莱，可他还真的没见过金达莱花是什么样的。

06 看一场美的舞蹈，看一片巨大的废墟 / 128

余珊瑶仔细地洗着自己的双手。她的双手非常美，牛奶一样洁白细腻，青葱一样纤巧，冰凌一样晶莹修长。洗手是医生最常做的一件事，以前跟着余珊瑶学医的时候，方子衿最喜欢看她洗手，或者说最喜欢看她这双手，那简直就是看一场美的舞蹈。可现在，她的看法全都变了，再看她的时候，就是在看一片巨大的废墟，有着触目惊心的苍凉。

07 她看不到属于白长山的那颗星 / 151

方子衿的心突然一阵疾跳。这是在催婚了。她再一次抬头看了看北方的天空。天空被竹叶挡住了，她看不到属于白长山的那颗星。难道这就是自己的命运？陆秋生见她不说话，说他不着急，主要是老太太总是一封接着一封信催他，催得人心烦，他干脆给老太太回信，说自己一辈子不结婚了，把老太太吓坏了。方子衿说，你不应该这样对待你妈。陆秋生沉默了。

08　就算一生当你的第二，我也会觉得幸福／167
方子衿在上面探出头，看着他弯腰穿鞋的背影，心空突然被怅然充满。他穿好了鞋子，站起来，仰脸看着她，对她说，现在我知道了，我是第二。子衿，我对你说，你不要为此愧疚，就算我一生当你的第二，我也会觉得非常幸福。追求你的第一去吧，不要考虑那么多，我祝福你。他转身离开。方子衿想叫住他，可她的嘴张开之后，实在不知该说点什么。

09　哥，快来娶我吧／200
她默默地祈祷朝鲜战争早点结束。白长山对她说过，只要战争一结束，他回国后的第一件事，就是和她结婚。她期待着那一刻，期待着以洁白的爱意和饱满的欢畅展现在白长山的面前，在他火一般的激情和水一般的柔情中，完成她这一生中激动人心也是最为神圣的进献。哥，快来娶我吧。让我早一天逃离这黑暗的陷阱吧。

10　只要让我爱你，我就是世上最幸福的人／235
因为她的心是属于白长山的，不可能给别人，所以随便找个人嫁了。陆秋生说，子衿，你真傻。就算你要嫁，你也应该嫁给我。我不在乎你的心给了谁，我只要你让我对你好。当初我之所以远离你，是因为你爱他，他也爱你。他能给你的，我没法给你。你跟他比跟我更幸福。你让我么样说？如果你要嫁一个你不爱的人，这个世界上，没有人比我更适合了。我不在乎你是不是把你的心给了别人，只是让我爱你，我就是这个世上最幸福的人。

11　我要离婚，我要和赵文恭离婚 / 270

赵文恭被划成右派，对自己和孩子的未来，到底会产生什么样的影响？不行，他给她带来的是太惨的记忆，不能再让他对孩子产生不利的影响了。她的心中，曾无数次冒出过离婚的念头，现在，离婚的欲望，在她的心中强烈地升起，就像是初春的嫩叶，突破枯老的树皮，执拗地探出头来。她在心里大声地喊叫着，不，不能再这样下去了，我要离婚。

12　长江是苦的，黄河也是苦的 / 300

她很想对他大声地说，我想再重复一次吗？我想过得这样悲惨吗？这是我的错吗？我不期望美好的爱情吗？可是，这个世界偏偏要和我作对，要让我和心爱的人永远分开，我能有么办法？她肚子里全都是苦水，倾泻到长江，长江是苦的，倾倒进黄河，黄河是苦的。可是，她哪里都不能倒，她只能深深地埋在心里，让它在心里腐烂，在心里苦着自己。

01　解放区的天是明朗的天

　　白长山一脚踩向刹车，拉了一下离合器，车子很乖巧地停下来。白长山伸手去推车门，那门不灵巧，推不开。他侧转身子，双腿弯曲，猛地一齐向前伸去，脚上的翻毛皮鞋轰然踹在车门上，咣的一声，门开了。接着是轰的一声巨响，车门在厢板上撞了一下，反弹回来。眼看要再一次关上，白长山再将腿伸了伸，刚好顶住正要合上的车门。

　　他从车上下来，站在路边。勤务兵一路奔跑着传达首长的命令，等待轮渡过江，所有汽车原地待命。许多战友向不远处的土堤走，白长山也跟了过去。土堤上长满了草，在风中摇摆着。他和战友们站成一排，面向着一条大河。流水混浊湍急，滚滚而下。有人激动地叫，长江，我看到长江了。他和战友们站成一排，叉开双腿站好，解开裤扣，将自己硕大的宝贝抠出来。一股力量将臀部向上提了一下，立即有一股温热向前扑腾而出，哧哧地冲向那奔拉着的蔓草。蔓草于是像一群获得爱情滋润的少女般扭动起柔韧的腰肢。

　　他的身后，也有一条奔腾的长江，但流淌的不是水而是铁甲。首长说，解放战争进入尾声，等全国解放了，都回家抱婆娘日鬼去，给老子日一群龟孙子出来。

1

白长山抖了抖宝贝,有点依依不舍地往裤子里面塞。日鬼,真是日鬼吧。都二十二年了,这宝贝连主儿都没找着呢。他看了看天,希望老天告诉他,这宝贝的主人是何方圣女?天是晴朗的,皓月当空,繁星点点。形势的发展,快得出乎意料。一个月前,大家紧张地准备在宁昌打一个大仗,没料到白崇禧在一夜间夹着尾巴逃出了宁昌。白长山和他的铁甲车队甚至来不及停下来喘口气,便接到了新的命令。夜优美而且宁静,如同一首乡间小调,山泉般潺潺迤迤。时世如长江,飞流直下,一日千里。他们的目标是南方。南方在他的心里是朦胧而又美丽的,就像那个注定要走进他的心里,而目前仍然不知身在何方的女人。

在几百公里之外的恒兴,方子衿也正好抬头看天。天是暗灰色的,显得很厚很重,像是要下雪了。七月自然没有下雪一说,即将到来的,应该是一场雨,却也不像是那种暴烈桀骜的夏雨,如果不是持续的炎热,这雨意倒像是到了隆冬。她再看看远处的山峦,山峦起伏着一种心情,黛青的波浪状中,游弋着薄薄的雾霭,更显几分凄迷。恒兴古城就在这种黛色的凄迷中静静地等待。接受一个完全不可测的未来时,恒兴古城显示了从未有过的冷静。

天已经变了。方子衿想。同时她又想,天真的变了吗?

西城公园无数的彩旗招展着快意,整个恒兴城,是标语的海洋,是彩旗的海洋。方子衿拉了拉显得有点短的戏服裙子,又趁着督学王志坚和其他人不注意,扯了一下戏服的前襟。这一切都没用,裙子还是短了,露出一截被肉色透明丝袜紧裹的腿。方子衿的个头不比同学高,腿却比她们的长,所以露出的部分更多一些。还有她的胸脯,被那衣服紧紧地束住,像是多出了两只大布袋子一般。她看了看公园正中空场上临时搭建起来的舞台,上面的大红横幅上是一排醒目的大字:解放军入城典礼。会场上空的广播喇叭正在播放《解放区的天是明朗的天》,乐曲非常欢快。

天真的是变了。

王志坚屁颠屁颠跳跑过来,手舞足蹈地挥着那双短而粗的手,露出满嘴被烟熏黄的牙,大声地说:"快喽,快喽,解放军已经入城喽,转眼就要到喽。快去后台准备好喽。"

方子衿弯腰拾起一位同学掉下的彩带,并没有像别人一样慌慌向后跑,而是迈开优雅的双腿往后走,同时跟着广播乐曲哼起了刚刚才学会的今天要演唱的歌曲:

解放区的天是明朗的天,解放区的人民好喜欢。

后台的一切都是忙碌的,可谁都不明白到底在忙些什么。时间转眼而逝,外面的嘈杂忽然间静了,代之而起的是整齐的歌声。接着,有人开始高声地喊口号,共产党万岁,毛主席万岁,解放军万岁。参加入城式的几千民众,也一起跟着喊起来,喊声震彻云霄。树枝间唧唧喳喳叫着的麻雀被这口号声吓住了,扑棱棱飞离了树枝。后台的女学生们一个跟着一个跑过去,拉起幕布的一角往外看。方子衿忍不住好奇,也跟了过去。她搬了一条化妆凳,垫在脚下,那张涂了油彩的漂亮的脸,因此就在所有同学的上面。她居高临下看到的是会场前彩带的海洋。海洋的当中,是一块空场,空场的尽头,是公园的大门。解放军的队伍从大门口进来,走在队伍最前面的,是两匹大白马和马上骑着的两个穿着黄布军装,腰间扎着武装带,别着手枪的军人。他们的后面,是好多人列队抬着的一挺重机枪。这东西让方子衿的一颗心猛地扑腾了几下,连忙将头缩了回去。

仪式十分热烈,开始是鸣礼炮,又是放鞭炮,掀天的锣鼓同时敲响了,整个古城为之震动。仪式结束,接着文艺演出开始。最初,场上显得有些沉闷,还闹了一些笑话。这些节目全都是临时赶排的,歌词以及舞蹈动作都不熟,又看到台下那么多枪炮,参加表演的女中学生难免会有些紧张。

好在方子衿这时上场了,她表演的是独舞《迎接亲人解放军》。表演这个舞蹈只要把握两条:一是踩准音乐节拍,二是表现出欢畅。做到这两点并不难,加上方子衿娇小的身材、姣好的容貌以及柔韧性极好的舞蹈动作,一下子将场中气氛推向了高潮。

整个会场,就像是情的海洋。原来是波澜不惊,方子衿成了闹海的哪吒,随着她的舞蹈动作,在场的所有人都沸腾起来。这些人中就有陆秋生。

陆秋生此时就站在台下看着方子衿。小号的黄布军装穿在他的身上显得有些大了，武装带扎在腰部，看上去就像是藕结一样。他看到方子衿在台上表演，脸上几颗若隐若现的麻子像珍珠一样亮起来，使得他那张长马脸星光灿烂。几天前，他随着一支解放军的小分队在夜色掩护下悄然进入恒兴古城时，恒兴的国民党政权在几个小时前已经逃走了，陆秋生迅速和恒兴的地下党联络，将国民党恒兴党部的牌取下来，挂上了中国人民解放军恒兴军事管制委员会的牌子，并且着手筹备这次入城式。

他的眼睛睁得大大的，整个人像根木柱子一样钉在那里。他的目光追随着台上的方子衿，她像一只轻巧的燕子，在那里翩翩飞翔着。她的身姿堤柳一样摇动，一条乌黑的独辫，一忽儿黑蛇一样在她浑圆的臀上扭摆，一忽儿像赶车把式手里的鞭子，弯曲着无数的风情，一忽儿又像是夏日的闪电，有一股巨大的力量从那里迸射而出。她每一次挺胸，挺出的都是万种风情千般神韵，胸前的两团肉，就像两颗出膛的炮弹，在即将喷薄而出的那一瞬间，又猛地向里面一收，像一朵绽开的荷花收起粉红色诱人的花瓣。空气中，仿佛有一根电线，连通了她和他，她白皙的手腕轻轻一挥，他的心就颤儿颤儿地抖，她优雅的腿抬起来，裙子摆动着，他的整个身子，也随着晃悠。

方子衿的独舞在雷鸣般的掌声中结束，她一再谢幕，然后退到了后台。

陆秋生如梦方醒，抬腿就向后台走去。后台非常混乱，上台下台的不是在走，而是碎步小跑。这个在叫，我的蝴蝶结呢？谁拿了我的蝴蝶结？那个说，看到我的彩带没有？天气闷热，现场指挥的王志坚额头上已然冒出了汗。他挥动着双手，声嘶力竭地喊叫着。猛地见陆秋生进来，焦急严肃的表情立即换上了一脸的笑。

秋生兄，来视察吗？欢迎欢迎。接着，他转向那些男女学生，命令道：同学们，注意啦，欢迎军代表陆秋生同志视察工作。

方子衿就在此时第一次带着一种好奇的目光瞟了陆秋生一眼。

陆秋生穿着一套灰旧军装，腰间扎着武装带，脚上的绑腿扎得一丝不苟，穿的是一双打了很多补丁的轻便军用软鞋。他身材矮小，那套军装原本已经是小号，穿在他的身上，还是显得大了些。他身上唯一显得大号的就是那张脸，那是一张长脸，就是人们所说的马形脸，上面还有几颗若隐若现的麻子。这样一个人，如果站在人丛里，肯定不会被人注意。可现在，他穿着一套军装往人面前一站，就有了几分英气，有了几分武气，有了几分俊气。

她和大家一起鼓掌，脸上挂着的笑容，像秋天里的那一丛山菊花。山菊花在她的脸上只盛开了一半就开始变形，变成了一朵满面含羞的白莲花。这一切都因为他的目光和他的脚步。他的脚步是标准的军人脚步，以前她在小说中看到过有关军人脚步的描写，怎么都不明白，可一看到他走路的姿势，立即明白那就是军人所特有的。他的目光显然不是军人特有的。他的眼睛里面仿佛有两只无形的手，从一个不知名的深处向外伸出，一直伸向她，要抓住她身体的某个部位。准确地说，想抓住的是她胸前的一对大奶子。这种目光她实在太熟悉了，小时候，跟着母亲一起走在恒兴城的街巷里，母亲就接受过这种目光的"洗礼"。有几次，她跟母亲一起回到家乡方家坝子，那些乡下汉子的目光更是肆无忌惮，他们用目光剥光了她母亲，让那一对瓷白的奶子露在大太阳底下，像两朵绽开的广玉兰般张扬着。方子衿稍大了之后，这种目光又开始对她进行"洗礼"。在目光的"洗礼"中长大的她，对自己胸前那两团越来越大的肉充满了憎恶和仇恨。

现在，陆秋生用目光对她进行"洗礼"的时候，她心中刚刚升起的那点好感，顿时荡然无存。就在她想着自己是否应该逃走的时候，他已经走到了她面前，并且主动伸出手来，要和她握手。方子衿不太情愿地和他握了握手。握手是一种新型礼节，似乎是这个崭新社会极其重要的标志之一。由于对这种礼节不熟悉，她并不知道，自己其实可以只伸出几只手指让他握一握的。他拉着她的手不肯松开，同时，他的身体似乎还在抖动。那一瞬间，她的心再一次咯噔了一下。

在后来的演出中，方子衿有一个独唱和在一个群舞中领舞。只要她一出场，全场欢声雷动。

就在这一天，方子衿的名字不胫而走，整个恒兴城都知道恒兴女中有一个方子衿，歌舞一绝，美貌无双。甚至有人更直接，不叫她的名字，叫她恒兴第一美女。从那天开始，无论她走到哪里，人们都会对她驻足观望，或者是指指点点。

回到家里，父亲方晋诚和母亲周砚月正在讨论解放军进城的事。周砚月说，这天说变就变了，怕是要下一场透雨了。方晋诚说没变。恒兴城还是恒兴城。周砚月说，怎么没变？市党部大楼的青天白日旗换了。方晋诚说怎么变也得吃饭放屁，生娃儿。这时，方晋诚见女儿方子衿回来，就说，衿娃子你学校的张先生今天好些没？方子衿含糊地应了一句，回到自己的房间。放下书包后的第一件事，是将里面所有一切清理了一遍。她喜欢秩序，喜欢一尘不染，床上哪怕有一根头发，都会让她有一种歇着一只苍蝇般的感觉。清理过后，她仔细地检查了一遍，再检查一遍，然后才拿出《黄帝内经》，在写字台前铺开，又在旁边铺上一个本子，放好笔。可今天，她怎么都读不进去，脑子里老是闪动着那张星光灿烂的脸。

那场雨酝酿了几天，在第三天演变成了冰雹，落到地上稀里哗啦地响，像一群穿白衣服的孩子，欢蹦乱跳着闹腾了十几分钟，竟然积了薄薄的一层。冰雹说停就停了，天上现出一丝亮色，却非常短暂，瞬间又被乌云笼罩。到了第二天凌晨时分，终于哗啦啦下起雨来。

方子衿起床的时候，看到雨丝斜斜地织成了一张网。积雨从瓦沟子里流下来，串成一副幕帘，滴落在门前的麻石街。方晋诚穿着一身青布长衫，戴着一副圆框玳瑁眼镜，看着瓦檐下滚落的水珠，神情有些幽幽地说，昨天下冰雹，今天又下起了这种糍粑雨，今年这气候真怪了。周砚月坐在神龛的另一面，她一头乌黑的头发向后梳起，在后面挽成一个髻，套上一个黑色的发网，再用一根银簪簪着。她穿着一件对襟的缎褂，领子上有一圈彩色的滚边，下面是一条大花的单裤，脚上踩着一双缎面的出边带袢布鞋。方子衿不太喜欢母亲的那件对襟缎褂，腰束得太紧了些，初一看上去，就像一只高脚的洋酒杯，杯肚曲线玲珑，惊世骇俗。方子衿觉得母亲不应该让那地方太显摆。可不知为什么，父亲就是喜欢她这一身打扮，母亲也就格外有了穿的兴致。她没有搭丈夫的话，而是对正准备出门的女儿说，这雨落的，今天不去了吧？

"就要放暑假了，这几天事多。"方子衿说着，撑开油纸伞，钻进雨幕里。

刚到学校门口，迎面见到王志坚。他站在门房里向她招手，她只好迎着他走过去，站在雨地里听他说话。他说今天你不用去班上了，去一趟军管会，陆特派员有事找你。方子衿问他什么事，他说你去了就知道了。看那神情有些怪怪的，给人的感觉是他肚子里没装什么好水。

军管会在以前国民党的市党部里办公。这幢楼在整个恒兴是最威严气派的。进入大院有一个门楼，要上好几级台阶，门楼的两边有荷枪的战士站岗。陆秋生所在的文化教育委员会在大院的最后面，紧靠着山，是一幢很普通的木板楼，走在上面，笃笃响着回声。

方子衿走进之前，陆秋生一边搓着手，一边在办公室里打着旋儿。见到她，他似乎手脚都不知该往哪里放。他给她倒水，却因手发抖，将水洒到了缸子外面。他拿布来擦桌子，结果碰倒了那只军用搪瓷茶缸，茶缸在地下滚出一串特别的响声。勤务员听到响声，以为出了什么事，立即跑过来。陆秋生便恢复了一些平静，也重新找到了尊严，在藤椅上坐下来。等勤务员将办公室里清理干净，他再一次变得紧张起来。

方子衿坐在那里一言未发。她很后悔今天穿了这套学生裙。当初是准备去教室的，王志坚突然通知她，她根本来不及换就赶来了。要怪也得怪这恒兴离上海太近了，在一条江上。十里洋场上流行着什么，几天之后溯江而上的风潮就会席卷恒兴城。如果上海人不弄出这种透明丝袜，也就根本不会有她现在的烦恼。她将学生裙的下摆拉了又拉，双腿并得紧紧的，双手合掌，夹在两腿之间，那条长辫子蛇一样盘在她的腿上，辫梢夹在她的手掌间，一下一下地搓动着。

"由于形势的需要，你们这批学生，将提前毕业。"陆秋生说。

方子衿有些不明白地抬头望他。他是军管会文教委员会的特派员，他们是有权决定这件事的。可是，这件事和她有什么关系？她想，提前毕业，对她半点好处都没有。大学的招生考试还需要半年时间，这半年她难道等在家里？

陆秋生说，毕业后，所有自愿参加革命的青年学生，我们都将进行培训，然后安排在相应的政府部门工作。方子衿说这和我的关系不大。陆秋生说怎么不大？难道你不愿参加革命？中央有政策，现在参加革命，将来就是革命干部。方子衿打断了他，说我的理想是当一名医生。陆秋生说我们的革命队伍中也需要革命的医生。他挥了挥手中的一个本子，似乎那里面装着革命的未来一般。他说，新中国成立了，许多工作都要做，千头万绪。我们要进行土地改革，我们要解决全国人民的温饱问题，生老病死问题。全国人民，都是我们革命者的兄弟姐妹，我们要让他们过上好日子，要为他们解决一切。吃不起药看不起病的问题，也是我们要解决的问题之一。

方子衿第一次认真地看了看他。她确实感受到他身上和别人不同的一些东西。政府要解决所有人的温饱问题以及生老病死问题？全国那么多人，能解决得了吗？别说全国了，就是这个恒兴城，有一家市立医院和两家私立医院，可一般的恒兴市民，有几个能看得起病？还不是得去她家看病？

陆秋生突然转换了话题，对她说，我今天找你来，不是为了这件事。我是有话要对你说。他说这话的时候，目光中有一种特别的晶亮，而他的脸上却挂着某种胆怯。他说，我要你答应我。你如果答应了，我会找人去你家。

她当然明白他的意思，其实一开始就知道了。可是，她装糊涂，睁着一双圆圆的眼睛，长长的睫毛扑棱扑棱地眨动着。"什么？我不明白。"她说。

陆秋生又走动了几步，说："你明白，你当然明白。"

谈到别的话题时，他的口才很好，滔滔不绝，可现在，他显得很口拙，话未说出口之前，脸先已经红了，就像在戏台上搽了粉一样。声音从他那两片厚厚的嘴唇里蹦出来的时候，好像经过了一条弹簧通道，话音颤颤地抖着。方子衿真的非常害怕，如果他直接向自己求婚，她该怎么办？拒绝他？还是答应他？她多少有些期待他做出某种热烈的表示，同时又恐惧任何方式的表示。

谢天谢地，直到她离开，陆秋生也没有勇气将话挑明。

回学校的路上，她一再地想：看来，他是真的爱上自己了。可是，自己爱他吗？他那明显的爱意，让她心里像是下了一场透雨般，有一种甜丝丝凉爽的感觉。同时，她又异常迷惑，一遍又一遍在心里问自己，这就是爱情吗？自己虽然觉得开心，但为什么没有爱的感觉？最好别让自己面临选择，这一切太突然了。

第二天下午，方子衿从教室里出来，见王志坚站在教室门口。他对方子衿说，你到我的办公室里来一下。没有办法，她只好跟着他走进了办公室。督学在旧学校里是实权人物，相当于后来的政教主任，比教务主任更有权威。学生进入督学办公室，通常都是站着进站着出。可方子衿成了特殊人物，王志坚竟然非常客气地请她坐下来。

"你考虑得怎么样了？"王志坚问。

"考虑什么？"她故意装糊涂。

"你和陆主任的事喽。"陆秋生根本不是什么主任，可王志坚要这样称呼，别人也不好说什么。

她的心猛然怦怦地疾跳起来。表面上，她还是非常文静。"我和陆主任什么事？"

王志坚一句话就捅破了那层纸。他说，陆主任爱上了你，自从第一次见你，就被你的相貌你的歌声以及你的舞姿迷住了。方子衿想说点什么，可是，她发现自己的心跳得太快了，浑身似乎已经没有力量，嘴唇在颤抖着，无法吐出哪怕一个字。她的双手放在背后，十指抓着自己的那条大辫子，她的十指因此成了正月十五玩龙灯的汉子，而她的大辫子，也就成了被那些汉子玩弄于股掌间的一条黑龙。摆在面前的双脚，穿着一双出边的黑皮鞋，她让一只鞋平放着，另一只鞋的鞋底抬起，恰好踩到突出的边沿。突出的边沿很窄，她只稍稍用力，上面的鞋底就滑了下去。她因此换了一边，抬起另一鞋底去踩。王志坚挥了挥那只粗短的手臂，那双三角眼在她的胸前睃来睃去，让她浑身长满了鸡皮疙瘩。他对她说，你不要有什么顾虑，现在是新社会了，提倡妇女解放，恋爱自由。新社会婚姻由自己做主，不再需要父母之命，媒妁之言。说到这里，他站起来，在方子衿背后踱了几步，见她没有反应，又说，你大概还不了解陆主任，我和他是武大的同学，他是我的学长，比我高两届。在武大，他是有名的风流才子，不知有多少漂亮的女大学生暗恋着他，可他一个都看不上。

方子衿的嘴角扯动了一下，那表情怪怪的，心里浮动着嘲弄。她的手绞动得更快了，双脚又换了好几次。

王志坚在她面前停下来，弓下身子，态度显得很谦恭。看起来，这像是一种特别的关心，但方子衿怀疑他其实是想从上面透过衣领看自己的乳沟。他像对待任何一个犯错的学生一般苦口婆心，只不过少了声色俱厉。他挥舞着手，唾沫星子乱溅。方子衿异常惊讶，他竟然对陆秋生的家史了解得如此详细。陆秋生的父亲叫陆鸣泉，兄弟五人，排行老幺。陆鸣泉在法国留学的时候加入共产党，后来在上海搞地下工作，抗战时回到宁昌。据说，陆鸣泉即使不在中南局任重要干部，也可能是哪一个行署的专员一类的高官。

　　方子衿的嘴一下子张大了。难怪王志坚如此热心，原来是想抱住陆鸣泉的大腿呀。

　　那一切与我有什么关系？我不爱他。她几乎想大声地冲他咆哮，我的爱情是我自己的，除了我，谁都别想控制它。

　　面对方子衿的时候，他第一次不发抖了。

　　"为什么？"他说，"我听说你不想参加土改工作队。"

　　方子衿坐在那里，半低着头，努力不去看他的眼睛。她的背微微向前颔着，双手交叉地抱着，搁在腿上，那根美丽的辫子温驯地躺在她的腿和手之间。只有她自己清楚，她这样做是为了令自己丰满的胸脯不显得那么突出。这个春天来得早，虽然是四月天气，气温已经蹿得很高了，她仅仅只是穿了一件毛衣，外面套了一件黄布军装，腰中又扎着武装带，胸脯耸得令她十分难堪。尤其是她刚跨进他的办公室时，他的目光好几次在那里逡游，她的乳房因此在衣服里面挺了一下，突然间着火了似的，又硬又烫。

　　"土改是一件大事。我们党希望通过土改锻炼和选拔一大批年轻干部。"陆秋生说，"我知道你想当医生，等土改结束了，你还可以当医生呀，也可以去医学院学习。"

　　最初，方子衿也是这样想的。和其他同学一样，面对这场革命，她热情澎湃，义无反顾。革命对于她这个年龄的孩子来说，不仅仅是一件好玩的事，而且是一种全新的生命体验。

　　暑假前的几天异常忙碌，学校贴出通知，所有本届毕业生提前毕业，凡是愿意参加革命者，均可以自愿报名。她和另外一些同学几乎没有丝毫犹豫就填写了报名表。其他学生都放假了，毕业班还留在学校，学校举行了毕业仪式和应届毕业生集体参加革命仪式。在仪式上，所有同学都穿上了一套黄军装，扎上了武装带。方子衿还代表所有参加革命的同学发表了一篇慷慨激昂的讲话。仪式结束，她们坐上了一辆军用卡车，和其他学校参加革命的学生一起，被拉到了一座军营里，进行为期几个月的集训。

集训共分为两个阶段，第一阶段是军训，目的是从组织性和意志力上训练这些年轻的革命者。第二阶段则是分开训练，一部分参加土改工作队的同志，要集中在一起学习有关土改的政策、方法。还有一部分人将参加医疗工作队，他们将被集中在以前的恒兴市立医院现在的恒兴市人民医院实习。

第一阶段虽然主要是意志训练，也还有些政治课。方子衿原认为革命就是革那些贪官污吏的命，就是革除陈规陋习。上了政治课才知道，自己想得太简单了。这是一场无产阶级针对有产阶级的彻底革命，要彻底铲除整个资产阶级。资产阶级靠剥削和压迫来获取自己的最大利润，共产党要铲除剥削和压迫，她能理解，也无条件支持。但是，说无产阶级是革命的中坚力量，她怎么都接受不了。什么是无产阶级？简单地理解，穷人就是无产阶级。

方子衿还沉浸在自己的问题中，陆秋生又一次开口了。他说，你知道共产党为什么能够打败国民党？土改是一个重要手段。清朝之所以在一夜之间被推翻，腐败呀，落后呀，只是一些表面现象。就算是政府再腐败，老百姓的日子，只要能够过下去，肯定不会造反。可是，清朝末年，土地兼并已经到了令人发指的程度，全国百分之十的人拥有百分之九十的土地，而百分之九十的人，仅仅拥有百分之十的土地。国民革命成功了，却没有从根本上解决基层革命者的土地问题，而是产生了一批新权贵。共产党搞的土地改革，就是要推行耕者有其田，这项政策，让绝大多数农民站在了我们这边。中国革命，已经完成了武装斗争部分，今后相当的一个时期，都将是土地革命时期，这是现时期革命的首要任务。你却不愿参加土改工作队，你到底想干什么？想当革命的逃兵？

这句话让方子衿不寒而栗。她有些胆怯地说，我自己也搞不清楚我到底是革命者还是革命的对象。

"革命的对象？"陆秋生一时没理解。他看着她，目光里第一次没了温柔，而且像刀子一样锋利。

方子衿说我仔细研究过土改政策，现在我完全糊涂了，搞不清楚自己是革命的力量还是革命的对象。陆秋生说，怎么可能？你的情况，我是非常了解的。你的父亲方晋诚，母亲周砚月，只是两位自食其力令人尊敬的医生。他们给人看病，救死扶伤，遇到那些家庭条件不是太好的病人，迟收医药费，少收医药费甚至是不收医药费，是常有的事。方子衿不待他说完便打断了他，刚说了个可是，陆秋生却接着自己的话头往下说。他说我知道，你的外公曾经是一代名医周德庸，周记仁济堂是名闻一方的中医名号。鼎盛时期，在这恒兴城有一间总堂三间分号，另外在平州和津口各有一间分号，对吧？

方子衿真的有点吃惊了。陆秋生连自己家的这些历史都知道，那么，还有什么是他不知道的？一个人在另一个人面前如果没有秘密，这岂不是太可怕了？

陆秋生不可能知道方子衿心里在想什么，他继续沿着自己的思路往下说。你父亲家里是楚乡县方家坝子的农民，因为不想被饿死才逃到了恒兴，在周老先生的仁济堂学徒，慢慢成了一间分号的掌柜。你外公的第一个夫人没有生育，三十多岁就去世了，这时，你外公已经快五十岁了，娶了你外婆后，生了你母亲，并且以后再没有生孩子了。周老先生见你父亲人很实在，又有学医的天分，先是收他为徒，后来又收为义子，最后将你母亲嫁给了他，认了这个半子。但是，没料到时世变化太快，自从八国联军打开中国的国门之后，洋人的力量进入中国的每一个角落，到处办教堂开医院，仁济堂的生意，被洋人抢了。你外公没办法和洋人的医院竞争，只得先终止了去重庆开分号的计划，后来又先后关了恒兴的两间分号。再后来，津口的分号被小鬼子的飞机炸了，死了好多人。你外公不得不关了两间分号来办理后事。后事没有办完，他本人一病不起。抗战结束时，周记仁济堂有总店和你父亲后来开的一间分号。如果这两家店一直维持到现在，你们家，肯定是资本家。可是，国民党推行金圆券，全国百分之八十的中小资本家一夜间破产了。仁济堂这两间号，也不得不关门。你的父母，只好在自己家里坐诊，成了行医。按照政策，应该属于自由职业者。

方子衿见他停了下来，便说，你知道的就这些？但你不知道，我妈妈一共生过五个孩子。她的话音未落，陆秋生再一次接了过去，说五个吗？我只知道四个。方子衿说，我二姐三岁的时候出天花死了。陆秋生接着讲述他所知道的方家情况，他说，你的大哥方文兴、二哥方文海、你的大姐方子钰和你。黄埔军校从广州搬到南京，抗战时又搬到重庆铜梁，你大哥在铜梁军校毕业后去了第一战区，在卫立煌的手下抗日，后来在中条山上牺牲了。你的二哥在宁昌读书期间，和一帮同学一起去了延安，但后来的情况，我没有查清楚。你的大姐，在保卫大宁昌的时候是学生军的骨干，并且献出了年轻的生命。

方子衿挥了挥手，制止了他，说麻烦就出在这里。抗战结束时，国民党政府追认我的哥哥和姐姐是烈士，发了一笔抚恤金。我不知道这笔钱到底有多少，我爸爸妈妈说无论如何不能用这笔钱，这笔钱是我哥哥姐姐的命。他们两人一商量，拿着这笔钱，回到方家坝子买了两座山和一片地。他们把那两座山一座改名为文兴山，一座改名为子钰山，在每座山上建了一座衣冠冢。既然哥哥和姐姐的坟山在那里，没有人看管是不行的，他们请了两个亲戚守山，又把那些地租给了别人。

陆秋生一下子愣住了。他虽然不是土改干部，却知道土改政策。请两个人看山，等于是请了两个长工。请长工就是剥削。别管你家里有多少地，哪怕一千亩，只要是你自己种，那没什么事。而你如果有一亩地，并且将这地租给别人了，那么你就是地主。方家的情况，显然是一个特例，如果在城市里划成分，是城市自由职业者。可是方家坝子的土地这笔账，无论如何是要算到他的头上的，那就是地主了。陆秋生被这个问题噎住了，一双白多黑少的眼睛，在方子衿的奶子上睃过来睃过去，就是没有给她一个答案。

过了好半天，陆秋生说，这些都不重要，重要的是你自己的革命理想和革命立场。接着，他举起自己的手，在空中挥舞了一下。方子衿在培训班里无数次看到过革命者挥手的动作,那动作能够带起一阵狂风,有一种大无畏的英雄气概。陆秋生大概也想弄出点那种气概吧,但他没有,他的手软绵绵的,像一根被风吹动的柳枝在那里晃动。他对方子衿说,出身的问题,成分的问题,不是她要考虑的,这个问题,政府一定会妥善处理好。就算是被划成地主,那又怎样呢?出身不可以选择,革命的道路却是可以选择的。最眼前的例子是他本人。他的爷爷是宁昌的大资本家,堂兄堂姐之中,至今还有站在反人民的立场,跟着蒋介石跑到台湾跑到香港去的。但他的父亲、他的母亲以及他的哥哥、姐姐、妹妹,都是坚定的革命者。

离开之前,陆秋生武断地挥了挥手,对她说这件事你不要管了,我来帮你处理。他怎么处理的,方子衿并不清楚。后来,内部确实进行了一些调整,却不包括她在内。几天后她接到了去恒兴人民医院实习的通知,同时接到通知的还有另外十四名年轻的革命者。

那天凌晨,方子衿从床上爬起来,脱下白底浅花的洋绸睡衣,穿上一件白府绸衬衣,又在外面套了夹袄夹裤,最后穿上那套黄军装。洗漱过后,她开始认真地梳理那条长辫子。学生队里曾掀起过一次剪辫运动,几乎所有的女生都把长辫子剪了,梳起了解放头。可她说什么都不肯剪掉辫子,无论别人怎样做工作,就是行不通。陆秋生是培训班领导小组的五个成员之一,他坚持认为女生的辫子与革命并不可以画上等号,并且就此话题和领导小组的其他成员进行了一场大辩论。梳好这条劫后余生的辫子,她又开始仔细地打绑腿。这活儿挺细,需要巧力,许多男生学习打绑腿时间比女生长一倍。接下来,她开始打背包,将被子叠得方方正正,捆扎好,又将其他衣物打成一个小包,捆在被子上。看看时间差不多了,她往脚上套了一双解放鞋,跨出门去。

门外还是黑的,初冬的清晨,露气很重,空气仿佛都是湿的,一股说不出的寒冷直往人的颈子里灌。一些早起的青蛙呱呱呱地叫得挺欢,反倒是叫了一夜的蟋蟀似乎是有些累了,叫声显得有气无力。天幕上挂着星星,眨巴眨巴着。他们一行十五人,踏着薄薄的晨雾跨出了郊外的营房,排着队向恒兴市走去。如果他们的帽子上有五角星以及衣袖上有臂章的话，谁都不会怀疑他们其实就是一群年轻的战士。

到达市医院时是上午十点来钟，但在进入医院大门时遇到了麻烦。医院外面停着好几辆卡车，四周站满了荷枪实弹的公安人员。等了大约半个小时，那些公安才押着十几个五花大绑的男女从医院里出来，登上车离去。方子衿他们走进院长办公室，院长正在里面急得团团转，见到他们的介绍信，喜出望外，指着他们之中的三个女生说，快，你们马上到妇产科去。

方子衿她们来到妇产科，还没弄清是怎么回事，就被人往身上套了件白大褂，又被推着进入了产房。产房里有一个妇女在生产，产门已经大开，一只婴儿的脚从里面伸出来，那只小脚血肉模糊。产妇是一名三十岁以上的妇女，阵痛令她撕肝裂肺般号叫。一名年轻的女医生跪在产妇的两腿之间，将自己戴着医用手套的手伸进女人的产道里，看上去，像是想将孩子拖出来，又像是想将产道尽可能地掰开一些。她的脸上，挂着许多细密的汗珠。女医生并不清楚这三个年轻女孩不懂接生，见到她们，就像见到救星一样。女医生的双手仍然在女人的产道里忙乎着，脸却转向三个女孩，命令她们替她揩汗。其中一个女孩随手就抓过一条毛巾，正要往女医生的脸上揩，女医生大叫一声等一等，你为什么不戴消毒手套？

女医生大叫的时候，方子衿正在洗手。三个人中，只有她懂医学知识，曾跟着母亲去替人接生。方子衿本能地觉得这是一次手术，自然知道，手术前应该消毒。女医生见到她的动作，便问另外两个女同学："你们是不是没有消毒？你们在学校难道没有学过吗？"方子衿的一个同学解释她们从没学过，几个月前，她们还是一些中学生。女医生明白了，有些愤怒地说："这些土包子，他们难道不知道这事人命关天？"

方子衿稍稍懂得一点接生知识，她戴好手套后走到女医生身边，在女医生的指挥下，用双手推拿产妇的腹部。孩子生出来的时候已经不会哭泣，女医生倒提着孩子，在他的屁股上重重地拍了几巴掌，孩子就哇的一声哭了。产妇虽然奄奄一息，仍然用尽全力勾起头来看孩子，首先看到的是孩子裆下的小鸡鸡，然后就从产床上滚下来，顾不得满身都是血，爬到女医生面前，拼命地给她磕头。感谢她不仅救了孩子一命，也救了她一命。因为她已经生了三个女儿，如果这个还是女儿，她丈夫就会休了她。

女医生名叫余珊瑶，今天原本不当班。这一天，公安局到医院抓走了十几个人，说他们是美蒋特务，其中有三个妇产科医生和一名护士。妇产科有好几个女人待产，人手不够。新任院长原是野战医院的一名政工干部，根本不懂医。革命是第一要务，治病生孩子自然就是第二。人手不够，他便下令所有医生取消休息回来上班。即使如此，妇产科的人手还是不够，他于是又将方子衿几个人派了过来。在他看来，女人天生就应该懂得接生。

妇产科原有十二名医生，解放军到来之前，跟着国民党走了三个，有两个宣布退休，后来又先后有三个被军管会抓走，说她们是美蒋特务。现在留下来的只有三名医生，加上刚从部队转业的一个，四名医生中，医术过硬的只有余珊瑶一个，她是留美的医学硕士。医院迫切需要增加人手，见分来了三个实习生，便将这三个人全部交给了余珊瑶。余珊瑶是一个非常傲气的女人，年轻漂亮，医术又高。方子衿暗自庆幸遇到了一个好老师，却又本能地觉得她不会喜欢自己。每次，她们都尊敬地喊她老师，她却毫不讲情面地拒绝。"不要叫我老师，我不是你们的老师。"她说，"我之所以教你们，是不想你们像那些混账王八蛋一样草菅人命。"

余珊瑶告诉她们，在妇科中，医生用钟表的表盘代表女人的外阴。妇科医生写病历的时候，往往在上面画上一只钟表。她指着一个尖锐湿疣病人外阴唇上那一团菜花状东西对她们说，这是一种顽固性皮肤病，也就是人们通常所说的性病。写病历的时候，一定要写清楚湿疣所生的位置。她用戴手套的手在那菜花状的组织上拨拉了几下，便要求她们自己动手去了解这种病。

方子衿她们都不到二十岁，平常洗澡的时候，都不好意思过多地碰自己，现在让她们去检查别人这个部位，而且是那样一种恶心的形状，心理上无论如何接受不了。三个女孩站在那里，三张脸就像是晚霞，红得像是三团燃烧的火。余珊瑶猛地将眼一瞪，看情形是要发作了。方子衿只好硬着头皮，向前跨了一步，将戴着手套的手伸到了女人的那个部位，仔细地检查了一遍，说上面有三个湿疣，一个在三点钟的位置，一个在五点钟的位置，第三个在十一点钟的位置。

　　进入医院的第一个星期，是方子衿一生中受到冲击最大的一个星期。在这个星期里，余珊瑶医生共接诊了大约一百个病人，其中因患有各种性病来就诊的，就有七八十个。这些病人在医生面前脱下自己的裤子，展露着自己病态的性器官。余珊瑶医生曾经说过一句惊世骇俗的话。她说："通过这些丑陋病变的性器官，我看到的是一个丑陋病变的社会。"方子衿和她的同学也震惊于突然展现在她们面前的病态社会现实，她的两个同伴，过完那个星期天之后，就再也没有回到医院，她们显然是被吓坏了。

　　陆秋生不肯放弃对方子衿的追求，每天下班后，他就等在医院门口，坚持要送她回家。经历了那样病态的现实，方子衿对男人有一种本能的厌恶，见他等在医院门口，便冷冷地说，我知道你很忙，而且，我又不是小孩，我自己知道回去。陆秋生说恒兴刚刚解放，国民党临走之前，在这里安插了很多的特务，周围还有土匪，你已经是恒兴的名人了，就让你这么在大街上走，我放心不下。

　　方子衿没法阻止他，只好认了。他于是以为方子衿的心意开始改变，在那年的端午节，提着一些礼品上了方晋诚的门。

　　那天方子衿刚走出医院的大门，陆秋生就迎上来了。和以前不同的是，他手上提着一包东西。方子衿很想问一问他手上提的是什么，话到嘴边又强行咽了回去。他虽然每天都送她，两人间却像是陌生人一般，从不说话，到了离方家还有一点距离的时候，他说一声我回了，转头就走，方子衿也不答理。可这一天到了该说那句话的时候，没有听到声音，方子衿回头看了一眼，见他还跟着。

　　"你怎么还跟着我？"方子衿问。

　　他说："我去看望一下伯父伯母。"

　　方子衿一下子慌得要死，心想这算是什么？我都还没有答应你呢，你就要上门提亲了？突然想到他手中提的东西，应该是两斤白糖了。战争刚刚结束，物质紧缺，所有的生活必需品都是军控物质，市面上难以见到白糖。他这份礼物也算是够重的。可方子衿不领情，站在那里不动，心想你要去你去，我不回去了。

17

陆秋生说:"市里要建中医院,我想去请伯父伯母出来工作。"

那天方晋诚不在家,出诊去了。周砚月见方子衿带一个男人回来,眼都瞪大了,站在那里,一双漂亮的凤眼看了看方子衿,又看陆秋生,似乎在问,这算是怎么回事?你怎么事前连声招呼都不打就把人带回来了?进门后,方子衿甚至没有介绍陆秋生,自顾自地上楼了,将他和周砚月扔在楼下。方子衿故意在自己的房间里磨磨蹭蹭不肯下楼,直到周砚月在楼下喊她下来吃饭。

陆秋生已经走了。方晋诚和周砚月坐在饭桌前,见方子衿过来,周砚月看着方晋诚,意思是说,你问吧。方晋诚装着没看明白,端起饭碗就吃。

周砚月忍不住,问道:"衿娃儿,你和他算怎么回事?"

方子衿说:"不算怎么回事。"

"不算怎么回事又是怎么回事?"周砚月盯着问。

方子衿知道不说明是过不了这一关的,就说:"他让别人对我说他喜欢我,我没答应。他天天到医院去接我下班,我又不能赶他。"

方晋诚说:"不能这样拖着人家。你如果不喜欢人家,就回了。"

周砚月立即接过话头,说:"怎么回呀,人家是军管会的干部。"

"军管会的干部怎么啦?那也得人家愿意,难不成他拿枪硬逼婚?国民党都还不敢呢。"

方晋诚和周砚月于是在饭桌上争了起来,中心议题是国民党和共产党,哪一个更好。对于国民党,他们是知道的,自然不会说好。可眼前这个共产党,到底是一些什么人,持什么样的主张,他们是一点都不知道。

方子衿说:"你们别乱说了。共产党讲恋爱自由的。这事和一个党好坏无关。"

02　毛主席派来的救命恩人

方子衿去人民医院实习的时候，白长山正驾驶汽车奔驰在海南岛上。

白长山是突击部队安全登陆后才随第二批作战部队登上海岛的。登陆之前，建制还非常整齐，卡斯车一旦上了岛，一切完全乱了。团部转达兵团司令部的命令是：向前，追击敌人。可是，前方在哪里？敌人在哪里？白长山以及所有的汽车战士，心里都不清楚。既然上级叫向前，他们就踩足了油门，拼着命向前开。

出发前，白长山得了痢疾，为了不影响参加战斗，他找卫生员要了点药，瞒着部队领导跨过了琼州海峡。痢疾毕竟不像别的病，说拉就要拉，即使你再有意志力，也只能忍得了那么一会儿。为了减少拉的次数，他已经三餐没有吃一点东西，没有喝一点水。再饿再渴，他都咬着牙忍着。因为什么都拉不出，加上想节约时间，拼命地用力，几次之后，痔疮挤出了体外，坐在驾驶室里，一动就钻心地疼。每向前冲一段，他就不得不停下来，跳到路边去蹲片刻。次数一多，他掉了队，不知自己的战友都跑到哪里去了。

跑了一段时间，遇到一群向前奔跑的士兵，认真一看，是自己人。白长山放慢了车速，探出头，大声问道："同志，敌人在哪里？"

"就在前面。"战友们向前指了指，说道："不如让我们上车，一起追吧。"

白长山将车停下来，战友们爬上了汽车。他不清楚他们属于哪支部队，但从着装以及手中清一色的卡宾枪可以看出，这是四野的部队。他的汽车迅速被武装起来，车顶架起了两挺轻机枪，左右两扇门边各站着一位端卡宾枪的士兵，车厢的周围，十几名战友端着枪严阵以待。这辆汽车的攻击力，因此强过了一辆坦克。

跑了一阵，白长山又要拉了。他不得不停下车，几步蹿到路边的林子里，一拉裤子就蹲了下来。

海南岛和东北的老林子就是不一样，这里到处都是香蕉树，叶子又宽又阔，微风吹动着，像美人的腰一样扭动着。那晚的月光非常好，白花花的，照在叶子上，远远地看去，就像是一群美女在月光下跳舞。

蹲了一会儿，正要起来的时候，白长山听到不远处有什么哼哼声。他想，该不会是自己的战友受伤了吧，也可能藏着敌人的伤兵？国民党常干这种事，自己逃跑的时候，把伤兵扔下来不管。伤兵为了保护自己，就爬到附近什么地方躲起来。想到这里，他连忙系好裤子，拔出手枪，弓着身子，向前摸去。

向前走了几十步，他感到有点不对劲。那哼哼声里，怎么还有女人的声音？那女人似乎在一声紧似一声地哭喊着，就像是有什么人拿鞭子在抽她，抽一下，她就啊地叫一声。没错，肯定是如此，不是还有一个男人的喘气声吗？想到这里，白长山怒发冲冠。全国就要解放了，竟然还有人欺负自己的阶级姐妹？他慢慢地摸过去，上前一看，顿时傻眼了。

野地里，一男一女两个人正紧紧地抱在一起，男人压在女人的上面，女人的腿勾起，搭在男人的肩上。白长山一下子呆了，二十二岁的人了，他还从来没见过这种事呢。他知道，这肯定不是什么好事儿，如果是夫妻，何不在自己家里做？为什么跑到这月亮地里？可无论怎么不地道，那是人家的事，自己还要去打国民党呢。他想转身走开，身子刚刚有了点动作，见前面的那一对开始动了，他又有些忍不住，停下来，向前看去。

男人和女人一起站了起来。月光照在女人的身上，那身子白得晃眼。

他第一次看到女人的身子，没想到女人和男人是如此不同。女人曲线玲珑，胸前有一对大奶子，于是那里山峦起伏，到了腰部，就又纤细得盈盈一握，然后又开始大了，那弧度，真像是什么雕出来的。男人拨拉了一下女人的身子，女人晃动了一下，那对圆圆的屁股就对着了男人。男人用他那粗粗的手按了一下女人的腰，女人的身子弯了下去。男人抱住她的腰，紧紧地贴上她的屁股。那一瞬间，女人惊叫了一声。两人的身体在猛烈地撞击着，女人的身子剧烈地晃动。月光照在她的身上，一对跳动的奶子，格外显眼。

白长山真想多看一下。可是，一汽车的战士还等着自己呢。想到这里，他有些依依不舍想转身。目光移动时，他看到了旁边的一堆衣服，那堆衣服上有什么东西反光。子弹。他心里猛地跳了一下。不错，那是子弹。他再仔细看了看，月光下虽然看得不是太清楚，却也能够肯定，那是一套军装，还有枪。乖乖，敢情这家伙是一个国民党军官吧。想到这里，白长山当即挥动手枪，一下子跳了出去。

"不许动，举起手来。"他在一瞬间出现在那两人身边，手枪顶住了男人的脑袋。

女人惊叫了一声，刚刚还剧烈运动的身子停了下来。可是，胸前那对奶子却不肯停下，还晃悠晃悠地摆动了半天。

白长山用枪指着男人，同时弯下身，迅速检查了一下那堆衣服，抓住了一支手枪和一些子弹。原来，那个男的是国民党的一个团副，而那个女人，是团长的姨太太。薛岳下令撤退，全岛的国民党士兵潮水一般争相逃命。团长见姨太太跑不动，担心带着她自己也会被共产党抓住，将她交给团副，命令团副一定将自己的小老婆带到安全处。团副带着姨太太跑了一阵，掉队了。团副知道这一掉队，说不准命就没有了，顾不上许多，决定趁着死去之前好好地享受一番，不管三七二十一，将平常看都不敢多看一眼的团长小老婆按倒在荒地里。女人虽然不乐意，却被团副那凶神恶煞的模样镇住了，只好任他摆布。

车上所有的解放军战士都不识路，但这个团副知道，他领着白长山他们抄近路，一路狂奔。

坐在驾驶室里的白长山，双眼盯着前面的路，双手和双脚熟练地控制着汽车，脑子却走神了。团副抱着那个女人猛烈冲撞着的镜头，一再在他的脑中浮现，女人胸前一对大奶子剧烈地晃动着，在淡淡的月光下，泛着一种青白的光。那压抑而又欢快的叫声，在他的耳畔回响，刺激着他身上最敏感的神经。

说来也真是奇怪，他想着女人的身子时，腹部的疼痛不适也消失了。

天亮前，他们追上了敌人的那个团。说是一个团，实际上也就只剩下一个连左右的兵了。敌人的团长不清楚赶来的是什么人，还以为是自己的部队。团副从车上跳下来，命令全团集合，团长如梦方醒，大声地命令集合。所有的敌军士兵全都站好。这时，车上的解放军战士将所有的枪口对准了他们，大喊一声："不许动，缴枪不杀！"那些敌人听了，顿时双腿一软，跪到了地上。

团长被抓住扔上了汽车，其余的人缴了枪之后，命令他们向后走，去找解放军的后续部队报到。白长山驾驶着汽车，继续向前冲。

战前，中央军委和四野的首长估计，海南岛战役可能要打一个月甚至更长时间，实际上，主要战斗，仅仅八天就全部解决了，其后几天，一直在追击敌人。半个月不到，结束了全部战斗。白长山因为俘虏敌军一名团副进而擒获敌人上校团长一名，荣立个人二等功，升任副连长。戴着立功的大红花，也带着女人的身体特有光泽的滋润，他随着部队开赴河南整训。

女人，是他在那个时期想得最多的一件事。他不知道，那个命中注定要让自己爱一世的女人，此刻身在何方。

白长山随着部队从海南开赴河南的时候，方子衿结束了在医院的实习，跟着医疗队下乡。

医疗队的队长梁向西，是从解放军部队里下来的卫生员。小组里还有另外两名医生，外科的主治医生罗幸福和妇科主治余珊瑶，其他的队员，两个是刚刚从医大毕业的学生，另外三个就是刚刚参加革命的高中生。

医疗队是顶着满天星星出门的。天黑着，整个大地还在酣梦之中。走到星空下，带着浓浓寒意的晨风迎面拂来，远处的山峦蛰伏着，仿佛隐藏着万千幽灵。方子衿打了个寒噤。她的理想是上医学院，可现在却要打着背包下乡。未来到底是个什么样子？她有些茫然，也有些恐惧。

到达恒兴码头时，天才刚刚亮。恒兴码头是中衢省西部第一门户，江上往来的客商，往往在这里打尖，中衢的汉子们出去闯世界，也都从这里起步。码头显得异常拥挤和杂乱，到处都是人头，虽然是五月的天气，候船室里也还弥漫着一股难闻的叶子烟味和汗臭味。当地方言中，夹杂着一些半生不熟的官话。

陆秋生急匆匆地从候船室门口冲了进来。

他的身影刚刚在门口出现，方子衿就发现了。那时，她正在注意里面所有穿军装的人。穿军装的主要是男人，虽然只是粗布的黄军装，却显出他们极有汉子气。以前看国民党军官的军装，虽然布料很好，剪裁也合体，设计又美观，可总觉得少些气势。共产党的军装，一律的粗棉布，却给人一种说不清楚的力量感。

就在这时，门口有一个穿军装的男人风一般刮进来。她只是用眼角瞟了一眼，便在心里想：哇，这么好的军装，穿在这个人身上，真是糟蹋了。他为什么不长高一点？一阵风都可以吹倒似的。再仔细一看，看清了是陆秋生。

看到陆秋生，方子衿顿时慌了起来。她匆匆站起，迅速穿过人丛，挤进了旁边的厕所。码头上的厕所非常脏，臭气熏天，让人憋不过气来。这已经是今天她第二次走进这里了。几分钟前，她想小便，曾来过一次，结果是没进来就又退了出去。她宁可硬憋着，也不愿踏进这里。这第二次，她不得不跨了进去。码头里女厕所很小，只有两个蹲坑，她强压着想呕吐的感觉等了好几分钟，终于等到其中一个坑空了出来，她跨了上去。

因为没有水冲洗，便坑里堆满了粪便，恶臭扑鼻而来。她再次想逃走，可一想到要面对陆秋生，便又强忍下来。好在她已经憋了好长时间，既来之则安之，先把这个问题解决了。

登船的时间到了，她从厕所里出来时，已经染上了一身难闻的臭气。随着人流艰难地向剪票口移去时，她向周围看了看，没有见到陆秋生，心中暗松了一口气。他大概没找到她，已经离开了吧。

通过了剪票口，她以为自己终于远离了陆秋生的视线，没料到突然一个声音在自己的头顶上响起来：子衿！子衿！她抬头一看，见陆秋生正站在剪票口内的一个高台上冲她挥手。看到她，他满脸都是兴奋，一下子从一米多高的高台上跳了下来，扑向她，看情形，像是要把她抱在怀里一般。她不自觉就往后退了几步。

"你要走了，为什么不告诉我一声？"他说。

方子衿想说，有这个必要吗？可她什么都没说，只是看着梁队长和余老师。余珊瑶一脸的冷漠，不清楚她此时在想什么。梁向西似乎非常恼怒，对她大声地喊：方子衿，快点，船马上就要开了。

陆秋生从衣袋里抽出一支派克自来水笔，递给她。"这个，留个纪念吧。"他说，"希望你常用这支笔给我写信。"

一支普通的自来水笔，就是一件非常高档的物品，何况是一支派克笔？方子衿曾听说过这支派克笔的来历。这支笔原本是国民党的一个将军所有，抗日战争的时候，这位国民党将军和一位共产党将军并肩作战，两人一起从鬼子的尸体中爬出来。分手时，互赠纪念品，这支笔就转到了共产党将军的手里。解放战争中，这位将军身负重伤，他知道陆鸣泉很喜欢这支笔，就留下遗言，希望自己的战友将笔转赠给陆鸣泉。然而，在烽火连天的岁月，即使这样一件小小的礼物，要从前线送到在敌占区搞地下工作的陆鸣泉手里，何其之难。辗转好几个人之手，才到了陆鸣泉的手中。后来，陆秋生在前线立功，陆鸣泉作为奖品，将这支笔送给了儿子。

方子衿的双手往后缩了缩，说不，我不能收。这太贵重了。

正因为贵重，所以才要送给你。陆秋生说着，硬是塞进了她的手中。方子衿推了几下，见自己的队长一双眼睛瞪得像牛眼一样，不敢再推，只得收下，匆匆去赶自己的队伍。下次见面的时候再还给他。她这样想着，登上了轮船。

一声汽笛长鸣，轮船驶离了恒兴码头，向上游驶去。方子衿站在船舷边，看着下面翻卷的波浪，想象着船舷另一边翘首而望的陆秋生。

别了，恒兴。她在心中默默地说。对于她，这是一次飞翔，是一次解脱。可是对于他呢？她说不清楚。这件事，会不会像偶尔刮过心空的一阵风，随着时间和空间的改变，永远地流逝了？她紧握着手中的自来水笔，心想，也许，这将会成为她青春的第一件物证。

青春历程，爱情历程，就这样开始了吗？看着长江两岸的山，她有些迷惑。

医疗队的第一站是楚乡县。论起渊源，这里正是方子衿的故乡。方晋诚的老家就在楚乡城上游五十里地的方家坝子。从楚乡到方家坝子，有民船相通，几天一个来回。方子衿每次随父回老家，都要在这里住上一两个晚上。知道女儿参加医疗队要去楚乡送医下乡，方晋诚第一次为共产党大声叫好。他说，衿娃儿，看来这个党和以前那个党真不是一回事了，中国的老百姓有希望了。这次你回老家，如果没时间就算了，要是有时间，回方家坝子看一看。那里是我们的根，还有你哥你姐的衣冠冢，永远都不能忘了。以后，无论你走到哪里，有时间都要去看看，给你哥你姐烧点纸。周砚月说，不是要土改了吗？再过些年，娃儿的坟还不知在不在了。方晋诚说，土改好，土改了，穷人的日子就好过了。衿娃儿，你把这些地契也带上，都交给当地政府。

从楚乡码头上岸，县委书记带着一帮人在码头迎接他们。县委书记说，你们是党和毛主席派来的救命恩人。这么多年来，中国的老百姓先是经历了日本帝国主义的侵略，后来蒋介石反动派又只顾打内战，不顾人民死活。山区的老百姓缺医少药到了什么程度，不亲自见一见，你们是想象不到的。有时候，一片阿司匹林就可以救活一条命。可是，因为没有阿司匹林，就只能眼睁睁地看着这条生命死去。你们这次送医下乡，送的不仅仅是医是药，更是毛主席共产党对人民的恩情。当然，我们这里是山区，山区还不是非常太平，山里既有国民党反动派化整为零潜伏下来的特务，也有占山为王的土匪，还有老虎呀狼呀。可是，我们不能等把特务肃清把土匪肃清，把那些豺狼虎豹肃清之后再派医疗队下乡，山区那些患病的老百姓等不得。为了保证医疗队的安全，县委研究之后，决定派县大队的一个班跟着你们，负责安排医疗队的保卫、生活以及联络。

听说山区的情况后，医疗队所有成员强烈要求不在县城逗留，立即下乡。当天下午，由县大队的乐东铭排长率领一个班的战士，护送医疗队离开楚乡县城。傍晚时分，医疗队正在山间小道中行走时，听到前面一阵闹哄哄的声音，接着就见一队乡民抬着一个人奔跑着迎面而来。山路很窄，两路人马相遇，难以避让。前面的乡民远远见了医疗队，大声地喊，劳驾，让一让，我们赶去救命的。梁向西大老远就问，老乡，发生了什么事？最先说话的那个汉子说，婆娘生娃儿。难产。

余珊瑶听说，立即赶上前，抓住担架说，别急，让我看看。方子衿跟过去，伸长颈子往前看。女人躺在一张翻倒过来的破竹床上，上面盖着一床被子，被子的一端被血染红了。女人的脸纸一样的白，已经没有多少气力喊叫了。山里汉子不认识解放军，见穿着军装背着枪的，以为遇到土匪了，吓得半死，又见他们拦住了担架，当即跪了下来，求道，青天大老爷，行行好吧。我婆娘快死了。放我们过去，我一生供你们的长生牌位。

乐东铭将枪一横，喝道，什么乱七八糟的。梁向西立即制止了乐东铭，扶起山里汉子，说，老乡，你别急，别怕。我们是毛主席派来的医疗队，来为你们治病来救人的。你婆娘的情况不妙，如果送到县城，怕是没赶到就没了。我们这位女大夫，是从美国留学回来的妇产科专家。罗幸福知道山里汉子不懂什么是大夫什么是专家，纠正说，她是一位女郎中，是送子娘娘的女弟子。

山里汉子一听，喜出望外，连忙爬到余珊瑶面前，抱住她的腿，跪在她面前叩头。

担架被放下来，余珊瑶揭开被子。方子衿凑上前去察看，见女人的产门已经完全开了，一只孩子的脚伸在外面。夕阳的余晖照在女人血肉模糊的身上，一团鲜红，已经变成了乌紫色。血腥味已经不完全是血腥，还夹杂着一股屎尿以及死亡的臭味，一群苍蝇在那里盘旋着。余珊瑶问她的汉子，已经发作多长时间了？汉子说，五更就发作了。罗幸福叫道，怎么早没想到送医院？余珊瑶问，现在离你家多远？汉子说五里多地。余珊瑶说，赶回去来不及了，必须在这里就地处理。梁向西颇有些军人作风，说，要怎么做，你下命令。余珊瑶说，你们做好三件事。搭好帐篷，多烧些开水，点起汽灯。医疗队有一顶帐篷，警卫班也有一顶帐篷，他们也各有一口行军锅。梁向西一声令下，大家开始忙碌。方子衿不待余珊瑶出声，便已经放下药箱，拿出消毒用具。

太阳下山了，两顶帐篷在山间支了起来，淡淡的夜幕中，点起了一盏汽灯。由于光线还不是太弱，汽灯不十分亮，倒是山坡上的两堆火，烧得哔哔剥剥，欢腾着。梁向西等人帮着方子衿将女人抬进了亮灯的那顶帐篷里，山里汉子们跪在帐篷四周，口中念念有词，虔诚地祷告。

帐篷里，那架破竹床被正了过来，盖在女人身上的破棉絮被扔在了一旁。女人被放在满是干涸的血迹的光床板上，躺在那里，不动也不叫，像是死去了一般。小小的帐篷里，一会儿时间，便被血腥的臭气充满，不知从哪里飞来了许多苍蝇，四处乱窜。方子衿跟着余珊瑶，虽然有了种种经历，可面对这样一个奄奄一息，浑身恶臭味的产妇，还是生平第一次。她的胃内翻江倒海，几乎要吐出来。余珊瑶冲着她喊，还愣着干什么？快把她往床边移过来。梁向西他们不是妇科医生，不知道女人生产的时候，双腿是吊在床下的。他们将女人安放在了床的正中。方子衿立即上前，抓住女人两条满是血污的腿，向自己身边猛拖，使得她的双腿吊在床头，屁股恰好搁在边沿。女人没穿裤子，血顺着产门流出来，滴落在地上，滴滴答答。

余珊瑶走过来，将女人的双腿再往两边分开，用自己的双腿往外顶着。医院的产床是特制的，高度可以自由升降，以便产科医生能够有更适合自己的姿势工作。可这竹床太矮了，余珊瑶不得不弓着身子，时间一长，根本无法支撑。此刻，救人毕竟是第一要务，她也不可能找到更好的条件。方子衿站在余珊瑶的对面，用双手按住产妇的双腿。余珊瑶将手伸到女人的下面，握住婴儿露在外面的小脚，轻轻地往里塞。随着那只小脚被塞进女人的产道，余珊瑶的手也伸了进去。方子衿按照余医生的指示，将双手按在女人的小腹部，顺着余珊瑶的手伸进的方向，一下又一下搓动女人的腹部。这件事，看起来强度不大，可因为她站在女人的侧面，又是弯着身子，没多久便腰酸手痛，细密的汗珠从她的额上从她的乳沟中从她的腋下冒出来。血腥味的屋里，因此多了一些汗的香味。

汉子以及其他乡民跪在野地里。时间像是一辆被卡住的破车，停滞着没了一点滚动的痕迹。月光如洗，星星焦灼地期待着，野草间的山蛙，不知疲倦地聒噪。偶尔有一两只叫不出名的野兽，不远不近地嗥叫，波浪一般起伏在山峦间。汉子蹲在门边，像是在听屋里的动静，也像是处于一种完全的麻木状态。

余珊瑶的双手全都伸进了女人的产道。方子衿几乎看不到她的手有任何动作，却能通过女人的腹部，感受到余珊瑶的手在极其轻微缓慢地移动。最初，余珊瑶还在向方子衿传授知识。她说，随着妊娠时间的增加，胎儿的长大，女人的子宫壁就像一只气球一样，越来越大，越来越薄。临产前的子宫壁是最薄的，因此，除非万不得已，不要轻易将手伸进产妇的子宫。稍不小心，手指便可能划破子宫壁，造成大出血。在有条件的情况下，遇到这种情况，最好是施行剖宫产手术，那才是最安全的。方子衿也是忙里偷闲，趁机问她为什么要将胎儿的腿塞进去。余珊瑶说，胎儿的所有器官中，头最大。顺产的时候，头先出来，只要整个头产出，四肢便顺着产出的方向整齐排列，不会形成阻力，身子很容易就出来了。但由于种种原因，相当一部分产妇并不是顺生，胎儿有身子横在产门口的，称为横生，其特征是先出来一只手，整个身子横在产门口，这是无论如何生不出来的。还有一种情况，脚先出来的，称为逆生。逆生的时候，如果仅出来一只脚，另一只脚便可能岔开，甚至被宫缩和产妇用力的强大推力，将另一只脚推成骨折，并且成为一道卡，将胎儿卡住。就算是双脚顺利出来，双手也可能成为另一道卡。横生和逆生都是难产，几乎不可能顺利产下婴儿。因此，遇到难产，首先必须判断胎儿的四肢在子宫中的方位，确定是否可以通过人工方法正位。如若不行，就需要剖腹。在没有条件的情况下，只能通过人力方法来正位。人力方法，通常有腹部推拿和助产士将手伸进子宫正位两种，一般轻微的胎位不正，可以通过腹部推拿的方法正位，万不得已的情况下，才能将手伸进子宫来正位。

整个接生过程中，弓着身子所付出的体力，远比手上使出的力量大得多。一段时间之后，余珊瑶无力再弓着身子，双膝一软，在地上跪了下来，并且不再说话了。方子衿在搓动产妇那隆起的腹部的同时，每隔一会儿，便要替余珊瑶揩去额上的汗。似乎过了一个世纪，才再次传来余珊瑶新的命令。她的声音有些颤抖，像是从某处遥远的石缝里冒出来一般。掐她的人中，把她弄醒。她说。方子衿将双手抽离女人尖圆的腹部，移到她的人中部位，按了一下。她自己都觉得这一下力量实在太小。余珊瑶说，用力，大力。她突然拼出身上最后一点力气，猛地按下去。女人先是重重地吸了一口气，然后猛地惨叫起来。

"别叫，省着点力，听我指挥。"余珊瑶说。

方子衿按照老师的要求，再一次将双手按在了女人的腹部。余珊瑶命令女人大吸一口气，憋住劲，然后向下用力。三个女人一齐努力，孩子终于出来了。汽灯白瓦瓦的光照在婴儿的身上，方子衿看到那血肉模糊的一团，泛着一种乌紫色的光，倒提在余珊瑶手中。她抡起巴掌，猛地往小屁股上拍下去，那团肉晃荡了一下，没有丝毫反应。她将手举高了些，再一次拍下去。拍了十几下，奇迹出现了，孩子竟然哇的一声哭起来。

娃娃鱼一般的哭声刺激着汉子的每一根神经，他霍然站起，狂奔着扑向帐篷。由于蹲的时间太长了，双腿已经麻木没有知觉，在帐篷门口摔倒了。听到孩子的哭声，其他山里汉子以及那些警卫战士，一齐欢呼着往里面闯。余珊瑶大叫，干什么？快出去。汉子尚没有从地上爬起来，急不可耐地问：是儿娃子还是女娃子？余珊瑶说，是儿子。你妻子还很危险，我们要抢救，快出去。然后，她又向外喊，梁队长，水呢？快把水拿进来。

汉子被其他人架着出去，他在帐篷外跪了下来，口里念叨着：救命恩人啦，观世音菩萨呀！帐篷里，方子衿从余珊瑶手里接过婴儿，清洗着他身上的血污。余珊瑶则开始清洗女人的产门，为其消毒止血。产妇在生出孩子之后，因为失血过多，再一次昏迷过去。对于余珊瑶为她所做的一切，丝毫不知。方子衿知道，这种情况下，应该给产妇输血。可在这荒郊野地，他们无法查验产妇的血型，找不到血源。这个产妇是否能活下来，只能听天由命了。

处理完一切，余珊瑶和方子衿一起走出帐篷。看到她们，汉子连忙跪着爬过来，在余珊瑶面前拼命地磕头。余珊瑶似乎想伸手扶起汉子，可她的手刚刚伸出，身子便开始摇晃。方子衿见状，暗吃一惊，连忙伸手去扶她。她的手刚挨到余珊瑶的身体那一瞬间，觉得一股大力向自己压过来。她想拼出最后一丝力气顶住余珊瑶，可自己的身子也是软的，根本顶不住，最后两人一起倒在地上。汉子见状，大叫一声，观世音菩萨，你怎么啦？梁向西上来检查了一下，摸了摸两人的脉，对汉子说，没事，是累的。

罗幸福看了看四周，对梁向西说，这荒郊野地的，遇到什么事不好处理，我们得快点赶到一个村子里。余珊瑶和方子衿休息了一会儿，分别喝了点糖水，精神有所恢复。余珊瑶也对梁向西说，我们不能呆在这里，得马上赶回村里。医疗队带了两副担架，加上村民用来抬产妇的床，恰好可以抬三个人。余珊瑶和方子衿都说自己能走，坚持不肯躺在担架上。汉子不管三七二十一，将余珊瑶按到了担架上，几个乡民一起抬起便走。汉子抱起了自己的儿子，反倒把自己的老婆扔下了。梁向西于是命令警卫战士抬起了产妇，一行人踏着夜色，向前跑去。

余珊瑶问汉子离家多远时，汉子说五里多地。可是，他们一路走下去，走到天边现出曙色时，至少走了十里多路之后，才看到前面的朦胧村落。

早有一位乡民飞奔回去报信，没多久，那座村子喧腾起来。男女老幼从村子里出来，甚至带出了锣鼓家伙，叮零哐啷敲打着。医疗队从他们身边经过时，他们竟然齐刷刷跪了下来，口里喊着恩人啦，观世音菩萨呀。梁向西见状，顿时觉得情形不对。医疗队是毛主席派来的，是党派来的。这恩是毛主席的恩是党的恩，怎么能记在观世音的头上？他奋力挥起右手，高呼毛主席万岁。医疗队的队员以及警卫组的成员，一齐高喊起来。听到他们的呼喊声，乡民倒是愣住了。不再喊观世音菩萨，也不跟着医疗队喊万岁。

梁向西停下来，问身边的一位农民，你们怎么不跟着喊？那个农民不解，说毛主席是谁？他怎么就万岁了？梁向西对他解释说，毛主席是共产党的领袖，是全国人民的大救星。罗幸福知道这些农民不懂文绉绉的话，便说，现在不是中华人民共和国了吗？这个新中国，就是毛主席领导解放军打下来的。这次，农民懂了，说，哦，毛主席就是当今的皇上呀。说过之后，这个农民当即领头再次跪下，大声喊道：吾皇万岁万岁万万岁！他身后的农民也都恍然大悟，齐刷刷跪下来，大喊：吾皇万岁万岁万万岁！

梁向西大叫一声：什么乱七八糟的，错了。领头的农民不解，问，哪里错了？梁向西说，是毛主席万岁，不是吾皇万岁。皇帝被我们打跑了，没有皇帝了。乡民说,不是说那个叫毛主席的坐龙廷了吗?梁向西说,现在是人民政府成立了,不再是皇帝的天下了。农民说,怎么着也得有人坐天下嘛,还不都一样?梁向西知道无法和他们说清,只好说,你们跟着我喊就行了。

毛主席万岁!

农民们愣了一下,跟着喊:毛主席万岁。

这小小的插曲很快过去,乡下人迎来了救命恩人,他们拿出家里最好的食物招待他们,整个村子,沉浸在一种节日的欢快之中。

也就是从这一天起,余珊瑶的名字,在这穷山恶水、天高皇帝远的地方传开了。人们没有记住她的名字,都说她是观世音菩萨转世,到凡间来救苦救难的。周围几个村的人都赶来看病,他们不是走着来,而是一步三叩首,跪着来的,有人走到时,膝盖都磨破了。见到余珊瑶,先不是看病,而是在地上铺了红布,磕三个响头。因为余珊瑶有了名声,所有人都要找她看病,无论她怎么解释自己是妇科医生,只看女人的病,人家就是不肯相信。

楚乡处于三峡地带,目光所及,全都是绵延起伏,高高低低的山,山连着山,山叠着山。山里向阳的一面,密密匝匝的树木,荫天蔽日,背阴的一面,却是光秃秃的岩石,周围生着一些杂草。医疗组钻进大山里,就像是钻进了疾病的老巢。尤其是山里的妇女,患着各种各样的妇女病。余珊瑶和方子衿天一亮就开始看病,一直到夜深,才弄点水匆匆地洗一下自己,囫囵躺到床上。因为太累了,几乎身体一挨着床就睡着了。

这是医疗队进入第五个村的第三天。山民很穷,家里的房子,大多是树木搭架,周围圈上一些树枝遮风挡雨。稍好点的人家,外墙下半截用石头,上半截用木板。一大早,方子衿将药箱清好,和余珊瑶一起走进诊断室。诊断室设在一户乡民的家里,这家的门口围满了人。这是村里比较富裕的一户人家,堂屋里摆着香几,几上有一只很有年代的香炉,正袅袅地飘出香烟。香几下面摆了一张八仙桌,两边各有两把太师椅。为了供病人休息,事前还准备了几条长木凳。诊断室在厢房,里面被布帘隔开,里面是一张简易诊断床，外间摆了两张桌子。方子衿她们进去后，将药箱放在桌子上，拿出里面的东西。准备就绪，方子衿走到外面，叫道，二十四号和二十五号。妇科病是隐私病，一般妇女，即使病得很重，也不敢看。她们一旦走进这里，等于向全村人宣布，自己那个部位有病。医疗队汲取了在其他村看病的经验，到了一个村，不管是否有妇女病，将全村所有的妇女编上号，即使没有病，也做一次妇科检查。

二十五号是个四十岁左右的妇女，二十四号只有二十多岁。一般来说，年轻妇女患病的可能性小一些，方子衿便将二十五号推给余珊瑶，她自己接过了二十四号。听过心跳，拿过脉，方子衿将二十四号领到里面的房间，让她在床上躺下来。女人按照她的要求，将上衣解开，露出一对奶子。方子衿用双手轻轻地揉捏一遍，让女人穿好上衣，再脱下裤子。女人很犹豫，动作迟缓。方子衿对她说，不必顾虑，大家都是女人，知道女人的毛病。女人受到鼓励，将那条棉裤脱下，顿时有一股很浓的臭味扑面而来。女人再褪下内裤，方子衿往她的隐私部位看了一眼，立即皱了皱眉头。女人的私部一朵蔫了的花般向外张开着，一股很浓的臭味由那里发出，向四周飘散。她以为女人得的是湿疣一类的病，可认真看一看，又不像。她拿不定主意了，向外叫道，余老师，你来一下。

余珊瑶进来，看了一眼，问道，脱宫多长时间了？女人似乎不理解，她又问了一句，从么时候开始这样的？女人想了想，说十一二岁的时候。余珊瑶显然十分吃惊，问她现在多大，她说二十五岁。余珊瑶问她什么时候结婚的，她说十八岁。余珊瑶又问她和她男人的第一次是什么时候。女人说结婚大概一个月以后。

问清这些，余珊瑶心中有数了，知道女人的丈夫不是她的第一个男人，问她第一个男人是怎么回事。女人坚持说，她的老公就是她的第一个男人。余珊瑶听了，脸色立即变了，对女人说，你对别人说假话可以，对我你说不了假话。我是医生，我知道这种病是怎么回事。你还是把实情说出来吧。

女人没办法，只好说了。她自己的亲生父亲在她三岁的时候死了，她跟着母亲改嫁。八岁的时候，她被后父强奸了。有一次，后父和她做的时候，被他的两个儿子看到了，两个儿子趁着父亲离开，堵住了她，也要和她做。她没办法，只好依了。从那时候开始，他们父子三人，轮番和她做，尤其是那两个哥哥，天天不断，一天要做好几次。直到现在，她每次回娘家，他们仍然要和她做。余珊瑶义愤填膺，表示一定要将此事告诉政府，狠狠地惩罚这几个坏蛋。女人一听，连忙在她面前跪了下来。她说，这件事，她丈夫以及婆家人至今不知情。如果报告给政府，她就没脸活在世上了。

　　面对这个女人，方子衿又一次想起余珊瑶曾说过的话。女人的隐私部位，映照出的是整个社会。社会如果不能有效地治理好，妇女的隐私病，是很难治愈的。

　　半夜时分，一阵枪声将她们惊醒。方子衿猛然翻身坐起，听到外面一片闹腾。有人在大声地命令，土匪想进村，所有青壮年拿起家伙去打土匪，妇女留在家里，都不要出门。跟着医疗队的有县大队的战士，村里又有民兵武装，方子衿和余珊瑶都没意识到这次的事件可能非常严重。她们摸黑坐在床上，听着村外的动静。枪声非常激烈，却渐行渐远。遇到土匪袭击不是第一次了，以前曾有好几次小股土匪活动，都被县大队的战士和当地的民兵赶走了。余珊瑶听到枪声远去，大大地打了个哈欠，对方子衿说，土匪被打走了，明天还要忙一天呢，快睡吧。

　　两人再一次躺下，在枪声中睡了过去。突然，轰然一声响，门被撞开了，几个黑影冲进来，一个人小声地问，这屋里有两个人呀，到底是哪一个？另一个说道，管她是哪一个，一起带走。

　　刚刚惊醒的余珊瑶和方子衿意识到情况不对，大声地喊叫。那几个黑影将她们按在床上，往她们嘴里塞了些布，像扛麻包一样，往肩上一搁，扛着就往外跑。余珊瑶和方子衿意识到自己可能被土匪绑架了，拼命地挣扎着。留在村里的村民被闹醒了，他们从家里出来，纷纷打听出了什么事，见一伙人扛着两个人往村外跑，有人大叫："土匪抢人了，快追土匪啊。"村民于是向前追。可土匪手里有枪，对着奔跑过来的村民头上放了一阵枪，再没有人敢往前跑了，只是远远地跟着。

　　土匪扛着余珊瑶和方子衿跑到村口，那里早已经准备了好多马。土匪们跳上马,将她俩往马背上一搁,马队立即撒开四蹄向山里跑去。

最初,方子衿她们还能听到身后嘈杂的喊叫声,转眼间,那声音没有了。既没有叫声也没有枪声,只有急促的马蹄声,在静夜的山谷间回荡。这么狂奔了好几个钟头,跑了不知多远,有人吆喝停下,方子衿感到腹下的马越跑越慢,然后停下来。她被人从马背上抱下来。山里有一股很重的寒气,四周静极,马儿显得有些夸张的喘息声中,夹杂着远处野兽一阵又一阵的嗥叫。她被两个男人抬着,放在了余珊瑶身边。

一个头目走上前,对她们说,观音大师,别怕,我们没有恶意。方子衿想说点什么,可她全身都在发抖,根本说不出来。那个头目接着说,在下是奉韩司令之命,前来请观音大师去司令部给韩司令夫人看病的。韩司令说了,等你把夫人的病治好了,我们立即送你们下山。

方子衿心中咯噔了一下。他这样说,是否表明,如果治不好那个女人的病,她们再也没有下山的机会了?更何况这些人是土匪,他们能有什么信誉?

头目继续说,观音大师,天就快亮了,我们不能让你记住路。所以对不住喽,得把你们的眼睛蒙上。

余珊瑶是半躺在山坡边草丛上的,听了他的话,突然翻身而起,以命令的语气让他们等一等。方子衿看不清头目的表情,却可以从他的语气中知道,他对余珊瑶还是有些敬畏的。他说,观音大师,你有么子吩咐?余珊瑶指着方子衿说,她完全不懂医,去了也没用,路上还增加你们的负担。我跟你们去,你放她走吧。

方子衿没想到余珊瑶此时会想到救自己。跟着余珊瑶学医已经几个月了,余珊瑶对她既没有好语气也没有好脸色。她一直以为,余老师不喜欢自己,只是因为上面硬塞给她,她才无可奈何接受的。而现在,在这生死攸关的时刻,她想到的不是自己而是她的这个没有真正拜过师的学生。在方子衿的眼里,余珊瑶突然之间异常高大起来。她知道自己应该有所表示,至少要表现一点豪气。然而,一想到这种豪气可能直接关系到自己的生死,她浑身就发软,以至于嘴都没有力气张开。

根本轮不到她说话,小头目已经以看似恭敬的语气堵死了方子衿的生路。

　　脸上蒙了黑布之后，方子衿再一次被放在了马背上，马蹄声再一次急促地响起来。方子衿的身体在马背上颠簸着，她怀疑自己的脊骨会被跌断，或者是被奔跑的马匹颠到地上摔死或者自己的肠子会被颠断。事实是她所有的估计都没有发生，只是腹部和胸部之间的一块皮被蹭破了，肿痛了好多天。

　　这样奔跑了好几个钟头，土匪们再次停下来，把她们从马背上放下。方子衿觉得浑身都散架了，所有零部件都不属于自己一般。那些土匪可不管这些，放下她们之后，便把不知什么东西往她们嘴里塞。没容方子衿张口，听到余珊瑶说，先别忙着吃了，我都快憋爆了，解开绳子，让我们先方便一下。一个土匪说，就在我们眼前拉得了。余珊瑶说，你这说的是么话？你妈你姐你妹方便，你也看吗？土匪说，那不行，我们不看着，你们跑了怎么办？余珊瑶说，亏你想得出，这一路疯颠，我全身都是麻的。现在你让我跑，我都跑不动了。无论她们怎么说，土匪就是不肯让她们离开视线。最后，她们只好躲在一棵大树后尿了，又胡乱吃了两只窝窝头，喝了点水。

　　土匪们又要上路，余珊瑶紧紧地抱着一棵树，说这样跑下去不行，她就快要死了。无论如何，得让她睡一觉，否则，就算让她死在这里，也不再走了。土匪无计可施，只好让她们睡觉。余珊瑶见他们答应了，倒头便睡。方子衿可不敢大意，紧张地说，老师，我们睡着了，他们如果……怎么办？余珊瑶明白她的意思，小声地对她说，你放心睡吧。没听说是他们的司令要我们去给司令夫人看病吗？没有见到司令之前，他们不敢乱来的。即使如此，方子衿还是悬着一颗心。没有见到土匪司令之前不敢乱来，那么见到之后呢？难道自己的生命，真的就这样结束了？胡思乱想着，不知什么时候真的睡过去了。被人推醒，才知道，天再一次黑了下来。

　　草草吃两个黑面和麦麸混合而成的馒头，喝了一点山泉水，她们又像两只麻包一样被扔到了马背上。这样一路不停地奔跑，不知跑了几个小时，马终于是停了下来。方子衿的身子再一次被人抱住的时候，她连挣扎的劲都没有了。她被人安排在一乘滑竿上，滑竿被人抬上了肩，隐约是在往山上走。她的感觉还停留在马上，自己的身子一直上下颠簸着，根本无法停下来。即使几个小时后滑竿停下，蒙在她脸上的黑布被扯下时，她的身子还在上下苦颠，似乎停不下来一般。方子衿四处看了看，见自己和余珊瑶被带进了一座山寨，四周用石头砌着一堵厚墙，沿着山势有一些房屋，只有正中几幢像点样子，旁边都是一些临时用石块垒成的简易房子，看起来像是一座座地堡。刚下地，方子衿和余珊瑶都不会走路了，双腿抖得厉害，根本不受自己控制。抬她们上来的几个土匪伸手上来扶她们，被她们挣开。

从正面一幢屋子里走出两个穿国民党军装的年轻女人，她们腰中扎着手枪，看上去颇威武。可那一身衣服，显然有些年头了，陈旧而且有了补丁。再看周围那些男人，差不多是破衣烂衫，面带菜色。两个女人走到她们面前，分别搀了她们，向屋子里走去。余珊瑶叫道，先别忙，我们要去一趟厕所。两个女人交换了一下眼色，然后改变方向，走到围墙边一个用松树枝搭成的棚子前。方子衿看了一眼这厕所，竟然只有半截，不封顶的。别说是一米七几的男人，就是她站在那些枯了的松枝旁边，都能看清里面的一切。方子衿问，就这里？其中一个女人说，我们这里只有这一间厕所。

从厕所出来，正中那幢大房子前面，已经站了一个孔武的中年男人。他唇上有一撮很浓密很整齐的黑胡子，嘴里咬着一根烟斗，身上是一套国民党少将军服，腰中扎着武装带，脚上是一双有些破了的马靴，双手放在身后，抓着一条马鞭。看到余珊瑶和方子衿，他将烟斗从口里取下，迈开大步，迎着她们走过来。两个女人见到他，迅速立正，叫了一声韩司令。韩司令没有理会两名手下，将手中的烟斗塞到牙缝里咬住，停下来，双手抱拳，说道，余大夫，非常抱歉，用这种方式请你来看病，实在是情非得已，万望海涵。

余珊瑶的胸似乎突然挺了一挺，看上去正义凛然。她说，病人呢？

韩司令摊开一只手，向屋内做出一个请的动作。方子衿跟着余珊瑶走进去。她们两人既因为一路颠簸，也因为山中太冷，身子一直都在发抖。

进门后是一间堂屋，很宽敞明亮，正中一张八仙桌，两边排了很多椅子。八仙桌的一边，坐着一个非常年轻漂亮的女人。女人也是一身国民党军服，同样是旧了，却是一个补丁都没有。领她们进去的两个女人，站立在司令夫人身边，等待着进一步的命令。方子衿一直以为自己的母亲和余老师是女人中最漂亮的，可见到面前这个女人时，她才知道，原来还有女人比她们更漂亮。当然，她很快看出面前这个女人的身子极其虚弱，脸色苍白，就像是被漂洗太多次的白布一样。女人见到她们，站起来，苦瓜一样的脸上挤出一丝笑容，客气地说，余大夫，真的非常抱歉。让你受惊了。

余珊瑶只是用眼角的余光看了她一眼，也不顾韩司令是否让座，自己先走过去坐下来，以命令的语气对女人说，你坐过来。女人没动，旁边一名女勤务兵拿眼看韩司令。韩司令喝道，愣着干啥子？快把椅子搬过去。女勤务兵立即搬了一把椅子，放在余珊瑶面前。那一刻，方子衿对余珊瑶佩服得五体投地。在这样一个匪窝里，她竟然能够表现得如此镇静，真不知她是什么东西做成的。自己就不行，腿肚子一直在打战，抖得厉害，甚至都有些站不住。余珊瑶可能看出了这一点，温柔地对她说，小方，你也坐过来。韩司令对女勤务兵说，快帮余大夫的学生搬一把椅子过去。有人将她们的药箱提进来，摆在八仙桌上。

方子衿坐过去时，余珊瑶已经伸出她的纤纤玉指，轻轻按住了司令夫人李筱玉的手腕。同样是美女，两只手那么一交叉，立即就分出了楚河汉界。余珊瑶的肤色，更接近于婴儿的光泽，凝脂一般白皙，一种从最深处透出的红色，就像清晨第一道霞光般媚惑。司令夫人的皮肤显得蜡黄而又干燥，被山里的阳光涂上了一层釉色。

其他人都退了出去，堂屋里只剩下韩司令和三个女人。余珊瑶拿过脉，对司令夫人李筱玉说能不能找一个僻静一点的房间，她要做一些特别的检查。李筱玉站起来，将她们领进侧面的一个房间。房间里有一张很大的床，床上的被子显得很破很脏，房间里有一股子霉味，还有一些血腥味和死鱼一样的臭味。韩司令跟着她们走进房间，甚至讨好地搬过椅子让余珊瑶坐。余珊瑶盯了他一眼，似乎在说，这是看女人的病，你有必要留在这里吗？韩司令没有理会她的眼色，她也懒得再理，从药箱中拿出听诊器，让女人解开外衣。

女人的里面穿的是一件白衬衣，现在已经不能说是白色了，上面沾满了汗渍，变成了土灰色。看女人外面的军装还算光鲜，可里面的衬衣已经破了。破的地方也非常奇特，两只奶子上面，只有稀稀的几根纱线，以至于女人的奶子一眼就可以看到。这是一对显得松垮的奶子，没有一般女人的奶子那种瓷白色，是一种病态的苍白。

余珊瑶将听诊器贴在女人的胸部听了半天，又让女人躺到床上去，将裤子褪下。女人听话地躺了上去，脱下军裤后露出的是一条花内裤，方子衿一看就知道是上海货。三峡地区的女人，生活在城市或者县城的，通常穿那种大花裤衩，而乡下女人，仅仅在外面套一层裤子遮羞，里面是不穿内裤的，晚上睡觉，全家人都是精赤条条。眼前这个女人和整个三峡地区的女人都不同，穿的是一条紧紧裹在身上的三角裤。穿这种三角裤，三角区原本该是如香蕉状的，非常饱满圆润。可李筱玉的那个地方，鼓得惊世骇俗，显得很不真实。内裤比衬衣破得更厉害，腰部露出的是毛边，小小的一块三角之地，竟有好几个破洞，显示里面塞了不少的纸。纸的边缘，女人的阴毛向外怒张着，似乎在表示某种不满。女人问余珊瑶还用不用脱，余珊瑶说暂时不用。她将听诊器贴在女人的小腹部，认真地听着。

这道程序刚刚结束，韩司令有点急不可耐地问情况怎么样。余珊瑶眼睛都没有看他一下，而是转向方子衿，对她说，你来给她检查一下。方子衿将自己的手伸出去，手指还在颤抖着。她暗自对自己说，你不能这样，如果能治好这个女土匪的病，说不准他们真的会兑现诺言。这可不是在治病，而是在救你自己的命，无论如何，你得用点心。

用去比平常至少长三倍的时间，方子衿才将自己的手指从李筱玉的腕上抽了回来。见余珊瑶拿眼光看自己，她又拿出自己用的听诊器，先听女人的心跳，再听女人的小腹。做完这一切，韩司令再次问到底是什么病。方子衿拿眼看余珊瑶。余珊瑶以目光鼓励她。她说，看上去是喜脉。可是，脉象很弱，应该属于极度阴虚。病象下沉，应该在肾。李筱玉立即说，对，我的腰老是疼，有时候是阴阴地疼，有时候又像裂开了一样。司令搬把椅子坐到她们面前，问是不是看出什么病了。余珊瑶不理司令和李筱玉，对方子衿说，你问吧。

不需要她问，李筱玉开始自己介绍病状。十个月前，她停经了。当时以为是怀孕，欢天喜地的。没想到，六个月前，突然又流血了。最初，她以为是月经，没理。可是流了半个月，还没有干净，找了附近几个郎中看，说是流产。等流完了，自动会好的。差不多一个月后，不流了，她以为好了。岂知半个多月后又开始流，一流就是一个多月。从那以后，似乎总也没有干净过，所以，她的下面，不得不一直塞着纸。

方子衿一下子糊涂了。脉象显示是喜脉，似乎表明她怀有身孕。可不停流血又是怎么回事？阴虚显示什么？如果说流产，最多半个月甚至几天就流完了，不太可能流一个月，更不太可能流过之后再流。难道自己的脉拿错了？她看着余珊瑶，见余珊瑶也正好看着自己，眼中流露的是一种鼓励和支持。她第一次读懂了余珊瑶的目光，心中大为欣慰。她在以目光暗示自己呢。这么说，自己刚才对脉象的分析是对的？如果是对的，这病到底是怎么回事？如果怀有身孕是对的，那就不是流产。不是流产又是什么？流了两个多月的血，胎儿还能活吗？

余珊瑶对韩司令说，我们要做妇科检查，能不能请你出去一下？韩司令看了余珊瑶一眼，很听话地走出去，并且将门带上。余珊瑶对李筱玉说，现在把你的内裤脱了。女人脱下内裤，又取下厚厚的一沓沾满乌黑血迹的纸，顿时有一股很浓的血腥味夹杂着死鱼一般的臭味在空气中弥漫升腾。方子衿皱起了眉头，余珊瑶却是视而不见。她戴好乳胶手套，走到床边，将女人的双腿扒开，方子衿看到，女人的那个部位血肉模糊。她很清楚，造成这种状况，主要原因是流血时间太长，女人又一直揣着纸，皮肤不透气，又容易滋生细菌，而且行动时，腿和纸一齐摩擦皮肤，容易让不健康的表皮破损，加上卫生条件不好，没有及时消毒，便出现了溃烂。余珊瑶先看了看女人大腿根部溃烂的情况，又小心地将自己的手指伸进去，在里面探着。她抽出自己的手时，方子衿看到手套上沾的血。血很淡，而且带着乌紫色血块。

"现在你来给她做指检。"余珊瑶命令道。

方子衿觉得有什么东西哽在喉咙里，强烈想呕吐的感觉，搅得她头昏目眩。老师发了话，她不好不照办，只得硬着头皮给女人指检。

做完检查，李筱玉问余珊瑶，自己到底得的是什么病。余珊瑶不说话，转身向外走。韩司令像受伤的苍蝇一般在堂屋里打着旋，见到余珊瑶，像是见到救星一般，立即上前询问。余珊瑶并不答话，走到刚刚坐过的那把椅子上坐下来，又示意随后跟出来的方子衿也坐下。韩司令一直都在说着话，无非是问夫人的病情。直到李筱玉也回到堂屋里坐好，余珊瑶才对方子衿说，你先说说吧。

方子衿拿过脉时，心里还是一团乱麻。等余珊瑶指检过后，她突然灵光一现，找到了答案。她说，她认为韩司令夫人十个月前确实怀了孕。但因为某种原因，这个胎儿在三个月左右就死了，死胎并没有排出，而是留在了子宫，成了子宫异物。流血应该是死胎引起的。精血不固，伤及脾肾。

司令立即问余珊瑶是不是真的。余珊瑶说，其实，你夫人没什么病，只是因为胎儿死在腹内，造成出血。血流多了，身子虚，当然就一身是病了。要想治好这个病，只有一个办法，动手术将死胎拿出来，然后再慢慢调养身体。韩司令问她是否能动手术。余珊瑶说，动手术是一件大事，需要设备以及相当的药物准备，要到山外的大医院去做，最好是去恒兴。韩司令一听就傻眼。他是土匪司令，共产党的剿匪部队正四处寻他。他如果带着夫人去恒兴治病，岂不是自投罗网？他焦急地问余珊瑶有没有别的办法。余珊瑶坚决地摇着头说，你可要快点决定。人的血是有限的，经不起这样流。韩司令显然是给难住了，急得在房间里打旋儿。余珊瑶趁机又加了一句，如果再这样流一段时间，神仙都救不了你夫人。说过之后，她又以命令的口吻对韩司令说，被你们闹腾了一个晚上，我和小方还没睡过呢。找个地方让我们睡觉。

韩司令叫来那两个女勤务兵，带着方子衿和余珊瑶去她们的房间休息。房间很小，摆着两张陈旧的木床，床上铺着厚厚的草，草上有垫絮。垫絮已经成了黑色，上面的床单补了许多的补丁。房间里有一股很浓的霉味，夹杂着一股像是死老鼠的味道。可那肯定不是死老鼠。余珊瑶不一会儿就睡着了，方子衿无法入眠。躺在床上时，那种死老鼠的味道更浓了，而且还有一股很浓的男人味。这可是女人的床，怎么会有这么浓的男人味？仔细一想，她明白了，这里是土匪窝，一个男人的世界。在一个男人的世界里住着两个女人，这两个女人会是什么样的人？想到这里曾经有许多男人滚过，方子衿顿时觉得浑身不自在，就像是有亿万只虱子在咬着她一样。那样两个不算漂亮的女人在这里成了公共厕所，她们这样两个绝色美女落到这里，无异于羊入狼群，命运会是什么样的？想到这一点，她不寒而栗。在这样险恶的环境下，余老师竟然能够安然入睡，一股敬佩之情，油然而起。短短的一天时间里，余珊瑶的形象，在她心目中高大起来。

正当方子衿迷迷糊糊的时候，哐的一声，门被踢开了。她大吃一惊，翻身而起，见门口闯进来几个男人，如果不是提着枪，肯定会被误认为是山里的农民。他们喝过酒，进来的同时，满屋子都充满了酒臭味。进来之后，他们像饿狼一般扑向她们。

余珊瑶从床上一跃而起，大声叫道："搞么事搞么事？"

一个土匪说："咳咳，让我们玩玩嘛。"

那个浑身汗臭味满口酒臭味的男人向自己扑过来时，方子衿一下子蒙了，她拼命地推拒着。可那个男人的力量实在太大，只一下，就撕开了她的前襟，让她那一对瓷白的兔子脱颖而出。男人惊叫出声，操着一口北方话说：妈呀，这妮子的奶子好白好大哟。他的话音未落，另外几只手扑了过来，抓住她的奶子拼命地揉捏着。

如果不是余珊瑶冷静沉着，方子衿肯定逃脱不了被糟蹋的命运。那几个男人粗糙的手抓捏着她的白鸽并且准备将她的白鸽撕烂时，她承受不住如此巨大的打击，吓昏过去。此时的余珊瑶却是异常清醒。那个皮肤像炭一样黑的家伙，张大着皴裂的厚嘴唇，露出当面两颗金牙和金牙旁边两排黑牙，涎水从嘴角滑下来，像猪一样在余珊瑶丰满的胸脯上乱拱时，她没有一丝一毫的惊慌。她将自己的手向下伸，一把抓住了他的命根子。最初，那家伙还以为她那白葱一般的玉手，是想带给他一阵快感的春风，顿时兴奋地嚎叫起来。余珊瑶根本没容他作出丝毫反应，用尽全身力气，猛地一捏。那个家伙立即惨叫一声，从她身上滚下来。她翻身而起，右手往前一伸，然后漂亮地一抬腿，再站起身来，左手在右手边动了那么一下。这些动作一气呵成，优美至极。在这一串动作结束时，她同时做了几件事。第一件事当然是将那个男人的睾丸捏碎了。第二件事是顺势夺了他的二十响。第三件事是做了一个顺水人情，将他踢到了地上。第四件事则是将子弹推上了枪膛。

屋子里几个土匪听到惨叫声，又见同伴痛得在地下打滚，明白遇到了厉害角色，迅速伸手去摸枪。岂知余珊瑶比他们更快更狠，她挥着手中的枪，大喝一声："都给我站好，否则，我认人我手里的家伙不认人。"那些土匪愣了那么几秒，显然在退和进之间权衡。余珊瑶知道不能给他们思考时间，必须将这些家伙镇住。她举起手，猛地一扣扳机。砰的一声，愤怒的子弹冲出了枪膛，射到屋顶上。

即使如此，那几个土匪仍然没有及时退走，反倒是有更多的土匪围了过来，门外，伸进了不少长枪黑洞洞的枪口，对着余珊瑶和方子衿。刚刚醒过来的方子衿看到那些枪口，心中冒出的第一个念头就是：完了，这回我肯定是死了。

枪声惊动了韩司令，他牛一样的身形往门口一站，所有人都不再有任何动作。余珊瑶提着枪站在那里，身子也在发抖。她质问韩司令，为什么要这样对待请来的客人？又问他，你不是说你们是国民革命军吗？国民革命军就是这样的队伍？这和土匪有什么区别？韩司令被一个女人质问，觉得面子拉不下，一面对那帮手下拳打脚踢，一面破口大骂。那些手下一个个屁滚尿流，连爬带滚地跑出去了，只有那个破了睾丸的土匪仍然痛得在地上打滚。韩司令不知是不是太激动了，猛一阵咳嗽，似乎歇不住。最后那个土匪爬到他的面前，抱着他的大腿，说余珊瑶将他的卵子捏碎了，请司令一定要替他做主。韩司令猛咳了一阵，稍稍平复，准备对面前的土匪说点什么，刚开口，又咳了几声。就在咳的工夫，他抬起穿马靴的脚，照着他的胸口又踢了一脚，又大叫一声，来人——啊。说出的三个字，前面两个中气很足，到了第三个字，却接不上气了。

两个勤务兵应声而入。韩司令又喘了几大口气，才发出命令：把他拉出去，给老子毙喽。

听说要枪毙自己，那个土匪脸顿时变得纸一样白。他猛地扑向韩司令，抱住他的大腿，数说着自己对他的忠心以及自己所立的大功。提到某次曾救过韩司令的命。韩司令无动于衷，站在那里一动不动，脸上像是涂了一层油彩，红光放亮，胸脯像是拉着风箱一般，剧烈地起伏着。方子衿缩在床的一角，紧紧地掖着胸前，不让自己的大白兔溜出来。她以一种极度的惊恐目睹了眼前发生的一切，并且以充满敬佩和崇拜的眼神去看余珊瑶，发现她的身子摇晃起来，先是手中的枪掉到了地上，接着她自己倒了下去。

韩司令上前一看，猛一阵掐她的人中，将她救醒过来。韩司令对她说，对不起余大夫，都是我的错，我没有管好手下，让你受惊了。余珊瑶说你说这些没用，最好的办法是放我们走。否则，这个晚上会发生什么事，你根本控制不了。恰在此时，外面传来一声枪响。韩司令说，你听到了吧？我看还有谁敢乱来。余珊瑶说，杀人不是办法。那些人手里也有枪，今天你可以杀他，明天他们也可能杀你。韩司令从牙缝里挤出两个词：谁敢？说过之后，又是一阵干咳。

余珊瑶不说了，仔细地看他，看得他有些头皮发麻，问道，你这样看我干啥子？余珊瑶说给我。他问给你啥子？她一把抓过他的手腕，开始给他拿脉。他说你不用哄我，我没病。余珊瑶不理他，一边把着脉，一边问他是不是到了下半夜就热得难受，全身像着了火一样。他说那是我火气旺。她再问是不是性欲特强，每晚得好几个女人。他说那是我生命力旺盛，能力超强。余珊瑶仍然不理他的话，继续问他，腰是不是酸胀酸胀的，还有，每次咳的时候，是不是像是有一根线扯着全身那样，一咳就到处扯着疼。

韩司令有些泄气了，认真地盯着她看了半天。不太相信地问："你如果糊弄老子，老子认识你，老子的枪子儿可不认识你。"

余珊瑶说："我看你年龄不算小了，应该四十挨边了吧。有孩子了吗？"

韩司令一听就烦了，斥道："啰唆啥子？看病就看病，扯他娘这些乱七八糟的干啥？"

余珊瑶抽离了自己的手，又拿听诊器听他的胸音，听得很仔细，时间出乎意料的长。一旁的方子衿莫名其妙，不知道老师到底想干什么。余珊瑶终于做完了一切，叹了一口气，说："算了，不说了。反正我的命捏在你的手上，要杀要剐，随你好了。"

　　她不说，韩司令可是急了。在屋子里团团转，又掏出枪来，威胁要毙了她。余珊瑶说，你要毙就毙吧。反正，用不了多久，你就得去地下和我见面，我找阎王爷告状去。

　　她越是这样说，韩司令越是害怕，问她自己到底得了什么病。又说只要她能治好他的病，他做牛做马报答。余珊瑶说，我治不了你的病。你不是那些山里的农民，我感觉你应该读过书知道理的，你肯定知道，我不是什么观音大仙，也不是包医百病的神医华佗，我只是一个妇科大夫，只会治妇女病。你得的是内科病，我不会治。就算是会治，在这里也治不了。你还是好好享受你已经不多的日子吧。要我说，也别一天到晚把人家女人折腾得要死，好好养一养自己的身子，趁着现在还行，给自己留个种。如果再拖几个月，你的病发了，恐怕连后也没了。

　　韩司令真是吓坏了，扑通一声跪在了她的面前，求她无论如何都要救自己。

　　余珊瑶说，你的病还没有完全显现出来，不过也快了，大概就两三个月的事。你的病在肺部，如果我的诊断不错，应该是肺结核，也就是民间说的肺痨或者痨病。这种病，如果治得早，还有救，等病真的发了，神仙都救不了你。你不是要我救你吗？我给你指一条路，趁现在还来得及，带着你的人下山去吧。楚乡肯定救不了你，恒兴有没有治肺结核的药和相应的医疗条件，我不知道。如果我估计不错，你这病，只能去宁昌治。那样，你和你夫人都还有救。说过这一席话，无论他再问什么，她都紧闭其口，一言不发。

　　令方子衿大喜过望的是，当天晚上，韩司令竟然派人用两乘滑竿抬着她们下山了。担惊受怕了一整天，原来只不过虚惊一场。

↗03　男人是世界上最可恶的动物！

　　方子衿做梦也没有想到，逃离死亡线之后见到的第一个熟人，竟然是陆秋生。

　　土匪用两乘滑竿抬着她们离开，尽管是在黑夜，她们的眼睛同样是被蒙上的。在山里转了整整一夜，大约在上午便躲进了一个山洞，一直到天黑下来，她们又一次被安置在滑竿上，因为眼睛被黑布蒙着，到底走了哪些地方，她们完全不知道。天亮前，土匪们将滑竿放下，对她们说，到了，下来吧。方子衿诚惶诚恐地走下滑竿时，一个土匪还好心地扶了她一把。她站在那里，以为土匪会上前解开绑在她手上的绳子以及取下蒙在脸上的黑布，等了半天，只听到一群人快速远去的脚步声。待脚步声远了，她小声叫着余老师，余珊瑶答应一声。她小心地迈开脚，试探着向余珊瑶那边移过去。余珊瑶也正向她靠拢。两人靠到了一起，余珊瑶帮她解开了绳子。她的双手虽然麻木，却不影响她扯开蒙在头上的黑布。过了好一阵，她的眼睛适应了，才知道天仍然黑着，四周是黑黝黝的树木和大块的石头。她动手帮余珊瑶解绳子，因为不太相信这是真的，一再问余珊瑶。余珊瑶说，傻丫头，你掐一下自己的手，如果痛，就不是做梦呀。方子衿用劲掐了一下自己的手，痛得叫起来。重新帮余珊瑶解绳子。

见余珊瑶已经重见天日，方子衿顾不得许多，撒开腿就向前跑。余珊瑶叫住她，她说她担心那些人后悔了，又返回来抓她们。余珊瑶说，虽然他们是些土匪，但也有行规。既然决定了放她们，就肯定不会反悔。她又说，别急着跑了，药箱应该在这附近，我们找找。方子衿实在不愿意，又不敢独自在这山中行走，只好返回来。药箱果然在路边，方子衿背上身后，再一次撒开脚丫狂逃。余珊瑶第二次叫住了她，对她说，现在到底在什么地方，不清楚，说不准需要走一天才能见到人烟呢，这样跑，一会儿就没劲了。

天亮以后，她们下到了山脚，张目四望，仍然是山连着山山接着山，方子衿有些绝望了，不知该往哪儿走。余珊瑶安慰她不用担心，既然有路，就一定可以走出去。她们沿着山中小路向前走，没多久，小路并入了一条大些的路，她们又沿着大路走。这样走了几个钟头，翻过一座山后，突然看到山下有一个很大的镇子。尽管早已经疲惫不堪，可她们还是忍不住迈开双腿向前跑。进入镇子之后就问政府在哪里，到了政府门前，两人竟然再也没有力气迈进去，双双倒在了地上。方子衿的最后一丝意识是有人问她们情况，余珊瑶似乎在介绍自己的身份。到底说了些什么，她听不清了，困意突然而来，她在很短的时间就进入了梦乡。

再次睁开眼时，天已经完全黑了。方子衿发现自己躺在一间很小的屋子里，一张很旧的木桌上点着一盏豆油灯。她以为自己还在土匪窝里，醒来之后，迅速翻身而起，结果看到陆秋生坐在自己的床前。她以为陆秋生带着部队来救自己的，心中一阵狂喜，大叫一声陆主任救我，猛地扑到了他的怀里。

陆秋生最初还没料到她要做什么，直到她的身子带着一股女人香贴上他的时候，他才本能地张开双臂，将她紧紧地搂住。那一瞬间，一股巨大的幸福感强烈地撞击着他，令他无法自持，几近昏厥。他紧紧地抱着她，唯一的念头，是这样一生一世。

作为军管会文教卫生委员会干部，陆秋生属于医疗队的领导。他在第一时间知道了余珊瑶和方子衿被土匪绑票的消息。得到消息后，他丝毫没有停留，迅速跑到了第一首长的办公室，请求首长允许他带人进山剿匪。

首长说，这不可能，剿匪有剿匪部队，地方有地方的任务，不能乱了套。陆秋生和第一首长吵了起来，质问他还有没有阶级感情，被土匪绑票的是两个阶级姐妹，他怎么能见死不救？首长说，剿匪部队的首长已经研究过这件事，目前，各剿匪部队都已经行动起来了。陆秋生知道自己不能等山中剿匪的结果。去年夏天这一带解放之后，剿匪就同时开始了，现在过去已经一年多，土匪还没有剿尽，甚至都不知道何年何月才能肃清最后一个土匪。如果坐在这里等，等再一次见到方子衿时，说不定她已经成了土匪崽子的妈妈。想到这一点，他的心就像是被人猛割了一刀似的。他强烈要求首长同意他去医疗队工作。首长也正考虑增派保卫力量，听他主动请战，也不再考虑别人，同意他去担任医疗队保卫组组长。

陆秋生带着一个班的战士和一台步话机，赶上当天最后一班上水船，到楚乡县城时已经是下半夜。县大队的大队长是他的战友，半夜敲开大队长的门，将那个班的战士交给大队长，让他明天派个人送他们去医疗队，又向他借了一匹马，连夜走了。

他也很清楚，就算自己进了山，也不一定能救出方子衿。这地方群山连绵，大山接着小山，山山不绝，历来就是土匪啸聚的地带。之前国民政府也有心剿匪，但后来国民政府从南京搬到重庆，有更多的事需要处理，顾不上剿匪，只好变剿为抚，各路土匪摇身一变，成了国军。国军从中国大陆逃到台湾的时候，许多人脱下军装，往林子里一钻，又还原成了土匪。这些土匪队伍，少的几十人，多的几千人。有些确实是国民政府任命的，有些只不过是打着国民政府的旗号，干着杀人越货的营生。这些土匪白天将枪一放，变成了山民，晚上拿起枪又成了土匪。加上恒兴和重庆的解放时间，前后相差半年以上，剿匪的难度可想而知。一些小股的土匪大多被消灭，而那些大股土匪，总能和解放军兜圈子，在山中玩猫捉老鼠的游戏。陆秋生如果不进山，肯定会急死，尤其不知道怎样面对方晋诚和周砚月，不知该怎样对他们提起此事。最近一段时间，他有空就去看望方晋诚夫妇，把两个长辈照顾得很好。眼看打通了未来岳父岳母的关节，却让未来的媳妇给土匪绑走了，他这颗心，哪里能安？

他既不熟悉路，晚上又不方便骑马，牵着马在山里钻了两个多钟头，等到天蒙蒙亮时，他才向一个早起的农民问清方向，跨上马，一路疾奔。赶到医疗队驻地，已经是下午了。坐下来，水没来得及喝一口，便了解情况。然而，医疗队也是云里雾里，已知的情况，全都向上级报告了，此时没有收到任何新的情报。苦苦等了两天，终于等到余珊瑶和方子衿安全的消息，陆秋生顾不得其他人，跨上马，飞一般跑了过来。

等着方子衿和余珊瑶醒来的，不仅仅只有陆秋生，还有几个从剿匪部队赶来的解放军干部。夜虽然已经很深，这些人仍然在等着她们。醒来后，她们吃了一大碗热乎乎的面条，然后被领到两个不同的房间，由剿匪部队的干部向她们了解情况。方子衿不知道余珊瑶能记住多少，她自己能记住的实在有限，当时胆都吓破了，哪里还有心思注意方位呀，人数呀之类的事？她能记住的，也就是到了山寨之后替韩司令夫人看病以及差一点被土匪强暴、余珊瑶趁机夺下那个土匪的枪以及后来和韩司令谈判的过程。

陆秋生有过那一抱的经历，以为从此和方子衿的关系掀开了全新的一页，等问话结束后，他留下来，还想和她说说话。没料到她对他又冷淡下来，说你有什么事吗？如果没事我想睡了。陆秋生欲言又止，最后只好说，那你休息吧，颇有些不情不愿地离开了。

第二天醒来，已经是下午。医疗队全体集中，所有人都在等着她们两个。她们起床，吃了点东西，医疗队重新上路了，前往下一个村子。路上，陆秋生一直走在方子衿身边，要帮她背药箱，被她执拗地拒绝了。陆秋生和她说话，她也是爱理不理。陆秋生被她给弄糊涂了。昨天她主动投向他的怀中时，他以为离革命胜利只有一步之遥了，今天见她这态度，万里长征似乎又只是刚刚开始。

一连几天，陆秋生都没有机会接近方子衿。吃过早餐，她和余珊瑶开始看病，除了吃饭和上厕所，她们根本就不会离开临时的诊断室。那里偏偏又是看妇科，男人严禁接近。就是吃过晚饭后，她们还要看上好几个钟头。终于完成了一天的工作时，也到了该上床睡觉的时间。第四天中午，医疗队完成了他们在这个村的工作。按照计划，当天应该起程去下一站方家坝子。陆秋生宣布说，这一段时间，大家辛苦了，不必赶得这么急，休息半天，明天早晨再走吧。他的职务在梁向西之上，既然他发出了命令，梁向西只好服从。

　　医疗队其他成员忙着洗衣服洗被子，方子衿不需要忙，这些事，陆秋生全都帮她做了，她就和他一起上山。方子衿不喜欢山，或许是自己在山中长大的吧，总觉得山太单调太质朴，就像是山里的汉子，粗糙却又简单，一眼就能望穿似的。她没有见过海，却期待着，海的湛蓝令她魂牵梦绕，海的神秘令她心醉神迷，海的深邃更令她内心深处充满了潮动。她和陆秋生在树林间穿行，讨论着这个与山和海有关的话题。陆秋生说，如果一定要比较的话，他更喜欢山而不喜欢海。海太广太阔太不可捉摸，永远都无法弄清海的深处到底藏着些什么。他更喜欢看得见摸得着的，就像山，实在，真实。

　　陆秋生正谈论自己对山和海的看法时，听到远处有潺潺的流水声传来。那声音很好听，叮咚叮咚，音乐一般。他话锋一转，说："你听这泉水流动的声音，海里会有吗？山就像是一架琴，外表质朴无华，却可以弹奏出美妙的曲调。高山流水，那是一种什么样的美景？每当我想起时，心里就非常激动。"

　　方子衿心底的某根弦被拨动了。她带着羞怯看了他一眼，暗想，没料到他竟然能说出这样的话。这么说，他就是那架外表质朴却可以奏出美妙音乐的琴？远处的泉水像是从她心中流过一般，带着一股清凉，带着一串乐音。

　　翻过山头，立即看到了山涧间的那条溪流，在密密匝匝的树木花丛间，如一条锦带，飘袅着梦一般的优雅。她欢叫一声，迈开双腿向前跑去。小溪不宽，弯弯曲曲的，由于溪水的冲刷，山涧间自然形成了一条河床，宽的地方十几米，窄的地方只有一两尺。两边是自然形成的河堤。溪水并没有占满河床，只是在河床中间又流出了一道两米来宽的河，两边满都是鹅卵石，石间苗壮地长着一些蒿草。溪水欢腾着，跳舞的小姑娘一般哗啦哗啦着又是跳又是蹦，扭动着腰肢向前奔跑。

　　方子衿扑向溪边，掬起一捧溪水，洗了一把脸，又再掬起一捧，放在嘴边。她红润饱满的唇翘起，嘬了一口溪水，清凉的溪水顺着她桃红的双腿向下流入了溪中。她站起来,转过头向上游望去,见那里层峦叠嶂,矗着一座又一座高高的青山。陆秋生一边往溪边走,一边摘着山间的野花。他的手中已经有了一大束花。方子衿说,你听到那声音了吗?一定是瀑布。对,就是瀑布。我们去找瀑布吧。陆秋生抬头看了看天,带着一种忧虑说,还是不去了吧。方子衿有些不高兴,反问为什么。他说他担心不安全。

听到安全两个字,她自然想起几天前的经历,又看了看他身上那鼓鼓的东西。为了她的安全,他带了两把手枪。如果真的遇到土匪,别说两把枪,再多两把恐怕也没用。想到山中可能有土匪,她身上的汗毛就一根根竖起来,不再言语,转身沿着溪流向下走去。陆秋生快步追上她,向她解释,不是他不想去。往上走,越走就越进山里了,走得太远,返回时,天肯定黑了。天一黑,谁都说不准会在哪里遇上土匪。他向她保证,只要土匪肃清了,全国太平了,别说是看瀑布,他要带着她去北方看雪去南方看海去看一看这个美丽可爱的新中国。

方子衿并非生他的气,而是提起土匪她心有余悸,所有的好情绪一扫而光。陆秋生哪里知道她脑中一闪念?只以为她生自己的气了,想解释,却又口拙,不知从何说起。他的心中懊恼着,恨不得掏出枪对准自己的心脏就是一枪。两人默默地走了好一段时间,脚步声啪嗒啪嗒地响,溪水哗啦哗啦地唱,山间的鸟雀好哇好哇地叫个不停。陆秋生恨死了那些叫好的雀鸟,举起手,将指头伸成枪状,心中默默地发出叭叭的声音。在他的心里,把这些该死的雀鸟当成土匪了。如果它们真是土匪,今天肯定会遭一次大难。

走了好一段路,方子衿心软了,对他说我累了。陆秋生就像美国黑奴获得了解放证书一般,欢快地指着前面说,那里有一片草地,我们去那里休息一下吧。前往那片草地,要翻过几块大石头。陆秋生先跳了上去,站在上面转过头来,将自己的手伸向她。她看了一眼他的手,又看了一眼他的脸,见脸上满都是真诚,便伸出自己的手,让他握了。他抓紧她的手,猛地一用力,将她拉上去。

方子衿伸出自己的手时,心是一阵狂跳。可是好奇怪,她的手和他相握以后，心反而不跳了。他的手并没有传递给她想象中的那种感觉。就像他第一次握着她的手时那样，真的是好平淡。上了石头之后，她想将自己的手抽出来，可他握得很紧，她抽了两次都没有成功。上了岩石还要下岩石，既然抽不出手来，她也只好依了他，任由他握着，扶自己跳下去。

到了草地，陆秋生立即坐下来。可方子衿站在那里，一动不动。她是一个有洁癖的人，这种草地，她是无论如何不肯坐的。陆秋生看了她好一会儿，似乎明白过来，脱下自己的外套，铺在地上。她于是在他的外套上坐了。陆秋生坐在她的身边，将早已经采摘的那一大束花放在面前，先用藤蔓扎了一个圈，又将那些花沿着藤圈插着，很快就插成了一顶帽子。坐在一旁的方子衿看着他那些干瘦的手指翻动，竟然十分灵巧。她心中再次荡漾了几下，暗想，没想到他竟然这么内秀。

陆秋生扎好帽子，转过头来，看了她一眼。他用目光向她询问：我给你戴上，好吗？她读懂了他的目光，一片红色的云霓在她青春的脸上弥漫着娇羞。她听到了自己急促的心跳，已经压过了身边溪水的流声。他向她移近，将花帽戴在她的头上。那些红的黄的颜色，被太阳光洗礼着，铺洒在她粉嫩的脸上，她的脸于是充满了诗情画意。

"你真美。"他由衷地说。

她的脸烧得更厉害了，不敢看他。转过脸时，恰好看到了身边的溪水。溪水在这里十分平静，荡漾着细细密密的网纹。在网纹之中，是她和他坐在一起的倒影。花丛中的她，有着梦一般的迷离，诗一般的清丽。一种从未有过的情愫，像一些飘浮的细丝，在她的心中牵扯着，悬浮着，荡漾着。那时，她真的以为自己有了爱情，并且为此痴迷心醉。

陆秋生对这种爱情密码作了完全错误的解读。他情难自禁，伸出自己的手，轻轻抓住了她的手。她竟然没有任何抗拒，接受了。他心中狂喜，立即做出了更进一步的动作。他一把将她抱住，将自己的唇送往她的唇边，要吻她。她就像刚刚梦游了一圈醒来似的，开始抗拒。他被欲火烧得糊里糊涂，并没有完全弄清她的抗拒是拒绝还是羞怯，整个身子压在了她的上面。他的一只手挽着她的脖子，另一只手伸到胸前，隔着衣服抓住了她那蜷缩着的白鸽。

方子衿脑中一下子被各种各样的手充满了，山中土匪的肮脏的手。那些手将她的乳房当成了面团，拼命地揉捏着。羞愤和狂躁汹涌而来，在一瞬间将她推向歇斯底里的顶峰。她不知哪来的劲，猛地一下子将他掀翻在地，然后摘下头上的花帽，恶狠狠地扔向他，咬牙切齿地说："从今往后，我再也不想见到你了。"说过之后，眼中的泪水夺眶而出。她不想让他看到自己的泪水，一低头，向前跑去。

陆秋生很快追上来，显然是想向她道歉。可是，他越急越说不出话，颠来倒去就是那么一句对不起。她紧紧地咬着嘴唇，一言不出，双腿快速地弹动着，向山下走去。

没有走多远，听到有人在喊着陆秋生和她的名字。呼喊声此起彼伏，在山谷间回荡。

在他们离开之后不久，来了两个人，他们是剿匪部队的干部，是来找余珊瑶的。据这两个干部说，土匪韩大昌派人和解放军谈判，同意起义。所有条件谈好以后，只剩在协议上签字了，韩大昌突然提出一个要求，希望余珊瑶和方子衿也参加签字仪式。解放军方面当即拒绝了这一要求。可韩大昌非常坚持，声称如果余珊瑶不来，他就不签字。解放军只好派人来找医疗队协商。医疗队现在是由陆秋生负责，他不在这里，其他人不敢拍板，所以大家分散着上山来寻他。

这可是一件大事，陆秋生没时间和精力考虑自己的事了。他和剿匪部队的干部谈了一下。剿匪部队的干部说，他们最初也不同意让非战斗人员尤其是女人参与这样的事。可是，韩大昌坚持要求余珊瑶去。部队领导研究过了，韩大昌这支土匪虽然不是整个这一片大山中最大的一支，却是一些悍匪，熟悉地形又是一些亡命之徒，他们之中有不少是国民党的死硬分子。解决这股土匪，对整个剿匪工作具有重大意义。加上韩大昌一再强调，他之所以肯起义，是因为余医生。部队首长和市军管会首长在一起研究过此事了，认为虽然有一些风险，但冒这个险还是值得的。他们只同意余珊瑶参加签字，不同意方子衿跟着去。可余珊瑶毕竟不是军人，去还是不去，得由她自己决定。

"她自己的意见呢？"陆秋生问。

"最初，她坚决不肯去。经我们反复做工作，她答应了。"

陆秋生暗想，这事既然是部队首长和恒兴市军管会首长共同决定的，自己反对也没用。可他毕竟是医疗队的最高负责人，临行前，他向首长立过军令状，他必须对医疗队的每一个人负责。他说："既然这样，我没什么好说的。我只有一个要求，我要和她一起去。"

方子衿怒气难平，回到住处后，立即翻出那支原本就没想过要收下的派克笔，送去还给陆秋生。在陆秋生的门口，一名县大队的战士告诉她，陆队长正和剿匪部队的领导谈话。剿匪部队这个词令她十分敏感，她打听了一番，才知道这场谈话关系余珊瑶和她第二次见韩大昌的问题。她想，这实在太危险了，不仅自己不能去，而且一定要制止余老师去。她正要往里面闯，门开了，陆秋生送两名干部出来。她一下子堵在了他的面前，面无表情地问他："你同意了？"

"同意么事？"他反问。

"你晓得我问么事。"她说，接着又补充道，"关于余老师和我去见韩大昌的事。"

"我不同意你去。至于余珊瑶去不去，由她自己决定。"

听了这话，方子衿将那支钢笔往他面前一塞，转身向外跑去。跑回她和余老师的住处，这才发现，余老师的床位已经空了，所有属于她的东西，已经打好了包。她迅速转身出门，问了几个人，才知道余珊瑶已经等在村口。她跑到村口，见余珊瑶站在那里，医疗队不少人也都站在那里，为她送行。

方子衿挤过去，惊讶地问："余老师，你真的要去？"

余珊瑶表情平静地说："是啊。我决定了。"

方子衿说："为么事？你不怕吗？"

余珊瑶说："那地方你不是没呆过，你说我怕不怕？"

她虽然表示自己怕，可脸上的表情是平静，似乎半点怕都没有。方子衿不解，问她："既然怕，那你还答应去？"

余珊瑶苦笑了一下，对她说："你不懂。有些事，并不是你怕或者你想躲就能躲过去的。人生常常只有一条路可走，就像当初那些土匪冲进我们睡的那个房间时一样。如果我怕我不敢反抗,后果你一定会想到。这次也一样。我如果去了,那股土匪可能就解决了,说不定可以救很多人的命。"

剿匪部队的干部以及余珊瑶已经做好了走的准备,可他们就是站在那里没有行动,似乎是在等什么。方子衿找她,原是想制止她作出决定,她既然已决定了,自己说了也是多余,只好一个劲地劝她,千万要小心。

过了一段时间,陆秋生背着行李走过来。方子衿才知道,他要陪着她一起去。经过她的面前时,他看了她一眼,似乎想对她说什么。她故意将脸扭向一边,不看他。他们一起向大家告别,陆秋生向大家挥手时,眼睛一直盯着她。她原是想送一送余老师的,可因为他走在一起,她打消了这个念头。

虽然陆秋生坚持和余珊瑶一起去,方子衿并不觉得他是个英雄。反倒是余珊瑶,让方子衿一次又一次受到震荡。看着他们离去的背影,方子衿开始感到非常不安,她觉得自己不应该在这个特别的时候将那支笔还给他。这件事对他的打击是肯定的,如果因此影响了他的此次山中之行并且造成什么后果,她将会一生一世无法安宁。整个晚上,她一直没有睡好,反复做着一些噩梦,一会儿梦见一大群土匪扑向赤身裸体的余珊瑶,疯狂地蹂躏着她,一会儿梦见韩大昌举起手枪,对陆秋生射出一串子弹。陆秋生手里并没有抓着枪,而是抓着那支钢笔。血从他的胸口喷射而出,他仍然紧紧地握着钢笔,右手高高地举起,口中大声地叫着她的名字。

第二天一早,医疗队按照预定行程前往方家坝子。即将再一次踏上老家的土地,方子衿却没有半点激动,她的心随着余珊瑶和陆秋生走了。

方家坝子分上坝和下坝,下坝有四五十户人家,上坝有三十多户。老辈人说,下坝是一块风水宝地,背后靠着的是一座山,左右两边,各有一座矮些的山,当面是一条溪流,潺潺溪水,清流如碧,四季不绝。在这样的三座山之间,有一块平地,远远看去,就像是一把太师椅。住在方家坝子的人,如同坐在太师椅上,背靠青山脚踩江流,分明就是坐江山。稍嫌美中不足的,面前的是一条溪而不是一条江,如果是一条江,肯定要出皇帝。既然有了这么一块风水宝地,谁不想沾点灵气宝气?可中间这块坝子毕竟就巴掌大地方,密密麻麻地挤进了五十来户人家,再没有空地了。有人要建房子，除非自己家里有地，否则，一律建到上坝去。上坝在太师椅右扶手的山背后，都是从下坝分出去的。

方晋诚家在下坝，一幢年久失修的破房子，由谈不得住着。山里人家，没有不穷的，整个坝子，除了几幢有些年头砖墙已经发黑的黑瓦屋，就是一些草棚子。唯一像样一点的是方家祠堂，墙上也已经长满了青苔。在医疗队进村之前，土改工作组已经住进了村子里。因为村里没有房子住，他们只好搭了几间草屋。医疗队到来，不可能临时搭屋，被分派到了各家各户。方子衿是这里的人，算是回家，自然就住进了自己的家里。这个家，除了房子，里面什么都没有。堂屋空空荡荡的，连张像样的凳子都没有，只有几个高低不平的树兜当凳子。两间厢房，其中一间是谈不得住的，里面甚至没有一张床，几块木板搁在地上，冬天在木板上铺一些稻草，夏天就直接往木板上一躺了事。另一间厢房原本堆满了柴草，因为方子衿和余珊瑶要住在这里，谈不得就将柴草堆到了屋外，由土改工作队拿来几条木凳和两块门板，搁成两张床。

当天晚上，这间厢房里围满了乡民，没有地方坐，有些挤坐在床上，有些就在一旁站着。没多一会儿，屋子里就被浓浓的烟叶子味充满了，浓烟熏得方子衿难以睁开眼睛。豆油灯只丁点亮光，加上门外射进来的月光，房间里满都是一些人影子，鬼影般摇摇晃晃的。方家坝子的人到底来了多少，方子衿不清楚，她能认识的，就只几个。那个被她叫做叔叔却非常令她厌恶的谈不得是主人，自然是少不了他。方七头和他的两个儿子也在其中，他们每年都去恒兴看望方晋诚夫妇，方子衿自然也认识。一屋子人正说话的时候，外面有人大叫："听说大妹子回来了。在哪里？"说话的是方二拐子，穿着一件油腻腻的黑布褂子，褂子上补了许多花花绿绿的补丁，粗针大脚的，有些地方掉线了，扯着吊着，像是贴在他身上的一些巨大的鳞片。褂子已经没了扣子，他的胸膛完全敞开，露出的胸脯，可以看到一根一根的肋骨，肋骨上面是一层黑黑的油泥。他左手提着竹烟竿，右手握着一只陶瓷酒壶，满嘴喷着酒气地挤过来，站在方子衿面前，夸张地叫，哎哟，这是大妹子吗？这是天仙嘛。方子衿身边原本已经坐满了，他不管这么多，硬是要挤过来坐在一起，一双三角眼时不时往她胸前溜上那么一圈。如果她的眼里有钩子，肯定早就将方子衿胸前的两只大白兔给钩出来了。

这些人，几乎全都是方晋诚家的佃户。他们来看方子衿，一个重要原因，就是要谈一谈土改的事。方七头被选为农会主席，一个老实巴交的穷苦农民，成了一个人物。他诚惶诚恐，一遍又一遍告诉方子衿，那些地无论如何都不能分，特别是两座山，是灵山，也是英雄山，绝对不能交给土改工作组。方子衿解释说，我爸说了，土改是国家的大事，一定要支持。何况，我们全家都在恒兴城里工作，也不会回来种地，留下这些地也没用。不如给大家分了。

谈不得叫着跳起来，说别的地方他不管，他看管的那座山，是一定不能交的。那是他大侄子的灵山，如果把山交了，让他的魂儿安在哪里？他不能死了都无家可归。方二拐子也说，哪个舅子咯老子的要分山，老子把他的卵子割下来喂狗娃子。

这个问题谈了大半夜，一点效果都没有。方子衿抬出自己的父亲都没有用，这些乡民，尤其是方七头，对方晋诚的感情太深了。他说就是去要饭，也不要方晋诚的地。

因为睡觉择床，方子衿真是苦不堪言，每到一处新的地方，第一晚总是无法睡好，翻来覆去的，脑子里塞满了事情。一会儿想到余老师和陆秋生去和韩司令谈判，不知谈成什么样了。那些土匪她是恨得要死，可要说韩司令这个人，她倒挺欣赏，高高大大的，挺帅气，也有一股子豪气。余老师嘛，平常不多一言，却是一个女中丈夫女中豪杰，真令人刮目相看。她三招两式，不仅救了她们师徒两人，而且竟然还瓦解了一支土匪武装，这只有古书里才出现的人物才出现的故事，竟然被自己有幸遇到了。陆秋生竟然要和余老师一起赴鸿门宴，倒像是一条汉子。可他对自己那样，分明是流氓行径，这种人，自己竟然差点爱上他了，真是猎人差点被老鹰啄瞎了眼。

为什么睡不着呢？明天还有一堆事要做呢。这里是自己的家呀，是祖父父亲在这里生长的家，既然回到家了，应该好好睡上一觉呀。自己的家竟然让谈不得住上了，算不算是鸠占鹊巢？今天晚上，他和方二拐子，一人占着她的一边，那目光老是在她的胸前睃来睃去的，祖父怎么会摊上这么个养子？还有那个方二拐子，那也算是人吗？满嘴的污言秽语。

窗外的月光洗白洗白的，纺织娘在墙根欢快地叫着。远处，偶尔传出的狗吠，在山谷间悠来荡去。

外面突然传来一声暴喝："二拐子，你贼娃子偷看啥子？"这一声暴喝在静夜中显得非常响亮，是谈不得的声音。接下来，方二拐子不知细声说了些什么，远远听去，像是蚊子在叫一般。然后两人的声音越来越大，吵了起来。方子衿想，都什么时候了，这两个人还不睡觉，还让人家睡吗？她从床上起来，走到门口，想去制止他们。他们不仅仅是在门外大吵，而且是在扭打。打闹声惊醒了村里的人，医疗队站岗的士兵听到打闹声，赶了过来，用枪制止了他们。方七头现在是农会主席了，大小是个官儿，拿着官的架子，问他们到底是咋回事。谈不得说，二拐子他奶奶的不是人，竟然趴在窗口偷看他的大侄女睡觉。听了这话，方子衿暗自吓出一身冷汗。方七头问二拐子，有没有这事儿。方二拐子说，老子看喽怎么啦？他谈不得是啥子玩意？他是叔叔辈，他都看得，老子是兄妹，就看不得？

方子衿顿时觉得天旋地转。这可是享受着父亲恩惠的两个人，他们竟然做出这样猪狗不如的事？天啦，这都是一些什么人啦，她简直一天都呆不下去。站在门前的方子衿，见有人往自己这边看，她顿时有一种被人脱光了衣服的感觉，羞愧难当，一转身进了屋，将门插好，在床上躺下，眼泪刷刷地流下来。

这两个流氓，人民政府为什么不枪毙他们？她恨恨地想。

外面闹腾了一阵，没有声息了。方七头怎样处理了这次偷窥事件，她不清楚。知道外面没人之后，她从床上爬起来，点亮豆油灯，拿出自己的白大褂子，挂在窗口，担心这样遮不严，又用医用胶布，将四面都粘上。

这一个晚上，方子衿几乎是睁着眼睛苦等天亮。天刚刚有了亮色，她就起床了。跨出门，就看到谈不得睁着一双色迷迷的眼看着她，笑着对她说，大侄女，起来喽？她鼻子哼了一声，端着脸盆，走到厨房里打了一盆水，端到门外洗漱。她能感觉到，谈不得就站在屋子里某一扇窗子后面，贼溜溜的眼睛，一直都在她身上逡巡。这种目光洗礼，就像是每一个毛孔中有虫子爬出来一般，让她浑身瘙痒难耐。她匆匆洗完，逃一般离开，赶到土改工作组驻地。

土改工作组的负责人刘组长正在门口刷牙，见了她，含着满口牙膏泡同她打招呼。她说她来送地契，惊得刘组长目瞪口呆，匆忙漱了口，将她请进房间。他将刚刚洗口用的搪瓷缸子涮了涮，从包里翻了半天，翻出一小包糖，冲了一杯糖茶给她。

"你说你送地契来的？什么地契？"他问。

方子衿道了一声谢谢，却没有碰那只杯子。她将自己家的情况介绍了一番。刘队长听过之后，激动地握着她的手，说是帮了他们的大忙。方家坝子的土改已经开始两个多月了，可是，因为当地人不肯配合，工作进行不下去。他原以为是那个躲在恒兴的地主在背后起了什么作用，正想向县委农村工作部汇报，争取市里的支持。现在才知道根子还是在下面。他又请求方子衿帮忙做那些佃户的工作。方子衿将晚上在她的房间里发生的事说了一遍，表示这件事，她也帮不上忙了。如果她的父母在这里，或许能说上话。可是，他们现在已经是市中医院的医生，没时间下来。

第四天上午，方子衿正在给方家坝子的乡民看病，突然听到外面响起了锣鼓声。锣鼓声由远而近，从上坝那边传来。刘队长和方子衿不知发生了什么事，连忙跑出去打听。很快有消息来了，余珊瑶出师告捷，剿匪司令部组织了一个锣鼓队，送她返归医疗队。

前往谈判之前，剿匪司令部以及军管会反复讨论过可能出现的各种情况。让大家非常意外的是，余珊瑶抵达韩大昌亲自选定的谈判地点后，韩大昌和余珊瑶单独谈了半个小时，便决定在协议上签字。韩大昌是一个行伍的人，心却很细，他坚持要余珊瑶去才签字，只是想给余珊瑶一次立功的机会。整个签字仪式非常顺利，中午，韩大昌还大摆宴席，庆祝签字成功。余珊瑶和陆秋生等回到剿匪司令部，司令部为他们举行了庆功会，第二天一早又敲锣打鼓送他们回到了医疗队。

韩大昌所部顺利解决，余珊瑶功不可没。恒兴市军管会给余珊瑶记了一大功，并且提升她当了人民医院副院长。因为这一变化，余珊瑶不可能继续留在医疗队，必须回医院上任。方子衿是余珊瑶的学生，需要跟着她，和她一起回了恒兴。因为最大的一股土匪被解决，医疗队的安全隐患消除了大部，不再需要两个班的战士护卫，陆秋生和他带来的一个班战士，同时也回到了恒兴。

此后不久，余珊瑶便接到了一纸聘书，聘她担任华中医学院教授。

华中医学院是一家新组建的高等学府。组建之初，师资和学生分别由几家高等医学教学机构合并而成。政府政务院的初衷，是想在中南乃至整个南中国，创办一所最高医学学府，以最快的速度，培养大批专门人才，彻底改变这一地区尤其是边远落后地区缺医少药的现象。但是，华中医学院建院之初，虽然从华中以及华东抽调了一大批教学骨干，学校的师资力量仍然显得不足。尤其是业务过硬思想可靠的各级各类干部，更是令中南军政委员会卫生部的领导们大伤脑筋。为了建立一所革命化的新型大学，他们在整个华中地区甄选人才。恰在此时，余珊瑶为解决韩大昌部立了大功，事迹上了报纸电台，也上报了中南局。中南局的有关领导看了她的简历，立即拍了一下桌子，说这是个医学专家嘛，华中医学院不正缺这样的人吗？

一个月后，余珊瑶告别恒兴前往省城宁昌，担任华中医学院医疗系副主任。

和余珊瑶分开一个月后，一场意外之灾降临到方子衿头上，让年仅十九岁的她遭遇了家破人亡的厄运，又因为这场厄运，戏剧性地将她推到了华中医学院，真真正正做了余珊瑶的学生。

那天，方晋诚夫妇从中医院下班回来，见门口坐着一个人。他们并没有认出那个人，而是认出了他身上那件袄子。袄子是方文兴去铜梁军校之前做的，从没穿过。他当了国军军官，服装由国民政府发下来，嫌这件袄子太土了，不能显示革命军人的威武。方晋诚把这件袄子送给了乡下的穷亲戚方七头。从那以后，无论冬天还是夏天，方七头都穿着这件袄子，补丁补了一个又一个，脏得可以刮下一层油，也没有脱下来。

"七哥，你啷个来喽？"方晋诚惊讶地问。

方七头正闭着眼睛打盹，听到叫声，睁开眼，没有说话就跪了下去。

说他五叔，我对不住你。方晋诚在同宗兄弟中排行第五，和方七头是平辈，他这是随自己的儿子在叫。

"你这是做哪个？快起来。有话好好说嘛。"方晋诚立即把他扯起来，迎进屋里。

方七头不坐，站在那里，抖抖索索在怀里摸了半天，摸出一沓纸来，双手递到方晋诚面前。方晋诚一看，全都是地契。

方七头在方家坝子最穷，老婆很早就去了，留下一溜儿五个娃儿和一大笔债。如果不是方晋诚的地给他种，除了出外讨饭，他没有第二条路可走。他念着方晋诚的这份好，逢年过节，总是要到方家来走走。这次土改，方家的山方家的地，全都分了。土改队一走，方七头就把地契全都收起来，给方晋诚送来了。

"七哥，这是为哪个？"方晋诚问。

方七头说："他五叔，把你家划成地主，我这心里已经像猫爪子抓。再分你家的地，不是日先人的事吗。"

方晋诚解释说，划地主是政府的政策，而且，他在城里也划了成分，是自由职业者。一个人的成分以他居住地为主，所以，他的实际成分是自由职业者，地主只算是兼职，不碍事的。以前之所以置地，是因为以前的政府，眼睛只盯着达官贵人，不顾老百姓死活，所以置点地，给自己留条后路。现在新中国新政府情况不一样了，这是一个为老百姓的政府。

方七头说，他五叔，我没读过书，大道理我不会说。不过我喜欢听个古书哪个的。从古至今，哪个皇帝登基，不大赦天下？不屯田垦地？为了哪个？为了让老百姓晓得，那是一个好皇帝。中国五千年，哪一个坐了天下的，不是对老百姓好？为哪个？那是因为他的江山还不稳镇，怕老百姓起来反他。过了十年八年，他的天下坐稳了，你再看，又有哪一个不吃老百姓的肉喝老百姓的血？现在好不等于将来好，将来的天下是哪个样子，哪个都说不准。所以，这些地契，无论如何不能交出去，得自己留着，防着点不是？

方晋诚还想劝他，他留下地契，掉头走了。方子衿从医院回来，父亲就问她，衿娃子，你参加学习多，你说说，这事该哪个办？方子衿也不知道该拿这些地契怎么办。周砚月就说，不如给秋生打个电话，他是政府的人，应该知道哪个办。

听他们提起陆秋生的名字，方子衿脑袋都要炸开了。刚刚由医疗队回来时，她很快就发现情况不对，陆秋生不知不觉在她的家里搞起了统一战线，将她的父母给策反了。方子衿是一名新时代的女性，讲究的是自由恋爱。自己还没有决定是否爱他，他却先攻下了自己的父母，使得这事变成了父母之命，味道全变了。她当即和父母大闹了一场，说你们当初不就是自由恋爱的吗？为什么轮到我，我就不该自由了？周砚月说，秋生是一个实笃人，听妈的话不错，你跟了他，会一辈子幸福的。方子衿的倔脾气一下子上来了，大声叫道，我都不知道是不是幸福，你是怎么知道的？从那以后，她不仅不再见陆秋生，甚至连名字都不提。陆秋生却还是一如既往，有时间就往方晋诚家跑。方子衿只要远远听到家里有他的声音，掉头就走，甚至连晚上都不回家睡觉。

现在听周砚月又一次提起他，方子衿立即就说，你们要找哪个是你们的事，别找我。说过就噔噔噔上楼了。

第二天下班后，陆秋生赶来了，一听说这事，也觉得头大。方家坝子吗？怎么会这样？我听说，楚乡县委肯定了方家坝子的土改工作，将他们那个工作队列为先进，已经报到地委来了。如果这事闹出来，土改工作肯定要重来，县里和地区都会非常恼火。方晋诚一听，急了，问他哪个办。这是一个新问题，陆秋生也不知道怎么办，他表示找人打听一下再回话。又过了两天，陆秋生回话了，地委的领导对这件事非常恼火，土改工作队受到了严厉批评，刘队长带着人已经重返方家坝子。方晋诚问这件事会有什么后果。陆秋生说，这件事和方晋诚没有半点关系，但是方七头的农会主席，肯定当不成了。

那天，方晋诚夫妇商量了半夜，觉得这事连累了方七头，心里过意不去。他们商量的结果，是回方家坝子走一遭。方晋诚原说他独自回去，可周砚月不放心，一定要跟他一起走。两个人同时请假不容易，就拖了一个多星期。

赶到方家坝子时天已经黑了。他们在村里走了走，发现家家都是空的，人影都不见一个。两人纳闷，却听到村西头上下坝子之间有闹闹杂杂的声音。方晋诚牵着周砚月的手，向村外走去。到了村口，见前面的晒场上点着两盏大大的汽灯，汽灯下围着密密匝匝的人，正在开会。他们走过去，站在最后面。

汽灯虽然比豆油灯亮许多倍，可在人群的背后，光线还是弱，只有场子正中，两盏汽灯最下方，那才是耀眼之处，强烈的光线将墨黑的夜幕穿了两个深邃的洞，一些飞蛾围绕着灯扑棱着，像是一些欢快的孩子。汽灯下面是一座土台，应该是临时搭起的。土台的后方，摆着两张八仙桌，两桌人像吃酒席一样围桌而坐，所不同的是空着面台的那一方。其中一桌上的人有男有女，他们穿着劳动装，扎着武装带，应该是土改干部了。另一桌正中坐着谈不得，看情形，他算是一个人物了。台子正中空出的地方，方二拐子站在那里，正唾沫四溅地大声说着什么，他的面前，弓着腰站着一个人，胸前挂着一个大大的牌子。方晋诚通过那件黑不溜丢的棉袄认出了他，是方七头。

方二拐子大声地说，咯老子的，方七头把地契还给地主，是破坏伟大的土改运动，是向阶级敌人投降。方二拐子声嘶力竭，一句话带着四五个脏口。方晋诚见方七头因为自己被批斗，心里搁不住，扒开人群向前走去。周砚月一个不留神，让他闯过去了。想拉已经来不及，只好跟在后面往前挤。

方晋诚当然不可能知道，这些天，方家坝子翻天覆地。方七头的农会主席之职被撤了，换成了方二拐子，谈不得当上了副主席。宣布这一变动的同时，刘队长作了自我批评，他说，由于他学习不够经验不足警惕性不强，思想上阶级观念薄弱，上了地主阶级的当，因此选上一个地主阶级的狗腿子当了农会主席，给伟大的土改运动造成了巨大损失。他已经主动向组织递交检查，要求组织对他所犯的错误给予严厉处分。接着，他的话锋一转，说这一次，我们一定要把印把子牢牢地掌握在无产阶级的手里，要充分依靠那些最贫苦的农民兄弟，让他们真正翻身做主人。毛主席说过了，只有无产阶级，才具有革命的彻底性。在方家坝子，真正的无产阶级的代表，就是方二拐子和谈不得。

方二拐子和谈不得是真正的无产阶级，确实不假。

方二拐子很小的时候，父亲被国民党抓壮丁抓走了，从此再没有回来，谁都不知道他是生是死。他的母亲将他拉扯到十二岁，劳累过度，也死了。从此他就在社会上四处闲荡，偷鸡摸狗。方圆几里的乡亲，都清楚他是个什么样的人，谁都不敢把自己的女儿嫁给他。二十岁的时候，偷人家的女人，被那家的丈夫发现了，打断了他一条腿。现在三十三岁了，还是贼心不改。他四处闲荡的时候，看到别的村子土改斗地主分浮财，羡慕得要死。由刘队长指名当上农会主席后的第一件事，就和谈不得商量，想将方晋诚骗回来批斗。

谈不得的情况，和方二拐子相比，是半斤对八两。

他很小的时候，和母亲一起要饭。方晋诚的父亲好心，见他们母子快冻死了，就把他领回家，让他母亲当了填房，将他当成自己的儿子一样看待。可他野惯了，受不了约束，十五岁的时候自己跑了。差不多十年之后，染了一身癞疮回来。方晋诚帮他治好了病，又替他娶了一房媳妇。可他对那个女人又是打又是骂，人家没法和他过下去，跟一个贩山货的跑了。最初，方晋诚还给他一些钱，可他拿到钱之后就去嫖去赌。方晋诚只好改变方法，让他守一座山过日子。

方二拐子找谈不得商量斗地主的事时，谈不得的眼珠一转，起了歹心。他把水烟袋往鞋底磕了几下，磕掉烟尾，说，要斗就把他婆娘弄来，一起斗。那个骚婆娘，龟娃儿。说着，他的涎水几乎流出来了。咯老子玩的女人也不少了，还从没见过那么白，奶子那么挺的。方二拐子伸出血红的舌头，在又厚又干的嘴唇上舔了舔，仿佛周砚月那对瓷白如王母娘娘蟠桃宴上绝色美味的蟠桃般的奶子就在他的面前。他说，乖乖，就是看上一眼，咯老子也美死了。两人经过一番商量，知道即使将方晋诚和周砚月骗来，土改队也不一定同意让批斗，即使同意批斗，也不一定让他们有机会看周砚月的奶子。谈不得贼眼转了转，一个主意冒上来。他说，这事靠我们两人不行，要多找几个人。真的出了么子事，就说是他们干的。

方晋诚不知道他们的阴谋，带着周砚月自投罗网。

他们还没有走近中间的台子，已经被方二拐子和谈不得联络的几个二混子逮住了。那几个二混子冲上去，架住方晋诚和周砚月，兴奋得嗷嗷大叫。方二拐子听说抓到了方晋诚，高叫着将地主分子方晋诚押上来。谈不得更是抑制不住兴奋，凑到刘队长面前，低声地说了几句。刘队长一高兴便站上了凳子，将一条裤腿捋到大腿上，在那白白的腿上猛拍了一巴掌，说，这可真是踏破铁鞋无觅处得来全不费工夫呀。斗，哪个不斗？

方晋诚和周砚月被押到了台前，和方七头站在一起。方七头一见，几乎哭出声来，对方晋诚说，他五叔，你为么子这时候回来？这不是送肉上砧板吗？方晋诚说，七哥，连你都挨斗了，我应该陪你的。

他们的声音被蹲在凳子上的刘队长喝住了。刘队长掏出一支纸烟，将烟的一头在大指甲盖上有力地磕了几下，叼在嘴里，又掏出一盒洋火，划燃点了烟。他摆了摆手，将洋火头上的火摆灭，随手扔在地上，从嘴上取下刚点燃的烟，夹着烟的手在空中画着大大的弧线。他开始作报告了，说工作队正考虑和恒兴方面联系，将狡猾的狗地主方晋诚押回方家坝子批斗，没想到他自己送上门来了。这是党的胜利，是毛主席的胜利，是伟大土改运动的胜利。这证明了一个真理，凡是反动的东西，一定要被人民打倒。接着，他历数方晋诚勾结他在方家坝子的代理人方七头，阴谋破坏伟大的土改运动的罪行。他说，现在方家坝子的农民已经觉醒了，大家要勇敢地站出来，揭发地主剥削压迫穷人的罪行，大家不要害怕他打击报复，有人民政府撑腰，有印把子也有枪把子，不怕狗地主翻天。不打倒狗地主，誓不罢兵。然后，他带头呼了几句口号。

第一个跳上台批斗方晋诚的，正是谈不得。谈不得一上台就指着方晋诚说：你这个猪狗不如的东西，你的老子强奸了我的母亲，你又强奸了我的婆娘，咯老子今天要和你龟娃儿算总账。

就算方晋诚再好的修养，此时也忍无可忍。他倔犟地站直了身子，扭过头来，怒斥道：谈不得，你血口喷人。

刘队长在台上大声地领呼口号：打倒地主，打倒一切剥削阶级，毛主席万岁，中国共产党万岁。他喊一声，山民们就跟着喊一声。喊声震彻山谷，在夜空中回荡，压住了方晋诚的辩驳。那些围着汽灯飞旋的蛾子被这喊声吓坏了，迅速逃离这个是非之地。不多久，喊声停下来，那些飞蛾又试探着飞了回来，继续它们欢快的舞蹈。

　　口号停下，谈不得继续着他的血泪控诉。他说，当年，他和母亲一起逃荒，方晋诚的父亲见他母亲有几分姿色，起了色心，用一个糍粑把他们骗到了自己家里，把他母亲强奸了。他母亲恨死了狗地主，却又不敢反抗。后来，他渐渐长大了，想替母亲报仇。方晋诚的父亲把他赶出了家门。他不得不讨饭为生，吃尽了苦受尽了罪，还染上一身的病。他说，他回到方家坝子时，已经只剩下半条命了。方晋诚知道父亲造了孽，才出钱给他看病，又拿出二十块大洋，说是给他买一个婆娘过日子。当时，他还真的以为方晋诚是好人。没料到，方晋诚把女人领回家后，叫女人去洗澡，他跑去偷看。看过之后不解馋，就自己跑进去，占了女人的身子。

　　周砚月忍不住了，大声叫道：他说谎，他骗人。那天洗澡的时候，我一直在屋里，是我像嫁女儿一样招呼她。

　　周砚月的话，又被刘队长的一阵口号压了下去。

　　谈不得继续着他的控诉。他说，从那以后，方晋诚总是找机会回方家坝子。回来后就给他一点钱，让他去打酒买肉，支走他，以便自己好占人家的老婆。又让她去城里供其玩乐。他的婆娘实在没法过了，有一天跪在他的面前，说出了一切。还说没脸再见他了，也没脸活在世上了。第二天，他的婆娘不见了，有人说是跟什么人跑了。他心里很清楚，根本不是，她是被逼死了。

　　这可真是血泪史。谈不得一把鼻涕一把眼泪，掀起台下哭声一片。

　　在艰苦的生活条件下，人的寿命短，能够活到花甲之年，已经是少有的高寿。大多数人五十岁时，已经老态龙钟，行将就木。方家坝子的平均寿命只有五十一岁。谈不得所说的事，都是陈年旧事，四十岁以下的人，即使知其然也不知所以然。四十岁以上的，又是人口的极少数。大多数人听了谈不得的话，信以为真。有些妇女跟着哭起来，有人领头呼起口号：打倒狗地主，毛主席万岁。

　　最后，刘队长做总结发言的时候，对这次批斗会予以高度评价。认为这次批斗会，斗出了阶级团结，斗出了思想觉悟，剥去了阶级敌人身上隐蔽的反动伪装。是无产阶级的一次伟大胜利，是土改运动的伟大成就。

当天晚上，方晋诚夫妇歇在自己家里。谈不得没有给他们准备任何睡具，只是提了一捆草，扔在房间里。方晋诚实在忍不住，拦住他问，你告诉我，你为什么那样说？谈不得以一种淫邪的眼光在周砚月的胸部扫了一眼，冷笑一声，扭头而去。方晋诚还要拦他，被周砚月拉住了。方晋诚说，你别拉我，我要找他问清楚。周砚月已经感到他们醉翁之意不在酒，而是在她的山水之间。她知道这些人一直以来对她的身体感兴趣，只以为那是男人的天性，也以为他们永远都不可能有机会，因此从未表露过。时代的变迁，突然给了他们这样的机会，她意识到自己如果留在这里，一定会大祸临头。

厄运来临时，方晋诚六神无主，只是坐在那里悲叹。周砚月表现出了女人面对厄运时特有的韧性和聪慧。她对方晋诚说，不能留在这里，留下来就只有死路一条。得连夜逃出方家坝子。在方家坝子，他们是地主，是剥削阶级，如果逃回恒兴城，他们就是自由职业者，是无产阶级了。周砚月的话警醒了方晋诚，他们趁着夜色掩护，悄悄地出门，向村外逃去。他们刚刚逃出村口，身后传来一声大叫，狗地主和他的婆娘跑了，快追呀。喊声刚落，从石头后面、竹林里以及路边的茅草丛中钻出许多人来，一下子把方晋诚和周砚月围在中间。这些人一拥而上，不容争辩，将方晋诚夫妇掀倒在地。

那晚的月光作证，在方二拐子和谈不得的指挥下，一伙人对方晋诚拳打脚踢，有人甚至拿起路边的石块，对着方晋诚的头一阵猛砸。可怜方晋诚被他们打得伤痕累累，血肉模糊。他们暴打方晋诚的时候，周砚月在旁边拉扯着他们，跪在地上哭求着，额头在石道上一下又一下磕碰，她洁白的皮肤裂开了，鲜红的血濡染而出，在脸上绽开一朵愤怒而又绝望的花。那些人见方晋诚倒在地上不动了，才停下手来，看着方二拐子和谈不得。方二拐子似乎还不解气，抬起那条瘸腿，对准方晋诚的腹部狠狠地踹下去。

谈不得抓住正在扑向方晋诚的周砚月，只一下就撕开了她的前襟，让她一对饱满的奶子裸露在惨白的月光下。

他的行动引起了混乱。在场的人都想知道将这一对奶子抓在手中的感觉，一瞬间就有无数双手向前伸去。周砚月身上的衣服被这些爪子一片片地剥下来，她那凝脂一般的胴体，裸露在乳汁一样的月光中，乳汁洗礼着乳房，蹂躏成了一种仪式。月亮和星星成了这一仪式的观礼者，他们看到无数干瘦枯黑如山中老藤一般的手在周砚月美丽的胴体上游动，又将周砚月白皙而且线条优美的双腿高高地举起，一截短粗带着泥土味和牛粪味的手指蛇一样扎进了她大腿缝间。

在那一瞬间，周砚月咬断了自己的舌头。鲜血从她的口里喷涌而出，在空中画出一条优美的弧线，然后迅速张开，形成一朵巨大的花朵。花朵怒张着，四散而铺展，扑向那些男人的脸上身上。被血腥沾染的男人，顿时感到一股巨大的秽气。他们惊叫一声，向外跳开。周砚月的胴体像一片秋天的叶子，翩然落下。落地的一瞬间，她用尽她所有的力气，发出一声愤怒的号叫，并且迅速站起来。拖着号叫时长长的尾音，周砚月向前疯奔而去。

过了好一段时间，那些人才如梦方醒，手忙脚乱地去追周砚月。可是待他们跑到溪边时，只看到她如一条美人鱼，在湍急的溪流中翻滚着美丽的腰肢。浪花卷起一朵朵蘑菇云，簇拥着周砚月，衬托着她最后的美丽。

第二天，刘队长专程回了一趟楚乡县城，向县委汇报发生在方家坝子的事。他说，方家坝子的地主方晋诚勾结他的代理人方七头，篡夺了方家坝子农会的领导权。幸好此事发现及时，土改队重新回去后，撤了方七头的职，选拔群众最信得过的人当了农会主席和副主席。这样一来，群众立即发动起来了，现在，他们土改的热情非常之高。但是，方家坝子的地主方晋诚不甘心失败，抵抗土改，妄想趁着黑夜逃走，去投奔躲在山中的土匪武装。方家坝子的群众及时发现了他，愤怒至极的群众当时失去冷静，失手将他打死。地主一死，他的老婆自知难以过关，趁着别人不注意，跳进溪水中自杀了。

群众运动中，死一两个地主在所难免，县领导充分肯定了土改队的工作，对方晋诚夫妇之死，只字未提。

从县城返回的刘队长充分肯定了方家坝子广大人民群众的阶级觉悟，

对方二拐子以及谈不得的革命行动,给予了高度赞扬,并且说,这赞扬不是他本人的意思,是县委书记的原话。

方二拐子以及谈不得,原本只是抱着一种淫邪的心理施展着自己兽性的疯狂。眼见周砚月被激流冲走,他们吓傻了,以为自己肯定小命难保。接着又听说方晋诚被他们打死了,更是七魂吓掉了六魂,各自躲在家里,门都不敢出,等着公安上门来抓他们。万没料到,他们的行动得到了上级的高度评价。两人仿佛死了一回又悠过神来一般,重新聚到了一起,交换着周砚月的奶子给他们留下的温馨,谈论着那种极度的兴奋。正是谈论的时候,他们淫邪的心不约而同转向了方子衿。方子衿才只有十九岁,更是新鲜细嫩、娇美无比。两人谈得兴起,开始密谋要想办法将方子衿弄回方家坝子,像游斗周砚月一般将方子衿也游斗一番。这件事,靠他们两个当然办不成,还得依靠他们的那帮同志。

他们自然不知道,两条鲜活的生命唤醒了某些人的良知。方二拐子和谈不得想将黑手伸向方子衿的消息,迅速在方家坝子传开了。方七头埋葬方晋诚的同时听到这一消息,大惊失色,指使两个儿子方大平方次平赶到恒兴城向方子衿报凶讯。

谈不得和方二拐子找刘队长,提出要把方子衿接回来批斗的时候,方大平和方次平赶到了恒兴城,找到了方子衿。方家兄弟赶到恒兴城时是半夜,他们不好意思叫醒方子衿,倒在门前睡着了。

方子衿早晨出门准备上班,猛一见门前躺着两个人,还以为是饿死的叫花子,吃了一大惊,尖叫不由自主就溜出了她的嘴。方家兄弟被她的叫声惊醒,一骨碌爬起来,见到方子衿,齐刷刷跪在她的面前,恸哭起来。方子衿不明白发生了什么事,问了半天,他们才说出凶讯。方子衿一下子傻了,灵魂在那一瞬间游离了她的躯体。她站在那里,木桩子一般定住。过了好一刻,她的身体像一堆泥似的扭动着,慢慢地矮下去,最后轰然一声,倒在地上。正大哭着的方家兄弟听到声音,抬头见她倒在地上,吓坏了,爬到她的面前,一遍又一遍叫她,却不知道该做些什么。

过了好半天,方子衿醒了过来。醒过来的方子衿并没有哭泣,而是从地上一跃而起,疯了一般向外狂奔而去。方家兄弟愣了一会儿神,不明白方子衿要去干什么。方次平说，衿姊跑哪个？方大平突然灵光一闪，不好，该不是寻短吧。这话将方家兄弟吓出两身冷汗，他们先后狂奔而出，大叫着追方子衿而去。

方子衿的家离长江并不远，穿过两条小巷子，到了依江边而筑的城墙根，向左拐有一扇小门，穿过小门，城墙下是一道向下的青石梯级，一直通向江中。那时，方子衿真的是万念俱灰，一心要随父母而去。她钻过小门，沿着青石梯级向下跑去。她的双腿有节奏地弹动，乌黑的长辫子像一条游动的龙，在她的脑后随风摇曳。

在她离江水只剩最后几米的时候，方家兄弟追上了她，并且死死地把她抱住。方大平说，衿妹，你不能。方次平说，衿姊，你可千万不能寻短见，不然，叔叔婶婶不是白死喽？方子衿说，你们别拉住我，让我去死。方大平说，衿妹，你不能死。方子衿说我一定要死。方次平在她面前跪了下来，说衿姊，你如果死了，我们也得死。方子衿说，我死不死，和你们有哪个关系？方大平说，我爹说了，如果你死了，让我们兄弟跳进长江去，永远别再回家了。

方子衿一下子呆住了。

方家兄弟几乎是抬着将她带回了家。回到家，她躺在床上，不吃也不喝，眼泪无声地顺着脸颊往下流。方家兄弟给她换了一条枕巾，湿了，再换一条，又湿透了。两兄弟已经束手无策，找不到干净枕巾再换了。除了替她换枕巾，两兄弟几乎一直跪在她的床前，一个劲地求她快点想办法，如果方二拐子那些人来到恒兴城，一切就晚了。

两天时间里，方子衿想了很多，想到父母的惨死，想到自己被土匪绑架的经历，想到余老师对生命对人生积极的态度。突然之间，她觉得有一双美丽的眼睛正在高高之处看着自己，那正是余老师的眼睛。那双眼睛对她说，方子衿，别做懦夫，无论未来遇到什么样的艰难困苦，你一定要坚强，要乐观地活着。人，只有活着，才是一种生命的宣言。

活着，我一定要活着。她对自己说。

但是，她要活着就一定得面对可能到来的厄运，到底怎样才能避免走父母的老路？与其让那些人将自己弄回方家坝子去污辱蹂躏，还不如现在就死了。不，一定不能死，要勇敢地活下去，要活着看到父母的不白之冤昭雪。

陆秋生端着碗，蹲在宿舍门口吃晚饭。听到有脚步声走过来时，他并没有抬头。那脚步声到他面前停住，过了一会儿，仍然没有任何动静，他才好奇地抬起头来看。这一看，他惊得差点跳起来。方子衿站在他的面前，一袭的黑衣黑裤，头上扎着一条纯白的手绢，脸上有一种深沉的悲哀。她的嘴唇紧紧地抿着，一张漂亮的嘴仅仅只剩下一条缝了，眼中有一股死一般的冷透射而出。

"出了么事？"他问。

"如果我答应和你结婚，你能不能帮我做一件事？"她问，脸上半点表情都没有。

陆秋生不明白她何以会突然提出这样的话题，脑子一时转不过弯来，眼睛愣愣地看着她，不知怎样回答。她不敢看他的眼睛，将头低下来，看着自己的脚尖，语气非常冷："我不能呆在恒兴了，我要去宁昌。"

"屋里说吧。"他站起来，转身进屋，也不管她是否跟进来。他的宿舍非常简单，一张床一张桌子一把椅子。他将手里的碗放在桌子上，在床上坐下来，指了指那张椅子，希望方子衿坐下。方子衿看了一眼那只碗，碗里面是吃了一半的饭菜，乱糟糟的，看一眼让人觉得反胃。她犹豫了一下，坐下来。她习惯了将身子微微前倾，以便自己的胸部不显得那么突出。

"告诉我，到底发生了么事？"他问。

她盯着自己的脚尖，好半天没说话。面前是一个彻底的革命者，而自己是革命的对象。她必须仔细权衡一下，如果将事情说出来，将会是什么结果。什么结果又有什么所谓？自己是死过一回的人了，世上大概没有比死更可怕的事。一个人无畏生死之后，其力量将无法估量。"前天晚上，我已经跑到了长江边，准备跳进长江里。可是，有人拉住了我。"她开始述说。

陆秋生目瞪口呆，叫道："为哪个？"

她伸出手掌，做了一个制止动作。她希望他不要打断他，否则，她可能没有勇气讲述一切。她接着讲述：我的人生才刚刚开始，还有很多心愿未了，就这样死了，我不甘心。可是，我确实无路可走了。我晓得，有很多人正在到处找我。我也晓得，如果被他们找到，我会有什么下场。我的下场很可能会像我妈妈一样，被他们剥光衣服，赤身露体地当众凌辱，然后含羞自尽。甚至可能更惨。陆秋生拍案而起，哪个？你告诉我，是哪个狗日的干的？我让公安局抓他狗日的。这还得了？无法无天了。这是革命。她说。革命不是请客吃饭，不是写文章。现在，你理解当初我为什么不进土改工作队了吗？如果我去了，结果很可能是前一分钟我在台上革别人的命，后一分钟我就被别人按倒在台下，剥光衣服。

　　方子衿以为见到陆秋生时，自己会痛哭一场。但非常奇怪，她一点眼泪都没有，仿佛在说别人的事。她将事情的全过程讲完了，陆秋生的怒气也没有了。她等着他说话，向下的目光，正好看到他的双腿。绑腿仍然扎得一丝不苟，鞋面上有两块补丁，针脚又粗又歪，显然是他的杰作。有一只苍蝇在他的面前飞来飞去，还有一只蚂蚁在他的鞋面上悠游自在地爬动。

　　过了好半天，他开始说话了：我给你写封信，你拿着信去宁昌找我爸爸。

　　方子衿的头慢慢抬起，目光上移，到了他的脸上停下来。她是第一次这么近也这么认真地看他的脸。他脸上那若隐若现的麻子，显得异常红。他的面色肃穆，或者说有某种悲壮。她从这种表情中，读懂了背后的潜台词，他一定是下了决心，而且，这个决心对他来说，举足轻重。

　　他继续说：你不是想读大学吗？去刚刚组建的华中医学院吧，院长周昕若，是我爸爸的老战友。只要我爸爸肯出面给周叔叔写封信，这件事肯定能成。而且，余珊瑶在那里当系主任，你去了那里，相信她会照顾你的。

　　如果是以前得到这样的承诺，她会狂喜。可现在，她喜不起来，心中只有悲。

　　那一段时间，他们之间沉默着，或许有好几秒，或者有好几分钟，也可能有好几个钟头。时间在沉默中凝固。沉默让方子衿感到一种紧迫，她意识到该谈关键问题了。她既然走进这里，对于可能的后果，是有充分估计的。果然，陆秋生先是猛地吸了一口气，又重重地吐出，站起来在房间里走了几步，突然停在她的面前，以极快的速度说：我们订婚吧。

她再次看了他一眼。一种巨大的悲哀，从她身体的最深处升腾而起。在她所有未了的心愿中，最大的一个心愿，就是找到美丽的爱情，就像她的父亲和母亲的爱情一样。可悲的是，为了活着，她不得不将自己的爱情廉价卖掉。她在心中重重地叹了一息，暗自对自己说，卖吧，与生命相比，这个价卖得还算值了。

从订婚到结婚，有一个过程。陆秋生的声音，似乎是从遥远的地方传来的。他继续对她说，如果我们能顺利走完这一过程，将会是我一生中最大的幸福。也许，我提出现在就和你结婚，你也会同意。可我不希望我们的婚姻有一点点阴影，我会努力地等到你完全自愿的那一天。所以，我提出订婚。订婚只是一种形式，也必须有一种形式，不然，我给父亲的信不好措辞。父亲一旦认定你是陆家的准媳妇，他也就没有理由不办这件事了。

方子衿的心荡了一下。她想，如果嫁给了这个男人，他肯定会兑现诺言，用一生好好爱自己。嫁给一个深爱着自己而自己不爱的男人，会幸福吗？她不知道。事到如今，也没什么好想了。反正全天下不知多少女人都生活在无爱的日子里，不在乎再多她一个。

当天晚上和第二天晚上，方子衿睡在陆秋生的宿舍里，他则和朋友挤到了一起。这张床令她想起了被土匪掳去之后自己暂时憩息的那张床，两张床上，都飘散着一股很浓的男人味。一股酸酸的腻腻的像毛发烧焦了的味道。这种味道和她爸爸那种带点甜味和香味的感觉完全不同。和女土匪的床上男人味中夹杂着女人味以及从男女间某个器官中发出的臊臭味更是不同。她就奇怪了，同样是男人，她为什么觉得现在的味道是那么令人难以忍受，而爸爸的味道，又是那么令她痴迷？躺在床上，她想哭。自己真的要和这个男人过一生一世吗？要被这种浓烈和令她呕吐的男人味熏泡一生一世吗？那会不会是一种度日如年的感觉？但如果不和他过一生一世，今后的路怎么走？他正在筹备一个订婚仪式，只要这个仪式一举行，她就是他的未婚妻了。

订婚仪式在第三天晚上举行，地点在行署礼堂。短短的两天时间，陆秋生竟然请到了行署的几位主要领导以及公安、司法、文教等部门的许多领导。陆秋生确实是一个极其细心的男人，就连她当晚穿的衣服，也是他精心考虑好的。订婚毕竟是一件大喜事，然而，她此时正在大丧之中。他特意为她弄来一件白色的婚纱，拖地的长裙正好盖住她脚下的黑色皮鞋，头上扎的，也是一只白色的蝴蝶结。

考虑到方家坝子的人可能打听到她的情况，跑到现场来捣乱，陆秋生通知亲朋好友参加自己的订婚仪式时，并没有说明未婚妻是何人。为了尽可能不让消息走漏，他借了一辆吉普车，由他亲自开着，将方子衿从宿舍接到礼堂。

汽车在礼堂门前停好，陆秋生先下了车，然后伸出一只手去拉方子衿。方子衿连忙将手往后缩了一下，想想觉得有些不妥，又慢慢往前伸了伸。陆秋生握住她的手指，另一只手扶着她的手臂，将她接下车来。方子衿下车后，便想将手从他手中抽开。他看了她一眼，又抓住她已经耷拉下来的手，硬是塞进他的臂弯之中。

他们就这样手挽着手，走进了礼堂。

礼堂里正中挂着毛主席和马克思的像，里面早已经坐满了客人，没有音乐，也没有彩带。所有的客人见到他们，全都起立，一齐鼓掌表示祝贺。鞭炮声噼噼啪啪地响起来，热烈而隆重。出席仪式的，大多是陆秋生和他父亲陆鸣泉的战友或者下级，全都是共产党的大小干部，这些人，绝大多数是泥脚肚子出身，没什么文化，大老粗一个。见到陆秋生带着美貌绝伦的方子衿进来，便大声地叫喊着。

秋生，你小子好福气呀，堂客啷个乖。

这不是恒兴第一美女吗？秋生，你么时候把她拐到手的？

乖乖，我这辈子如果能讨到这么乖的老婆，革命就算是成功喽。

那些上级领导毕竟讲身份一些，他们上前来，热情地和陆秋生握手，表示祝贺，又顺便和方子衿握了握手。从他们的话语和目光之中，方子衿再一次确认了自己美貌的力量，也再一次看透了男人的欲望。他们艳羡陆秋生，也嫉妒陆秋生，甚至为陆秋生将这样的美女抢走而惋惜不已。面对这些人，方子衿脸上挤出一种矜持的笑容，心中却在想：如果给他们机会，他们会不会像方家坝子那些人对待母亲一样对待自己？这个问题在心中冒出时，她就给了一个肯定的答案。这个答案甚至不是她自己得出的，而是那些男人的目光泄露的。

男人，这个世界上最可恶的动物！她有些恶狠狠地想。

当天晚上的仪式结束，陆秋生再一次将她送回了自己的宿舍。进门的那一瞬间，她有一种莫名的恐惧，非常担心陆秋生会向她索取什么。他们已经正式订婚了，她现在已经是他的未婚妻，如果他真的想索取什么，他是有这个权力的。何况，他在冒着政治风险帮她，他是她的大恩人。无论从哪个角度考虑，她都应该报这个大恩。

如果他真的索取，她也准备好了赠予。她的初吻乃至她的身子，他如果要，都可以拿去。她唯一不会向他敞开的，只有她的心。

"你把东西清好，明天一早我来接你。"他说。

"算了，我自己走好了。"

"不行，无论如何，我都要送你离开恒兴城，否则我不放心。"

平常的一句话，让方子衿突然十分感动。她真的好想扑进他的怀里，痛哭一场。人生最可悲的是，当你想哭的时候，找不到一个可以依靠的胸怀。

"你快点清理东西吧，抓紧时间睡一会儿。我走了。"说着，陆秋生转身离去。

看着他的背影，方子衿有一种特别的感动。她很想对他说一声谢谢，又觉得，一声谢谢对于他为自己所做的一切，实在太轻太轻。既然准备用一生来报答他，那应该也足够了。何必再多说？

将门关上，方子衿开始清理自己的东西，眼泪就像是得到了出发讯号一般，迅速从眼眶中溢出，呈两条直线往下滚落。自得知父母的凶讯之后，白天，她不得不强装镇静，一到晚上，单独一个人的时候，她就忍不住悲伤，泪如泉涌。她并没有哭出声，大概是已经麻木了，她甚至已经感觉不到悲痛，只是眼泪无法控制地流出来。这一个晚上，又是在眼泪的浸泡和噩梦的摧残中过去的。似乎才刚刚合上眼，敲门声就响起了。

方子衿原本就是和衣而睡，听到敲门声，猛地翻身而起，认真地听了听，先是三声，接着是一声，再三声，再两声。等片刻，重复一次。正是她和陆秋生约好的暗号。她伸手到床头，摸出洋火，点亮了洋油灯，然后穿上鞋，打开了门。

"都清好了？我们走吧。"陆秋生站在门外说，并不进来。

方子衿背起早已经捆扎好的棉被，左手提起一只大包，右手提了行李箱，走出门去。陆秋生什么都没说，趁着她出门的工夫，一伸手，从她手里将包和箱子接了过去。又要接她背上的被子。

"这个我背好了。"她说。

陆秋生没有坚持，领着她走向停在一旁的吉普车，将东西放上去，又转身来接过方子衿的被子，再要扶她上车。她似乎早料到他会有这一着，抢先一步坐到了后座。陆秋生似乎想说什么，最终还是没有说出来，坐上了驾驶室，启动汽车，向前驶去。

昨天忘了跟你说，我已经和我爸爸通了电话。陆秋生说。你的情况，我和我爸爸简单地说了一下。他说，土改的政策是不会改变的，一些地方掌握政策出了些问题，有扩大化以及暴力倾向，是事实。有关这件事，中南局已经向中央打了报告。我爸爸说，这一类事件，毕竟不是单独的事件，而是一件涉及全国的大事，一时之间，恐怕也不会有什么定论。

这样的解释令方子衿极度不满。如果说仅仅是单一事件，她心中的悲凉说不定要轻得多。既然是一件涉及全国的大事，那也就是说，在全国的其他地方，还有很多人像她的父母一样死得不明不白。这是典型的草菅人命。一个政府对草菅人命竟然如此作答？太令她失望了。她脱口而出，难道我的父母就这样白白地死了？

他说："我不是说了吗？这事已经向中央通报了。"

方子衿已经憋了好多天，此刻实在有些憋不住，对着陆秋生叫了起来："你们共产党难道不讲法律的？"

他肯定地说："共产党当然讲法律，怎么不讲法律了？"

"讲法律？为什么有人可以不经审判致人死命，还不受追究？这是什么样的法律？"

"怎么叫没有人追究？不是已经告诉你了，省委和中南局非常重视，已经向中央通报了吗？时代变了，一个旧的时代被推翻了，新的时代来临了。一切都是新的，新法律新秩序新景象。这有什么不好？当然，我承认，一个政权在推行其政策法律的时候，难免会出现一些混乱现象，一些人在执行政策的时候，难免会出现这样那样的问题。有了一点点问题，就将所有一切都全盘否定，不是唯物主义的做法。"

平时，陆秋生看上去是一个没什么个性，很软弱的人。没想到，突然之间，他说话的声音非常大，显得异常激动。

他停了片刻，见方子衿没有出声，似乎还有些余兴未了，继续说道：你说，像我和我父亲这样的人，放着优裕的生活不要，跟着共产党闹革命。你说我们为哪个？还不是为了我们的信仰，为了主义，为了让我们的民族富强起来，让我们的国家更民主更文明更有法律吗？我可告诉你，刚才这些话，你对我说说可以。在老头子面前，你千万别提，否则，他肯定不会帮你的。为了革命，他把自己的一生都投入进去了。他不能容忍任何人对革命的大方向有哪怕一丝一毫的怀疑。

方子衿并不完全理解陆秋生和陆鸣泉对共产党以及对共产党领导的这场革命的感情。但是，她看到了他们的执著，这种精神，令她惊讶。至于陆秋生所谈的那些道理，方子衿是无论如何都无法接受的，杀人者必须接受法律最严厉的制裁，古今中外的法律，都会强调这一点。如果中国的革命革掉了这一条，她无论如何是不能接受的。

这是他们之间的第一次争吵，也是唯一一次争吵。后来，他们乘上了第一班下水船，他多次找她说话，她都有点爱理不理。船离宁昌上游的桐江不远了，陆秋生走到她的身边。她知道他有话要对自己说，冷冷地站在那里，等着他。他从怀里掏了半天，掏出那支派克钢笔，递给她。

"收下吧。"他说，带着一种乞求的神情。

她犹豫了一下，不太情愿地伸出手，收过来，紧紧地握在手里。手掌中，有细密的汗渗出，将钢笔濡湿了。

他又将一封信塞进她的手里，对她说："现在不要看，等我走了以后再看。"

然后，他们又不说话了。时间从他们身边流过，焦灼而又烦躁，如泣如诉地唱着一首哀惋的歌。船在桐江码头停下，他意味深长地看了她一眼，温柔地说："我走了，你保重。"她冷冷地说："再见！"心中却想：再什么见？永远都不再见才好。

他刚刚踏上连接船和岸的跳板，她就转身进了船舱，她也觉得这样做有些绝情，却又不想违心地留给他一个依依惜别的印象。回到船舱，坐下来，想起自己手中还抓着钢笔和信，便抬起手，想将这两样东西扔到外面的江中去。手举到半空中，她又犹豫了。

她收回了高举的手，将信和笔塞进包里。

呆呆地坐在那里发了一回愣，想一想，又将他的信拿出，拆开读起来。这是她收到的第一封情书。她不得不承认，陆秋生很有文采，信写得非常生动感人，尤其是其中的一段话，深深地打动了她。

他写道：

　　子衿，我是一个无产者，我不相信宿命。可是此刻，我宁愿有宿命一说。我的宿命就是你的出现。你是我生命的彩虹，你是我人生的春天，你是我追求崇高理想时，上天赐予我的最大最美最令我珍惜的丰厚回报。我会用我的一生珍藏有关你的记忆，我会用我的一生品味你给我带来的所有幸福和快乐。我这样说，并非此刻的我被幸福冲昏了头脑，恰恰相反，我异常冷静。我很清楚，虽然我们已经订了婚，你并没有从心理和感情上接受我。我不着急，也不会绝望，我会用我的一生追寻你的身影，我会用我的一生谱写一首爱的圣歌。我用我的生命来演唱。子衿，我爱你，我向你郑重保证，我会用我余下的所有生命：每一年每一月每一天每一时来爱你。我的爱会流成一条河，我希望你是我的河上，最快乐最幸福的天使。

04 你等着我，
一定要好好等着我

一段时间来，白长山觉得特别憋闷。

以前，他驾驶着汽车，追着炮火跑，哪里有枪炮声，车轮儿就往那里滚。他喜欢那种声音，那种声音能够令人精神振奋。他尤其喜欢激烈的战斗结束之后战场上那种寂静。那种静是真正的静。连天的炮火，将战场周围所有的老鼠呀鸟呀什么的，全都赶跑了。如果是夜晚，满天繁星闪烁，旷野里，蟋蟀争鸣。白长山就喜欢在那种野地里睡觉。将汽车停在战场边，拿出块坐垫当枕头，往地上一倒，呼呼睡去，心里的踏实，真的无可比拟。

现在，全国解放了，战争结束了，无仗可打了，大家都住进了像样的军营，营房被建成了一个一个的大小院落。他作为副连长，不需要和其他战士睡一堆了，有了自己的单间。走进这房子里，空荡荡的。人倒是无聊憋闷起来。

白长山是高小毕业，到部队后，又学了些文化。刚进入部队的时候，在团里当文书，经常写点通讯报道、诗歌、散文什么的，有几篇通讯报道还被军部的报纸摘编。他一直有一个梦想，在野战军的报纸上发表自己写的作品。那时，只要一空下来，他喜欢写一写。即使后来当了汽车兵，也还没有放弃这种爱好。现在是彻底闲下来了，心里反倒空落落的，什么都没有了。每天除了训练就是捧着报纸看，再无别的事可干了。

白长山闲着，别人却没闲。团里，接二连三大办着喜事。

那天晚上，营长办喜事，媳妇儿是家里从小就说下的。解放了，军队驻扎下来，营长给家乡的政府写了封信，他媳妇儿捏着这封信，找到了部队。婚礼上，营长和媳妇儿一起扭起了二人转。白长山看着营长媳妇，想到了在海南岛俘虏的那个国民党军官的姨太太，眼睛不自觉往她的胸前看过去。这一看，让他的心猛地跳了起来。营长媳妇儿的奶子好大，她挥动着双手跳着二人转的时候，那两团肉就像两只球一样，一忽儿滚到这边，一忽儿又滚到那边。后来喝喜酒的时候，营长和媳妇儿一起过来给他敬酒。营长说：长山啊，啥时候也给自个儿整个媳妇儿？他说你说啥呢，营长。这不是寒碜我吗？他和营长碰杯，眼睛往营长媳妇儿的胸前睃了一下，脑子里映着的，却是海南岛的那个月夜，那一对白晃晃的奶子。

那个晚上，白长山和那对奶子折腾了一个晚上。一忽儿，营长媳妇在他面前跳着二人转，也不知咋回事儿，她的胸前，竟然有两只纯白的兔子在打架。一忽儿又变成了那个二姨太，弓着身子和团副在月亮地里干着，胸前的一对奶子晃悠晃悠的，像两只瓷葫芦。也不知咋的，那个团副就变成了他白长山。第二天早操刚刚结束，白长山第一时间洗起衣服来，边洗边骂自己不是东西。自己是革命战士，晚上做梦不梦到革命的事儿，咋就梦到这些事了？这是一个革命战士应该梦的吗？归根结底，还是太闲了，以前打仗的时候，哪里出过这些乱七八糟的梦？

人就是怪，他越恨自己，这事儿就越闹得他心慌。他那只握方向盘的手特不争气，一躺在床上，自觉不自觉就往一个地方游动。白长山，你不是玩意儿。他狠狠地骂着自己。片刻之后，又会对自己说，仅此一次，下不为例。他的革命意志太不坚定了，怎么着一个晚上都要弄个两三次。第二天，湿了的内裤干了，前面就有一大块硬邦邦的，挡了一块铁板似的。北方人讲究少，往往几天甚至更长时间不换内裤，这块铁板就会越来越硬，时常提醒他是个不是玩意儿的玩意儿。

都是和平惹的祸。白长山因此非常渴望打仗。

那天，上级下达了一道非常奇怪的命令：全体干部战士，一律剃光头。大家轮换着剃头的时候，营地里来了几个摄影师，给所有人照相。汽车呢，全都开到了火车站，然后全体跑步回营地。团里所有人都不明白这是咋回事儿，连团长也懵里懵懂。白长山说，看吧，马上要打仗了。战友们和他吹胡子瞪眼，说你胡扯呢，都啥时候了？仗早打完了。没料到，当天晚上，紧急集合号吹得震天响，然后是一路小跑地到了车站。老天，月台里黑压压的坐满了人，全都是军人。如果是平常，这么多军人坐在一起，肯定是歌声震天。可今晚特别，竟然连一点声音都没有。

等了约几十分钟，一列火车隆隆地开了过来，停在他们面前。军人们开始上车，一节车厢就装下一个整营。汽车团和步兵团不同，人数少，整个汽车团进入了一节车厢，车厢还没被占满，后来又补进了其他部队的一些人。这是那种货车，也就是人们说的闷罐子车，车厢里没有窗户没有厕所，四只角里，每处摆了一只便桶。咣的一声，车门关上之后，里面就像是黑夜一样，一丁点光线都见不着。上车之前，大家排着队灌了一壶水，领了几个冷馒头，饿了，就着凉开水啃馒头，啃出满嘴的白面碴儿。如果要方便，小便就往便桶里撒，整个车厢里，有着浓浓的尿臊味儿，那味儿特刺鼻。如果要大便，那就得受点儿苦，硬憋着。火车一直在不停地跑，往往要跑几十个小时后才会停下来补充给养，军人们于是趁着这机会下来大便，排着队领水领馒头。

这是往哪里在拉？车上所有的人都在问这个问题。没有答案。有人说，咱们这是在往北走，该不会让咱回东北老家吧？

你怎么就知道是往北走？新兵蛋子没经过事，自然有此一句。

你没见吗？这气温越来越低了。

都已经快十月中啦，气温当然一天低似一天呀。

低也是慢慢低的，哪有这样儿，一天就低好几度？如果我没猜错，没准儿我们现在已经出关了。奇怪呀，这关外有啥呢？就算是闹土匪，那能咋整？咱四野好几个军驻这地儿呢，还能闹上天不成？

闹土匪？白长山想笑。这些人，每天只顾着自己那点破事，完全不看书不读报。如果读一下报纸，也就可以猜个八九不离十了。

朝鲜。白长山说。你们都猜错了。我们肯定是去朝鲜。

朝鲜？朝鲜是什么地儿？有人问。

你们没看过报纸没听过广播吗？白长山颇有些得意地说。美帝国主义侵略朝鲜，这是国际大事。朝鲜是我们的社会主义盟友，我们当然不能袖手旁观。我敢说，我们这次行动，肯定是去支持我们的朝鲜兄弟。

哎呀我的妈呀，敢情咱这是要出国了？有战友兴奋地叫了起来。

听说要去打仗，新兵的情绪非常特别。毕竟他们没有经历过战争，对战争有一种特别的恐惧。老战士不同了，没有枪炮声，他们睡不着觉，听说有仗可打，兴奋得嗷嗷叫。

走下火车时是晚上，重新回到自己的汽车时，也是晚上。此时，汽车上已经装满了物质，用绿帆布包得严严实实的。不用看，只要闻一闻那股味儿，白长山就知道那一定是武器弹药。汽车开始启动，许多汽车排成一排向前驶去。前方何地，白长山不清楚。每一个重要路口，都站着戴袖章的宪兵，他们会指挥汽车行驶的方向。

汽车驶上了一座大桥，桥头有解放军战士站岗。这座桥和白长山以前见过的所有桥不同，是钢架子的，汽车所经之处，有一列火车并排而行，能够看清，火车里全都是士兵。而在公路的两边，各有一列士兵同向行军。作为老兵，白长山只需要瞟一眼，就能明白一切。这不是普通的行军，而是急行军，并且是秘密急行军。军马的嘴上戴上了竹篾的口罩子，那是为了不让马嘶叫。两边的队伍没有一个人唱歌，自然是为了隐蔽。

仅仅几分钟，汽车驶过了这座铁桥。桥的另一端，仍然有军人站岗。可是，他们的军装不是中国人民解放军的军装。白长山想，不错，自己的猜测是对的，他们是朝鲜人民军。这样看来，自己已经踏上了朝鲜的土地。他抬头看了看天，天是黑的，没有月亮，也看不到星星。在那一瞬间，白长山再一次想起那个注定要在他的生命旅程留下永恒印记的女人。他在心里默默地说：我的女人，你等着我，你一定要好好等着我。我会从朝鲜带着立功的勋章回来娶你。

这个晚上,方子衿躺在华中医学院学生宿舍自己的床上做了一个梦。

梦境非常模糊,仿佛是行走在某一处山区的路上。突然,不知谁喊了一声鬼子来了,所有的人开始狂奔。方子衿也拼着命狂奔。不知怎么回事,她的父亲母亲却跑不动,她不得不回去救父母。鬼子突然出现了,他们抓住了父母,也抓住了她。他们将她绑了起来,生上了一堆火,火上吊着锅。他们要将父母杀了煮肉吃。那些鬼子变成了方二拐子、谈不得等模样,他们手里拿着尖刀,而被他们按着的却是两头大白猪。方子衿知道,那两头猪就是自己的父母,她大声地喊叫着。方二拐子狰笑着对她说,叫哪个叫?等肉做好了,给你也吃一碗,让你有力气咯老子的好做事。

肉做好了,那些人用刀挑起一块块的肉,往嘴里塞。那肉鲜血淋淋,他们吃得津津有味,满嘴满脸,全都是鲜红的血。这些满身是血的人,将方子衿按倒在地。他们想脱她的衣服,要强奸她。有一张满是鲜血的嘴要吻她,她拼命地挣扎,拼命地呼喊。

就在这时,一个高大的男人骑着一匹白马冲了过来。他穿着一套解放军的军装,但不知怎么回事,没有领章帽徽。方子衿竭力想看清他的脸,他的脸非常模糊,看不清。男人挥舞着手里的枪,砰砰砰一连几枪,谈不得等人就倒地死了。她和男人一起骑到了白马上,白马拼命地向前奔跑。男人伸出自己有力的双手,从后面搂着她的小腹。她的头向后扬着,靠在他的胸膛上。他的脸紧贴着她的脸,在她的发际,在她的耳边轻轻地摩挲。她转过头,慢慢接近男人的唇。就在两人的唇即将碰到的那一瞬间,身下的马猛一阵弹跳。她醒了过来,醒过来之后,她还在回味那种感觉。

"子衿,子衿,你醒醒。"李淑芬一边叫喊着一边摇晃着她的身体。

李淑芬是她的新同学,比她大七岁。两人同室同座,李淑芬还是副班长、团支部副书记,对班上所有的女生,就像是大姐姐一样。李淑芬是陕北人,粗犷中有细腻,豪放中有精明,做起事来一阵风,说话却像是在下豪雨,嗓音像是在沙子里磨过一般,粗粗的,有点嘶嘶的感觉,噼噼啪啪稀里哗啦,一点都不含糊。她喜欢留一头齐耳短发,穿一套旧布黄军装,腰间扎着武装带,打着绑腿。她虽然二十六岁,却已经是老革命了,当年红军长征到达陕北的时候,她才只有十岁,就已经成了红小鬼,在革命部队的扫盲班里脱盲，后来一直都在红军医院里当护士。她十六岁入了党，党龄已经十年。

李淑芬说，你是不是做啥噩梦了？叫得怪难受的。方子衿哦了一声，脸开始发起烧来。好在这是晚上，别人看不到她脸红的模样。被李淑芬叫醒后，方子衿很长时间没有睡着，翻来覆去，满脑子都是那匹大白马以及骑在马上的那个男人。她觉得好奇怪，那明明是个军人，可他的军装上为什么没有领章帽徽？难道像李大姐一样，已经转业了？奇怪，自己为什么会做这样一个梦呢？而且，和男人一起坐在大白马上竟然会有那样的感觉，真是羞死人了。

几天之后的早晨，趁着课前的几分钟，胡之彦站起来，对全班同学大声地宣布一个通知。他说："静一静，他亮的静一静。下面我结巴宣布校团委通知。"他站在讲台上，一只手叉腰，另一只手时不时地举起来挥动一下，或者是往面前的讲台上敲几下。看上去，他不像是在宣告一个通知，而是在以一种夹杂了许多方言和粗俗用语的官语，作战前动员。他的发音很怪，声线很细，有些字音从他的口里出来，味儿就怪怪的。比如他的口头禅"他娘的"和"鸡巴"，说出来却变成了"他亮的"和"结巴"。他说："校团委决定，全校他亮的所有刁毛女生，每人给在朝鲜作战的结巴志愿军战士写一封信。赞扬他们他亮的为党为祖国为人民结巴勇敢作战不怕牺牲的大无畏他亮的结巴革命精神，表达我们刁毛对志愿军的崇敬爱戴之情。他亮的，每封信不得少于他亮的一千五百字。刁毛校团委书记特别强调，这是一件严肃重大的结巴政治任务。刁毛，都好好琢磨一下这结巴事，今天晚上的政治学习，我们他亮的再专门讨论。"说过这些话，他又转向方子衿，对她说："他亮的方子衿同学，你结巴考虑一下，这期黑板报就出这个刁毛专题。我估计，结巴其他系也是这个专题，咱他结巴的可不能落到人家结巴后面去了。"

胡之彦是他们的班长、党小组长、团支部书记，很高大英武的一个男人。不张嘴，哪个女人见了，都会对他充满好感。他一旦开口，洪亮的声音之中，时不时夹杂着大堆与男女性器官有关的词，令男学生哄然而笑，令女学生羞得脸没处搁。方子衿十分奇怪的是，这样一个粗俗的男人，却是李淑芬崇拜的偶像。班上差不多所有同学，第一次单独和李淑芬谈话，就得到一个信息：班长和团支部书记胡之彦，是她的未婚夫。见到胡之彦，她的目光始终都追随着他。提到他的名字，她脸上就荡漾着一种幸福。

方子衿在医学院认识的第一个男人是周昕若，第二个男人就是胡之彦。

第一天到学校报到，方子衿拿着陆鸣泉的信，找到周昕若校长。周校长早已经在电话中和陆鸣泉谈好了，而且马上有个会要参加，没时间和她多聊，对她说，这事儿我知道。你等一下，我找个人带你去系里报到。宿舍什么的，系里都安排好了。说过之后，周校长出门，恰好见胡之彦过来，立即叫住了他。周校长就向她介绍，说方子衿同学，我给你介绍一下，这位胡之彦同学，是你们的班长，也是学校人保科保卫股的股长。他又转向胡之彦，向他介绍说，这位方子衿同学是新来报到的。她是小妹妹，你以后要多照顾她点。我还要赶去开个会，你先领她去系里报到，然后带去和班上同学见见面。

胡之彦进门时，眼睛就老往方子衿身上瞟。很少有男人不为她的美貌惊叹的，胡之彦显然不是例外。胡之彦的眼睛很小，可看到她的时候，小眼睛一下子睁得老大，浑圆浑圆的，里面有两束强烈的光射出来，直指方子衿。方子衿被他的目光猛地刺了一下，脸像是被一团火灼过一般，热度迅速增加。胡之彦生得很高大，非常结实，那张脸，像是一块一块的粗瓷片，坚毅有力。她喜欢这种外形的男人，脸像是刀一样，每一个棱角都充满着锋利和力度，往他面前一站，你就有一种整个身体被他的脸割划的感觉，刺痛之中，有一种特别的兴奋。

"你好你好，我是胡之彦。"胡之彦说着，伸出手来要和她握。

方子衿的心顿时一阵狂跳，慌慌地伸出自己那只青葱般的玉手，和他的手握在一起。他握着她的手摇了摇，并且好用力，让她有了疼感。她不得不注意他的手了。他的手掌很大，手指粗而短，甚至都没自己的手指长。一个高大的男人，竟然有着一双短粗的手，看上去非常不协调。那一瞬间，她心中的失望真是无以言表。

他也不征求她的意见，一把从她手里接过行李，带着她离开了校长室。

"和平真他亮的好，没刁毛枪声炮声，没结巴流血死亡，只有他亮结巴的花香鸟语。他亮的，真好，是不是？我们他亮的这所学校，刁毛他亮的环境真绝了。"胡之彦非常兴奋，一路上滔滔不绝。

方子衿在恒兴那样的码头，也曾接触过南来北往的人，对于各地方言的不同，多少有些了解。可对于胡之彦操的到底是哪里的方言，却连一点认识都没有。她甚至不能完全听懂他所说的话，只是半听半猜。她想，刁毛可能是某种粗话，因此觉得此人粗俗不堪，刚刚对他产生的一点好感，也就荡然无存。

胡之彦带着她去医疗系报到。她知道余老师在这个系当主任，很想见一见她。可是不巧，余老师去院里开会了。离开系办公室，他带着她去女生宿舍。胡之彦敲门，一个个子高高，肤色黝黑，脸上很干瘦的女生打开门，见到他，眼中顿时射出两束晶亮的光。这个女生的一双眼睛又圆又大，非常有神，是她脸上最生动最迷人之处。方子衿觉得，她的眼睛就像是两支蜡烛，而胡之彦便是一团火，这团火往蜡烛上一碰，蜡烛便夺目地燃烧起来。接着，她看到了他身后的方子衿，一瞬间，那两支蜡烛的火光变了，激情之光变成了嫉妒之光、愤怒之光。方子衿异常敏感，仅仅看了一眼，就知道她正爱着他。方子衿还真怕一个陆秋生没有解决，又冒出一个胡之彦来。看到她的表情之后，她顿时有一种如释重负之感。

那个女生名叫李淑芬，一个注定要在方子衿的人生历程中充任角色的人。

胡之彦的老家在胶东半岛，抗日战争结束前夕，他参加了新四军，后来随部队挺进东北。攻打锦州的时候，胡之彦受了伤，作为战斗英雄住进了李淑芬所在的野战医院。作为护士长，李淑芬对胡之彦非常照顾，并且产生了情感。时隔不久，野战医院接到命令，随作战部队入关，医院里的重伤员交给地方，轻伤员归队。胡之彦的伤势未愈，留了下来，两人就此分开。李淑芬跟着四野参加了平津战役，胡之彦伤愈归队时，四野部队正在快速南下，直奔宁昌。或许是命运的安排，四野大军继续向南追歼白崇禧主力时，也留下一批力量拱卫宁昌，胡之彦就此留了下来。李淑芬所在的野战医院，随后不久也搬到了宁昌。某次，两人在宁昌的大街上邂逅，从此开始频繁来往。后来成立华中医学院筹建小组，胡之彦作为保卫人员，参与了工作。筹建完成，胡之彦留下来担任医学院人保科保卫股长。为了解决干部以及师资紧缺问题，学院向中南军政委员会卫生部打报告，申请办一个师资班，学制两年。胡之彦近水楼台，不仅成了这个班的学员，而且是班长、党小组长、团支部书记。李淑芬从胡之彦那里得知华中医学院招师资班的消息，主动向医院领导提出申请。医院恰好分到几个名额，就给了她一个。据说，胡之彦已经向校方口头提出了结婚申请，学院初建，工作千头万绪，似乎还没有将他们的婚事提上议事日程，拖了下来。方子衿入校后，胡之彦心中似乎有了些别的想法，不再向校方催这件事了。

下午最后一堂课后，学生们像鸭子一样从各个教室里出来，一群一群地，向各自的宿舍走去，再从宿舍出来时，每个人的手中端着碗提着暖瓶。一些男生敲响着碗，哐啷哐啷形成一种学生生活特有的碗筷音乐。从各个宿舍出来的学生慢慢聚拢，就像是一些零散的云聚到了一起，形成一团浓黑的雨云。雨云钻进食堂，又从食堂里流出。有聚就有散，散开后流向各个不同的宿舍。胡之彦对这种散兵游勇式的散漫方式极为不满，他几次向校方建议，应该实行军事化管理，吃饭的时候，将所有学生集中起来，以小组为单位，大家高声唱着革命歌曲。学校没有理会他的建议，他就将自己班上的同学集中起来，可是学校食堂不和他配合，不允许他集体打饭打菜。他的改革没有成功，学生们仍然像云一样散散聚聚。

吃过晚饭，洗了碗，碗筷的声音没了，接连传来的是重重的关门声，咣咣咣，高的低的声音交杂在一起。每一个学生出门，便会发出一个与众不同的关门声讯号。方子衿是和李淑芬一起出门的，门也是由李淑芬关上的，于是，关门声就带着李淑芬的特点，不高不低，短促有力，门关上之后，门框还颤颤地抖上好一段时间。这和方子衿的关门声是完全不同的，方子衿关门时很轻，几乎听不到声音。

初冬的夜晚，蛰伏着深重的寒气，晚风像无数冰凉的刀子，划过皮肤，一丝丝的刺痛。空气中弥漫着一种焦枯的气味，那是一种死亡的气味。在这样的日子里，最令人向往的是春天，春天的空气是甜甜的，那是绿色植物中散发出来的馨香。月光异常安静，就像是一个吸着母亲的奶头睡着的孩子，在睡梦中品味着母亲乳汁的芬芳。可这个季节，女孩子们为了显示身材，固执地不肯穿上棉衣棉裤，不得不缩着身子抗寒，便没有了惯有的挺拔之态。

方子衿好奇地问李淑芬，给志愿军写信这件事，既然是所有女生都必须参与的政治任务，就应该由她这个团支部副书记和女生委员来负责，怎么由胡之彦来管？听了这话，李淑芬似乎冷冷地笑了一声，没有答话。方子衿觉得她心里其实是很恼火的，却又因为对方是自己未来的丈夫，她不好和他争。如果换个别的人，结果肯定就是两样。胡之彦很有权力欲，这一点她早已经看出来了。

政治学习是每天晚上的例行功课，也是胡之彦表现他的权力的地方。他的话南腔北调，如果是一个方言研究家，一定可以听出他的话音中，带着山东泰山脚下的大蒜味儿，夹杂着中衢汉子的红薯屁味以及东北黑土地上大豆味儿。他的开头语总是三个字：他娘的。初次听的人一定无法分辨，以为说的是他亮的，往往好半天明白不过来。方子衿就曾闹出过笑话，她有一次问李淑芬，胡之彦常说他亮的是么意思。李淑芬一听就笑了起来，说那是口头禅，语气词，啥意思都没有。方子衿和李淑芬争执，说新社会是一个文明社会，怎么能用这种不文明的词？李淑芬说，这是一种军人作风，军官发布命令，就要粗俗短促，那样才有威严才有力量。方子衿说那不是什么军人作风，而是军阀作风。李淑芬说她这是学生调。她说，这个问题，当初在延安的时候就讨论过。那些从全国各地投奔而来的知识女青年，对军人满口粗话脏话非常不满，向首长提意见。首长于是下令，有女同志在场的时候，不准说脏话。这种命令根本不起作用，那些当兵的说溜了嘴，刹不住车。后来有人找毛主席告状，说到处都是土匪语言，这和革命红都的形象相差十万八千里。延安因此掀起了一次大讨论。方子衿一听，来了兴趣，问李淑芬，这场讨论最后谁赢了？万万没想到，李淑芬说，鸟毛赢了。方子衿目瞪口呆，半天竟然没有说出一句话。李淑芬进一步对她说，你不用吃惊。假如你是前线指挥员，下命令让一个战士去炸敌人的碉堡，你咋下命令？你说，方子衿，我命令你，去把敌人的碉堡给炸喽。这行吗？你抱着炸药包肯定双腿发软。方子衿觉得命令就应该这样下，难道还有别的下法？李淑芬突然转换了一种腔调，学着一种粗俗的男人腔说："你应该这样说：奶奶的，方子衿，去，把龟孙子的鸡巴给炸飞喽。"这话让方子衿面红耳臊，却又不得不承认确实有理。同时，她仍然坚持自己的观点，在战争年代在战场上，说粗话或许有其必要性，可现在是和平年代，是在文明社会，不能再以战争思维来指导社会主义建设。

方子衿的观点无法改变现状，胡之彦仍然以说粗话为荣。他说，他亮的，志愿军结巴在前线流血牺牲，命都他亮的献给结巴革命事业喽。刁毛我们在后方享受他亮的和平，是不是应该为伟大的抗美援朝出点力，是不是应该为彻底打倒结巴美帝国主义及其结巴走狗流球点汗？我们班的结巴女同学，刁毛的心应该为志愿军战士结巴的而跳动，他亮的情也应该为志愿军战士结巴的而流淌。我们要让在朝鲜的志愿军，感受到他亮的祖国人民的刁毛的关怀，要让那些在异国抛头颅洒热血的革命结巴军人，享受到我们的阶级姐妹的结巴温暖。

胡之彦的一席话，说得全班哄堂大笑。胡之彦脸色一变，笑啥笑啥？他亮的，有啥好笑的？这是他亮的一件严肃的政治任务。在刁毛的政治任务面前，你们笑结巴啥？你们的结巴阶级立场呢？

方子衿不想听这满嘴的污言秽语。原本严肃的一件政治任务，经胡之彦这样一说，成了革命女同志的一切为了志愿军的鸡巴。这话不能用心去想，仔细一想就实在太色情了，难怪同学们会哄笑。不就是给志愿军写信，向他们表达党和人民的关怀，送去阶级姐妹的温暖吗？这事儿难不倒她。而且，她也觉得这是一件非常有意义的事，是为祖国为人民出力做贡献的事。她已经开始在心中构思这封信。大道理她不会讲，豪言壮语对志愿军战士或许也没什么用。她要告诉接到自己的信的志愿军战士，他们是在为祖国而战，为人民而战，为每一个阶级姐妹而战。她想到了抗日战争，因为国家贫弱，一个小小的日本，就可以骑在中国的头上作威作福。一个人的力量是弱小的，只有当他们有着强大的祖国支持时，才能高大强大起来。

正当她浮想联翩的时候，晚上的政治学习结束了。见大家都站起来往外走,她也收好笔记本,站起来向外走去。经过胡之彦身边的时候,他小声地对她说:方子衿同学,你他亮的跟我来,我结巴有事要和你结巴谈。

方子衿惊讶地停下来,抬眼看他,见他已经转身向教室外走去。她犹豫了一下,扯了扯自己的裙子,走出了门。胡之彦没有停下,也没有回头,一直向前走着。他似乎非常肯定方子衿会跟着他。方子衿停下来,四处看看,见同学们三三两两向宿舍走去。李淑芬站在一棵树下,目送着胡之彦的背影。方子衿本能地觉得她是在等自己一齐回宿舍。方子衿不可能和她一同走,又不方便向她说明,只好装着什么都没看见,扭头向相反的方向走开。教室门口有三条不同的路,当中一条,通向的是校门口,右边通向她们的宿舍,左边则是通向学院办公室。方子衿往办公楼方向走了一段,又抄一条小路绕回来。

胡之彦大概是没有见到她的身影,站在路边等她。他叼着一支纸烟,火光一明一灭,映衬着他古铜色的脸。这张脸显得阴鸷,不可捉摸。方子衿走过去,没有到达他的面前,他已经转过身,继续向前走去。他很高大,又是军人,走起路来一阵风,看上去他并没怎么使劲,她却得小跑才能跟上他。她很想叫他走慢些,可又在心里气他,不想求他。

胡之彦一直不停地走,走过校门的时候也没有停下来,出了校门向右拐,从武成侧路走出,穿过武成路,向前走了一段,弯身向左拐。方子衿明白了,他这是要去中山公园。进门不远,迎面是一处形状不规则的湖面,湖岸上,垂柳如披头散发的妇人,悬着迎风摆动的柳枝。如果仔细观察的话,定可以看出柳条上开始饱胀的叶苞,如同女人临近哺乳期逐渐饱满的乳头,昭示着生命的信息。胡之彦站在一棵垂柳下,背对着她,随手抓着一根柳枝,短粗的指甲翻动着,柳枝一寸一寸在他的手里折断。方子衿走过去,离他有几米时停下来,默默地站着,用一只鞋的鞋底轻轻擦着脚下的干枯草皮,不说话。

胡之彦非常突然地转过身来。他转身的动作带起一阵风,吓了方子衿一大跳,她几乎想转身逃走。

"方子衿同学,我他亮的现在正式通知你,我要和你结巴谈恋爱。"他说。

"不。"她说。声音很轻,连她自己都没有听清。

"你他亮的刚才说结巴啥?"

她不语。继续用鞋底搓着地皮,那里原是一些野草,已经被她搓出一道沟来了。

"你他亮的听清楚了我结巴刚才说的话吗?刁毛,我结巴再说一次。我他亮的现在正式通知你,我要和你结巴谈恋爱。"

"不!"她大声地说。

他瞪大了眼睛看着她,似乎半天没有明白过来。他说:"你他亮说啥?你刚才说结巴不,对不对?他亮的刁毛,你到底啥结巴意思?"

"就是他娘的不。"方子衿斩钉截铁地说了一句,扭头便走。

胡之彦急了,几步追过去,一把拉住她。"为啥?你他亮的告诉我到底为结巴啥?"

"就因为……"她想说就因为结巴啥。可她说不出来,最后改了口,几乎是冲着他大叫:"因为我不爱。够了没有?"

"不爱?你不爱?不可能。咋结巴不爱呢?你说谎,你他亮的说谎,骗我!"

"胡之彦同学,我正式通知你,你打消了这个念头吧。世界上就算只剩你一个男人了,我也不会和你恋爱。"说过之后,方子衿大力挣脱了他的手,迅速穿过岸边的土路,向学校大门方向走去。她双腿迈得很有力,因为她第一次觉得,自己有些像余珊瑶老师,有了些英雄气了。

胡之彦站在那里,过了好半天才冲着她高声大叫:"刁毛,你结巴会后悔的。"

向前走着的方子衿愤愤地想,我他娘的没有鸡巴,我后么子悔?这句话在她心中冒出时,她大吃一惊。这是我吗?我怎么也这么粗俗了?

胡之彦的报复来得迅速而又猛烈。作为班长,胡之彦在班里实行的是军事化管理,每天清晨,全班同学要出操,不准请假,不准迟到,甚至女生的大姨妈来了,也不能有丝毫例外。有一次,一个女生痛经痛得厉害,向李淑芬请假,李淑芬同意了。胡之彦见这个女同学离开队列,立即喝住她。李淑芬走到他面前,小声地向他解释。他突然大声地叫起来:不就是他亮的流点血吗？结巴革命军人死都不怕，还怕刁毛流血？连流血都结巴怕，算啥结巴革命军人？练，继续练。那个女同学没办法，只得坚持，结果疼得在地上打滚，他还命令她爬起来继续练。

第二天早晨出操，胡之彦不知有什么事没来，由李淑芬负责。这一天方子衿过得很平静，趁着中午时间，将早已经构思好的信写了，第一个交给李淑芬。第三天出操，情况就变了，胡之彦站在前面喊号子。他喊的号子和李淑芬喊出的完全不同。他喊立正发出来的声音不是立正，而是"猪——"，前面的一个音发出来时，短促而有爆发力，后面拖着长长的尾音，就像一颗闪亮的彗星拖着一道长长的光影。他喊齐步走，不是三个字以平均的力度和节奏喊出来，而是第一个字很轻，不留神不容易听到。第二个步字平而拖，十分含糊，到了第三个走字时，突然而且有力，十分短促，像是声音突然在某堵墙上碰了一头，刹住了。方子衿常常弄不清他的号子，因此往往慢了半拍。

晨操出错，由来已久。以前，无论方子衿错成什么样子，胡之彦从来不曾责骂过她。这次完全不同，才操练了几个动作，胡之彦命令她出列，向她发出一些短促的号子。她想做得更好，然而，她天生就不是这个料，越想做好越做不好。开始还是动作慢了半拍，后来整个脑子蒙了，他命令她向右转，她却向左转。他命令她稍息，她却立正。再一次，她立正站好了，胡之彦不再发号令，而是围着她转了一圈，又转了一圈。趁着她不留神，他猛地抬起腿，用脚背踢向她的小腿肚子。她站立不稳，一下子倒在地上。胡之彦丝毫都不怜香惜玉，大声地命令她站起来。

方子衿倔犟地站起来，眼泪刷刷地往下流着。

胡之彦不理她，命令一名男学生出列。他立正站在方子衿面前，命令那名男学生踢他。男学生轻轻地踢了一下，他动都没动。而且对着同学喊，用力。那个男同学加大点力量，又踢了他一脚。他大声咆哮道："你他亮的是汉子不？你裆下有结巴没有？咋他亮的像个亮们儿？再来！"男同学用尽全力向他的小腿踢去，他直直地站在那里，动都不动，嘴里发出命令："再来。"男同学拼尽全力踢了十几次，他就是没有动一下。

胡之彦命令男同学入列，然后站在方子衿面前，将一大堆脏话泼向她，说她不是革命学生，更不是革命军人，因为革命军人绝对没有她这种熊样儿的。她的身上，整个就是一股子资产阶级小姐的骚味儿，如果放在战争年代，肯定就是一个叛徒汉奸卖国贼。

方子衿清楚他这是打击报复，可是，她没法将此告诉别人，所有的委屈，只能憋在自己的心中，实在憋不住，委屈就演化成泪水。她不敢闭上自己的眼睛，那双如春水荡漾的池塘一般的眼睛里，迅速被一层雨雾笼罩，雨水蓄满了池塘，向外流泄。她竭力控制着自己不要哭出来，她甚至一遍又一遍对自己说，要像余老师面对土匪那样坚强。可她做不到。漫出池塘的雨水，哗啦哗啦汹涌而出，两串晶亮的珍珠，画着优美的弧线，飞流而过她高挺的乳尖，飞流而过她紧绷着弹性而颀长的双腿，可真有点"飞流直下三千尺，疑是银河落九天"的感觉。

见到她的眼泪，胡之彦更有词了。无产阶级革命战士从来都是流血不流泪，眼泪是资产阶级的，是资产阶级臭亮们儿的眼泪，是资产阶级小姐的眼泪。无产阶级革命战士，从来都是虚心接受批评，把同志的批评帮助，看成是对自己最大的爱护。胡之彦越骂越凶，而且骂起来一套又一套，所有的脏话邪话丑话，在他口里连成了串，说得比成语谚语什么的溜顺千百倍。方子衿再也无法忍受，一扭头，哭着跑开了。胡之彦觉得这是对自己权威的挑战，大声地命令她站住。方子衿自然不会听他的，一直跑回了宿舍。胡之彦气得全身发抖，在原地踱了几个来回，然后大声地宣布解散。

回到宿舍，脱掉鞋子，爬到上铺躺下了，眼泪止不住地流。同学回来了，大家围上来劝她。李淑芬说方子衿同学，别生气别往心里去，他就是那样一个人，嘴里不干不净，可没坏心，他也为是了班上的工作。她的另一个好朋友叫吴丽敏，一个非常好心又带点市侩的宁昌女孩。她说子衿，为这种事气坏了身子，值吗？快起来，我们过早去。她们越是劝，她越是觉得委屈，却又无法说出来。李淑芬说，得啦得啦，你们去打早餐吧，一会儿还上课呢。丽敏，你帮我和方子衿同学带回来，我劝劝她。

其他同学都走了，李淑芬留下来劝她。其实劝人是一件很难的事，就算是你有一千张嘴，也不一定能说到人家心里去，更难以解决人家的真正问题。李淑芬并不是一个能说会道的人，她唯一的长处就是热心。

　　早餐打回来了，离上课的时间已近，大家都得抓紧时间，所以只是叫了一声方子衿，见她躺着没动，也就算了。李淑芬一边往口里塞着馒头，一边对方子衿说，那你就休息一天好啦，我替你请假。

　　大家顾着吃早餐，没人劝的时候，方子衿却一个翻身坐了起来，踏着木床边固定的梯衬，一步一步往下挪。李淑芬见了说道，这就对了，人是铁饭是钢，一顿不吃饿得荒，不吃饭咋行？时间已经不多了，你快点抓紧时间吧。要不，我跟老师说一声，你晚去一点也成。

　　方子衿穿好鞋子，也不理她们，扯下毛巾，走到宿舍门口的自来水笼头前，洗着脸上的泪渍。吴丽敏走到水池边对她说，你别磨磨蹭蹭的了，快点吃饭吧。方子衿说我吃不下。吴丽敏说多少也得吃点呀，你犯得着吗？方子衿不说了，返回宿舍，将毛巾挂好，收拾了自己的书本，向外走去。今天的课全都是专业基础课，她不能落下的。独自走了一段时间，李淑芬追了上来。

　　李淑芬说你真是的，怎么能不吃点东西？这样会坏了身体的。身体可是革命的本钱。她说了半天，方子衿突然冒出一句：淑芬姐，你和他几时候结婚？李淑芬一下子愣住了，半天才回神来，反问她，你怎么突然问这个？你听到啥事儿了？方子衿知道自己说漏了嘴，一个劲地说没事，只是好奇想问一问。李淑芬自然不肯信，反复问她。她不得不扯了一个谎，说她胡思乱想的，觉得他结婚以后，或许会有些改变。李淑芬自然不相信，还想问，但已经到了教室门口，人多起来。

　　晚上的政治学习，方子衿实在不太想去。她看到胡之彦那副模样，就觉得恶心。可是，她正要求进步，争取入团呢，如果政治学习不参加，入团的事儿肯定没戏了。她知道李淑芬一直想和她谈那个未了话题，她实在不想说。晚上吃了几口饭，一个人离开宿舍提前去了教室，找一个角落坐下来。

　　政治学习开始，胡之彦站起来大声宣布，今天不学习马列理论了，开个民主生活会。至于这次民主生活会的内容，就是讨论今天早操时发生的一件事。方子衿同学私自离队，这到底是一个什么性质的行为，希望大家畅所欲言，踊跃讨论。

班里有一部分同学是军队推荐来的，对民主生活会这种形式，十分熟悉。还有相当一部分人正积极要求上进，交了入党或者入团申请书。无论是入党还是入团，胡之彦手中均握有重要一票。这些人自然会猜度胡之彦，尽可能地按照他的意思发表自己的意见。

胡之彦的话音刚落，立即有同学站起来说，我们是毛主席的大学生，是坚定的无产阶级革命者。革命者最重要的是什么？是组织纪律性。毛主席教导我们说，加强纪律性，革命无不胜。我们共产党人的革命为什么能够成功？就在于我们的党、我们的军队、我们的人民，讲革命的纪律性。国民党为什么会失败？就因为他们无组织无纪律，下级不服从上级，战士不服从干部。方子衿同学受到了几句批评就受不了，就私自离开队列，这是非常错误的，是典型的破坏纪律的行为，应该受到严肃批评。

也有同学说，训练是打胜仗的保证。我们的革命军队，讲的是平常多流汗，战时少流血。我们是革命的队伍，是革命的战士，每一个革命战士将训练当成是一场同反革命的战斗。方子衿同学训练不认真，不集中注意力，就是革命意志不坚定的表现。

他们的话让方子衿吓了一大跳。天啦，这算是么事？明明是胡之彦给她穿小鞋，打击报复。她从同学的发言中看到了一个极其残酷的事实，胡之彦正试图掌握她的命运，以一种看不见摸不着的权力逼迫她，想令她就范。在这所神圣的大学里，竟然有这样一个小人。尤其重要的是，这个小人竟然可以左右她的命运。今后，她将会面临怎样的险境？自己忍受那么大的打击和痛苦来到这里，就是为了被他欺负被他污辱的吗？越想越觉得委屈，她的眼泪不争气地再一次流了出来。

她这一哭，那些批评他的人更加积极了。有人站起来批评她有娇小姐习气，哭是不肯虚心接受批评的表现，是和革命的同学闹对抗。

方子衿一想，自己还真不能哭，革命战士流血不流泪，哭是软弱的表现。这可都是好大的罪名。何况，哭或者怕，根本解决不了问题。她想起了在土匪窝中的那段经历，如果余珊瑶老师像自己一样怕，像自己一样被吓昏过去，后果不堪设想。她不能软弱，她要像余老师一样，自己掌握自己的命运。想到这里,她猛地揩干了眼泪,坐直了身子,咬着牙,虚心地听同学们对她的批评帮助。

没料到,这样也不行。立即有同学批评她态度不端正,大家都是革命的战友、革命的同学,大家批评她是帮助她爱护她,为了她能更好地接革命的班。没想到,她却咬牙切齿,以仇恨对待同志式的批评教育。

方子衿的心一横,豁出去了。大不了就被开除,自己还怕什么?趁着一名同学发言结束,她霍地站起来,大声问,我能不能说几句?

胡之彦明显一愣,接着说可以可以,欢迎方子衿同学发言。所有的同学,全都鼓掌。

她说我早操出错,确实是因为自己只注重业务学习,忽视了军事训练,在这方面没有刻苦。胡之彦同学以及其他同学对我的批评对我的教育是对的,出发点是好的,是为了帮助我教育我爱护我,我虚心接受。后来,我哭着跑走了,是我不对,我无组织无纪律。在这里,我郑重向大家保证,从此之后,我会努力克服缺点,发扬优点。请大家看我的行动。不过,有些话,我也要说,不说我憋在心里难受。我有缺点有错误我承认,大家批评我帮助我是为了我好,我虚心接受。但我觉得,我的缺点和错误,是内部矛盾,是革命同志之间的矛盾而不是敌我矛盾。可是,胡之彦同学却说我不是革命战士,是资产阶级小姐。这是对阶级姐妹的爱护吗?这是处理内部矛盾的态度和方法吗?还有,我们是革命者,是先锋队,是革命的先锋是文明的先锋。可是,胡之彦同学却满口脏话。说他娘的就是革命,不说就不是革命?说他娘的是文明吗?他娘是谁?是阶级敌人,是我们革命的对象?如果不是,我们为什么要刻骨仇恨,咬牙切齿,要一千遍一万遍地骂?

胡之彦的脸红一阵白一阵。他不想和方子衿彻底翻脸,因此伸手摸了摸自己的头,说奶奶的,还真他亮的是这个结巴理。好,方子衿同学的批评是正确的,我他亮的一千个接受一万个虚心。今天的民主生活会就他亮的开到这里。结巴散会。

李淑芬跨进门,将一封信放在方子衿的面前。

李淑芬自己是没有信收的,她是个孤儿。她就是想收到亲人的信,那也只可能是来自阴曹地府。可是,她就是喜欢跑到收发室去,将每一封信作一番登记,然后将这些信带回班里。

方子衿那时正在写一首歌颂抗美援朝的诗。李淑芬将信放在她面前的时候,她仅仅只是看了一眼,懒得去动。

"啥人呀,信写得这么勤。一个星期一封呢。"她对打探同学的隐私,永远有着极其浓厚的兴趣。

"一个朋友。"方子衿不太情愿地说。

"朋友?朋友咋给你写这么多信?咋就没朋友给我写?是未婚夫吧?"

方子衿想,如果否认,她肯定会纠缠不休。何况承认了也不是坏事,至少可以通过她将这一信息传递给胡之彦,使他死了那条心。"算是吧!"她随便地答应了一句。

李淑芬听说是未婚夫,顿时来劲了。一再打听,要弄清楚她的未婚夫是个什么人。方子衿心里烦,搪塞说是以前的一个同事。李淑芬自然不甘心,正要继续问,转头看到门外胡之彦向这边走过来。她心中一喜,立即就向门外迎过去。方子衿因此听到李淑芬那有些沙哑的大嗓门在说胡之彦同学你找我有事吗?方子衿实在搞不懂她为什么要这么大声,好像想让全世界都听到似的。可胡之彦显然不是来找她的,他不知对她说了句什么,李淑芬愣了好一刻,然后才说那好,我去帮你叫出来。

方子衿有一种预感,胡之彦是来找她的。她讨厌那张脸还有那个人的一切。人真是奇怪,想起第一次见到他时自己竟然心动过,她颇有些恨自己没有眼光没有水准。正当她想逃走的时候,李淑芬进来了。她说,方子衿同学,胡之彦同学叫你去一下。似乎担心引起某种误解,又特别补充了一句,是出墙报的事。

见方子衿走出来,胡之彦一言未发,转身向前走去。这次方子衿可没有那么乖了,她在原地停下来,站在那里动也不动。胡之彦向前走了一段,感觉背后没声音,转过头来看,见她站在原地未动,便说你他亮的站着干啥?快走呀。方子衿仍然不动,也不说话。

胡之彦只好折回来,到了她面前,盯着她看,半天没出声。

方子衿也不出声。她懒得和他说话。

我听说有一个男的经常给你他亮的写信，有这回事吗？他一出口就是质问的语气。那语气就像是一个丈夫在审问不忠实的妻子。

方子衿心里有气，很想回敬一句关你他娘的屁事。她说不出口也不想和他说，只是有点下意识地说了一个是字。

"刁毛。"胡之彦向她逼近了一步，那张脸胀成了猪肝色。"这是他亮的啥意思？"

方子衿懒得和他说，干脆不语。

胡之彦伸出一只手，以命令的语气说："信呢？交出来。"

"凭什么？"方子衿被激怒了。"那是我的私信，你无权过问。"

"反了你。我无权过问？我和你谈恋爱，你却和别的野男人鱼雁往返。这是他亮的啥事儿？还说我他亮的无权过问？"

"我么时候和你谈恋爱了？"

"刁毛，我他亮的已经正式通知你了。"胡之彦丝毫不肯放低音量，整个女生宿舍都可以听到。他或许就是想造成这种效果？

既然他一定要这样，方子衿也豁出去了，同样大声地说："上次我也已经正式通知你了，我不接受。"

"你不接受？你他亮的凭啥不接受？我他亮的通知你，不接受不行。"

方子衿懒得和他说，转身就往宿舍走去。胡之彦急了，在那里大叫方子衿同学你他娘的给我站住。到了宿舍门口，方子衿果然站住了，慢慢回过头来，一字一板地对他说你是不是又要开民主生活会？那好，我等着。然后转身进了宿舍。

宿舍里，所有的女人刚才还在议论纷纷，见她进来，全都回到自己的床上坐下，装着做各自的事。李淑芬木木地站在那里，不太丰满的胸脯急剧地起伏着，那双圆葡萄一般的眼睛里有火喷出。方子衿视而不见，回到自己的床前坐下。她是真的生气了，全身都在发抖，身子就像一个漏气的皮囊，没有了一点力量。她想砸烂什么东西，或者是从哪里弄到一颗炸弹，将这个世界炸个稀烂。实际上，她唯一能做的，就是坐在那里生气。

李淑芬终于是忍不住了，一步跨到她的面前，大着嗓门问："方子衿同学,刚才这事,到底是咋回事?"

"咋回事你们不是都听到了吗?"她没好气地说。

李淑芬在房间里走了几步,然后突然停在方子衿面前,再一次大声地说:"方子衿同学,我以副班长和团支部副书记的名义正式通知你,这件事,你一定要说清楚。"

方子衿很想说我有什么需要说清楚的?一切不都明摆在那里吗?她忍了忍,问:"要我说清楚么事?"

"你刚才亲口告诉我你有了未婚夫,可现在又和胡之彦同学谈恋爱,这到底是咋回事儿?"

"谁和胡之彦——同学谈恋爱了?"

"你——"李淑芬气得半死,想说什么却找不到准确的词汇,在她面前站了半天,才说:"你知不知道,搞三角恋爱是资产阶级思想的表现?这是一个严重的阶级阵线问题。方子衿同学,我希望你好好思考一下,一定要严肃对待这件事。千万不要在资产阶级腐朽思想的泥坑里滑得太远,从而走向人民的反面。"

方子衿懒得和她说,站起来,脱了鞋子,爬到上铺,躺下去,拉过被单往自己头上一蒙,不理她了。

"你这是什么态度?我要向班长——不,我要向辅导员建议召开民主生活会,讨论一下这件事。"李淑芬说过这话之后,大概是出去了。宿舍里其他几个同学就凑到了方子衿的床前。这个对她说你怎么惹上胡之彦了?李淑芬那样子你没见吗?她把胡之彦当成了自己的私人物品呢。那个说你不知道吧,有一次,我看到他们两个在一起亲嘴呢。那胡之彦真不是东西,亲了人家又说要和你恋爱。

方子衿猛地坐起来,大声地说:"我没有和他恋爱,我有未婚夫,你们听到了没有?"

接下来几天,李淑芬每天很早就出去,总是要到熄灯前才回来。偶尔有一两次回来得早,见了大家也不理,像是跟宿舍里所有人都结了仇似的。宿舍里的女生们,彼此见了面也不怎么说话的,空气异常压抑。这情形,颇像自然界暴风骤雨来临前那种黑云压城的感觉,似乎所有人都知道有什么要来了，却又不知道即将到来的是什么，会造成什么样的后果，更不知道什么时候以怎样一种方式到来。

有一次，吴丽敏对方子衿说，子衿，你可得当心一点。我听说那只母老虎最近老往学院跑，她肯定在搞什么鬼。方子衿强装镇静地说，为人不做亏心事，半夜不怕鬼叫门。整个事与我无关，我有么子好担心的？吴丽敏说，与你无关？胡之彦当着大家的面那样对你说，现在全班都在议论这件事。男生那边传得更厉害。方子衿愣了一下，问她男生都有些什么说法。吴丽敏说，男生都在说，这事是由你引起的，胡之彦和李淑芬谈恋爱谈得好好的，都已经准备结婚了。可是，你突然插了进来，还主动和胡之彦去中山公园约会，还说……还说你主动亲他的嘴。一亲就把胡之彦的心亲乱了。

"谣言！无耻！"方子衿愤愤地说。

吴丽敏接着说，她知道这个班所有人都是有关系进来的。越是看上去不怎么样的人，关系后台越硬。她认定方子衿也一定有关系。她好心地建议方子衿去找一找自己的关系。方子衿心里却想，黑的说不白，白的也不可能说黑。事实明摆在那里，与她半点关系没有，她凭什么要去找关系。话虽如此，她心里还真的是一直忐忑不安。有好几次，她都想去找一找余珊瑶老师，可每次到了系里，她又改变了主意。她想，自己明明是有理的，如果再去找关系，反倒显得没理了。

日子看似平静，可在平静之后，有一种极其凝重的压抑。果然，事情说来就来了，而且是以方子衿绝对想象不到的方式到来，又以她所料未及的方式结束。

那天一大早，李淑芬出乎意料地走进了教室。班上许多同学有一段时间没见到她了，多少都有些惊讶地看着她。老师已经走到了讲台上，正准备讲课。她直接走到老师面前，小声地对老师说了几句话。老师于是退到一边，将讲台正中位置让给了她。她抬脚站上讲台，真有点女将军的威风凛凛。她大声地宣布说："方子衿，辅导员叫你去一趟。"她省去了名字后面同学的称呼，语气是一种命令式的。

方子衿听到有人喊自己的名字，惊讶地抬起头来，看了她一眼，说道:"现在吗？马上就要上课了呀。"

李淑芬有点咬牙切齿且带着得意劲说："辅导员叫你立即就去。"说过之后，她跨下讲台，找了一个位置坐下来，不再理任何人。

方子衿犹豫了一下，清好书本，离开了教室。她能感觉到，身后所有同学的目光正注视着她，那些目光有的带着幸灾乐祸，有的透着关切，有的似乎在问将会发生什么？她暗自告诫自己，不能在这些人面前示弱。她挺了挺身子，让自己丰满的胸脯，第一次肆无忌惮地高高耸起。

辅导员是一个比她大不了几岁的瘦个子男人，不久前才从医学院毕业的，戴着一副近视眼镜。她进去时，辅导员坐在办公桌后面，仅仅只是抬头看了她一眼，又低下头去看面前的什么材料。她小心地招呼了一声，辅导员头也不抬地说道：我看过你的档案。你的档案非常简单。按照我们的招生原则，你应该不符合我们的条件。这里面是不是有什么原因？方子衿不语。她能说吗？她知道，共产党最恨搞特殊化，她如果说出来，就等于出卖了好几个人。辅导员并没有在这件事上纠缠下去，他的话锋一转，说，你和胡之彦同学到底是怎么回事？这件事闹得满城风雨，现在全学院都知道了，影响很不好。你应该清楚，我们和一般的大学生不同，我们是拿着干部津贴的学生，是一些特殊的学生。我们既是学生，同时也是干部，是革命者。革命者最重要的品质是什么？就是认真执著，对党对国家认真和执著，对工作认真和执著，对感情也同样认真和执著。任何玩世不恭三心二意，都是革命者的敌人，都是不能容忍的。玩弄感情，更是资产阶级腐朽思想在我们革命队伍内部的体现，必须进行彻底的批判。

方子衿打断了辅导员的话，她说这事与她没有任何关系，更不存在玩弄感情的问题。

辅导员没料到她会打断自己的话，颇有些恼火。他说你这是什么态度？毛主席教导我们说，有则改之无则加勉，你不知道吗？何况，你说没事就没事了？那我问你，你知道胡之彦同学和李淑芬同学之间的关系吗？他停了片刻，接着往下说。他们是恋爱关系，是经过组织上确认的。你往他们之间插一脚，这算是怎么回事？

方子衿倔强地说，我没有插一脚，他们是什么关系，与我没有半点关系。

  你怎么能这样说？为了这样的事，你连一个革命者对组织的诚实也不要了吗？辅导员说，方子衿同学，你不要认为我什么都不知道。我已经分别找过胡之彦同学和李淑芬同学。胡之彦同学亲口对我说你们是恋爱关系，在一个星期前确定下来的。他还清楚地对我说到你们什么时间在什么地方说过什么话。

  方子衿急了，声音提高了许多，对辅导员说："为什么他说的话你就信我说的你就不信？因为他是党员他是班长？"

  "你不要这么大声。"辅导员严厉地说，"我再问你，你已经有未婚夫，是不是真的？"

  "是。又怎么样？"方子衿以一种挑衅的语气说。

  辅导员说，既然你有了未婚夫，而胡之彦同学也有了未婚妻。你们之间，就只能有同学加同志的感情，而不应该再有任何私人的感情。可是，你却明知故犯，有意去挑起这种感情，这是一种什么行为，你知道吗？说轻点，这是对感情的不负责任，说重点，这是典型的玩弄感情，是道德品质上的问题。

  方子衿也恼火了，再一次打断了辅导员，说我再郑重申明一次，我和胡之彦之间，没有任何超越同学和同志之间的感情，甚至连同学和同志之间的感情都十分勉强。

  辅导员猛地一拍桌子，恼怒地说，你知道你是在和谁说话吗？你这是么态度？方子衿同学，我现在正式通知你，今晚的政治学习，我要去参加。我要让班上有觉悟道德品质好的同学帮助你，如果你仍然执迷不悟，我们就有必要召开批判会，批判你脑子里根深蒂固的资产阶级腐蚀思想。

  方子衿意识到，辅导员很可能是听信了胡之彦和李淑芬的片面之词，无论自己说什么，他都不可能相信了。她的泪水再一次夺眶而出。既然他认定了他们所说的一切，自己争执也不会有用，他要怎样就怎样好了。她也清楚自己在辅导员面前不能任性，绝对不可拂袖而去。可是，如果留在这里，就会当着他的面流出眼泪。无论如何，她不能将自己最懦弱的一面表现在他的面前。她猛地一转身，跑了出去。辅导员在后面大声地命令她站住,她也不理。

离开系办公室之后,方子衿漫无目的地乱走,走了好一段时间,才意识到自己已经离开了校园,来到了郊外。郊外是一些农田,阡陌交通。她再向前走了一段,来到一棵柳树前坐下来。柳树下是一条浅水沟,沟里长着杂草。前面十米处,有几个孩子,翘着小屁股在沟里摸鱼。孩子们将鱼抓起来,扔到岸边,离开水的鱼儿便在草地上绝望地蹦跳着。她想,那鱼儿就像是自己,生活在水里,原本是无忧无虑,自由自在。可偏偏有人要抓住她,将她扔到岸上。做人怎么这么难这么复杂呢?眼下这件事,往下发展会是什么样子?她不敢想。辅导员的话已经非常明确了,这不仅仅是资产阶级思想的问题,更是一个道德品质问题。

道德品质。她吓了一跳。道德品质事关自己的清白,无论如何,她不能蒙受这种不白之冤。余珊瑶老师说,人生常常会遇到无路可走的情况,这种时候,唯一能够救自己的,就是冷静和坚强。吴丽敏是对的,她为什么要任人宰割?为什么不找周昕若校长将事情说清楚?想到这里,她猛地站起来,向学校走去。进了校园,她又改变了主意。这件事毕竟是系里的事,似乎没有必要去打扰一校之长。余珊瑶是自己的系主任,她应该有权过问此事的,何不去找她?她也曾对自己说过,以后有什么事就去找她。

余珊瑶是教授,又是系主任,重要干部,待遇自然是非常优越,虽然只是一个人,住的却是一套两层的小别墅,还有一个花园小院。据说这种住房条件,和宁昌市的市委书记是同一个级别,不同的是市委书记门前有卫兵站岗,家里有保姆,大学教授门口没有。

院子里有几棵高大的樟树,空气里因此有一股很浓的香味。小院有一扇木栅门,从里面扣着。方子衿从木栅缝里伸进手去,将门打开,踩着院中遍地金黄色的樟树叶走到正门前。按说她应该按门铃,得到允许之后再进去。可那时她心里所想的是怎样向余老师解释这件事,将按门铃的事给忘了,直到将门推开时,才意识到自己的莽撞,后悔也已经晚了。

她一头撞进门去,突然就站到了客厅里。客厅里没人,沙发看上去整洁干净。她一眼看到了沙发上的一只黑色公文包。沙发上实在太干净了,这只公文包摆在那里,显得十分刺眼。那一瞬间,方子衿意识到,这里似乎不止余老师一个人，还有一个客人，而且是一个男人。如果世故一些，她应该退出去，按过门铃再进来。可她没想到这些，站在客厅里叫了一声余老师，又叫了一声。

楼上传来余珊瑶的声音，问道："谁呀？"

方子衿说："余老师，是我，方子衿。"她以为余老师会说："哦，是子衿呀，上来吧。"可没有，她只是说："子衿呀，你等一下，我马上下来。"她说马上，却并非方子衿所想象的立即，而是过了一点时间，比方子衿猜想的要长好几倍。她出现在楼梯上时，方子衿觉得余珊瑶的表情非常怪，带着一种朦胧的喜悦和无尽的娇羞，头发似乎有点凌乱，下楼梯时的步履，也有点飘飘然的感觉。那一瞬间，方子衿强烈地觉得，楼上还有一个人，而且一定是个男人。

余珊瑶一边向下走，一边问她为什么没有去上课。听到她这样一问，方子衿所有的委屈涌上心头，眼泪控制不住往下流。余珊瑶见了，大吃一惊，问她出了什么事。她越问，方子衿越觉得难受，眼泪流得越发汹涌澎湃。作为系主任，李淑芬找过她，她自然知道他们之间发生的事。见方子衿如此委屈，她便问："是不是你和胡之彦同学之间的那件事？我让你们辅导员找你谈谈，他没有找你吗？"

方子衿哭着说："他说今天晚上开我的批判会。"

余珊瑶大吃一惊："开你的批判会？这么说，你和胡之彦的事是真的？"

方子衿无法控制地抽泣着，说不出话来。余珊瑶急了，又爱又怜又气又恨地数落她。余珊瑶说，子衿，你怎么还这样？经历了这么多事，我以为你长大了坚强了。我不是对你说过吗？人生可能遇到各种各样意想不到的事，面对这样的事，你应该学会冷静学会坚强学会独立思考。无论遇到什么样的困难，人家帮助你都是有限的，唯一能够帮你的是你自己，是你的自信，是你的坚强。

她的这番话，给了方子衿极大鼓励。方子衿努力克制自己，将事情的前因后果对余珊瑶说了。仔细听完之后，余珊瑶半天没有说话。方子衿说，余老师，我真的觉得没路可走了。刚才，我一个人在野外坐了好几个钟头,好几次我都想不如死了算了。

余珊瑶大声地说,糊涂,你好糊涂。你如果死了,不是更说不清楚了?说过之后,她在客厅里走了几个来回,接着,她似乎下定了决心,走到楼梯口,冲着楼上叫道:老周,老周,你下来一下。楼上有人下来,皮鞋磕在木楼板上,笃笃笃。方子衿抬头朝上看去,顿时目瞪口呆。下来的竟然是校长周昕若。方子衿曾听陆秋生说过,周昕若的妻子是一位高干,似乎是中国共产党一位早期高级干部的女儿。余老师那么冰清玉洁的一个人,怎么会踏进这样一个情感漩涡之中?

容不得她多想,余珊瑶开始对周昕若说话了。她说,老周,刚才你都听到了吧?你们共产党内怎么有这样令人发指的人?周昕若立即制止她说,你这话的打击面太广了点吧。接着又转向方子衿,主动向她问好。方子衿也学乖了,趁机对周昕若说,周叔叔,这件事,你一定要给我做主呀。周昕若说,做主,我当然要做主。不然我怎么向老陆交代?听他提到陆鸣泉,方子衿又求他,千万别将这件事告诉他们,否则,她真没脸见人了。

回到宿舍门口,见吴丽敏急匆匆出来,看到她时,一阵风似的跑过来,说道,哎哟子衿,你去哪里了?真急死我了,我到处找你。方子衿问她有什么事。她说,你还不知道吧?李淑芬已经通知了,今天晚上要开你的批判会。方子衿冷冷一笑,说是吗?似乎她说的是别人的事。吴丽敏奇怪了,说你怎么不急呀?如果开了批判会是要记档案的。只要记了档案,以后入团入党都是一个问题。这么重要的事,我都替你急死了,你怎么一点都不急?方子衿说我急有什么用?我急他们就不开了?

晚上,同学们陆续到了教室。可是,时间过了,没有见到李淑芬,以前政治学习总是提前至少一刻钟到场的胡之彦,连影子都没有见到。方子衿得到的通知是由辅导员口中传出的,她除了等待这两个人之外,还等待辅导员。该出现的时候,这些人都没有出现,方子衿已经知道事情起了变化。这种变化到底会是一种什么样的结果,她不清楚。

第二天晚上,方子衿去政治学习的时候,李淑芬追了上来,主动叫她。她心里开始反感李淑芬,不理她,继续往前走。李淑芬抢上几步,走在她的身边,对她说,方子衿同学,我知道你心里气我。这件事是我错怪了你，我想找你谈谈。行么？方子衿冷冷地说，我要参加政治学习呢。李淑芬说，我已经替你请假了。方子衿不理她，继续向前走。她紧紧地跟上，在她耳边说了很多话。她说，谈什么呢？有什么好谈的？李淑芬说，给我一个机会，好不好？方子衿回头看了她一眼，见她似乎突然矮了一截似的，心中可怜她，便停下来，说，你说吧，想谈什么？李淑芬说，这里不是谈话的地方，我们去那边走走吧。

两人一起来到操场，坐在旁边的看台上。看台是土堆起来的，在土梯级上铺了一些青石块，石块之间，长着许多的草，已经枯了。操场空旷，又是晚上，西北风忽悠悠悠的，惨白的月光下，一些枯叶在操场上滚动着。

"子衿，你还当我是大姐吗？"李淑芬省略了她的姓，也省略了同学两个字。

有一片枫叶被风吹着飘到了方子衿的身上，她捡起那片树叶，用手指拈着叶柄，搓动着，枯叶便在她的手中打着旋儿。

你不出声，那就是还在生大姐的气。李淑芬说，我知道你还在生气，都是大姐不好。大姐错怪你了。子衿，大姐是个直人，没读过什么书，是直肠子。我当时因为不了解情况，所以对你有些意见。辅导员已经把情况都告诉我了。组织上也替我撑了腰。

方子衿想将那片红枫叶扔掉，手往下放了放，觉得心中有些不忍，又缩了回来。红枫叶还在她的手上，她的人已经站了起来。既然已经都说清楚了，我心里的一个结也就解了。好了，我回去了。她说。

急什么？再坐一会儿。李淑芬带点乞求地说。

方子衿掖了掖围巾，再一次坐下来，红枫叶再一次在她的手指间滚动。

我想求你一件事。我和胡之彦同学快结婚了，你能不能当我的伴娘？

听到这句话，方子衿差点跳起来。这是哪儿跟哪儿？刚才还被人认为在闹三角恋呢，怎么说结婚就结婚了？

此时的李淑芬，竟然完全没了平常的大姐模样，现出一些女儿的羞态来。她说，这事儿说来还得感谢你。你把事情向组织上说清楚了，组织上完全明白了这件事，批评了胡之彦同学，给了两条路让他选择。方子衿差点跳了起来。她本能地觉得，这两条路都是他不愿走的路，或者说对他没什么好处的路。想到他可能因此而遭遇打击甚至是挫折，她的心里，顿时不是滋味。一个人要爱另一个人，并没有错，即使表达的方式出格一点，那也是方法问题，如果因此而受到组织处分，她觉得太重了，自己也会为此而永远愧疚。

两条路。让他选。李淑芬伸出两只手指，仿佛那个决定是由她定的。接受组织的处分，或者是和我结婚。

不！方子衿几乎冲口大叫起来。这算多大件事，竟然要闹到接受组织处分的程度？组织管得也太宽了吧。第二种选择更过分，结婚不结婚完全是他们自己的事，为什么要由组织来决定呢？这个组织决定如果是将一对不爱的人捏合到了一起，岂不是比一个处分严厉千百倍？她顿时有了一股透彻的寒意，由眼前的李淑芬想到了自己以及陆秋生。是否有一天，自己也不得不接受组织的决定？不，无论如何，她都不能容忍组织安排她的爱情。

从那天起，方子衿再看胡之彦的时候，就觉得他好可怜。他的精神状态，就像这个季节一样，整个人都委顿了，冷飕飕的，四处透着寒意。按说，无论他落得个什么样的结果，与她没有丝毫关系，可她就是心软，见不得人家失去快乐。

几天后，方子衿坐在教室里准备上课，胡之彦从她的身边走过去。当时她感觉有点不对，他似乎将什么东西扔在了她的腿上。她低头看了一眼，见是一团纸。她想叫住他，又觉得实在没有必要和这样的人打招呼，忍住了。她悄悄抓过那团纸，想扔到地上去。转而一想，或许他像李淑芬一样，意识到自己错了，向自己认错的吧？如果他是认错，就是善意，自己不应该不给他一次机会吧。她将那团纸条小心地铺开，见上面写着一行字：今晚政治学习后，我在老地方等你。你一定要来。

整个政治学习时间，方子衿都觉得忐忑不安，心里不断地权衡着：去，不去。她是真的不想去，经历了这么多，难道还没有看出胡之彦的为人？同时，她又想，如果他真的是想借此向自己承认错误呢？组织上给了他两条他不愿意选择的路，因为这件事，他已经很惨了，如果自己再连一次道歉的机会都不给他，是不是有点过分了？

政治学习一结束，胡之彦就匆匆离开了。方子衿仍然在犹豫，拿不定自己是否应该给他这次机会。最后，她对自己说，最后一次。给他最后一次机会，如果他是道歉，那么此事就彻底过去了。如果不是，那么，他永远不会再有机会了。

寒潮席卷而来，晚上已经开始降温了，此时温度已经降到了几度。方子衿走出校门，顿时觉得一股风沿着面前的马路向自己刮过来。她掖了掖大衣的前襟，向前走去。胡之彦穿着一件军大衣，靠在一棵柳树后，大口大口地抽烟。因为天冷，湖边除了他，没见到其他人。她出现在他面前时，他似乎没有发现，头仰着，看着天。他抽烟的力度很大，一口就将纸烟吸去一截，火星在这黑夜里，格外刺眼。

"我来了，你说，有么事？"她停在离他一米多远的地方，问道。

"他亮的。"他将手中的烟头猛地扔向水面，转过身来，看着她，问道："我的事，你结巴都知道了？"他的语气低了许多，可调调仍然一如既往。

她打了个寒战，伸在大衣口袋里的双手向前撑了撑，尽可能使得大衣的一部分重叠，以便更紧地裹住身子。她想对他说点什么，想了半天，觉得没有任何话可说，只得沉默着，眼睛瞅着湖面。湖面上竟有鱼儿打了一个旋儿，波纹成一团慢慢地向四周扩散。

胡之彦又掏出一支烟，点燃，大口大口地吸着。

说不清楚过了多长时间，方子衿也不清楚自己打了多少个寒战，她终于无法忍受这种沉默，对他说你如果没什么事我就回去了。说过之后，转身便要离去。胡之彦猛地扔掉烟头，一把拉住了她的手，说，你他亮的别走。她停下来，要将自己的手从他的掌握中抽出来。他似乎握着烫手山芋一般，迅速抽回了自己的手。

他又骂了一句。他说他知道自己的要求过分。可是他已经无路可走了。说过这句，他再一次沉默着，不知是想方子衿接上话茬还是想了解她的反应。她没有任何反应，尽管她有些为他可怜。他于是继续往下说。他说他不想和李淑芬结婚，他根本就不爱她。说过这句，他似乎担心她没有听清，声嘶力竭地大声叫道："我结巴不爱她。你他亮的听到了吗？老子从来就没有结巴爱过她。"

"你想么样？"她想对他稍稍热情一点，可话音出来时，仍然是冷冷的。

"现在，只有你他亮的能救我。就算我结巴他亮的求你，好不好？"

"我能帮你什么？"她自己都觉得说出的话冷。

"你去找结巴辅导员说清楚。"

"说么事？"

"就说我们是他亮的自由恋爱。你结巴当时没有向他说真话，你他亮的是爱我的。"

"不，我办不到。"她斩钉截铁地说。

他的双腿一软，在她面前跪了下来。他说他这一辈子从没求过人。在战场上，对着敌人的枪口，他是一条汉子。可这一次，他求她了。如果她不肯救他，他这一生就毁了。方子衿真的有点震动。一个面对敌人的枪口眼都不眨一下的汉子，竟然会跪在自己的面前，不由她不震动。她的心中波涛汹涌，比钱塘江潮还波澜壮阔。她带点哀怜地看他。他跪在寒春的湖岸边，面对着她。他说他不能和李淑芬结婚，因为他们根本就没有恋爱，那些事全都是她一个人闹出来的，与他什么关系都没有。他向她道歉，说自己对她的方法和态度虽然粗暴，可是，他确确实实是爱她的，自从第一次看到她，就不可救药地爱上了她。他当时就对自己说，就算是有再大的困难，也一定要娶到她。

她木木地站在那里，心中想，如果此时自己面对的是陆秋生，他会不会跪在自己面前？还有自己梦中那个骑白马的男人，他会这样吗？不，他们肯定不会。胡之彦说他从来没有爱过李淑芬，这是真的？她怎么觉得这话太虚伪？她知道自己永远不可能爱上这样一个男人，也不可能答应他的要求。她对他说，对不起。然后转过身，向前走了几步。

他跪着走到了她的面前。他说，算球了，我他亮的结巴不说这些了。我结巴只想求你去找他亮的辅导员说一说，不然，我他亮的这一辈子就栽在那个结巴女人手里了。我结巴求你了，我他亮的保证，这一辈子只求你结巴这一次，只要你他亮的肯答应我，以后你他亮的无论要求我结巴做啥，让我他亮的做牛做马，我结巴都答应你。

她的心软了，真的想答应他。可再想想，如果答应了他，就等于承认他们之间的关系，不，无论在何等情况下，她都不能拿自己的爱情做交易。

"对不起，这件事我帮不上你。"她说过之后，狠了狠心，转身离开了。

她虽然没有向后看，却能感觉到他站起来了，带着深深的恨意。他的声音从背后传来，像一股来自西伯利亚的寒风。他咬牙切齿地说："奶奶的，方子衿，你他亮的好结巴狠心。我结巴发誓，老子一定要日你。你结巴是老子的女人，他亮的，谁结巴都别做梦。"

她猛地打了一个寒噤，再一次掖紧前襟，加快脚步向前走去。

05 朝鲜战场来的金达莱花

北风呼呼地刮着,像有一个什么大汉摇撼着营房一般,整座营房都在抖动,窗户和门嘎嘎地响着。天早就已经黑了,房子里只有一盆火,火光照在白长山的脸以及战友们的脸上,那脸因此血一般的红。外面倒是亮得多,厚厚的积雪让大地披着银装,白得瘆人。

三连出发。调度发出了命令。白长山和战友们霍地站起来,迅速往身上套着大衣,戴上棉帽,一掀门帘,鱼贯地跑出。外面刮着白毛风,风刮起地面的积雪,漫天飞扬着,雪花像是一团一团白色的雾,在大地间飘荡着,扑棱棱灌进白长山的颈子。列队完毕,白长山一声令下,所有的战友迅速跑向自己的汽车。

总调度站在白长山的汽车前,趁着他上车的时候,将一只大帆布袋搬上了他的驾驶室。

"啥?"他问。

总调度拍了拍那只大帆布袋,说白连长,首长特别交代了,这袋东西非常重要,比你车上的那一车炸弹甚至是你整个汽车连都重要。就是丢掉了你们整个汽车连,也不能丢了这袋东西。志愿军首长命令你,如果汽车被敌人炸坏了,就算是扛也要将这袋东西扛到前线去。

白长山一下子严肃起来，伸手摸了摸那只帆布袋，感觉里面像是一捆一捆方方正正的东西。这样的一袋东西，比整个汽车连还重要？乖乖，难不成是什么新式秘密武器？白长山对总调度说，你转告首长，只要白长山还活着，只要我们汽车一营三连还有一个活口，我们保证将这袋东西送到前线。

汽车一辆接着一辆驶出了营区，一辆接着一辆驶上了那条跑了多少次的山间公路。

白雪已经将公路两旁的一切遮盖了，看不到那无处不在的战火痕迹，但这条公路的千疮百孔，却是一目了然。敌人的飞机，每天几百架次地飞临这条公路的上空，一旦发现目标，就狂轰滥炸，即使发现不了目标，返航之前，也会将飞机上所有的炸弹扔在这条公路上，炸不到车就炸路。志愿军有一个工兵师散布在这条公路的沿线，一入夜，就和朝鲜民众一起进行抢修。从天上看这条公路，就像是一条花斑蛇，一块白雪间着一块黄土。

虽然是夜间行车，白长山和他的战友们都没有开灯。这是在朝鲜战场上练出的绝活，也是生存的需要。这条公路是志愿军的后勤补给线，前方将士所需要的粮食以及武器装备，全都要经过这条路运到。最初一段时间，汽车兵因为不熟悉路况，一定要开着灯行驶，而敌人的飞机，一直在这条路上飞行，遇到车队就会投下大量的炸弹。飞机打汽车，比老鹰抓小鸡容易得多，白长山眼见着许多一起出生入死的战友倒在这条路上，许多的汽车废在这条路上。敌人的轰炸一结束，战友们就从隐蔽处冲出来，将那些炸得血肉模糊的战友的尸体抬到路边，再将毁了的汽车推到路边，跳上车继续往前开。这条路上，每天每时每刻都在流血牺牲。

志愿军总部为了将运输线上的损失减到最小，往这条路上派了一个步兵师，部署在公路沿线。一旦有敌机到来，他们就鸣枪报警。枪声依次传递，正行驶在路上的汽车队，就可以提前进行隐蔽。而且，战士们对这条路也熟悉了，晚上行驶，不再开灯。敌机在天上飞，也不容易发现目标。敌人自然也清楚这一点，他们不断从天上往下扔照明弹，将大地照得一片雪亮。

最讨厌的就是这个照明弹。一般情况下，在下面行驶的汽车兵，完全不会将头顶上敌机当一回事，敌机飞行的速度快，一晃而过，还没有发现地面有动静，早已经飞过了汽车队的上空。所以，汽车兵们都很蔑视那些飞机。但是，那些飞机如果冷不丁扔下几颗照明弹就麻烦了。敌机飞行员一旦发现汽车，那就会像猫发现了老鼠，必然穷追不舍。

驾驶着汽车奔驰在这条路上和敌人的飞机斗智斗勇是一件非常快乐的事。白长山一面专心地驾驶汽车，一面欢快地唱着歌：雄赳赳气昂昂跨过鸭绿江，保和平卫祖国就是保家乡……他不太会唱歌，颠来倒去，总是这两句，却唱得兴致勃勃。

路边站岗的战士开始向天鸣枪，几分钟后，敌机飞过来了，远远看去，像是天边飘来的几组星星。以前遇到这种情况，汽车队会就近隐蔽，现在大家完全不将那些飞机放在眼里，它在天上飞，司机们在下面照样开着车，照样唱着歌。

突然，一架飞机开始投照明弹。大地被照得一片雪白。

白长山的心中暗自惊了一下，右手向前一伸，按下一个钮，汽车前面的两盏灯突然亮了，射出两根光柱，就像是伸出的两只长长的白毛手。他猛地一脚踏向油门，汽车持续地哼叫着，速度渐渐增加。敌机在扔下照明弹的那一瞬间，他已经向前冲出好一段距离了。敌机发现下面的车队之时，由于本身的速度极快，往往需要向前兜好大一圈才能返回。为了迷惑和引开敌人，车队最前面的一辆车，必须打开车灯向前猛冲，其他汽车则迅速向路边隐蔽。今天，白长山恰好驾驶的是第一辆车，他必须在最短的时间将自己和战友的距离拉到最大。他的车上装的不是易爆品，而且载重量不够，这一切都是专为引开敌机而准备的。

敌机很快咬上了白长山。三架飞机轮番对他进行轰炸扫射。白长山驾驶着汽车，在公路上呈之字形奔驰。一会儿突然急刹车，一会儿又向前飞奔。爆炸一阵紧接着一阵，在汽车的周围，弹片和碎石乱飞。车的后厢被弹片击中了，迅速起火。白长山驾驶着这辆火车一往无前地猛冲。他很清楚，只要自己多坚持一段时间，战友就少一分危险。

敌机装载的炸弹和子弹有限，他们将所有弹药扔给白长山之后，打了几个旋儿,飞走了。白长山迅速停下车,拿出灭火器跳上车去救火。等他将火救熄了,战友的汽车也都上来了。敌机回到基地装填弹药后会迅速飞回来,他们会计算汽车行驶的速度,在差不多的位置大量投掷照明弹。这次较量之后,如果继续前行,将是极其危险的,留在原地,同样有可能被敌机找到。比较可行的办法,是向前行驶一段时间,在前方不远处,找一个隐蔽处,将车队隐蔽起来。敌机重新装弹返回后,估摸着快到地点时,就会一边飞一边扔照明弹。没有发现汽车,他们也就会一直向前飞去。前方到底什么地方才能找到理想的投弹点,难以确定,如果运气不好,很可能找不到明确的目标,只好胡乱地将炸弹扔在敌机飞行员认为有攻击意义的地方,然后返航。将飞机上炸弹全部扔下需要一段时间,这段时间反而比他们返回装弹更长。白长山他们就趁着这个间隙,驾驶着汽车,猛地向前跑。敌机返航时,上面的炸弹和照明弹全都光了,根本无法发现下面的汽车。他们回到基地装了弹药再来,白长山的汽车连早已经跑出几十公里了。

车队到了前线营地,白长山提着那袋东西跳下汽车,直接走进了司令部。

"这是啥?"司令员问。

"说是非常重要的东西,我也不知道是啥。"

司令员让勤务兵把包打开,将所有的东西倒在桌子上,原来是一大包信。

"我还以为是啥秘密武器呢,原来是些信。"白长山有些不以为然。

司令员指着这堆信说,你别小看了这些信,这可是祖国亲人对志愿军的感情,浓缩着党和人民对志愿军的热爱关怀和敬慕。我们会将所有的信发给每一个战士,并且让他们写回信,你们一起带回去。对了,你们应该还没有收到吧。我们不需要这么多,有一部分同志牺牲了,你把这些信拿走一部分,分发给汽车连的同志吧。

既然首长这样说了,白长山不得不照办。他的内心深处是不以为然的。

按照惯例,汽车兵将物质送到前线后,立即集中起来吃饭,然后就地休息。等天黑以后,再踏上归程。白长山抱着一大堆信回到战友之中,大家正蹲在那里吃早餐，见他抱了一大堆东西回来，开玩笑地问是啥东西。他学着司令员的口气说这是党和毛主席送给志愿军战士的精神食粮。如果是以前，战士们会立即高呼毛主席万岁共产党万岁。可这次，他们并没有理解精神食粮是什么，全都愣在那里。

白长山一个一个地分信，一边分发一边说这是党和毛主席对我们志愿军战士的爱护和关怀，是祖国人民和阶级姐妹对我们的浓情厚谊。大家一定要重视这份情珍惜这份情，好好地看信，认真地回信。我们要让祖国人民让自己的阶级姐妹放心，只要有我们这些志愿军战士在，祖国就是安全的。

将信发给了他所能见到的每一个人，可他的手中还拿着一封信。

奇怪，怎么会还有一封？他大声地问是不是每个人都有信了，还有谁没拿到？没有人应答。他问了半天，有一位战友说，副连长，那封不是你自己的吗？他一想，对呀，怎么把自己给忘了？这封确实是自己的。

战友已经为他打来了饭菜，那是两个大白面馒头、几根大葱以及一碗清汤。其他战友的清汤是用行军锅装的，他看了一眼，上面只有几点油星和几根青菜，而他的这一碗中，漂着几块白花花的肥肉。他拿过馒头和大葱，端起那碗汤，走到行军锅前，倒了进去。

"副连长，你这是干啥？这是给你留的。"有战友说道。

"一起吃一起吃。"白长山在他们身边蹲下来，啃了一口白面馍，咬了一口大葱。有战友兴奋了，开始大声读着来信。

敬爱的志愿军叔叔：您好！

我是上海市第五中学高一五班的学生，我叫余露。我怀着无比崇敬的心情给您写这封信。

前几天，我和爸爸妈妈一起读了《解放日报》上有关志愿军在朝鲜与美帝国主义及其走狗浴血奋战的事迹，我们全家都被深深地打动了。爸爸说，你们是毛主席的好学生，是党的好儿女，是人民的钢铁战士。是你们用自己的血肉，在筑着我们中华民族新的长城。

叔叔，我的窗口正好对着北方。从这里望出去，可以看到满天的

星星。我想,那些星星,一定是我们的志愿军战士,而那最亮的一颗,肯定是您……

读到这里,战友已经是热泪盈眶,哽咽着,再也无法读下去了。

有战友突然站起来,大声喊起了口号:中国共产党万岁!毛主席万岁!

白长山被这些信激动了一回,于是打开了他手中的这封信。这封信的字迹好漂亮,绢秀中带着一股力度,飘逸中充满柔情。信的开头部分非常平淡,几句普通的问候语。但后面的那首诗,令白长山怦然心动,尤其是那朵几笔勾出的玫瑰花,带着一股特殊的温馨,一下子令白长山心跳不已。

能够写出这样的诗句,画出如此图画的,到底是一个怎样的女孩?再看后面的落款:华中医学院医疗系师资班方子衿。

衿字白长山不认识,更不理解是什么意义。凡字读半边,读今应该不错吧。方子今,方子今,这个名字非常好听,像诗一样美。他突然有一种强烈的冲动,要好好地给这个叫方子衿的女孩回一封信,要写得有诗意,要充满感情。光写一封信还不够,应该回赠她的玫瑰花。可这是在战场上,又是大冬天的,什么都没有。如果是春天的话,他或许可以采几枝金达莱花夹在信里。在朝鲜,最常听到的就是金达莱,许多人的名字就叫金达莱,可他还真的没见过金达莱花是什么样的。

吃过饭以后,大家都没有急着睡觉,兴奋将所有的困意赶跑了。许多战士很久没有写过信了,甚至很久没写过字了。现在,所有人都开始写信。没有桌子椅子,大家在临时搭起的营房里席地而坐。这个在借笔,那个问什么字怎么写。几张薄薄的来信,竟然在严酷寒冷的军营里,投下了浓浓的春情。

白长山坐下来,仔细地将那封信再读了一遍,然后开始写起来:

方子衿同学:

刚写下这几个字,觉得同学的称呼不够亲切,划掉,在旁边写上同志两个字,然后接着往下写:

顶着敌机的狂轰滥炸，在冰天雪地里摸黑行驶了两天三夜，才于今天凌晨到达前线指挥所的。我并不知道，那只在我的驾驶室里躺了两天三夜的包裹里面装着的，竟然是来自祖国的春风，来自你的春风。

你的信，就像一束带着淡淡馨香的金达莱花，在我的心中绽开着灿烂……

这封信后来汇合在其他一些信之中，从战火纷飞的朝鲜战场，飞越冰天雪地，跨过鸭绿江，辗转来到江城宁昌，到达方子衿的手上。

这次的信不是李淑芬去拿的。李淑芬刚刚和胡之彦举行完婚礼，两人一起回山东胡之彦的老家去了。而且，这些信，是直接送给校团委的，团委将所有的信拆了，从中选出一些写得特别感人的信作为代表，在随后举行的隆重仪式上由收信人自己上台宣读。师资班有两个人获得了这种殊荣，一个是方子衿，另一个是吴丽敏。吴丽敏的那封信被选中，是因为给她写信的那位侦察排长喻爱军是宁昌郊区人，信中充满了对家乡的怀念和对家乡人民浓厚的感情。上台之前，团委并没有事先通知收信人，叫到名字，此人才上去。当吴丽敏在台上读信的时候，其他同学眼中充满了敬慕，觉得她也成了英雄。

就在全班同学向吴丽敏表示祝贺的时候，方子衿听到了自己的名字。她立即兴奋地站起来，向台上跑去。团委书记将一只拆开了的大信封交到她的手上。她迅速将信纸抽出来，扫了一眼。那字写得很一般，令她有点失望。可台下上千双眼睛正在焦急地期待着，她不能多想，便站到了台前，大声地读起来：

方子衿同志：

今天，是我们汽车连的全体干部战士最快乐最开心的一天，这一天，是你和祖国人民给我们带来的。

几天前，我们接受了新的任务，将一批军用物资送到前线。这条运输线是我们全体志愿军指战员的生命线，也是敌人的封锁线。每天，美国鬼子都会派出大量的飞机，二十四小时对这条运输线进行不间断的轰炸。我们就是顶着敌机的狂轰滥炸，在冰天雪地里摸黑行驶了两天三夜，才于今天凌晨到达前线指挥所的。我并不知道，那只在我的驾驶室里躺了两天三夜的包裹里面装着的，竟然是来自祖国的春风，来自你的春风。

你的信，就像一束带着淡淡馨香的金达莱花，在我的心中绽开着灿烂。

子衿妹子。我叫你妹子好吗？我曾经有一个妹子，我们兄妹俩的感情特别好。鬼子在东北清剿抗联，屠杀人民，把我的妈妈和妹子糟蹋然后杀了。那时，妹子才十一岁，还是个孩子。从那时候起，我家就只剩下四条光杆了，我爹拉扯着我们弟兄三个。后来，小鬼子完了，国民党来了。我大哥被国民党拉了夫，打四平的时候，被我们四野的炮炸死了。我的二哥和我一起参加了东北野战军，他的运气不如我，打锦州的时候，死在了塔山阵地上。

算了，跟你说这些干啥？

今天，我读到你的信的时候，就想起了我那苦命的妹子，我也不知咋回事，就觉得这是我的妹子给我的信，是我的妹子写给我的诗，是我的妹子送给我的花儿。

子衿妹子，我在想，如果你是上天送给我的一个妹妹，那我就太高兴太幸福了。

这么多年来，我一直都渴望着参加战斗，我希望在战斗中立功，也希望在战斗中为党和人民的事业献出自己的生命。妹子，我对你说，我在战场上出生入死，从来都没有怕过，首长多次拍着我的肩说：白长山，你小子咋就不怕死呢？我说，有啥好怕的？不就是死吗？真死了，我还和我爹我娘我哥我妹说说话儿去。妹子，我和你说真话，我为啥不怕死？因为我没牵没挂呀。

妹子，你也许不知道，一个人走在这世上，人海茫茫，如果没个牵着挂着的人，他是多么的孤独。我喜欢一个人驾驶汽车走在黑夜里，只有这时候，世上所有人像我一样孤独。我喜欢睡在刚刚打完仗的战场上，到处都是硝烟，到处都是血迹，甚至可能到处都是尸体。我知道那些人孤独地上路了，我留在那里看着他们，孤独被他们带走了，我就不会再孤独了。

我在想，如果上天送给我一个妹子，那我往后的日子会是咋样的？

妹子，哥告诉你，哥在前线指挥所只休息一个白天，因为只有晚上，我们才能重返运输线。那时，我的这封信，以及所有志愿军战士写给全国各地的阶级姐妹们的信，都会由我们送回后方。我向你以及向祖国的亲人保证，无论经历多少炮火多少硝烟，我也一定要将这些信送回祖国，就是牺牲我的生命，我也要完成每一个志愿军战士的心愿。

方子衿被这封信深深地打动了。她一边读，眼泪一边刷刷地往下流。流泪的不仅仅是她，全体师生，都在流泪。她的阅读，一次又一次被口号声打断。

这个叫白长山的志愿军早就盼望着有个妹妹，而方子衿盼望已久的正是一个哥哥，一个在自己遇到任何困难的时候能够挺身而出保护自己的哥哥。白长山的母亲和妹妹被日本鬼子强奸然后杀害了，方子衿的母亲临死之前，同样惨遭蹂躏。白长山的两个哥哥死在了战场上，方子衿的两个哥哥也死了。白长山说他在这个世界上无牵无挂，方子衿同样如此。知道母亲死去的那个晚上，方子衿就觉得，自己在这个世上的最后一丝牵挂断了，一个断了牵挂的人，只可能孤独地活在这个世上。

两颗孤独的心，一瞬间共鸣了。

仪式结束，回到宿舍后的第一件事，便是拿起纸笔，给白长山回信。

哥，我的好大哥亲大哥：

她写下一行字，觉得不妥，涂掉，重新只写了一个哥字。接着往下写，写了好几段，还是觉得有些不妥，拿出一张纸重写。写了几行字，干脆放下了。躺在床上，她就想，这个哥，自己是一定要认下的。但这封信应该怎么写，还需要好好地斟酌一番。

第二天，她又将白长山的信看了好几遍，每看一遍，都会再激动一次，眼泪忍不住扑扑地往下流。晚上，她去参加政治学习，心思却在这封回信上。她故意找了一张靠角的桌子，光线也最暗。胡之彦和李淑芬婚假没有休完，政治学习由其他同学主持，没有以前那么严格。她将纸摊在桌子上，郑重地写道：

哥：

　　我认下你这个哥了。

　　你的信妹子读了好几遍，每一遍都让我非常激动。真没想到，这个世界上，竟然还有经历和我如此相似的人。

　　读到你的信，就像是在回顾我自己的经历一样。我的父母也已经不在了。原本有两个哥哥一个姐姐，一个哥哥在抗战的时候死在战场上，听说是和日本鬼子拼刺刀拼死的。另一个哥哥去了延安，从此再没有消息了。姐姐在宁昌读书的时候，为了救一个孩子，被日本鬼子的飞机射死了。

　　在没有认下你这个哥之前，我和你一样，也是一个无牵无挂的人。

　　哥，现在不同了，你在世上有了一个妹子。无论如何，你一定要好好地保重自己。

　　现在又是晚上，你是不是又和你的战友一起，驾驶着汽车奔跑在那条运输线上？哥，我坐在教室里，想象着你手握方向盘的样子。妹子真的好为你骄傲，为有你这样一个英雄的哥哥感到光荣。

　　哥，我有好多话想对你说。可是，拿起笔的时候，又不知道该说什么。有些话，还是留到以后再说吧。

　　妹子等待着你在前线立功受奖的喜讯。

写到这里，方子衿认真地读了一遍，觉得仍然不十分满意。虽然这是她第一次给他写信，却像是早已经认识了好多年似的。有许多话，她都想对他说。可毕竟是第一封信，如果说得太多了，总归不是太好。

　　想了想，她又在后面加了一句：

又及：哥，这封信到你手里的时候，应该是春花烂漫时节了吧？希望妹子这封信带给你一个祖国的春天，那样，你就拥有两个春天了。

第二天中午，准备将信寄出去了，出门前，她忍不住又将信掏出来，添道：又及，随信附上最近写的两首献给志愿军的诗。

拿着信来到学院团委门前，见这里已经有了很多女生，她们的手里全都拿着信，吴丽敏以及系里另外几个女同学也在其中。向志愿军献爱心的活动是由团委组织的，校团委和各系团总支都设有专门的信箱，邮局专门安排了邮递员来收取这些信。方子衿突然觉得不想让其他人知道她寄信的事，转身离开了院团委。经过系办公室时，她去转了一下，见辅导员以及另外几个同学在里面，她再一次犹豫了一下，躞开了。她突然觉得这封信非常重要，如果邮资总付这样交出去，显得太不慎重。她独自离开学校，直接去了邮局。

邮局离此并不远，出了校门往右，走完武成侧路，再向左拐上武成路，向前走二十米便到了。这一带属于新区，建筑原本不是太稠密，人流量不大，平常邮局主要是接待医学院的业务。可今天情况不同，邮局里挤满了女学生，既有医学院的，也有附近几所中学的，营业大厅内弥漫着女人香。一些不知底细的市民在一旁议论，今天是么日子？这些女学生怎么都跑到邮局来了？方子衿排在队伍里，队伍慢慢地往前移。一名邮局工作人员站到了柜台上，大声地说，同学们请注意啦，国家邮政总局下达了通知，寄给志愿军的信都可以邮资总付，你们只需要在信封的右上角画上一个方框框，在框内写上邮资总付四个字，就可以投进外面的邮箱里，不需要贴邮票。说着，他拿出一只很大的信封，举在手里讲解着。一部分女学生离开队伍，仍然有一部分学生站在队伍中。

吴丽敏趁着这混乱劲，突然地出现在方子衿身边，兴奋地叫了她一声，问她是不是给白长山寄信。方子衿犹豫了一下，承认了。吴丽敏又对她说，这类信是邮资总付的，可以不贴邮票呀。方子衿说，她觉得还是贴邮票比较好，既表示了对志愿军的尊重和崇敬，也为国家作了贡献。吴丽敏说还是你觉悟高，好，我也贴邮票。她从怀里掏出一封信，交到方子衿手上，悄悄地说，你帮我插个队。有些离开队伍准备邮资总付的女学生听到了她们的对话，顿时改变主意，又站进了队伍。

方子衿接过信，看了一眼信封，开玩笑地说，一看他的名字，就知道他是一个勇敢的革命军人。一句话说得吴丽敏双颊飞起了红云，多少带点自豪地说，你知道他是什么兵种吗？侦察兵，而且是一名侦察排长。方子衿在她的鼻子上点了一下，说我看你高兴得都快疯了。昨天，你那么大声地在台上读，大家都听到了。

虽然大家都说志愿军是最可爱的人，可由于兵种不同，可爱程度还是有些区别的。在这些女学生们心目中，最高一等是空军战斗机飞行员，其次就是坦克兵、汽车兵和侦察兵，只有中国人民解放军中的精华才能进入这些部队，在这些兵种当军官的自然就是精华中的精华了。吴丽敏交上了一个侦察排长，那种自豪感，也就可想而知。

方子衿见小妮子有了怀春的感觉，用身子碰了碰她，说，说说你的侦察排长吧。吴丽敏说，有么事好说的？信的内容，你不是都听了吗？方子衿说，我还想再听一遍，成不成？吴丽敏和她闹着说，好好好，我说。他叫喻爱军，家在宁昌郊区喻家山。其他的情况，就不十分清楚了。因为马上要去执行侦察任务，首长只肯给他们三十分钟写信。所以，第一封信写得非常匆忙。他说，等他执行完任务后，再认真地给她写一封回信。谈过侦察兵的情况，吴丽敏缠着方子衿，要她介绍她的白长山的情况。方子衿说昨天你已经听过了。吴丽敏趁着她不注意，一把抢过了她手中的信，迫不及待地看，并且读了出来：白长山哥收。方子衿觉得自己最大的秘密被人掏走了，又羞又恼，一把夺过了信。

"怎么？这就已经是哥了？"吴丽敏夸张地说，"肉麻死喽，呕，我要吐喽。"

两个女孩闹过一阵，才嘻嘻哈哈地散了。当天，方子衿又给白长山写了第二封信，除了附上自己刚刚写的赠给志愿军的一篇散文，信中还谈到，她非常想知道他在前线的情况，如果有时间的话，希望他下次来信，多谈一谈他们的战斗故事。

发出两封信之后，方子衿心里就有了期待。按照第一封信返回的周期推算，一封信发出到收到回信，至少需要二十五天以上时间。同时她又想，或许白长山不一定等她的回信，就直接给她写第二封信？

第三天，她有点忍耐不住，去了系办公室。系办公室门口有一只木柜子，被分成了许多方格，每一格下面写着一些字。有些是老师的名字，也有各个班的名称。每天的信或者报纸杂志到达之后，传达室的师傅会将它们分拣，然后插在相应的柜子里。此前，方子衿虽然无数次经过这里，却从没有认真注意过这只大柜子，她对柜子里的东西并没有任何期待。她也说不清楚为什么，自从和白长山通上信，她觉得自己的生活和以前完全不同了，系办公室的那些柜子对自己也有了完全不同的意义。她想知道这种不同是什么，内心深处的答案是，因为她有一个哥了。

刚刚进入系办公室，就听到李淑芬那带点沙哑的笑声，笑得很放肆，也很爽朗。她心里一惊：她回来了？方子衿不想碰到她，犹豫了一下，转身走开了。当天下午晚饭前，李淑芬回到了宿舍。她来宿舍有三件事，一是将同学们的信带回来，二是给同学们分发她的结婚喜糖，第三件事，则是将她的行李搬进新居去。虽说他们是师资班，可还是学生的待遇，唯一的例外是胡之彦，他在此前就已经是学院的职工，在学院职工宿舍有一张床。现在结婚了，学院给他们安排了一间房子，她自然不用住学生宿舍了。

李淑芬给大家分糖的时候，方子衿跟着大家一起向她表示祝贺，只有她自己心里清楚，真诚度不够。她也很想对李淑芬热一点，可自从上次的事之后，她怎么都热不起来。李淑芬离开之前，留下了几封信，有方子衿的，可写信的人不是白长山，而是陆秋生。陆秋生的字写得刚劲有力，比白长山的字漂亮俊逸得多，可正是这潇洒俊逸，让方子衿看了心烦。她非常担心有朝一日，他会用这俊逸的字向组织打报告，要求组织以组织的名义，批准他和自己结婚。

第四天，方子衿再一次去了系办公室，大老远看到李淑芬在那里，她趁着对方没注意到自己，溜之大吉。回到宿舍，其他同学还没有回来。她拿出妇科学，很想认认真真地读。可是枉然，她第一次面对书本不知里面印了些什么。内心深处，她在生着李淑芬的气。真是的，都已经结婚了，不和老公好好亲热去，没事往系里跑啷个？除了她老公之外，又不会有别的男人给她写信。就算是有，她还能指望吗？现在她可是被贴上了专用商标了。她心里正恼着李淑芬，李淑芬却一阵风似的刮了进来。见面和她打过招呼，从包里掏出一把糖来递给她。方子衿不冷不热地说昨天已经给过了。李淑芬说，昨天所有人都在一起，她不好多给，今天是专门给她的。她又说，今天的糖也不同，是上海的，这种糖非常难买，有些人一辈子见都没见过。老胡托了好多关系，才买到了一斤。李淑芬的话音中透着自豪。她似乎也是有理由自豪的，别说是买到非常紧俏的上海糖，就是宁昌生产的一般的糖果，也都是严格控制的物质。

　　李淑芬和她说了一会儿话，放下几封信，说是要赶回去给老胡做饭，因为老胡就喜欢吃她做的饭，匆匆走了。

　　方子衿有些迫不及待地拿起那些信，仔细看了一遍，没有自己的。再看第二遍，还是没有。倒是有一封吴丽敏的，不用看内容，仅仅看信封就知道是她的那位侦察兵写来的。他倒是一个说话算数的人。方子衿藏起了这封信，等吴丽敏回宿舍时，注意看她的表情。吴丽敏看到桌上放着几封信，第一时间去看，自然没有看到自己的信，脸上顿时有些失望。方子衿想，小妮子开始怀春了。

　　她对吴丽敏说，有你一个惊喜。吴丽敏问，哪来的惊喜？方子衿说，你得答应我，和我分享。吴丽敏一听，知道是侦察排长来信了，顿时羞得像一朵花儿似的。她自然不肯和方子衿分享自己的信，可方子衿坚持，不答应就不给她。她急着看信，答应了方子衿，同时提出另一个要求，方子衿也要和她分享汽车连长的信。方子衿想，那可不成，白长山的信是她的，除了她之外，不能给任何人看。她交出了吴丽敏的信，说我和你开玩笑呢，哪里当真？

　　吴丽敏爬到自己的铺上去看信，不时传来咯咯的笑声。这笑声让方子衿嫉妒让方子衿羡慕也让她对白长山有了几分气恼。没过多久，吴丽敏将头探出床沿，欢快而又神秘地对她说，子衿，你上来。方子衿爬上了她的

123

床，两人挤在那窄窄的床上，一起读着喻爱军的信。喻爱军在信中说，上次有紧急任务，所以那封信写得匆匆忙忙。当天晚上，他带着侦察排突破了敌人的封锁线，任务是抓一个舌头摸清敌人的部署情况。敌人知道志愿军的侦察兵十分活跃，一到晚上，都不单独行动。喻爱军说，他们这是第三个晚上突破敌人的封锁线了，前两个晚上都是无功而返。如果再抓不到舌头，他没法向首长交代，心中十分着急。侦察兵在敌人的眼皮子底下活动十分危险，所以，上级有规定，除非事前有明确命令，否则，深入到敌方阵地的侦察兵，不论任务是否完成，规定时间内一定要撤出。眼看规定时间又到了，任务却没有完成。喻爱军不甘心，磨蹭了几分钟。正当他宣布返回时，发现敌人的营房里走出一个人来。那人闪过了敌人的岗哨，沿着山中的一条小道向前疾走。喻爱军哪里肯放过这样的机会？指挥着侦察排的战友，悄悄地摸过去，将那人按倒在地，往他口里塞了一条毛巾，再用绳子将他捆了个结结实实，背起他就往自己的阵地跑。回来后一审问，才知道是一个伪军士兵，他不想跟着美国佬以及李承晚打自己的兄弟，想开溜。据这名俘虏说，美国佬和李承晚正计划向志愿军和朝鲜人民军发起新一轮攻势。志愿军得到这个情报后，当天晚上埋伏在敌人增兵的必经之路上，将一个连的美国大兵和伪军打得人仰马翻。

看过信，吴丽敏问方子衿，是不是比看小说还过瘾？方子衿在她耳边悄悄地说，你是不是爱上他了？吴丽敏矜持地说，那要看他是不是向我求爱。方子衿掏出糖，递给她，对她说，看把你甜的，再让你甜一下吧。吴丽敏拿过一颗糖，剥了纸就往嘴里塞，一面问她哪来的糖。方子衿说是李淑芬给的。吴丽敏问你怎么不吃？方子衿说我才不吃她的东西。吴丽敏弯过头，看了她一眼，说为什么不吃？糖又没有阶级性，她给多少我就吃多少。吃光了她我才高兴呢。

过了几天，方子衿收到白长山的信了。

白长山在信中说，这一趟很不顺，一路上遇到敌机几次轰炸，有两辆车被敌机击中，车上装的是军火，引起了爆炸，汽车炸成了碎片，开车的志愿军战士被炸得血肉模糊，无法辨认。有一位战士的肚子被弹片削开了，肠子流了出来，驾驶室里到处都是血和脏污。当时，他还没有牺牲，战友们见到他的时候,他从怀里掏出一封信,信封上已经全都是血渍。他说,这个小妹妹非常可怜,父亲早就去世了,母亲又生病躺在医院里。为了给母亲治病,她已经决定退学去工作。他在上封信中鼓励她无论遇到什么困难,一定要坚持把书读完,答应每个月给她寄生活费。现在,他无法完成这一心愿了。白长山说,你放心好了,我们一连全体战士来代你完成这一心愿。听到这句话,他终于闭上了眼睛。白长山从他的嘴角,看到了一丝微笑。大家不忍心从战士的残尸上驶过,车队在路上多等了一天,直到工兵部队将路面清理干净,将战士的残尸掩埋,他们才重新上路。返程时,又遇到特大暴风雪,车队被阻住了。

信中所讲,虽然是一些方子衿闻所未闻的事,可他的信,在方子衿的生命中洞开了一扇窗子。透过这扇窗,方子衿突然觉得自己透悟了人生。许多以前不明白的事,现在明白了,许多以前觉得对的做法,现在知道错在何处了。许多事以前觉得不以为然,现在的看法是完全改变了。这一切,都因为她心中有了牵挂,原来,心中有一份牵挂是这样一种美妙的感觉。

吴丽敏知道汽车连长来信了,向方子衿闹着要看信。方子衿无论如何不肯答应。她觉得信中藏着巨大的秘密,是有关自己内心深处的秘密,这封信如果给吴丽敏看到了,自己的秘密,也就大白天下了。但实际上,仅以信而言,没有半点秘密,白长山只是像喻爱军一样,在信中谈了自己在朝鲜战场上的一些经历而已。她为什么会认为这些经历中隐藏着她内心深处的巨大秘密?连她自己都说不清楚。

有一天,吴丽敏和方子衿一起去食堂吃饭的时候突然神秘兮兮地对她说,我听说李淑芬结婚后并不幸福,胡之彦碰都没有碰过她。方子衿淡淡地说,是吗?她总觉得了解人家这样的隐私有些过分。千真万确。吴丽敏说我亲耳听到的,昨天她去找了辅导员,她在辅导员面前一把鼻涕一把眼泪,说胡之彦每天晚上都穿着长衣长裤睡觉,根本就没有把她当阶级姐妹,更没有把她当革命战友,完全像是阶级敌人似的。她请求组织出面做胡之彦的思想工作,希望组织上给胡之彦下达命令。这一次,即使是不关心这类事的方子衿也惊讶了。这种事也需要组织下命令?组织如果真下命令,那这个命令应该怎样下?

吴丽敏说子衿你说可笑不可笑?组织怎么下这种命令?下一个红头文件:华中医令字第零零零么号,胡之彦同学务于今晚前和李淑芬同学圆房,完成革命大业,否则将以党纪军法论处。特此命令。方子衿在吴丽敏额头上点了一下,说道:你呀,亏你说得出口,羞不羞。

你那个汽车连长在信里说了些么事?吴丽敏又转了一个话题。方子衿不想在这个话题上纠缠,说无非是么样躲过敌机的轰炸这一类。你的侦察排长呢?一定很浪漫吧?向你求爱了没有?吴丽敏说,他苕得要死,懂么事叫求爱?谈起喻爱军,吴丽敏眉飞色舞。她说喻爱军初中毕业以后,就参加了游击队。后来四野南下,他和战友们参加了宁昌的外围战斗。后来,他跟着四野下湖南,打两广,战海南。多次立功,被提拔为排长。吴丽敏拿出喻爱军刚刚寄来的照片给她看。

照片很模糊,却也很英武。看到吴丽敏有了照片,方子衿就暗暗对白长山有了恨意,他为什么不给她也寄一张照片?对了,下次的信,主动给他寄一张照片试试他的反应。

那天晚上,方子衿躺在床上,心中想着自己的信是否已经到了白长山的手中。但后来她的思想走神了,由白长山想到了喻爱军的照片,自然又想到了吴丽敏以及她模拟的命令。现在是晚上了,吴丽敏的命令是否起了作用?李淑芬自从结婚后就搬出了宿舍,此刻,她应该是和胡之彦睡在一起。或许,他们正在执行吴丽敏的命令?天,怎么会想到那种事?一个大姑娘想这事,羞不羞?突然,她想到了另一种可能。胡之彦和李淑芬肯定没有做那种事,而这一切,与自己有关。胡之彦不肯和李淑芬做爱,这件事对于自己是非常严重的。

这个念头冒出来之后,她觉得荒唐。他们的事,与自己有什么关系?一切都随着他们的婚礼而结束了。没有结束的只是和陆秋生的婚约。再过一个多月就要放暑假了,陆秋生早早来信说,他和他的父母希望她去南昌过暑假。陆鸣泉在她到宁昌不久就调去了南昌,他们知道她独身一人,希望她把南昌当做她的家。她回信说,他们这届学生因为是师资班,学制缩短了,按照惯例,医学本科应该是五年,他们只是两年半。所以,她想趁着这个假期去学院的附属医院实习，哪里都不能去。

即使是要实习，回去一两天的时间总还是有的。方子衿不肯回去，是因为心里藏下了一个巨大的秘密，再也无法面对陆秋生和他的热情了。等待白长山的来信，成了她生命中唯此为大、不可替代的头等大事。他们都等不及看到对方的回信便又提起了笔。每隔一个星期左右，彼此就可以收到一封信。白长山在信中也给她寄来了照片，是出发去朝鲜前，在河南的汽车兵基地照的，头发剃光了，乌青发亮，看上去挺可笑。不过，脸上的轮廓线条分明，粗犷有力，正是方子衿喜欢的那一类型。那是一寸登记照，很小。照片是粘在一块布上的，周围拼着很多鲜花。白长山说，第一次给她写信的时候，就想过要送给她一件礼物，当时想到的是送金达莱花，但因为季节不对，采不到花，所以拖到现在。这些金达莱花是他利用躲敌人空袭的间隙采摘的，粘相片的那块布，是他向前线的战友要的，是从被击毙的美军军官身上裁下来的呢子军服。

方子衿沉浸在一种从未有过的激情之中，丝毫没有料到，某种危机，正潜伏在自己的身边，就像一只趁着黑夜悄悄接近猎物的猛虎，睁着一双喷火的眼睛，静待着时机。这天晚上方子衿和吴丽敏一起去参加政治学习。她们进去时，教室里才坐了一半的人，胡之彦坐在最前面，面对着门口。他的脸阴沉沉的，有着一股很厚重的戾气。这股戾气在他的脸上盘桓了很长时间，自从婚假结束后回到学校，他那刀削一样的脸，从来都不曾晴朗过。这一点，方子衿其实早就注意到了，只是今晚的感觉更强烈一些。看到他阴鸷的目光，她的心暗自咯噔了一下，莫名其妙地疾跳起来。

↗06　看一场美的舞蹈，
看一片巨大的废墟

　　时间到了，胡之彦站起来点名。刚刚点了两个名字，教室里的灯突然熄了。因为电力严重不足，停电是一件好平常的事，一个星期至少有四天是全天停电，还有三天，只有差不多三分之一的时间供电。照明用电受到严格控制，所有电力，都必须保证工业生产。所有同学都坐在黑暗里，许多人在小声地讲话。吴丽敏主动谈起喻爱军。她告诉方子衿，今天又收到了喻爱军的信，信里面只有一句话：吴丽敏同志，我想和你谈恋爱，请你郑重考虑。吴丽敏说，她不准备答应，因为太不浪漫了。方子衿说，你想要么样浪漫？吴丽敏说她不知道。不过这不是她考虑的事情。总之，喻爱军如果不想出浪漫的求爱方法，她就永远都不答应。方子衿和她开玩笑说，如果他永远都想不出来，你么样办？她说那就永远都不答应。方子衿说你不怕你变成老姑娘？

　　门口有光线移来。是胡之彦，手里提着一盏马灯。马灯是学校配给每个班的，一个班只有一盏，用的是洋油，需要定量供应。教室是阶梯式的，如果将灯搁在前面的桌上，后排就一点亮都没有。胡之彦提着马灯向前走，显然想和方子衿坐在一起。可她和吴丽敏坐在最后排，灯放得太靠后，前面又没有了光线。无可奈何，他只好在倒数第三排停下来，将马灯放在桌上，趁着这机会盯了方子衿一眼，目光中带着怨毒。这一眼让方子衿心惊肉跳，同时有一股很浓的酒味向她扑过来。

酒？他喝酒了？李淑芬嫁给了一个酒鬼？学生守则中有一条，严禁酗酒。这种人，竟然还可以堂而皇之地坐在这里指责这个不对那个错了，方子衿简直就想呕吐。

胡之彦大声地叫请安静。其实，教室里已经非常安静，除了偶尔有几只老鼠追逐奔跑的声音，再就是大家喘气的声音。胡之彦清了清嗓子，开始说话。他说今晚的政治学习，就是讨论这个月的思想汇报。总体来说，这个月比上个月好，一个不落，都按时交齐了。有些同学的思想汇报写得很好，既体现了我们社会主义建设的伟大成就，也体现了马列主义毛泽东思想的深入人心。但是，也有个别人，思想汇报材料里面，透露出一些极不健康的资产阶级思想。他拿出一份汇报材料，交给一个同学让他读。那位同学于是宣读起来，昨天读了人民日报某某社论，感慨万千。我们社会主义祖国建国才只有短短的两年多时间，就已经取得了举世瞩目的成就，我们伟大的党带领着我们伟大的人民，正在开创一项前无古人后无来者的伟大事业。

方子衿听了半天，所有的思想全都是报上的文字，个人想法半点没有。这也算是思想汇报？全都是从人民日报上抄下来的话。后来的几篇也都一样，不是听中央人民广播电台的有关文章，就是在公共汽车上遇到让座这样的事，再不就是今天第十五次重读共产党宣言。不知是胡之彦水平太低，还是他特别喜欢这样的套话假话，对这些思想汇报材料，他是大加赞扬。

接着，他站起来，走到了方子衿的身边，并且将马灯提到了她的面前。他将一份材料放在她的桌子上，对她说，方子衿同学，你读一读这篇。说话的时候，一股浓浓的酒臭味扑鼻而来，她几乎想捂住自己的鼻子。

胡之彦离开后，她强忍着要挥手扇走那股味道的冲动，拿起那几张纸，认真地看，竟然是自己写的思想汇报。她这篇思想汇报，严格说来，同样不能算是思想汇报，而是一篇散文，标题是灵魂的孤独。第一次接到白长山的信后，她对灵魂的孤独有特别强烈的共鸣感，后来又将他的信读了好几遍，每一遍都有些新的想法，于是写了这篇文章。她在文章中说，一个人的灵魂永远都是孤独的，孤独是一种恒态，孤独是一种力量。越是知识层次高的人，越孤独。孤独是思考者的灵魂。

她将文章读完了。胡之彦立即说，大家他亮的讨论一下吧，有啥结巴意见敞开他亮的思想谈，不要有结巴隐瞒，也不要怕他亮的说结巴错了。哪个刁毛先说？

他的话一出，方子衿心中暗自一惊。他的语气和前几次是显然的不同。前几个人读思想汇报之后，他都会先定一个调子，这次，他却让别人谈，自己不表示任何态度。这到底是为什么？

有同学在第一时间站起来发言，说这个思想大有问题。我们都是共产主义战士，是党的儿女。党是我们的主心骨，是我们的指路明灯。只要我们心中有党，哪里会孤独？写这篇思想汇报的同学是典型的和党离心离德，是对党缺少爱。第二个同学更是慷慨激昂，他说孤独是一种什么感情？是一种资产阶级感情。无产阶级革命战士，他们胸怀的是解放全人类的大志，他们只有解放全人类，才能最后解放自己。一个胸怀大志之人，又怎么可能孤独？只有那些资产阶级的少爷小姐们，他们靠剥削压迫劳苦大众获得生活资料，他们不愁吃不愁穿也胸无大志，整天只讲究吃喝玩乐以及盘算怎样更进一步剥削和压迫。他们因为空虚才会孤独，因为无聊才会孤独，因为没有伟大的无产阶级志向才会孤独。

方子衿忽然发现，平常显得温文尔雅的这些同学，全都是一些斗士，此时真正是斗志昂扬，意气风发。他们一个个情绪激动，唾沫四溅，似乎急于表示某种态度。方子衿觉得，如果他们知道这东西是自己写的，说不准会猛扑过来，用锋利的牙齿一点一点地将她撕碎。她突然迷惑并且惶恐起来，弄不明白孤独这种情绪是否真的只有资产阶级才有而无产阶级没有。如果说没有，那么，白长山为什么会有？他难道不是无产阶级？如果说无产阶级也可能会有这种情绪，那么，面前这些人，为什么像是见到了洪水猛兽一般？

最后，胡之彦总结说这件事非常严重，是极其错误的思想，需要在全班进行一次大讨论，大批判，澄清一种认识。要抱着惩前毖后治病救人的目的帮助我们的阶级姐妹。今天已经很晚了，政治学习就到这里。从明天开始，班上将就这一篇思想汇报开展一次大讨论。讨论的题目就是孤独的阶级性。这是一个大是大非问题，一个革命和反革命的问题，一个无产阶级和资产阶级你死我活的问题。他说，他就是要让所有同学弄清楚一点，孤独究竟是什么玩意儿，到底是资产阶级的还是无产阶级的。他特别强调这次讨论对事不对人，只是讨论问题，批判思想，不涉及具体的个人。

听到这话时，方子衿的身上一阵一阵地冒冷汗。对事不对人？说得好听，讨论问题批判思想，能不针对个人吗？问题不存在于人的身上？思想不是由人产生？她有一种预感，曾经发生在父母身上的事，即将发生在自己身上。父母身上发生的一切，不在政策而在某些人心。她母亲长得太漂亮了，方二拐子、谈不得那些人做梦都想得到却又没法得到，于是就以那样一种方法整死了她的父亲，为的就是凌辱她的母亲。现在，她心中有了一种突然而来的预感，有人想得到她，正常途径无法达成目的，就得循非正常途径。

如果早几个月前，方子衿是不惧生死的，现在不同了，她的心里有了牵挂，不能就这样死了。无论如何，她得抗争。经过一个晚上的思考，她决定直接找胡之彦谈一谈，如果他有条件的话，只要在她能够接受的范围内，她准备作最大的妥协。

第二天一早，方子衿来到胡之彦家门前。

最近一段时间，胡之彦不再参加班上的早操，他自己的说法是学校人保科的工作太忙。可同学们传说，人保科有一位副科长调走了，他正在加紧活动竞争这一职位。有消息说，他在这次人事任免中处于弱势，关键还在于他和方子衿之间曾经闹出的那件事，影响至今没有肃清，一部分校领导认为他的人品有问题，不能提拔这样的人当领导。但是，胡之彦的许多老领导在地方掌握实权，他们的势力范围渗透在这所学校的每个环节。那些人出面替他说话，可他的竞争对手却没有后台支持。两相比较，最终鹿死谁手，还真是很难说。胡之彦要走这些关系，就得花时间，除了晚上的政治学习，班上其他活动，他一概交给李淑芬。

到达胡之彦家门口时，天还黑着，天幕上挂着亮了一整夜的星星。被露水洗涤过的空气倒是异常清新,早起的雀儿在枝杈间欢叫着,老鼠们在门前你来我往,过节的孩子一般欢畅。等了半个多小时,胡之彦家的灯终于亮了。再等了一会儿,她向前走了几步,在门前叫道:胡之彦同学!起来了吗?胡之彦同学?

门开了,走出来的是李淑芬。她穿一件碎花的无袖内衣和一条大花裤衩子,内衣只剩下三只扣子,胸前差不多是半敞着,一对不算太饱满的奶子,若隐若现地像两瓣弦月挂在胸前。看到方子衿,她的眉头顿时皱了起来,脸上挂满了警惕。那副模样,让方子衿想到正处于孵化期的母鸡。这个时期的母鸡通常都非常安详,只有一种情况例外,就是它意识到自己所孵出的小鸡可能遇到危险的时候。此时,母鸡全身的毛会一根根地竖起来,颈子伸得很直,头高高地昂着,随时准备向攻击物扑过去。

"你找老胡有事吗?"她问。

"是晚上政治学习的事。我想和胡之彦同学谈谈。"她说。

李淑芬显然不相信她的话,挺着身子堵在门口。胡之彦出现在她的身后,抓住她的膀子向后拉了一下,将她拉到了一旁,对外面的方子衿说,是你呀,进来说吧。他上身穿着一件军用汗衫,下身是一条军用短裤,赤着脚趿着一双木拖鞋,裸露的双腿上长满了又粗又黑的体毛,看上去就像是两片黑森林。他说过这句话,便让开了门,等着方子衿进去。方子衿犹豫了一下,抬起腿跨进去。李淑芬站在那里,还是那副随时准备扑上来撕烂方子衿的表情,眼中有两股很强的火喷出。

胡之彦对李淑芬说,你招呼一下客人,我去洗一下。他转身进屋,最后面的厨房里很快传来瓷缸和牙刷碰撞的声音,然后是水龙头放水的声音。李淑芬冷冷地对她说,坐吧,你难得到我们家来,我给你倒茶。方子衿说,不了,我不渴。李淑芬不甘心,再一次问,你找我们家老胡到底有什么事?方子衿说,那篇有关孤独的文章是我写的。李淑芬哦了一声,似乎在思考这件事,也像是在考虑措辞。厨房里传出牙刷在搪瓷缸里哐啷哐啷划动的声音,李淑芬大概意识到胡之彦快出来了,连忙对方子衿说,那你们好好谈谈,我还要去带操呢,快迟到了。说着,她返身进屋去换衣服。

方子衿兀自坐在客厅里,百无聊赖地打量着这个客厅。这是一套平房，每一间从中隔开，前半间是客厅，后半间是卧室。房间的后部，搭了一间很小的厨房。客厅里摆着一张小方桌，桌上有一点剩菜和一摞碗，旁边是几张木凳，房角的一只箩筐里，胡乱地扔着一些脏衣服。如果不是窗户上以及门上还贴着大红的喜字，怎么看都不像一个家。

　　李淑芬从卧室里出来，大声地对她说，你有事和老胡慢慢谈，我出操去了。方子衿站起来正要答话，李淑芬一步跨到她的面前，压低声音对她说，你给我当心点，如果搞什么花招，我一枪崩了你。方子衿脸上的微笑顿时凝固了，想解释什么，又觉得说什么都是多余，只是愣在那里，一言未发。李淑芬再一次大声说，我走了，常来家玩儿啊。

　　方子衿很想跟着她一起离开这个令人厌恶的地方，可是，既然来了，有些话如果不说，她又不甘心。过了一会儿，胡之彦出来了，见她站在客厅里，便说，坐，快坐呀，你他亮的老站着算结巴啥事？快坐。方子衿坐下来。

　　胡之彦搬过一把椅子，在她面前坐下来，双腿向两边大大地张开。他没有换衣服，还是那一身内衣内裤。军用内裤非常宽大，可能是为了方便奔跑和参与军事方面的行动。方子衿根本不看他，目光透过他的肩头，射向他身后的白灰墙上，那里有一只蜘蛛正在结网，上上下下地忙碌。胡之彦从桌子上拿过纸烟，点起一支，对她说："真他亮的难得，你会到我家来，我结巴太开心了。"

　　她不想和他啰唆，直接问他："我想问你，到底要我么样办，你才肯放过我？"

　　胡之彦重重地吸了一口烟，摆出一副足够虚伪的模样，夸张地说："你这是结巴啥话？这样说，说明你他亮的一点都不了解我也不了解我们他亮的这些结巴革命者。"

　　"别和我说这些大道理。我只想听你一句实话。"她说。

　　"这算啥结巴话？"胡之彦显得有点激动，站起来，在房里走了几步，然后开始给她讲大道理。所有的马列主义理论，全都夹杂在与生殖器有关的词语之中，给人的感觉，这原本就是胡之彦这些人的语言艺术，是一种相辅相成的结合。他说，他这颗心，别人不清楚，难道你方子衿也不清楚？他会害她吗？当然不会。他所做的一切，都是为了帮助她改造她，让她成为一位伟大的无产阶级革命战士，成为一个纯粹的不掺任何杂质的马克思列宁主义者，一个毛泽东思想的旗手。第一代和第二代革命者抛头颅洒热血，打下的江山，就要传到第三代第四代革命者的手中，因此，培养革命的接班人问题，是革命的首要问题。作为党员干部以及坚定的无产阶级革命者，他有这样的责任和义务帮助自己的同志。

方子衿见他满口革命的大道理，又半点不肯涉及实质，十分失望，站起来表示，既然如此，只当她没来。说过之后，抬腿向外走。胡之彦叫她别走，见她并没有停止，他有些急了，跨上几步，一伸手，抓住了她的手。夹杂着一大堆污言秽语说，你结巴急啥？难得他亮的来一次，就不能多结巴坐一会儿，我们他亮的再好好聊一聊？方子衿缩手要将自己的手抽出来，不料他用力往自己怀里一拉，方子衿猝不及防，一下子倒进了他的怀里。胡之彦一把将她抱住，将一张满是烟味的嘴往她的嘴上凑。方子衿连忙抗拒着，一边质问他，你是结了婚的人，你这样做是严重的错误。

胡之彦已经失去了理智。他求她依了他，说只要她同意，他立即就和李淑芬离婚。因为他根本不爱李淑芬，那一切是个悲剧，是组织的命令，他没有办法改变组织的决定。他说，他们结婚几个月，他都没有碰李淑芬一下。后来有一次，她把他灌醉了，在他完全失去理智的时候，才和他那样了。他说，在他的心里，方子衿就是天上的仙女。他不会冒犯她，只是想让她听他说话，让她知道他心里在想些什么。

方子衿想挣脱他，可他的力量实在太大，无论她用多大的力，也无法脱离他的怀抱。她知道，如果不能尽快摆脱，自己今天就麻烦了。情急之中，她只好以退为进，态度一变，对他说：好，我信你。不过，你不能这样。现在是早晨，学院的老师都要起床了，如果被看到就麻烦了。

胡之彦也担心会引出麻烦，想松开她。可手松了松，又进一步加大了力度。他说，你该不会骗我吧，我一松手，你是不是立即就逃走？

她冲他灿烂一笑，说哪能呢？我保证好好坐着，安安静静地听你把话说完。

他虽然并不完全相信她，还是松开了她。

脱离他的怀抱，方子衿迅速跑到门前，一手抓住了门。胡之彦想上前抓她，她指着他叫道，你如果再往前走一步，我就大声喊人。胡之彦也知道，方子衿一旦喊叫，他就是十足的流氓犯，免不了会落下个党内记大过的处分，更严重一点，说不准还会开除党籍留党察看。甚至受到法律制裁都有可能。他只得对她说好话，表示自己不再向前一步，保证原地待命，一切听她的。方子衿不甘心就这样离开。她倚着门框，问他："我只想问你一句话，如果我不答应你，你就不肯放过我，是不是？"

"你他亮的这是啥结巴话？我他亮咋不肯放过你了？我结巴这不是喜欢……"

方子衿根本就不想和他继续说下去，打断了他，严肃地对他说："我晓得喽，既然这样那我就只有一条路可走了，去找周校长说清楚这件事。"

"找周校长？你他亮的找周校长说结巴啥？"方子衿看到他的眼里闪过一丝慌乱。

"我找周校长做么事你不知道？你刚才干了么事，不会这么快就忘了吧。"她想，对待这种无赖，就得来点硬的，震一震他吓一吓他。

"我他亮的干了啥？"胡之彦顿时现出一副无赖嘴脸，向后退了几步，在椅子上坐下来，对她说你想说就去说好了，你以为你说了人家就会相信了？你也不想想，我是啥人你是啥人？你是地主的女儿，是我党改造争取的对象。我是啥？三代贫农，二十一岁入党，战斗英雄。你说说，组织上是相信你还是相信我？你去找周校长是不？好，你去呀。你咋对周校长说？不会？好，我做好人做到底，我教你。你对他说，你在同学中公开宣扬资产阶级的孤独论，妄图腐蚀我们的革命同学，颠覆我们的无产阶级政权。我一眼看穿了你的阴谋。你吓坏了，担心资产阶级的狼子野心暴露，就跑来找我，想使美人计，拉我下水，做你的资产阶级帮凶。可不幸的是，我是一个坚定的无产阶级革命者，没有上你资产阶级小姐的当。咋样？这样说很好吧？

"你，你卑鄙无耻。"气愤至极的方子衿全身都在发抖。

胡之彦冷笑几声，指着她说你不要以为是陆鸣泉未来的儿媳就万事大吉了。我告诉你，如果陆鸣泉知道你在学校里贩卖资产阶级孤独论，谁都救不了你。他陆鸣泉也是共产党员，是坚定的革命者，你回去好好地想想吧。

方子衿的眼泪夺眶而出。她不想让他看到自己流泪，一转身，拉开门逃开了。

当天晚上政治学习推迟了。推迟的原因是因为余珊瑶等几个系领导以及学院部分领导对每天晚上搞政治学习持不同看法。他们认为，政治学习虽然必要，但师资班和别的班情况不同，他们的学制比正常情况短了二分之一，如果再不能利用一些其他时间加强专业知识的学习，将来这些人很难担当师资重任。有人因此搬出了马列理论同强调政治学习重要性的部分领导理论。马列理论中，有具体情况具体分析一说。师资班的学制只有短短的两年半，就是具体情况，学时达不到，原定的课程根本无法完成。现在唯一的办法，就是利用晚上时间上课。在这场争论中，周昕若关键时刻支持了余珊瑶等人。于是，政治学习由每晚一次改为一星期一次，其他时间，每晚安排两节基础课。

政治学习推迟了，方子衿的危机并没有解除。相反，因为有了充分的准备时间，部分人就有了更加充分的准备。吴丽敏是班上的消息灵通人士，班上的消息、系里的消息、学院的消息甚至是社会上的消息，总是能够通过她的口中传播，而且准确率非常之高。她对方子衿说，胡之彦竞争人保科长已经胜利了，现在只等着学院的任命下来。人保科掌握着很多人的命运，所以，班上同学知道这件事后，都争着巴结他。他的周围，已经有了一群死党。有一次，他和这群死党一起喝酒，喝得醉醺醺的时候，变得口无遮拦。他说无论用什么方法，他都要将方子衿搞到手。你们不是想让我照顾你们吗？那好，现在就是你们表现的时候了。吴丽敏说，子衿，你快点想想办法吧。让他这样搞下去，他会整死你的。

人之所以会恐惧，是因为明知某种厄运正向自己扑来却又无法预知这种厄运对自己的损害到底有多大。方子衿被这种不可知的未来折磨着，坐卧不宁。吴丽敏的话是对的，应该想想办法。可是，有什么办法可想？她知道自己可以将这些事告诉陆秋生，他是一定有办法对付的。他在信中多次对她说，宁昌是他的老家，他在宁昌有各种各样的朋友，无论有什么难处，他的朋友都可以帮忙解决的。可是，她欠陆秋生已经够多，不想再多欠他一丝一毫。她担心债务太重，自己无力偿付。是否可以找余老师谈谈？余老师是她的偶像，是她的精神支柱，自觉不自觉间，她一言一行一举一动都在模仿余珊瑶学习余珊瑶，余珊瑶像影子一样，对她起着潜移默化的作用。

晚上的课程结束之后，她离开教室，直接向余珊瑶的家走去。夏天的夜晚，星星满天。蓝天像一位刚刚洗过澡的少女，星星是点缀在凝脂的肌肤上的水珠，晶莹透亮，美不胜收。清凉的风轻轻地吹着，如嫦娥摆动着衫袖，轻盈中透着梦幻般的迷离。白天张狂地展示着欲望的树木们，在夜幕下半卷起羞怯，半裸着娇态。方子衿想到了远方的白长山，此刻，他正驾驶着汽车，奔驰在火线上吧。如果哪一天，自己和他一起走在这媚人的夏夜里，静静地坐在草坪上，观赏着这浓得令人心醉的温馨，那可真是如诗如画。

余珊瑶的家快到了，她强迫自己收回思绪。前面，有一个人猫一样走在夜幕中。在如此炎热的夏夜，他竟然戴着一顶帽子，帽檐拉下，遮着半张脸。方子衿的心头一振，什么人会这样走路？鬼鬼祟祟的，不像是好人。无数次政治学习积累的敌特观念起了作用，方子衿突然意识到，前面那个影子，或许是一个试图搞破坏的美蒋特务吧？她迅速闪动身子，尽可能地隐蔽了自己，同时又小心地跟着那个人，步步紧随其后。她真的好希望能遇到一个熟人什么的，可是，这片区域是全校最僻静的地方，住的都是名教授，就算是白天，也很难见到人走动，除了在野地里奔来跑去的老鼠和聒噪不止的纺织娘，真不知还有什么活物。

前面那个人影竟然到了余珊瑶老师的门前，他熟练地打开木栅门，蹑手蹑脚走进去。小偷？这个词突然冒出了脑际，方子衿的心一下子提到了嗓子眼。她加快了脚步，迅速赶过去，闪身躲在围墙边，探头向前望去。围墙并不高，她稍稍踮起脚，正好可以让自己的头探出围墙。那个人影到了余老师门前，伸手敲门。他敲门很有规律，带着某种音乐的节奏，是贝多芬的《致爱丽丝》。那一瞬间，方子衿突然意识到这个人既不是美蒋特务也不是小偷。

门应声而开，一束昏暗的光射出来，余老师的半边侧影出现在门边，那个男人闪身而入。他背对着方子衿，她无法看清他的正面，却也已经认出了他的背影。她在心中默默地期望周校长只是因为某种工作上的事来找余老师，同时理智又告诉她，事情绝非如此简单。她一次又一次对自己说，方子衿，这里没你么事，还不快回去？可是，情感又紧紧地扯着她，令她挪不动脚步，固执地要等待一个结果。

结果不用等就早已经显现，二楼的灯光熄灭了。那一丝昏暗的光像一只极其明亮的眼睛突然之间闭上了。方子衿的心在那一瞬间陷入了空前的黑暗。黑暗的背后是深深的绝望和一座丰碑倒塌时持续不断的轰响。

回到宿舍，非常意外，电灯竟然还亮着。有洁癖的她破天荒没有洗澡，爬到床上拿出纸笔开始给白长山写信。

哥：

最近一段时间遇到了很多心烦的事，心情真是糟糕透了。偏偏这些事没法对别人说，只能在这个静静的夏天的夜晚给你写信。

妹子知道你在前方需要集中全部的精力对付敌人的轰炸，不应该让这些烦心的事惊扰你。所以，妹子一直努力克制着自己不对你提起这些事。可今天，妹子实在忍不住了。

哥，你听了也就算了，千万别往心里去。妹子只是想找个人说说，没有别的意思。千万不要因为妹子的烦心事影响你的情绪，更不能分心。哥，你一定要答应妹子，否则，妹子就不向你说这件事了。

电灯闪了一下熄灭了。方子衿躺下来，从枕头下摸出手电，又用床单蒙住自己的头，尽可能不让光线透出去影响别人。她打开手电，继续写信。房间里够热，她又用床单蒙着自己，热量无法释放，汗水顺着脸颊往下滚，她竟浑然不觉。有那么一瞬间，她想到要将今晚的事告诉白长山，念头一冒出就被她强行按下了。这件事，无论对任何人都不能说，这是她心中永远的秘密，是她心中一片绝对不能示人的废墟。

她向他谈起的是胡之彦，谈到她和他在中山公园的两次约会，谈到他对她的报复以及他所散布的恋爱谣言。自然也谈到了正在酝酿中的对她的报复。

一个星期时间在忐忑不安中度过，政治学习的日子终于到了。

教室里，马灯昏黄的光线照着胡之彦那张得意而阴鸷的脸。他似乎故意不看方子衿，也不急于宣布开会，只是静静地坐在那里，一口接着一口地抽烟，不时吐出一串又大又圆的烟圈。铃声响过十几分钟后，胡之彦仍然没有宣布开会，有同学开始问他为什么还不开始。他说，急啥？今天的政治学习非常重要，学校重视得很，辅导员也要来参加。再等一下吧。

他的话音刚落，辅导员走了进来。他看了看胡之彦，两人交换了一个眼神。辅导员直接走到讲台上，对大家说，政治学习开始之前，我宣布一件事。由于学校对胡之彦同志的工作进行了调整，即将任命他为组织部人保科副科长，考虑到胡之彦同志身上的担子加重了，系里研究后决定，胡之彦同志不再担任班长职务，由李淑芬同学接任。听到这一任命，方子衿突然明白辅导员何以会如此支持胡之彦而打击自己，原来胡之彦的身份太特殊了。在这个班上，他是学生，地位在辅导员之下，但在学校，他是校级领导，而且手握人事大权，辅导员自然就是他的手下。

宣布这项任命之后，辅导员接着说，今天的政治学习非常好，非常必要。我和胡之彦同学一起去向学院政治部汇报过，学院政治部的古主任对这次大讨论，给予了高度评价。本来，古主任要亲自来参加今晚的大讨论的，但是，因为临时有急事不能来了。他委托我代表他预祝我们的大讨论成功。他还特别交代，以我们班的这次大讨论为试点，先搞出成绩和经验，等下学期一开学，就在全院掀起一次孤独的阶级性的大讨论大批判热潮，一定要把这个问题谈深谈透，要对同学们之中存在的糊涂认识以及资产阶级思想进行一次彻底肃清。我就说这么多，下面由哪位同学先发言？

辅导员的话说得方子衿心惊肉跳。不仅仅只是大讨论，还要大批判？上升到大批判的高度，性质是不是就变了？是不是就是敌我矛盾了？胡之彦在这时转过头来，看了她一眼，这一眼意味深长，带着某种深不可测的狡黠，带着某种胜利者的兴奋，也带着某种不可捉摸的怨恨。这个眼神令方子衿做了整整一个晚上的噩梦。

噩梦中最清晰的画面是母亲被方二拐子等人批斗。梦境中谈不得淫邪地奸笑着，指挥一帮人脱尽了母亲的衣服，让母亲美丽的胴体袒露在刺眼的阳光下。谈不得手中紧紧地握着一条花斑蛇，那蛇的头高高地昂起，一对圆圆的黑眼睛之中，射出的是蓝幽幽的光。梦境很快就变了，被剥光衣服裸露在千万人面前的不再是母亲而是方子衿自己，抓着毒蛇的人也不再是谈不得而是胡之彦。胡之彦咬牙切齿地对她说，我给你最后一次机会，你跟我日尻不？方子衿猛地向他啐了一口，说道，呸，我就算是死，也不能让你这个混蛋恶棍得逞。胡之彦一阵淫笑，举起手中的花斑蛇，往她的大腿根部塞。她猛地一阵挣扎，挣脱了那些肮脏的控制着自己的手。她拼尽全力向前一跃，身体飞速腾空而起，在蓝天下飞腾起来。天湛蓝湛蓝的，白云在她的身边荡漾起舞。她的躯体在起舞的白云簇拥之下坠落……

方子衿惊醒了，她身下的凉席上，是一摊冷冷的汗水。

正好是学期结束那天，方子衿收到了白长山的回信。

白长山在信中说，他看过信后，气得全身发抖，恨不得提起枪，立即赶到宁昌去，一枪将那个恶棍给毙了。他们这些军人在前线浴血奋战，置生死于度外，为的是什么？就是为了像她这样的阶级姐妹不再受任何人的欺负，为了让祖国的所有人民过上幸福快乐的生活。可是，作为哥哥，作为一名有骨气有血性的军人，他竟然连自己的妹子都保护不了，还算什么革命军人？他有什么脸穿这一身军装，有什么资格拿着党和人民交给他的神圣的枪把子？他在信中对她说，希望她将那个家伙的名字告诉他，他要给那家伙写一封信，正告这个党和人民的败类，如果继续执迷不悟，为非作歹，与人民为敌与阶级姐妹为敌，他将采取正义的行动，对他实行阶级审判。

读着白长山的信，方子衿被一股巨大的幸福感激荡着，热泪夺眶而出。在她的眼里，这几张白纸上的每一个黑色的字，都被浓得化解不开的特殊情感占满。她已经分辨不出这到底是爱情还是亲情。自从父母离开她之后，她再也没有享受过情感的温馨，那种久违的记忆，就像是春天的桃江，奔流着一江的姹紫嫣红。同时，她的心又被那些文字一次又一次揪紧。她非常担心白长山会拖着枪跑回来。她害怕他所说的"实行阶级审判"成为现实。一个学期的政治学习，至少让她明白了一些东西，他如果私自逃跑就是逃兵，那是死罪。他如果不经审判而枪毙胡之彦，那就是凶杀，同样是死罪。

她饱含着泪水给他回信。她在信中对他撒谎说，不要为她的事操心，更不要为此而分心。这件事已经顺利地解决了。她说，系主任就是和她一起被掳去的那个老师，她知道此事后，严厉批评了那个男同学，并且表示，他如果再继续下去，将对他进行党纪国法的处分。她说，是她自己不冷静，将这件事告诉他让他受了影响。她在信中说，从明天开始，暑假来临了，她将和主任一起去医院实习。

最后，她说，哥，祝福我吧，我很快就会成为一名最棒最棒的医生。

余珊瑶仔细地洗着自己的双手。她的双手非常美，牛奶一样洁白细腻，青葱一样纤巧，冰凌一样晶莹修长。洗手是医生最常做的一件事，以前跟着余珊瑶学医的时候，方子衿最喜欢看她洗手，或者说最喜欢看她这双手，那简直就是看一场美的舞蹈。可现在，她的看法全都变了，再看她的时候，就是在看一片巨大的废墟，有着触目惊心的苍凉。

"子衿，我们一起走吧。"余珊瑶对她说。

"我和丽敏约好了。她最近几天情绪不好，可能有什么事，我想找她谈谈。"她说的是真话。吴丽敏和她在一起实习，可最近一段时间来，整个人像是霜打了一般，蔫蔫的，提不起精神。她知道，肯定发生了什么事。方子衿一直都期望她主动告诉自己，她正是那种心里藏不住事的女孩。可几天过去了，她的神情沮丧与日俱增，却并没有在她面前流露出半句话。当然，她的话也有假，在余珊瑶没有约她之前，她并没有打算和吴丽敏谈话，她并不觉得现在是最好时机。

余珊瑶认真地看了她一眼，犹豫了片刻，说道，你虽然是我的学生，可我的心里，一直把你当成我的妹妹。

方子衿突然觉得，余老师这句话里，有着太复杂的内容，既有着浓郁的情感，也有着深深的哀怨。她不能不为其所动，她甚至感到一种不可抗拒的力量。完全是身不由己，她跟着余珊瑶，到了她家里。余珊瑶给了她一只苹果，她接过来，双手握着，却没有吃。余珊瑶又给她倒了一杯牛奶，说最近你的脸色一直不大好，一定是学生生活太艰苦了。来，把这个喝了。她将苹果放在左手，用右手接了牛奶，同样没喝。余珊瑶站在她面前，说，喝下去，我命令你喝下去。她懒得争辩，一口喝了下去。

余珊瑶在她身边坐下来，对她说，我觉得你对我的态度完全变了。告诉我，这是为什么？她不语，将手中的苹果当着球玩。余珊瑶说，叫你来没别的意思，就是聊聊天，解解闷儿。你看我现在一个人住这样高级的别墅里，当着系主任，一定觉得很风光吧。其实，你哪里知道我心里有多苦？方子衿暗想，你心里苦？你和校长都不知多痛快呢，还苦？如果你觉得苦，就不应该做那样的事。她什么都没说，只是嘴角闪过一丝嘲弄。余珊瑶看出了她的心事，进一步说，我知道你心中是孤独的，其实，我也好孤独好孤独。

孤独这个词令方子衿吓了一大跳。这个词给自己惹下了够大的麻烦，而且麻烦还远没有结束呀。她也孤独？可能吗？她现在可是医学专家、系主任，还是校长的情妇，一身兼数职呀，孤独？岂不是笑话？

余珊瑶不理会她的沉默，自顾自地说，她的父母很早就随孙中山先生加入了同盟会。可是，国民革命并不顺利，她的父母也一直都在国外漂泊。她出生在国外，生长在国外，对国内的情况，并不十分了解。直到抗战开始前不久，她才跟着父母回到了宁昌。可在宁昌住了一年多，鬼子眼看就要打过来了。她的父母知道宁昌保不住，急急忙忙又把她送到了美国。时隔不久，她的父母到达重庆后又被派到川西北少数民族地区工作，结果却被当地土司杀害了。她的两个哥哥，一个死在抗日的战场上，一个死在平津战役的天津之战。两个姐姐则跟着她们的丈夫去了香港。按照余珊瑶的条件，她是可以跟着国民党去台湾或者去美国的。可她对国民党彻底失望了，对美国支持国民党打内战也非常反感，因此留了下来。当然，她留下来，还有感情的原因。在美国读书的时候，她爱上了一个中国留学生，此人是国民党的一位高官之子。她从美国回国，就是回来找自己的情人的。谁曾料想，此人在国内不仅早已经有了妻子，还有一房姨太太。他如果将她安置在身边，既无法向自己的夫人交代，也无法向国民政府交代，因此悄悄地将她安排在恒兴。后来，国民党从重庆退走的时候，他悄悄地走了，连话都没有给她留下一句。

方子衿抬眼看了看她，对她大不以为然。如果说她在美国的恋爱经历是受骗的话，可眼下算什么？她明明知道周昕若是有老婆的，还要一头扎进去。

余珊瑶似乎看穿了她的心事，问道，你是不是知道了我和昕若的事？她点了点头。余珊瑶沉默了好一段时间，然后说，因为这件事，你才看不起我，是吗？方子衿不语。她不是看不起，而是心中一片废墟。她无法将这种感觉告诉她，这种感觉让她有了一种彻底的毁灭感。余珊瑶说，唉，这件事，我真不知道该说什么了。我们是真心相爱的。我们都不知道这场恋爱的结果是什么，可我们控制不了自己。我说这些你可能无法理解，其实，我自己也理解不了。

方子衿不想继续这个话题，甚至不想继续在这里坐下去。一种特别的苦味，从她身体的某些角落汩汩地流出来，渐渐集中在胃里，苦味越来越重。她知道，如果自己仍然留在这里，会当着她的面哭出声来的。她将那只苹果放在桌子上，站起来说道：我走了。不等余珊瑶反应，她是逃一般地急急跨出门去。

离开余珊瑶家，时间还早。方子衿不想回到宿舍去。放假了，宿舍里只有她一个人，甚至整幢女生宿舍，都难以见到一两个人。平常回到那里只是睡觉，不会胡思乱想。今天心情极度糟糕，如果回去，她想她会疯掉。离宿舍不远有一片竹林，学院一些男女恋爱，喜欢往那里去。平常的日子，方子衿几乎没有机会去那里，今天想着那里不会有别人，就踱了过去。

令她没有料到的是，刚刚接近竹林，就听到林子里传来一阵痛心的哭声。哭声像长着一只黄色绒毛拖着长长尾巴的猫，在青竹间飘绕着。又像是中国古代神怪小说中的狐狸，在黑暗中展露着红色绿色绯色花色的毛皮，眨动着三角的闪着幽幽蓝光的眼睛，神出鬼没在被夜幕掩盖的竹叶之中。方子衿猛地惊了一下，本能地觉得这是一个如泣如诉的阴魂，她的脑中甚至冒出披头散发为情而死的屈死女鬼的形象。在这个放了假的校园里，在这片密密匝匝的竹林里，除了女鬼，还会有谁？方子衿转身就逃，可她走出竹林后，突然产生了一种极其奇特的想法，她想，如果对方真是女鬼的话，那么，她或许可以见到自己的父亲母亲吧。在这个世界，她已经没有朋友，交个女鬼朋友也很不错呀，至少可以让这个女鬼当她和父母之间的邮递员，传递她的孤独她的思念她的苦闷和烦恼。

方子衿突然升起一股豪气。她无所顾忌地向哭声走过去。越走越近，那哭声也越来越确定，不再飘忽。她终于看到了那个影子，准确地说是一个人，一个年轻的女人。她抱着一棵竹子，像是抱着某个人，那么紧，那么忘情。幽幽的月光透过竹叶的缝隙投在她的身上，斑斑驳驳地将她的身影涂写成梦幻。年轻女人蓄着一条半长马尾辫，穿着一袭白色衣裙。这个背影让方子衿心中一动。

她走上前去，轻轻叫了一声，年轻女人转过脸来。她圆圆的脸上，晶莹的泪珠在月色下闪着幽蓝的光。方子衿吃惊地叫唤了一声，像是被人使了定身法似的站在那里，好一刻再没有任何表示。吴丽敏最初似乎没有完全看清来人的面目，愣了好几秒钟，终于知道竹影后是方子衿时，她不由自主向前走了两步。方子衿同时跨步向前，伸出双手，将她搂在怀里。

吴丽敏在方子衿的怀里大哭。方子衿的鼻子酸酸的，很想和她一起痛哭一场。在她的内心深处，有一个声音高叫着：不，你不能哭，你应该挺直腰杆顶住一切。那一瞬间，她突然理解了在土匪窝里余珊瑶所表现出的坚强。因为她的身边有一个人需要支撑，她除了坚强地站稳自己，别无选择。此时的方子衿同样如此，她不仅要支撑自己，更要支撑吴丽敏。

在她的怀里，吴丽敏哭诉着一切。原来，她已经快两个月没有收到喻爱军的信了，她认定他一定是出了大事，否则，他绝对不会拖这么长时间不给她写信的。在此之前，他和她一样，几乎是刚刚发出一封信，又迫不及待地写第二封信，所以，他的两封信之间，从来都不曾超过一个星期。

方子衿安慰她说，你不要胡思乱想了。他毕竟在朝鲜前线作战，比如深入敌方搞侦察，行动之前，往往需要封闭一段时间，执行任务又要一段时间，再加上信在路上所走的时间。我算过了，一封信从发出到收到，需要二十多天呢。吴丽敏说，她有一种预感，喻爱军肯定出事了。她感到好彷徨，好无助。她紧紧地抱着方子衿，一遍又一遍地说，子衿，你知道吗？我的心好疼。就像有好多刀子割着一样，我的心都碎了。方子衿说，你想么事呢？自己吓自己，你也知道，他在前线，由一条生命运输线相连。那条生命运输线，二十四小时有敌机轰炸，每天都有汽车被炸毁，会不会恰好是他的信被毁了？

她用尽方法，好不容易将吴丽敏带回了宿舍。可回到宿舍后，吴丽敏仍然是痛哭不止。她不好撇开吴丽敏自己去睡觉，只好陪她坐在床上，紧紧地搂着她。吴丽敏哭累了，在她的怀里睡了过去。方子衿想，如果叫醒她，说不准又会大哭一场，不如就这样让她睡吧。她更紧地抱紧了吴丽敏，将自己的头搁在她的肩上，眼睛刚刚闭上，就进入了梦乡。

一个晚上没有睡好，恰好遇到第二天的工作任务异常繁重。刚刚进入医院，她就参与做了一例剖宫产手术，然后又分别为三个产妇助产。三个产妇中有一个难产，医生几次提出做剖宫产手术，家属无论如何不同意。令方子衿诧异的是，他们并非普通的市民或者农民，而是知识分子，具有很高的学历和非同一般的文化素养。高学历和高素养给了他们与众不同的生命哲学和生育理念。他们认为人是一个浑然天成的大气场，一旦做了剖腹手术，就漏气了。人一旦伤了元气，就一定会减少寿命。他们还认为，人类的出生是一个自然的过程，每一道程序都有着极其特别的生理学意义和生命密码。婴儿出生时，宫缩的作用，不仅仅只是将婴儿推出体外，同时还是对婴儿所进行的最后生命完善。比如婴儿的躯体通过母亲狭小的阴道口产出，同样是生命必不可少的程序，是生命制造环节中最后一道极其重要的程序。如果剖宫产，则是用人为的方法免除了这些很可能影响人一生的程序，从而使得人的大脑或者其他机能发育不完善。

因为家属的坚持，方子衿以及她的实习老师多付出了数倍的时间、精力和心力。这个孩子终于被她们接出母体时，已经全身乌紫，没有气息了。她和实习老师又不得不投入更大的精力对孩子进行抢救。

这一天是她实习以来最累的一天，回到宿舍，她连晚饭都不想吃，倒在床上就睡了。她实在太累太困，脑子像是布满了蛛网，思维变得异常迟钝。何况治安情况良好，她也不曾考虑过要防范什么，以至于进门时，只是将门关好，并没有从里面闩上。也不知过了多长时间，她感到自己突然被什么人压住。她感觉到自己的衣服已经被人给脱了,那个压住自己的人,同样没有穿衣服,他的身体,紧紧地压着她的胸部,几乎要将她的乳房挤爆了,还有一块肉插在她的两腿之间。他的身上有一股死老鼠皮的味道掺杂着汗臭味,嘴里吐出的是一股烟臭味和酒臭味,这些味道混合在一起,使得空气中弥漫着一股恶臭味,熏得她头发昏。最初一瞬间,方子衿以为自己是在土匪窝里,她甚至有某种期待,余珊瑶老师会在关键时刻帮她的。这只是一闪念,她很快意识到自己是在学生宿舍里,整幢宿舍很可能只有她和面前这个恶棍。在这无边的黑暗之中,即使她再用力挣扎,即使她使尽全身力气呼喊,也不可能有人来救自己。唯一的办法,她只能自救,在那罪恶的家伙还没有摧毁她宝贵的贞洁之前,她应该保护好自己,将洁白之身留给白长山。

想到白长山,她突然有了一股巨大的力量。这股力量驱使着她张大了口,用尽全身力气一口咬了下去。黑暗中,她的目标不十分明确。等她咬中目标时,才知道被咬中的是对方的耳朵,耳朵的一部分被她咬了下来,一股很浓的带着咸味和铁锈味的液体充满了她的嘴。那人惨叫了一声,连忙伸手去捂着耳朵。方子衿见他还在床上,似乎不想离开,便使出全身力气,手脚并用,双手推向他,双脚踹向他。他猝不及防,从床上翻了下去。房间里传来一阵碰撞声,惨叫声。那一瞬间,方子衿吓坏了,担心这一下将他给摔死了。她翻身坐起,伸手进枕头下面摸电筒。不知是因为紧张还是刚才用力过度,她的手抖得厉害,电筒虽然摸到了,却拿不稳。待终于拿稳了,又没力量推上开关。好一段时间之后,她终于打开电筒,一束白光向下照去。

地上,一个光着身子的男人刚刚爬起来,黝黑的皮肤上有些血迹。他似乎意识到可能被对方认出,猛一把抓过床上的衣服,捂住自己的脸,逃出门去。听到脚步声远了,方子衿知道自己应该爬下床去将门闩上,可是,她努力地支撑了几次,全身抖得厉害,所有的力量不足以撑起她的身体。

过了很长时间,她缓过劲来,从上铺下来,将门闩好,又检查了一下。地下,遗落着点点的血渍。到了床前,见地上散落着一只袜子,袜子的大指头破了一个洞,脚跟部位也曾经破过,却被粗针大线给缝上了。她用电筒在床上扫了扫,看到床上还有一条军用内裤,同样已经破旧,屁股位置补着两个补丁。这两个补丁似乎是从别的军用服装上剪下来的,比原布还要白,而且更显得陈旧。这条内裤方子衿见过,那天早晨去胡之彦家里的时候,他穿的正是这条。

方子衿本能地觉得,这东西对自己可能有用。到底会有什么用,她不清楚。她完全凭着一种特殊的直觉,认为应该保存好这两件东西。将这两件东西收藏在哪里?她没有想好。暂时放在床底,等天亮以后再说吧。她找了张报纸,将两件东西包了,往床底一塞,爬上床去准备继续睡觉。可到了床上,她才意识到,还有更重要的物证留在床上。床单上血迹斑斑,还有被她咬下的一块耳朵上的肉。看到这些,她突然觉得一阵反胃,差点就吐了出来。她迅速将床单和那块肉包在一起,扔在床下。

第二天,方子衿想办法从医院弄了点福尔马林,用玻璃瓶子装着带回宿舍,又从国营商店买回来一大堆蜡烛和一只罐子。回到宿舍后,她立即关上门,从里面闩了。她先拿出玻璃瓶,将那块肉放进去泡在福尔马林液体中,用蜡小心地将瓶口封好。再用床单包了瓶子、袜子和内裤,置于罐子中,再一次用蜡封住口。

半夜时分,她从宿舍里出来,抱着那只罐子来到那片竹林里,刨了一个很深的坑,将罐子埋进去。

第三天去医院,直接走进急诊值班室,抓过值班表翻起来。前晚急诊值班名单中,恰好有一个她的同学。上了半天班,她离开诊室到了急诊科,见这位同学果然在。她和他闲聊了几句,然后装着没事儿一般问他,听说前天晚上出了事,是真的吗?那位同学说,前天晚上有几件事,你指哪一件事?方子衿说,当然是与我们班有关的。男同学恍然大悟地哦了一声,这么快就传到你们那里了?方子衿找他,就是想证实一件事:胡之彦是否来看过急诊。她的同学证实胡之彦当晚确实急急忙忙跑来看急诊,他的耳垂不知怎么闹的,缺了一大块,只剩大半边耳朵了。他自己说在街上遇到人家打架,他去劝架,被不知什么东西打的。可医生看后说,那伤绝对不是打出来的,而是牙齿咬的。男同学小声地对方子衿说,你说吧,真看不出来李淑芬这么厉害。

离开值班室返回妇科时,恰好遇到吴丽敏。吴丽敏的脸色很不好,大病过一场似的。显然,她还没有收到喻爱军的信,方子衿又不知该怎样劝她。她拉着方子衿说,子衿,我已经打听到了他的家,今天下班后,你能不能陪我去他家看看?方子衿看了她一眼,不忍拒绝她,点了点头。

喻爱军的家在南面郊外的喻家山,医学院在宁昌的北郊,两地一南一北,隔着长江和东江。她们从武成路坐公共汽车到张家巷,再从张家巷坐轮渡跨过长江到东阳门,从东阳门改乘公共汽车到小玉山。在小玉山下了车,便到了郊区,再没有车可坐了。找人问了问,人家说,一直往南走,走到恒湖边上就是。吴丽敏看了看天,见天上已经缀上了稀稀落落的星星,带点焦急地问还有多远。被问到的每一个人回答都不一样,有说四五里地的,有说五六里地的,有说七八里地的,也有说十一二里地的。越问吴丽敏是心里越没有底,如果真是十一二里地,这么走下去,赶到时,人家恐怕也该睡觉了。到了喻家山,还能找到人打听吗?方子衿说,既然来了,就别管那么多了,大不了找处山地睡一晚上,明天早晨再打听。

找到喻家山,已经接近十一点了。这个村子很大,围着一座小山包错落地建着一些房子,破破败败的,几乎难以见到一幢像样点的。村里人似乎早已经睡下了,黑灯瞎火,她们每向前走一步,便招来一阵狗叫。这叫声让两个姑娘心惊肉跳,商量了半天,还是决定找个人问问。终于见到一个人从黑洞洞的门口出来,她们正要迎过去,发现那个男人站在门口,双腿叉开,双手摆在面前,不一会儿传来哗哗的流水声。两人只好收住脚步,待那人方便结束,才远远地叫一声:同志,向你打听个人。请问喻爱军的家是不是这里?那人说,喻爱军?我们这里有三个喻爱军。方子衿连忙说,就是当志愿军的那个。男人说,哦,你们找军伢。他向前指了指,说你们向前走,看到有灯亮的房子,就是了。

喻家的经济状况显然非常一般,三间土砖房子,房顶上没有瓦,盖的是草。门前挂着光荣军属的牌子。青石的门墩子上,贴着一副白色的对联。吴丽敏一见,猛地愣住了。方子衿也傻了眼,这副白色对联是挽联,而挽联的颜色还没有被雨水漂去,贴上的时间并不是太长,说明这家不久前办过或者正在办着白喜事。从这家深夜还点着灯来看，这白喜事似乎正在进行当中。她转头看吴丽敏，月光下，看不清她的脸，只见到她的身子摇摇欲坠。方子衿一把伸出手，抓住吴丽敏的手臂搀住她，小声地劝她。吴丽敏不言不语，傻了一般倚在她的身上。方子衿想，既然来了，无论如何，得进去一趟。她伸手敲门，开门的是一个三十多岁的汉子，屋内几支大白蜡烛光照在方子衿和吴丽敏的脸上，月光照在汉子的脸上。汉子的脸很黑，很模糊，泥塑出来的一般。他没料到门口站着的是两个年轻女人，嘴一下子张大了，半天不知该说点什么。

吴丽敏的目光穿过汉子那泥一样黑的肩头，向前望去，里面是一间堂屋，香几上摆着香炉，炉中插着香，特殊的线香味向外飘来，熏得人头晕目眩。香炉的两边，各有一支大大的白蜡烛，烛光飘荡着。香几上方挂着黑色幛幔，围在幛幔中间的是一个相框，里面嵌着一张相。烛光昏暗闪烁，相框中只有模糊的一个影子，看不清形象。两边的墙上，挂满了大张大张的白纸以及密密麻麻的挽幛，由于烛光的关系，看不清上面的字。可以肯定的是，她们走进了一个灵堂。吴丽敏哇的一声哭了出来，挣脱了方子衿搀着的手臂，从汉子的身边挤过，几步跨进了堂屋。堂屋的正中有两只拜垫，她步履蹒跚着到了拜垫前面，双膝一曲，跪了下去，整个人像虾米一样躬着，头碰到了地上。

方子衿木木地站在她的身边，呆呆地抬眼看了看正面的相框，想看清相框中的人，可光线太暗了，只能看到一个模模糊糊的影子。她又低眼看了看吴丽敏，心里想着：她有可能伤心过度而昏过去，自己得小心点，在关键时刻扶她一把。

汉子走到方子衿面前，凑在她耳边小声地问："她是我爸的么事人？"

方子衿一时没明白过来，看着汉子。这一切来得太突然了，巨大的打击造成了大脑塞车，平常很容易转的弯子，此时就是转不过来。也由于她们到达时是晚上，月光昏暗，烛光更昏暗，既没有看清门前挽联的内容，也没有看到堂屋中黑相框的人貌。待这个弯子终于转过来，方子衿才算是明白了，原来死去的不是喻爱军而是他的父亲。喻爱军和家里通信，远没有和吴丽敏通信频密。他心情好的时候，会隔一个月左右给家里写一封信，寥寥数字报个平安，如果心情不好或者忙起来，两三个月一封信也是完全可能的。因此，家里根本不清楚喻爱军的现状，甚至不知道有吴丽敏这个人。反而是她们的到来，将这个令人极度不安的消息带进了这个家庭。刚刚经历了丧夫之痛的喻母，得知儿子生死未卜的消息，眼睛一闭，晕倒在地。

吴丽敏见状，向前跨过去，似乎是想帮忙，方子衿意识到她们即使留在这里，也起不了任何作用，只可能添乱，一把拉了吴丽敏，迅速退了出来。

夏夜的郊外，宁静燥热。聒噪了一天的蝉此时是最老实的时候，只有纺织娘不知疲倦地发出嘶鸣。来时，她们顶着的是满天繁星，此刻却是黑云压城。一场暴风雨在她们刚刚离开喻家山时突然而至。这是一场典型的偷袭，事前既没有闪电也没有雷鸣。雨脚急促奔跑的声音在她们身边形成轰响时，她们还没有意识到发生了什么事。一瞬间，她们的身影被笼罩在密集的雨幕之中。

电闪、雷鸣，暴雨如注。

↗07　她看不到属于白长山的那颗星

　　一个假期过去，变化最大的有三个人。排在第一的当属李淑芬。她原属于那种瘦肉身形，躯干被瘦瘦的四肢支撑着，给人的感觉是一阵风都能将她刮倒。可新学期的第一天，她出现在人前时，大家发现她竟然胖了一大圈。胖了之后的李淑芬，皮肤比以前白了，脸比以前圆了，脸颊上还有了两个酒窝，见人时的微笑也真诚了许多灿烂了许多。

　　吴丽敏诧异地对方子衿说，她婆婆怎么喂她的？一个多月时间怎么就胖成这样了？猪都没她膘得快嘛。李淑芬是孤儿，没有娘家可回，放假前见了人就说，她婆婆来了许多封信，要她去胶东半岛，说是要趁着这机会给她补补身子。所以，她这个假期在山东度过的，全班是无人不知无人不晓。至于她胖起来的原因，就只有方子衿清楚了。她看了一眼李淑芬那有些笨拙的身形，再看一看她走路时抬步摆手的姿态，对吴丽敏说，么事膘得快，她是有喜了。

　　吴丽敏瞪大眼睛，半天没法还原。半个小时之后，全班都知道李淑芬怀了胡之彦的孩子。这个孩子显然不是暑假里播的种，否则此时显不出身态。

　　与李淑芬的变化相反，吴丽敏是瘦了一大圈。也同样只有方子衿一个人了解吴丽敏瘦下来的原因,快三个月了,她仍然没有喻爱军的消息。第三个人变化的秘密,同样只有方子衿一人清楚。这个人是胡之彦,他的变化在于左边耳轮缺了一块。伤口还没有完全复原,结着一团黑黑的痂,远远看去,像是一团干了的屎挂在那里。

大多数人一个假期没见了,见了面显得十分亲热,彼此打着招呼,交换着见闻。胡之彦走到方子衿身边,小声地对她说,他亮的真想死你刁毛了。方子衿没料到他仍然色心不死,有意敲他一下,说道,胡之彦同学,你这耳朵么回事?和班长打架啦?她说这话时,声音故意放得很大,大家全都听到了,一齐向他看过来。胡之彦竟然丝毫都不脸红,说是遇到流氓打架,他去制止,被流氓打的。方子衿揶揄说,哟,到底是优秀学生呀,我建议学校给你发大奖。

没料到方子衿的话不幸而言中。辅导员新学期第一次和大家见面,就大谈特谈胡之彦如何见义勇为,舍生忘死,不仅仅是全班同学学习的榜样,而且是全校乃至全宁昌市所有学生学习的榜样。

下午,大家正在上课的时候,辅导员带着一个女记者来到教室,将胡之彦叫了出去。第二天的市报上,头版前两条是转发新华社关于抗美援朝的文章,第三条报道的是胡之彦这个学习志愿军的典型。文章中的胡之彦称,他曾经是一名革命军人,当年一腔热血投身革命,抱定了必死的信念追求真理。伟大的抗美援朝战争开始,他满腔热血再一次沸腾,希望自己能够再一次拿起枪,为了党和人民的最高利益,战死沙场。可是,他已经转业到了地方,不再是解放军序列的一员。为此,他痛苦挣扎了好长时间。最后他想到,即使不在战场,也一样为人民服务。前方将士在流血牺牲,后方也一样不太平,隐藏在人民内部的美蒋特务仍然在蠢蠢欲动,趁机搞破坏。从那以后,他几乎每个晚上都在街头义务巡逻,为这个城市当义务卫士。接下来介绍他当义务卫士的经历,帮一个和母亲走散的孩子找到了家,将一个发急病的妇女送到医院,一个被小偷偷了钱无法回家的女人急得大哭,他帮她买了回家的车票,还给了她二十元钱。许多类似的故事之后,到了关键一章。他听说,双姝林一带常常有坏人活动,他到那里去了。果然,第三次走近双姝林某个树林时,他听到一个年轻女人的呼救声。他立即奔跑过去，见四个男人正想强奸一个女人，他冲上去和那些人搏斗，救下了那个女人，可他自己被那些人打得伤痕满身，耳朵也被对方捅了一刀。

这篇报道非常干净，胡之彦常用的他亮的、结巴、刁毛什么的，一根都没有见到。

一夜之间，胡之彦成了明星，各个班的政治学习，全都学习这份报纸上关于胡之彦的报道。医学院刮起了一股风，这股风从医疗系师资班刮遍全校，接着市里开进来一溜小车，小车在校园里转了那么一遭，这股风就开始刮出校园。

可是，将这股风刮出去有一大问题，不能由胡之彦来刮，只要他一开口，就是满口臭气，那肯定会将好好的一股风给污染了。那一溜小车定了调子，胡之彦已经不再是医学院的胡之彦，而是整个宁昌人的胡之彦。医学院应该组织一个巡回演讲团，宣讲胡之彦的英雄事迹，这个演讲团成员的两大必要条件是外形能够代表宁昌市的美好形象以及普通话要有一定水平。方子衿被学校指定为演讲团的主要成员。

接到这一通知，方子衿真是哭笑不得。

这股风刮起时，她有些不知所措，多少次都想站出来揭穿这个谎言，可毕竟涉及自己的名誉，她犹豫了再犹豫。现在一个弥天大谎竟然有可能再一次玷污自己，她不能坐视不理了。那天，余珊瑶给他们上完课，她追了出去。本来，她大叫一声余老师，余珊瑶肯定会停下来等她。自从那次之后，她觉得余珊瑶已经不配当自己的老师了，无论如何，她喊不出来。她一直跑到余珊瑶面前，气喘吁吁地说，对不起，请等一下。余珊瑶惊讶地看着她，惊讶地问，在你的心里，我已经不是你的老师了？她不答这个问题，说道，今天晚上有时间吗？有件事我要和你谈谈。余珊瑶再次认真看了她一眼，说晚上你们还有课，上完课去有点太晚了。这样，你晚上到我那里吃饭吧，我等你。

下课后赶到余珊瑶家，她正在厨房里做菜。方子衿没有想过在她这里吃饭，进门后第一时间告诉她，自己这次来的目的，是为了参加巡回演讲团的事。余珊瑶表示她个人是反对这件事的，也曾为方子衿争取过，反复强调师资班学习时间太紧，最好不要抽走这个班的人。但这件事是由胡之彦自己提议，学院院长办公会决定的，她无能为力。方子衿说，事情根本就不是胡之彦所说的那样，他说的一切全都是谎言，是欺骗组织的假话。余珊瑶瞪大了眼睛，有些不太相信方子衿的话。方子衿于是将那天晚上发生的事说了，她说虽然没有看清那人的面目，可事实不可能这样巧。余珊瑶认真地看了方子衿好几十秒钟，似乎在判断她所说的话中，到底有多少真实性。

两人说话时，忘了锅里还烧着菜，一股焦煳味传来，余珊瑶才猛跳起来，跑进厨房，见锅里已经着了火。看到火，她吓坏了，急得大叫。方子衿迅速跑进去，一把抓起旁边的锅盖，往锅里盖下去，不一刻，锅里的火熄了。两人相互看了一眼，彼此都有些狼狈，刚才的一场火，不经意间亲吻了两人的发梢，方子衿的长辫子突然短了一截，余珊瑶将头发挽成一个髻，额前有刘海，鬓边也有意留了几绺秀发，此刻都被火烧得卷了起来，顶端是灰白灰白的一团。方子衿说你的头发烧坏了，余珊瑶说你也好不到哪里。两人各自检查自己的头发，又各自懊恼。最后，两人又一起笑了起来。看起来，她们之间似乎有了某种新的默契，或者说，某种郁结于心的东西化解了。

余珊瑶和方子衿一起返回客厅，拿起客厅里的电话，拨了一串号码。方子衿意识到她的电话一定是打给周昕若的，却没有问。余珊瑶在电话中解释了一番，对方似乎不十分相信。余珊瑶说她就在我这里，你当面问她好了。放下电话，余珊瑶就将方子衿留在客厅自己上楼了。方子衿猜测她可能是上楼梳妆打扮。她百无聊赖地坐了好一段时间，门铃响起来。余珊瑶在楼上喊：子衿，把门打开。方子衿应了一声，走过去打开门，将周昕若迎进来。

周昕若并没有坐下。他站在方子衿面前，盯着她看了好半天，问她，刚才珊瑶在电话里说的都是真的？

"是。"方子衿说。

"这件事，你为什么不早报告？"周昕若显得很烦躁，在房间里踱着步。

方子衿敏感地意识到，自己可能给周校长惹下了麻烦。她有些后悔说出这件事了，可话毕竟已经说出了，想收回已经不可能。余珊瑶的话从楼上传来。她说，她为什么不早说？很简单，因为胡之彦是贵党的干部。周昕若突然变色，对余珊瑶怒斥：我对你说过多少遍了？不要张口闭口贵党贵党的。共产党怎么啦？共产党的绝大多数是好的。他的话没有说完，余珊瑶就向他投降，说好好好，我说错了。我向你认错。余珊瑶认错，却是为了更进一步进攻。她说，别说是子衿不敢说，如果是我遇到了，我也不敢说。上次胡之彦闹出那样的事，绝对应该开除，可校方呢？不疼不痒象征性处理了一下，不久竟然让他升了官。那不是处理，那是放纵。既然学校护短，一般人能怎么办？再说，这次的事更特别，一个女孩住在学生宿舍里，发生了那样的事，谁相信她所说的结果？她难道不担心自己的名声？这事如果闹出去了，她还怎么嫁人？

周昕若不耐烦地挥了挥手，制止了余珊瑶，转向方子衿，仔细问过当晚事情的经历。经历她已经对余珊瑶谈过一次，现在不得不再重复一次。她是真的后悔了，此事如果更进一步发展，她可能还需要一次又一次重复当晚的经历。每一次重复，实际都是对她的一次再伤害。她已经没有退路，不得不开始讲述。她省去了自己的衣服被对方脱掉以及对方实际没有穿衣服这样的细节，也没有谈到她藏起那些物证的细节。周昕若听过之后问她，除了刚才说的这些，有没有别的证据。方子衿谈到她从医院了解到的情况，并且更进一步说，如果真如他所说，在双姝林一带被打伤的话，他根本不应该回医学院附属医院治疗，那是需要紧急处理的外伤，在剧烈疼痛的情况下，任何人都不可能舍近求远。他一定会在附近处理伤口。

余珊瑶大发感慨，认为这件事核实起来并不难。暂且不说方子衿所说是否真实，胡之彦所说的一切，他就能提供证据？如果没有证据，又怎么能认定那就是事实？再说，方子衿说是咬伤，胡之彦说是刀伤，到底是什么伤，并不难查清。她说了好半天，周昕若一直沉默着，坐在那里，一支接一支地抽烟。余珊瑶大概看出他遇到难题了，问他是不是觉得很为难。周昕若承认说，这事真的给他出了一个难题，现在事情已经不仅仅只限于学校，而且闹到了市里。此时如果说是假的，搞错了，很多人都会不答应的，关系到他们的利益了。

"我只想听你一句话。你是校长，一把手。"余珊瑶说，"这件事，你是什么态度？"

"我的态度是明确的。"周昕若说，"问题是现在这种情况下，我的态度已经不重要，这件事得校长办公会决定，我只是占其中的一票。"

"我明白了，你是说，这件事已经无法挽回了，是不是？"

周昕若欲言又止，猛地抽了几口烟，终于还是下定决心说出来："珊瑶，你不要激动。你好好想一想，这件事已经不是胡之彦的事，也不是某一个人的事，而是……"

余珊瑶确实非常激动，她挥了挥手，那被火烧过又用眉笔画了的眉毛向上一挑，说："贵……"她大概是想说"贵党"，想到周昕若对这种语气异常反感，硬是将后面的话吞了回去，改口说："你们不是一贯标榜……"

周昕若和陆秋生一样，是彻底的共产党人，不能容忍任何人对他所信仰的共产主义说三道四。他态度恶劣地打断余珊瑶的话，猛地站起来，严厉地说："余珊瑶，我警告你。以后你如果再说什么他妈的你们共产党、贵党之类的话，我就永远和你绝交。"

"绝交？"余珊瑶漂亮的嘴角露出一丝嘲讽，"绝交么样？不绝交又么样？你老婆死活不肯和你离婚对不对？"

周昕若有些尴尬，喃喃地说："一码事归一码事，你这是扯的啥？"

最尴尬的是方子衿，他们可是在吵着家务事，自己的出现，似乎加深了他们之间的矛盾。如果真的当着自己的面将这次争吵进行到底，自己就只能钻地缝了。周昕若的话已经说明了，学校不太可能改变胡之彦是新时代模范青年这一现状，更不可能还事实一个真貌。既然如此，她留在这里还有什么意义？她站起来，离开之前对他们说道：学校么样决定，与我无关。但是，我不能参加那个么事巡回报告团，我无法用一个谎言去欺骗社会上那些善良的人。说过之后，不理愣愣地站在那里看她的两位领导，在他们复杂的目光护送下，走出了余珊瑶的家。

回到宿舍，竟然发现陆秋生站在门口等她。她猛地惊了一下，以为自己看错了。

陆秋生见到她，兴奋地跑上来，看情形像是想将她搂在怀里，可到了她的面前，又显得手脚都是多余的，摆在哪里都不合适。他们已经一年多没见了，陆秋生显得十分激动，对她说了一大堆话。也许是太激动了，他连一句完整的意思都没有表达清楚。方子衿不想让其他同学看到他们在一起，将他引到了那片竹林。

"你么样来了？"她似乎不是问他，而是问面前那些在秋风中摆摇身姿的竹子。秋风像贪玩的孩子，在竹缝间游弋，数百数千只麻雀唧唧喳喳地叫着，和竹叶的沙沙声形成合鸣。热气从厚厚的一层枯叶里钻出来，向上升腾，似乎是要去拥抱透过叶缝间的月光。陆秋生向她讲述自己来宁昌的经历，一面说时，右脚不停地在地上搓动，地上那些竹叶被他搓成了一个圆柱体。他说，他来宁昌是参加干部培训的，现在全国的行政建制比较混乱。全国划分为几个大局，有点像清末的总督府，每个局下面，有的是管一两个省，有的管三四个省，省下面有地区，地区下面有县。也有的局下面，只设行署而没有设省。结果，行署比省的级别低而比地区的级别高。如此一来，管理上便增加了难度。政务院有一个基本考虑，准备撤销大局，加强省的权力。为了应对这一变化，各地都将干部培训放在了首位。他就是来参加培训班的，这次培训班结束，他可能会留在宁昌工作。

陆秋生的左脚站麻了，换了右脚支撑自己的身体，抬起左脚继续搓着那已经成了擀面杖状的竹叶的尸体。他的话也像那竹叶的尸体一样滚动。他说，按照规定，他是不符合这次培训班的条件的，可他太想她了。他知道她一个人在宁昌不容易，需要有人照顾。他求了父亲多次，父亲就是不肯答应，后来是母亲出面帮他搞到了这个名额。方子衿的嘴角流过一丝嘲弄。她想到了余珊瑶老师的口头禅：你们共产党。她没说，她发现自己是越来越沉默了。沉默是因为无奈，是因为无所适从。

陆秋生到宁昌是为了保护方子衿，方子衿确实希望有人能保护她，可她所希望的人不是陆秋生而是白长山。曾有那么一瞬间，她很冲动，想将自己和胡之彦之间的一切告诉他，转而一想，告诉他又能怎样？周昕若校长都解决不了，他能解决吗？无论他是否能解决，只要自己开了口，就等于欠了他的情。情债越欠越多，自己何以偿还？

方子衿不想欠陆秋生的债，没有将自己遇到的麻烦告诉他。可陆秋生去拜访余珊瑶的时候，从她那里听说了这件事。陆秋生拍案而起，当即要去找胡之彦算账。余珊瑶大吃一惊，拖住他问他要去哪里，气极了的陆秋生猛地吐出一句粗话，说要去把胡之彦的鸡巴给割了。余珊瑶苦苦地劝他不要造次。现在的胡之彦是全市树立的典型，如果出点什么事，直接会惊动最高层。如果想教训他，那也不能蛮干，得使巧劲。

余珊瑶的话让陆秋生冷静下来。他想，自己一冲动跑去找胡之彦，会导致怎样的结果，那是难以预料的。因为愤怒，他肯定会对胡之彦动手，一旦动起手来，他有可能将胡之彦给宰了。自己因此背负杀人的罪名无所谓，方子衿呢？她有可能被认定为杀人的同谋。余珊瑶的话是对的，这事得用巧劲。

陆秋生有一个好朋友杨维华在公安局当治安科长，他将这事对朋友说了。杨维华说，有这样的人？只要你拿出证据，我就以强奸未遂罪抓他。陆秋生连忙摆手，不行，这样不行。杨维华说么样不行？我干的就是这个，专门抓坏人。陆秋生说，你抓了他，判他几年刑，确实是解气。可是，那些晓得内情的人怎么说？肯定说我的未婚妻被他强奸了。以后，我还做人不做？我的未婚妻还做人不做？杨维华想了想，给他出了一个主意，想办法将胡之彦弄进来，给他来一个审讯，逼迫他在审讯笔录上签字，抓到这个字据，他以后就不敢再使坏了。陆秋生说，我看这个办法行。

杨维华仔细斟酌了一番，觉得方法虽然不错，可关键是胡之彦的口供。他如果来一个硬对硬，什么都不承认，结果就僵了。要拿到这家伙的口供，关键还在于证据。杨维华说，我看，你还是去找一下你的未婚妻，向她仔细了解一下，看能不能弄到一点什么东西能够撬开胡之彦的嘴。

上午最后一节课，陆秋生请了假，骑着脚踏车赶到医学院，找到方子衿的教室，下课铃声刚刚响起。他站在门前的一棵玉兰树下，眼睛盯着从教室门口走出的人。方子衿夹在一群人中间走出来。人太多了，似乎都比陆秋生高，方子衿又是低着头的，自然没有发现陆秋生。直到他从人缝中钻过来，一把拉住她的手，她才吃了一惊，嘴巴张开准备了一声惊叫，在看清拉自己的人是陆秋生时，硬是给吞了回去。

陆秋生将她拉到一边，让她坐到脚踏车的后座上去。方子衿迷惑不解，问他要带自己去哪里。他说吃饭时间，当然是找地方吃饭去。方子衿犹豫了一下，还是坐上了车。陆秋生推着脚踏车，一只脚踩上去，另一只脚在地上蹭了几下，稳稳地坐好了。方子衿是第一次坐脚踏车，一颗心提到了嗓子眼里。只要前面陆秋生一拐龙头，她就想大叫，又怕惊动了学校其他同学，只得将惊叫忍住，伸出双手，紧紧地抓着陆秋生的衣服。这种亲密接触令陆秋生惊喜异常，他故意扭动着龙头，使得方子衿的手在他身上无法离开。脚踏车在宁昌是稀罕物，一男一女这么骑着更是一道风景，沿路许多大学生停下来，向他们行注目礼。

到了一间餐馆前停下，方子衿忍不住说："以后莫这样来找我。别人看到影响不好。"

陆秋生才不在乎影响。他没有说话，支好脚踏车，领着方子衿走进餐馆，找了一个靠角落的位置坐下来，点了两个小菜。方子衿见陆秋生很沉默，就无话找话，问他怎么没有上课。陆秋生没有回答她，而是让她谈一谈胡之彦的事。方子衿吃了一惊，有一股巨大的酸味，从身体的某个不知名的角落翻涌而出。她竭力想将这股酸味压下去，努力了半天，仍然是无济于事。这股酸味变成了泪水，透过她的眼眶，溢了出来。即使这时候，她还是想控制自己，以巨大的意志力强忍着，不想当着他的面表现自己的软弱。陆秋生一直看着她的眼睛。她的眼中，最初飘着一团雾，迷迷蒙蒙的，接着出现了晶莹的反光，那是泪水对光的作用。一瞬间，透明的液体充满了她那两弯青泉，迅速漫过了防波堤，滚过防波堤上那片黑色的森林，汹涌而出。

"咔"的一声，陆秋生捏在手里的一双筷子折断了。"杂种！"陆秋生愤愤地骂道，"老子真恨不得宰了他。"

方子衿确实是憋不住了，如果不找个人说说，她可能会疯掉。

周昕若将她提供的情况在校长办公会上提了出来，引起了一场轩然大波。几位副校长和校务委员争论了整整一个上午，最后作出决定，不准再提此事，巡回演讲照常举行。至于方子衿提出不参加巡回演讲团，可以考虑换人。一所学院这么多学生，也不只一个方子衿，自然可以找别人。没料到胡之彦得寸进尺，他知道在这件事情上，学校的领导没法擦干净自己的屁股，即使是一个弥天大谎，也一定会将这个谎圆下去。巡回演讲是否能进行，着急的不是他而是校方的那些领导。他提出，除非由方子衿来演讲，否则他不参加。如此一来，校方不得不再次开会讨论。今天上午，辅导员通知方子衿，校长办公会正式决定，不同意换人，仍然要求方子衿准备由学院宣传部准备好的演讲稿。至此，方子衿山穷水尽了，已经没有任何退路。陆秋生此时提起这件事，她怎么可能控制得住自己？

陆秋生不善于劝人，说来说去，总是那几句话，不要太伤心，不要着急，一切有我呢。你放心好了，这件事我来给你解决。菜上齐了，方子衿还在哭。陆秋生没辙了，猛地站起来，对她说：你等着，我去把那个畜生剁喽。方子衿见他的脸上充满了血色，眼睛也红了，真要杀人的样子，吓坏了，一把拉住了他，求他不要做莽撞的事情。陆秋生说，如果不杀他，就只有一个办法，由她拿出证据来，让他来整治她。

方子衿心中升起一团希望，问他想要什么样的证据。他说不管什么证据都可以，只要能够证明他说了谎。方子衿试探地说，那天晚上，他跑到学生宿舍想强奸她的时候，她咬下了他的耳朵，他逃走时，还落下了一只袜子和一条短裤。还有，他的耳朵被咬下，流了不少的血，流在她的床单上。陆秋生一听，大喜过望，说这些都是证据。这些东西在哪里？方子衿说被她藏在竹林里。

陆秋生兴奋了，拿筷子指着方子衿说："快吃快吃，吃完了我们去取那些东西。"

方子衿半点胃口都没有，哪里吃得下？见陆秋生那高兴劲，又不好打击他，象征性地动了动筷子，还是不放心，问他到底准备怎么做。陆秋生说，如果依他的脾气，就算是一刀一刀剐了这个恶棍也不解恨。可现在是新社会，尤其重要的是，他是共产党的干部，一切都得有理有节，依法办事，不能乱来。所以，他只能先给胡之彦一个教训，让他以后不敢再欺负方子衿。至于这个仇，以后如果有机会，他是一定要报的。

他这番话虽然给方子衿吃了一颗定心丸，却仍然没有回答怎样给他一个教训的问题。对于这一问题，陆秋生不肯多作说明，只是安慰她说，你放心好了。等我办好这件事再告诉你。

吃过饭，陆秋生仍然用脚踏车带了她回到学院，方子衿回宿舍拿了学农工具，和陆秋生在竹林里汇合。陆秋生从她手里接过工具，按照她指定的地点，开始往下挖。那些东西埋下去的时间不长，土还是松的。陆秋生没有费太大工夫，将那只罐子挖了起来。他用手抚去粘在罐子上的土，问她，是这个吗？她点了点头。他将锹交给她，对她说，你不用担心了，用不了几天就会有消息，你等着吧。

陆秋生一只手抱着罐子，一只手扶脚踏车龙头，骑着车子走了。方子衿站在那里，看着他离去的背影，心中有一股说不清的滋味像春晨的浓雾一般弥散。他到底会怎样处理那些东西，她不清楚。最终的结果是否真如他所说的，胡之彦从此不敢再骚扰她？她更是没底。还有，陆秋生为自己做了这么多，一切都源于一个爱字。问题是，无论自己怎样努力，就是无法对他生出一丁点爱意。这笔债是越欠越重了，她将来用什么来还呢？

由陆秋生，方子衿想到了身在朝鲜的白长山。上一封信，白长山已经明确表示，朝鲜战争一旦结束，他回到祖国的第一件事，就是向组织上打报告，申请娶她。他要将她接到自己的老家东北去，要在那里给她一个幸福美满的家。她完全相信他信中说的话，他正是那种轻命重诺的汉子，只要他答应了，他就会用自己的生命用自己的一生去兑现诺言。读到这封信的时候，她虽然没有流泪，可心中是泪流不止。她是真的想立即答应他。转而一想，陆秋生已经追到宁昌来了，自己又是和他订过婚的。如果答应了白长山，陆秋生怎么办？尤其是现在，陆秋生又在帮自己，她怎么好在他的心上洒一把盐，伤害他的感情？如果不伤害陆秋生，难道伤害自己和白长山？伤害她自己，倒还没什么，白长山可是在朝鲜战场上，每天都驾驶着汽车和敌机周旋。一封拒绝的信，会不会成为一把杀害他的刀子？不，无论如何都不能拒绝他。

她真是痛苦异常，完全不明白人为什么要长大。小时候多么单纯多么快乐，那时候向往爱情梦想爱情，可现在，爱情来了，给她带来的却是无穷无尽的烦恼。许多的麻烦盘根错节纠缠在一起，使得她无论如何都理不清。

往宿舍走的时候，在路上遇到一个人，向她打听师资班女生宿舍在哪里。方子衿觉得这个人的声音好熟悉，却想不起在哪里见过。她问那汉子找谁。那汉子说找吴丽敏，方子衿也行。方子衿惊了一下，说，我就是方子衿，你是？汉子说，你不记得我了？我是喻爱军的大哥。她惊喜地说，喻大哥是你啊，有爱军的消息吗？不知算不算是消息。喻大哥说，我想，吴小姐去过一趟，怎么说也应该通知他一声吧。所以，我就找来了。

方子衿领着他往宿舍走，一面打听喻爱军的情况。喻大哥告诉方子衿，今天刚刚收到部队的一封信。信中说，喻爱军执行任务返回，越过封锁线的时候，被敌人发现了，敌人又是枪又是炮，为了掩护战友，喻爱军受了重伤。敌人的炮击结束后，我方派了一个突击队，将喻爱军以及另外几名志愿军伤员及尸体抢了回来。随后，喻爱军被送回国内医治，先是在丹东，后来又转到了沈阳的一间部队医院。信上没有说明喻爱军的伤情，但能够感觉到，伤得一定不轻。

方子衿没有让他进入宿舍，而是将吴丽敏叫了出来。吴丽敏看到喻大哥，一眼就认出了，急急地问，大哥，是不是有爱军的消息？方子衿抓住吴丽敏的一只手，对她说，你别急。喻大哥赶来，就是来告诉你爱军的消息的。吴丽敏说，大哥你快说，爱军他么样了？喻大哥说，他负伤了。吴丽敏立即问，负伤了？伤哪里了？重吗？喻大哥详细地给她讲起部队的那封信，还没有讲完，吴丽敏就说，信在哪里？快给我看。喻大哥在身上摸索了半天，摸出一封信，递给吴丽敏。吴丽敏接过信，转身就要往宿舍走。方子衿提醒她不要回宿舍看信，她才停下来，四处望了望，到处黑黝黝的，没有灯。方子衿说，你等一下，我去拿手电。

拿了手电返来，见吴丽敏和喻大哥站在黑地里说话。两人有商有量的，非常亲热的样子。方子衿见了这样的场面，觉得眼热。虽说他们仅仅只是见过一次，这就是一种特殊的感情呀。自己如果见了白长山，是不是也有这种感情？还是更加热情一些？想到白长山，她的心中一暖，真的希望战争早点结束，她和他早日见面。

吴丽敏接过手电，迫不及待地看信。她看得好认真好娴静，厚厚的嘴唇抿成一条线，很浓的一对扫帚眉紧紧地挤在一起。她将信仔细地读了一遍，又读第二遍，接着又读第三遍。方子衿知道她不完全是在读，而是在思考。她走近吴丽敏，在她耳边小声地问，你有么打算？吴丽敏突然非常坚决地说，我要去看他。

吴丽敏说到做到，第二天去系里请假。师资班课时很紧，一般情况是不准假的。吴丽敏的情况特殊，系里不光给了她假，而且系团委和院团委，还分别写了慰问信给她带去。送走吴丽敏，方子衿才发现，这几天似乎没见到胡之彦了。李淑芬倒是来上课，可她的脸色很不好，见了谁都不理，班上的事也懒得管，连政治学习，她也只是来点一点名，然后让大家自习。后来有一天晚上，方子衿走出教室时，旁边有人拉了她一把。她抬头一看，是陆秋生。陆秋生对她说，我去那片竹林等你，你回去拿锹来。方子衿只是扫了一眼，见他怀里抱着那个陶罐。她快步赶回宿舍，拿了铁锹向竹林赶去。陆秋生站在那里抽烟，火星一闪一闪的。他看到她，将手中的烟头扔在地上，叫了她一声。她走过去，很想问他点什么，却又不知从何说起。他从她手里接过铁锹，开始铲土。

"做么事又埋起来了？"她终于问。

"给那杂种埋一颗炸弹。"陆秋生得意地说。

"我不懂。"方子衿追问了一句。

陆秋生一边铲土，一边向她介绍这几天的进展。

那天他拿着这个罐子离开医学院，第一时间找到了杨维华。杨科长当着他的面打开了罐子，将里面的东西一件件拿出来。最后拿出那只装着福尔马林的瓶子并且看清半只泡得发白的耳朵时，说，有了这个就行了，保证撬开那小子的口。陆秋生问他准备怎么干，杨维华说，我自有我的办法，这个你就不要管了，等着我的结果吧。

过了几天，杨维华带信让陆秋生去一趟。在治安科办公室，陆秋生不仅拿回了最初送给他的那些东西，而且还多拿了一些其他物证，这些物证包括了对胡之彦的讯问笔录，密密麻麻几张纸，一些关键词句，均按着血一样的红手印，每一页纸上，还有胡之彦的亲笔签名。除了笔录之外，还有几份鉴定报告。杨维华操着夹杂许多方言的官话对陆秋生说："日鬼，我

163 下

党没让这杂毛搞地下工作真是幸运，不然肯定他奶奶的多一个叛徒。"

　　拿到这些材料后，陆秋生直接去了胡之彦家。他是去兴师问罪的。敲门的时候，他用的力特别大，差点没将他家那并不非常牢固的木门给砸破。李淑芬挺着大肚子打开门，吃惊地问陆秋生找谁。陆秋生说找胡之彦。李淑芬认真地看了看陆秋生，说胡之彦回家了。陆秋生一时没有明白过来，说回家了？这里不是他的家吗？李淑芬解释说，他回山东老家了。他的母亲去世了，他回去奔丧。

　　"难怪这几天不见他，原来他回山东奔丧了。"方子衿似乎松了一口气。

　　"奔卵子丧？有丧奔才怪。"陆秋生说，他怀疑胡之彦奔丧只是一个借口。杨维华给他施加了压力，他不敢再将谎言继续下去，却又不知该怎样收场，只好想出奔丧这样一个借口。他怀疑胡之彦会在家里拖一段时间，将巡回演讲这件事给拖没了再考虑回来。陆秋生说，他要紧紧抓住胡之彦的弱点，关键时刻再派上用场。他已经给山东的朋友写了信，希望朋友帮忙他查一查胡之彦在家的情况。

　　方子衿有些不相信地问："你的意思是说，他今后再也不敢对我使坏了？"

　　陆秋生埋好最后一锹土，又在上面拍了几下，说："你放心好了，有了这个，借他一百个胆，他也不敢。"

　　太晚了，方子衿想离开了，又觉得不好开这个口，只好抬头看天上的星星。星星躲在竹叶之中，像是无数的手捧着无数的珍珠，月光在陆秋生身上涂出许多的花纹，看上去像是梅花鹿一般。她说哎哟，没想到这么晚了，要熄灯了。陆秋生说是啊，回去晚一点没事吧？她违心地说没事。陆秋生高兴了，试探地问，那我们在这里坐一坐？方子衿看了看周围环境，站在那里没动。她不明白那些年轻男女怎么席地就坐，地上多脏，女人和男人的生理结构不同，这样坐下去，如果有什么虫子或者细菌……

　　陆秋生在她身边站了一会儿，忍不住了，试探地问："子衿，我妈……我妈……"

　　见他吞吞吐吐，方子衿追问道："你妈怎么了？"

陆秋生道:"我妈让我问问你,么时候去我家。"

方子衿道:"等我有时间去南昌了就去啊。"

陆秋生道:"不是,不是指这个。"

方子衿不明白了,看了他一眼。他脸上仍然是斑斑驳驳,如果是白天,可以看到脸上的红晕,现在看不出来,只是一脸的阴影。"指哪个?"

陆秋生鼓了鼓勇气,道:"当我家儿媳妇。"

方子衿的心突然一阵疾跳。这是在催婚了。她再一次抬头看了看北方的天空。天空被竹叶挡住了,她看不到属于白长山的那颗星。难道这就是自己的命运?命中注定只能抬头遥望那颗星,怀中揣着一段情,却又跟另一个男人过一辈子?陆秋生见她不说话,自己找梯子下楼,说他不着急,主要是他妈急。老太太总是一封接着一封信催他,催得人心烦,他干脆给老太太回信,说自己一辈子不结婚了,把老太太吓坏了。方子衿说,你不应该这样对待你妈。陆秋生沉默了一会儿,大概知道她是不会回答自己刚才的问题了,便说送她回去。听了这话,方子衿转身就走。陆秋生有些急了,猛地伸出手,一把抓住了她的手。

自己的手被他抓住的同时,方子衿迈开的脚步停住了,立在那里。她想抽回自己的手,又觉得不太适合,那只手动了动,还是留在了他的手上。陆秋生一手提着锹,一手拉着她,向前走去。方子衿被动地让他拉着往前走,那只被他抓着的手上,像是被千百颗钉子钳住一般,扎得她的手酸麻酸麻的。

陆秋生是异常陶醉,他像是喝了蜜一般。

"子衿。"他说。

"么事?"

"真想这么拉着你,走一辈子。"

方子衿真想大声惊叫:还走一辈子?你想扎死我呀。

终于看到宿舍的门了,方子衿担心被人看到,急急地抽回手,急急地说,我到了,你回吧。说完迈开腿向前跑。陆秋生在后面提醒她没有拿锹,她才转过身来,一把从他手中接过锹,说了声再见,几步跑进了宿舍。

半个月后,有消息传来,胡之彦从家乡寄了一张医院开出的病假条,他得了黄疸肝炎,为了避免传染,需要家居隔离五十天。校方无可奈何,只得第二次要求巡回演讲延期。就在这同一天,余珊瑶和方子衿同时收到吴丽敏的来信。吴丽敏在信中说,喻爱军被敌人的弹片伤了头部,弹片是取出来了,可是,他的大脑神经受损,导致半身瘫痪。她找很多医生咨询过,都说这种病无药可医。她和喻爱军的哥哥商量过了,也同他的部队首长谈过,准备将喻爱军转回宁昌,先在宁昌和喻爱军结婚,然后再想办法慢慢治病。

　　看到这封信,方子衿当即流下了眼泪。吴丽敏等到的人,虽然不再健全,可毕竟是她深爱的。只要是能和自己爱的人结婚,肢体是否健全又有什么关系?她是和他的感情生活一辈子,这才是真正的幸福啊。

08 就算一生当你的第二，
　　　我也会觉得幸福

　　离开宿舍，方子衿来到教室，在最后的角落坐下，摊开书，边看边做着笔记。同学们陆续进来，一些人在发牢骚：大中午的，开么事会嘛，每个星期不是有政治生活吗？团组织生活也可以安排在晚上呀。真是的，大部分人既是团员又是党员，党团员的组织生活，可以安排在一起嘛，为么事一定要用中午的时间？

　　方子衿只是听听，没有说话。她既不是团员更不是党员，只不过是积极分子。她并不觉得一定要成为某个组织的成员才能对社会有所贡献，可李淑芬几次找她谈心，鼓励她写入党入团申请书。她想她如果不写，这种谈话一定会继续下去，太浪费她的时间。没料到，写了之后，党团组织生活，积极分子都要参加，她用在这方面的时间更多了。

　　李淑芬晚到了十分钟。以前她身材瘦不觉得，现在挺着大肚子，现出了庐山真面目，从门口进来的时候，就像一辆俄制重型坦克开了过来。这辆坦克边往前走边往嘴里塞着馒头。那馒头似乎有些天了，干干的，咬一口，便有一些白粉扬扬洒洒地飘下来，在她的面前挂起一个白色的幕帘。李淑芬往讲台上一站，睁着那双圆圆的眼睛扫视全场。都到了啊，不错，挺齐的。她说。有一位同学说不对，有两个同学请假。李淑芬的眉头猛地皱起了，嘴角向两边撇了一下，嗓子一下变得尖利起来，请假？向谁请的假？我怎么不知道？那位同学说，胡之彦和吴丽敏呀，向学校请的假。我说啥事儿呢，原来这个。李淑芬挥了挥手，今天我们团支部过组织生活，讨论一下发展新团员。

她的话音未落，有同学提出不同意见了。怎么现在讨论发展新团员？国庆节不是刚刚才发展了一批？李淑芬顿时圆眼一瞪，批评那位同学，团组织从来都没有规定发展新团员应该确定在什么时候。事实上，团组织的大门，永远都是敞开的，团组织的发展原则是成熟一个发展一个。

方子衿心中也有此疑问。不久前才刚刚发展过新团员了，而且，发展新团员这件工作，毕竟不是班团支部能够决定的，除非学院团委统一部署，至少也得系团总支作一番安排，因此，党团员总是批量生产的。李淑芬报出了一串名字，都是写过入团申请书的。方子衿突然明白，所谓成熟一个发展一个，也是因人而异。这次的组织生活，大概是专为吴丽敏而开。刚一入校，吴丽敏和李淑芬的关系就没有处理好。吴丽敏性格太直，看什么不顺眼，就会表现在脸上。李淑芬以前似乎没有刷牙的习惯，进入大城市后，刷牙成了一种附庸风雅。她自己既不买牙膏也不买牙刷，想起刷牙的时候，逮谁就是谁的。进校的第二天，为了此事吴丽敏和她大吵了一架。以后李淑芬如果碰了吴丽敏什么东西，她就当着李淑芬的面扔掉。从那以后，她们两人就没有正经说过一句话，每次讨论入团问题，李淑芬算是捞着机会了，数落出吴丽敏的一大串不好。吴丽敏也意识到在她的手下，入团入党都不可能，交了入团申请书之后，再没有交入党申请书。党团员的组织生活通常都安排积极分子参加，吴丽敏一概不参加，别人问起，她就说，凡是有李淑芬的地方，她会感到浑身起鸡皮疙瘩。

团员们都知道李淑芬和吴丽敏有过节，虽然不清楚细节，也知道讨论吴丽敏是白费力气，李淑芬这一关根本过不了。因此，大家将一个一个的名字全都提到了，就是不提吴丽敏的名字。李淑芬有些坐不住了，主动说，我来说几句吧。我觉得吴丽敏同学最近的表现非常好，完全符合一名团员的标准。有关她的许多事，大家或许还不知道。比如说，她最近请假了，到底为啥请假？请假去了哪里？班上同学都不知道，我也是昨天听团委的钟书记提起才知道的。吴丽敏同学去了沈阳，去那里的一家部队医院照顾一位志愿军的侦察英雄。接着，她将喻爱军的英雄事迹大大地宣扬了一番，将他说成是侦察连长，自然也把吴丽敏说成是新时代女性的杰出代表，是伟大的无产阶级爱情勇士。她说，吴丽敏同学已经正式向组织递交申请要和喻爱军结婚，准备照顾他一辈子。这是一种什么精神？这是革命的忘我主义精神，是无私奉献精神，是真正的优秀品质。这才是真正的无产阶级的爱情，是革命女性的典型代表。这样的人不能入团，啥人可以入团？

方子衿实在没想到，经李淑芬这么一说，吴丽敏变成了一个女英雄。在她的眼里，吴丽敏只不过是在追求自己的爱情，与那些什么精神品质完全无关。方子衿真想大声地对他们说，别这样看吴丽敏，她只不过是一个普通的女孩，像其他普通女孩一样，爱情是她心中最纯最美的部分，如果抽象了这一部分，而将其他的东西具象化，那不是真实的，而且是对她以及她美丽的感情的亵渎。在这样的会上，方子衿毕竟没有发言权，即使有，她也不是那种善于表现的人，她会将所有的想法深深地埋在自己的心里。

最后的结果并不出乎她所料，投票表决时，所有团员都投了吴丽敏的赞成票。

第二天，学校贴出大红喜报，院团委研究决定，批准吴丽敏加入团组织。第三天，校黑板报专栏推出向吴丽敏同学学习向志愿军英雄致敬专题。所有文章中，五分之四与吴丽敏有关，另外的五分之一与喻爱军有关。吴丽敏和喻爱军的爱情故事，被渲染成一段革命的爱情，似乎吴丽敏不是因为爱上喻爱军才会去找他去看他，而是因为吴丽敏对革命的爱对英雄的爱，才会爱上喻爱军这个革命和英雄的化身。另外一篇介绍吴丽敏平常学习以及生活的文章，方子衿看了之后，觉得那根本就不是吴丽敏，而是另外一个人。

方子衿还没有从这一连串变化中回过神来，她作为入团入党积极分子，再一次被邀请参加组织生活，这次不是团组织的生活，而是党组织。学院还没有成立党委，只有党支部。胡之彦是师资班党小组的组长，为了逃避巡回演讲，他在山东老家装病，至今还没有回来。组织生活便由李淑芬召集。和上次团组织生活的议程几乎一模一样，只是内容略有不同。上次李淑芬挺着大肚子主持的是发展新团员大会，这次讨论的是发展新党员。让方子衿目瞪口呆的是，吴丽敏明明没有写过入党申请书，却被摆在了讨论名单的首位。这次，那些党员们都知道是怎么回事了，不需要李淑芬启发，他们开始摆吴丽敏的好，在他们的嘴里，吴丽敏变成了一个只有优点没有缺点的人，她脸上几个若隐若现的雀斑，都成了灿烂整个宁昌市的美丽花朵。

星期天的上午，师资班安排了专业课。下课时，陆秋生等在教室外。方子衿对此非常反感，却又不能拒绝。他毕竟是她的未婚夫，他到学校里来找她，可以说天经地义。而他找她越频繁，她和他的关系，在学校中知道的人就越多。他越来越走近她的同时，白长山就会越来越远离她。

陆秋生仍然推着他那辆三枪牌脚踏车。在医学院，他的这辆脚踏车要比他本人引人注目得多，如果方子衿再坐在后面，那就不仅仅只是引人注目，而是轰动一时。方子衿暗想，他或许就是期望达到这样的效果吧，这种效果与她内心深处的期望背道而驰，因此，自从第一次之后，她再不肯坐到后座上去。

他推着脚踏车向外走，她将身子摆在脚踏车的另一边，让脚踏车形成他们之间的天然界线。经过校门口的宣传栏时，方子衿看到一张刚刚贴出的大红喜报，上面的糨糊还是湿的。她先是扫了一眼，然后认真地将喜报的每一个字看了个仔细明白。这是吴丽敏入党的喜报，从这张喜报贴上的那一刻起，吴丽敏已经成为一名预备党员。

陆秋生也看了喜报，他说，她很快要成为名人了。方子衿不明其意，反问他，你认识她？陆秋生说，我不认识，不过，警备区这些天都在谈论她。让方子衿意外的是，陆秋生了解许多方子衿所不知道的事。他告诉她，吴丽敏的事迹，马上就要上报纸广播了。军人问题一直是困扰着党和国家的大麻烦。解放战争中，共产党军队快速膨胀，由抗战胜利时的一百多万迅速发展到解放战争结束时的五百多万，加上一些准军事力量，人数可能超过千万。建国后不久，抗美援朝又起，国家不得不再次大量征兵。现在战事结束，这些兵的去向问题，还有历次战争中负伤致残的功臣问题，尤其是他们的婚姻问题，就成了急待解决的重大问题。吴丽敏给社会提供了一个榜样，社会需要大力宣传他们的婚姻，鼓励更多的年轻妇女成为残疾军人的妻子。所以，在今后几年时间里，像吴丽敏这样的人，肯定会成为社会的宠儿，舆论关注的对象。

听了陆秋生的话，方子衿颇有些不甘心，说你这样说是么意思？好像丽敏嫁给喻爱军完全是因为政治而不是为了爱情。陆秋生说，个人或许看重爱情，可社会强调的是政治。方子衿说，丽敏如果知道她的爱情被这样理解，肯定欲哭无泪。陆秋生却坚持自己的意见，某一个普通人的爱情如果被上升到政治的高度，那一定是爱情的升华。

两人午饭前就开始争论这一话题，吃过饭后还在争论，谁都无法说服对方。直到方子衿发现陆秋生将自己带进了老城一条狭窄的巷子，诧异自己身在何处时，这个话题才终止。你做么事把我带到这里来了？她问。陆秋生带点神秘地说带她来见一个人。方子衿以为要见的是陆家的什么重要人物，一点精神准备都没有，站在那里不肯走了。陆秋生说，这个人是宁昌有名的一大怪，对得上眼，割头换颈都可以。对不上眼，连看都懒得看对方一眼。他领她来，就是想和这个人对一对眼。如果对上了，对她肯定有百利无一害。如果对不上，也没有任何损失。方子衿站在那里，认真看着他的眼睛，希望他作更进一步解释。

陆秋生拉了她一把，说你去看过就知道了。

他们一齐向前走去，窄巷子走到了头，出现一个很豪华的门楼。门楼上有一副对联，上联是"两指通乾坤"，下联是"一针治天下"，横批竟然是"三脚猫功夫"。方子衿心有所动。挂着这样一副对联，表明此地应该是一间医馆或者是中医世家，尤以针灸见长。敢将"两指通乾坤，一针治天下"这样的对联挂在门口，可见定然是技冠一方了。但横批却用一个"三脚猫功夫"，又显得玩世不恭。

陆秋生见她注意这副对联，介绍说，这副对联是清朝末年的总督亲笔所题，原本还题写"医状元"三个字的横批。他题写这个横批，自然有个讲究，这个巷子就叫状元巷，而世代住在这条巷里的项家，被世人喻为神医。不知从哪朝哪代起形成了一个规矩，凡是经过这条巷的，文官下轿武官下马。有人说，这是因为巷子曾出过状元郎，皇帝钦赐下马石立在巷口。也有人说，因为神医世家项家住在这里，项家有定人生死的本事，是无冕之王。到了民国，除旧鼎新，一些陈规陋习被废除了，再也没有人将这一规矩当回事。后来军阀混战，有两派军阀都想请项家出山，结果在项府门口狭路相逢，大打出手。子弹不长眼，不知谁射出的子弹击中了横匾，横匾落地而碎。后来是蒋介石这一方取得了胜利，登门道歉，要为项府重修横批。项府不想劳他的大驾，项钦羊老先生随手抓了一把药渣，写下"三脚猫功夫"五个字，匆匆让人挂了上去。

一听说宁昌项府，方子衿便肃然起敬。父亲在世时，曾多次提到过项钦羊。父亲说，他每次到宁昌，均要前往项府拜访，可是，项钦羊从不肯出来与他相见。老爷子是医界的怪杰，没点缘分，连面都见不到。她不明白陆秋生何以要带自己来这里，也不明白此行是否能有收获。不管收获与否，既然到了府上，自然要试一试了。她整了整自己的衣服，又伸手在头发上抹了几次，跟着陆秋生跨了进去。

跨进门楼，里面是一个很大的天井，天井四周围着两层木楼，雕梁画栋，古色古香。院子里种着许多玉兰树，天井的正中，悬着一只硕大的药葫芦。院子里有些下人在干着各自的工作，对于人来客往，完全不顾。陆秋生领着方子衿走进正面的客堂，立即有一位女佣上前迎接。陆秋生向用人打听项钦羊的情况，表示是陆鸣泉的三公子陆秋生希望一叙。用人说，项老先生是否在家，她并不清楚，她去向管家通报一声。

陆秋生和方子衿坐在客堂里喝茶。他对方子衿说，项家原是中衢省的旺族，如果追根溯源，也许可以追溯到战国时期。不知从哪一代起，项家开始习医，可是这个家族十分奇特，祖训有三条，第一条传长不传幼，第二条传嫡不传庶，第三条传男不传女。如此一来，掌握项家医术的，永远都只有一家。到了项钦羊这一辈，人丁不旺，又战祸连年，他的三个儿子，一个小时出天花死了，一个年轻时失恋自杀了。最后一个，日本鬼子轰炸宁昌的时候给炸死了。三子给项家留下一脉，长到十五岁的时候，家里要给他成亲，希望他早生贵子接续项家烟火。可他根本不爱家里为他订的那个大他六岁的女人，新婚之夜逃走了，从此再没有消息。全国解放后，人民政府曾努力想帮项钦羊找到他的孙子，几经努力也没有结果。于是又想请项老爷子出山，将他满腹的医术奉献给社会,可省市无论哪一位领导上门,他都闭门不纳。项老爷子毕竟年事已高,今年刚刚过了九十岁,他自知在人世的日子无多,不想将医术带进棺材,就放出风,要收一个关门弟子,男女不限年龄不限亲疏不限。得知这一消息,不知多少人上门。

至此,方子衿才明白,陆秋生是想让她成为项老先生的入室弟子。然而,此事谈何容易?项老先生是高人,择徒自然是与众不同。她虽然有点家学渊源,现在学的却是西医,若是有点门户之见的,定然不会接受她。方子衿正想着时,用人出来了,对他们说,项老先生说了,陆先生上次已经见过了,此次不见,让方小姐单独进去。方子衿紧张地站起来,看着陆秋生。陆秋生对她说,自己不去没问题,关键是想让她见老爷子一面,只要达成这一目的,就是今天最大的收获。方子衿觉得心里没底。陆秋生对她说,老爷子虽然是一个怪人狂人,可没必要过于拘谨,自自然然去见他,可能是最好的。

跟在用人身后,方子衿从客堂后侧的木楼梯上楼。到了楼上,有一个小的客堂,堂的正中挂着一幅华佗像,两侧摆了两扇很大的胡杨木屏风,屏风中的人物并非中国古代仕女图,也不是历史人物,看上去,更像是项家祖人。客堂中央摆着一张红木桌子,四周围了四张红木凳,桌上摆着一套景德镇细瓷蓝花茶具。正面摆了两张太师椅,中间一只木茶几,其中一张椅子上坐着一位五六十岁的汉子,动作灵活,步履矫健。方子衿正判断此人是否项钦羊,用人向她介绍说这是容管家。容管家见她上来,立起身,弯腰向她施了一礼。方子衿有些手忙脚乱,连忙向他还礼。

容管家说了句请跟我来,领着她向侧面的一扇门走去,女佣退了出去。方子衿跟在容管家身后,走过一条窄窄的廊道。廊道的两边是镂花廊围,廊围上雕的竟然是《三国演义》中的故事。躬耕垄亩、三顾茅庐、草船借箭、刘备托孤,栩栩如生。廊道尽头是四扇屏风门,方子衿跟着容管家进去,往里一看,见里面是一个很大的房间。房间正中,是一张很大的画案,上面铺着毡,摆着画笔画具。房间的四周挂满了字画,画风字风可以用四个字概括:怪异朴拙。其中有一面墙被画遮严了,可以看出,那些画的背后,是整面墙的书柜。画案前,一位老者正专心作画,对方子衿他们的到来，理都没理。

　　容管家向项钦羊通报一声，却未对方子衿说半句话，将她扔在房间里，退走了。方子衿孤零零地站在那里，愣了几秒钟，又仔细地打量了项钦羊一番。项钦羊的头发眉毛胡须全都白了，却又不是戏中太上老君那般仙髯飘飘，而是一撮翘翘的山羊胡子。虽说老人家年已九十，面上却很少见到老年斑，面堂红润，神采奕奕。他的全副心事，似乎贯注于面前的一幅山水画中，完全不知室内还有第二人存在。

　　方子衿看过他之后，双腿一屈，跪在当地，面向项钦羊磕了三个头。对此，项钦羊似乎浑然不知，继续低头作画。方子衿站起来，轻盈地走到项钦羊的侧面，伸出纤纤玉指，擒了砚旁的徽墨，将墨块在砚盘中轻轻磨动。

　　"你一新派女子，见了老朽，何以行此大礼？"项钦羊终于说话了。他说话时中气很足，气定神闲，手中的笔仍然在山水间游弋。

　　方子衿说："刚才不是晚辈行的礼，而是晚辈替家父行的礼。"

　　"何以要替令尊行礼？"他问。

　　方子衿说："家父十分敬佩前辈，曾五次前往府上拜望，却无缘得见尊颜，因而引以为憾。如今家父已经作古，所以晚辈在尊前替家父献上一礼。"

　　项钦羊停下手中的笔，认真地看了方子衿一眼，问她："家中尚有何人？"

　　方子衿摆了摆头："已经无牵无挂。"

　　项钦羊再看了她一眼，对她说："那边书柜第三扇第五层第七本书是一本《经络概要》，你去帮我拿过来。"

　　方子衿向书柜那边走了几步，见整面墙上，挂着七幅吊屏，吊屏中画的是七幅山水。显然，吊屏后面是书柜，而这七幅画，应该就是书柜的柜门了。第三扇门是哪一扇，上面没有标明。项钦羊报出第三扇第五层第七本这样三个数字，是否有考她之意？老先生是一个读古书的人，数字当然是左起。问题在于怎样处理这别具一格的画门。将吊屏掀起来，似乎有些对老先生不恭。她向四周巡视了一番，见门边有一支竹子制成的撑杆，拿

174

起来握在手中掂了掂，应该就是它了。她拿着撑杆走到吊屏前，撑起左起第三幅画，挂在旁边的一个空位，又从下往上数到第五层，准确地拿出第七本书，果然是一本《经络概要》。

拿到这本书，项钦羊又命她拿来一个本子，将书上的文字用蝇头小楷抄在本子上。项钦羊吩咐过后，不再理她，倾心继续作画。方子衿开始抄写那本书。刚开始，她还有些担心陆秋生在外面苦等，没过太久，她被书中所谈的人体经脉给迷住了。以前，她也曾跟父亲学过针灸，但仅仅记得一些穴位，对人体经脉却是不甚了了。看了这本书，她才知道，人体经络原来如此奥妙。她完全迷进去了，根本不知时间之流逝，哪里还会想到陆秋生的存在？天黑了下来，她不知道，房间里亮起了灯，她也不觉。

容管家进来请她去吃饭，她才意识到很晚了。项钦羊早已经离去，书房里仅仅只有她一个人。她将那本《经络概要》放回书架，又将画门挂好，将抄了一小半的手稿摆在画案上，随容管家来到饭厅。陆秋生坐在那里等她，见到她时，伸出一只手，跷起大拇指向她挥了挥。饭厅里只有陆秋生和她两个人吃饭，有两个下人在一旁服侍。吃完饭后，容管家送二人出门，临别时对方子衿说，项老先生交代下来，希望方小姐回去后写一篇抄写《经络概要》的心得。

离开项府，陆秋生孩子似的一蹦三尺高，兴奋地大叫起来。方子衿不知他为何如此高兴，他说，这半年多来，登门的人没有几千也有几百了，绝大多数人，项老爷子连看都没有看一眼就打发走了。少数人留下来说过几句话，一留几个小时的，她是唯一一个。"他不仅把你留了几个钟头，还给你布置了家庭作业。你说，这事能不成吗？你回去后，赶紧把家庭作业做完，给老爷子送去。"

方子衿的心里，有一股暖流滚动着。她想起母亲在世时说过，看人不能光看外表，有一副漂亮的脸不一定有笃诚的心。秋生是个实在人，又真心对你好。如果你们能成，你会一辈子幸福的。如果这个世界只有他们两个人，天长日久，她也相信自己会爱上他。问题是她的心中已经有了白长山，不可能再装进另外的人了。对陆秋生，她只有深深的愧意和越来越重的负债心理。

读《经络概要》一书的心得，方子衿很快就写好了，可她没有时间送去，拖了好一段日子，眼见分身乏术，只能通过邮局寄给了项老爷子。她抽不出时间，学业紧张只是一个方面，还有更为关键的一件大事，吴丽敏回来了。

组织上对吴丽敏的归来，作了极其周密的安排。考虑到喻爱军回来后的生活以及医疗，在医学院的南门边给他们安排了住房，原因是那里正在建医院，建成后将从上海搬迁一个医院过来，作为华中医学院的附属教学医院。有了这所医院，喻爱军的进一步医疗护理，将变得容易简单。房子是老式的平房，穿过一条窄巷，向南走二三十米，便是正在扩建的解放大道。解放大道后来逐年扩建，成为宁昌市最长最宽的一条东西主干道，可20世纪初建起时，只是一条不到两公里的土路，后来变成碎石路，并被命名为方正路，解放后，道路进一步拓宽延长，并且更名为解放大道。方子衿刚来宁昌的时候，解放大道拓宽加长工程才刚刚开始，以前的方正路尾端正是武成路，因此，华中医学院的背后，成了解放大道扩建的重点部位。接下来，又在解放大道和华中医学院之间建医院，所以，华中医学院的背后成了一大片建筑工地。吴丽敏的新居和解放大道之间，有一些散落的民房和一些医院建设指挥部的临时工棚。这些建筑在一夜间全部搬走了，医学院的学生在这里搞了很多次义务劳动，才将地整平了，弄出一片很大的广场。

吴丽敏回来那天，欢迎仪式是从宁昌火车站开始的。一些中学生穿着节日盛装，手执鲜花，列队站在月台上。八名穿着崭新军服戴着白手套的解放军战士，在火车停下之后，迈着正步，列队走向车门，其中四名留在月台上，另外四名走进了车厢。不一刻，喻爱军被一名战士抱着，从车门出来，下面的四名战士立即伸手将他接住。车上递下来一架轮椅，据说，这架轮椅颇有来头，是通过特殊渠道从外国弄来的。有战士接过轮椅，摆放在月台上。两名抱着喻爱军的战士，将他放到轮椅上。吴丽敏从车上下来了，站在轮椅的后面。军乐队开始奏起音乐，四名仪仗队员将轮椅抬起来，沿着月台向外走。学生们开始挥舞手中的彩带，载歌载舞。

车站门口停着一排军用卡车，上面挂着大红布，贴着"热烈欢迎志愿军英雄喻爱军载誉归来"、"向伟大的中国人民志愿军学习致敬"等一类的标语。喻爱军的轮椅被送上了第一辆卡车，身披大红花的吴丽敏，随后也被两名解放军战士抱上了卡车。这个车队，便在两列军用摩托车的护卫下，缓缓驶出车站路。路的两旁，有整齐列队的解放军战士以及手持鲜花热情似火的中学生。

从车站路到医院新址，两公里多的路程，一路上都是鲜花彩带，热情的人群。在附属医院门口那块临时平整的广场上，早已经搭建了一个临时的台子，台上挂着巨幅的欢迎标语，广场上充满了载歌载舞的学生，掀天的锣鼓响彻云霄。方子衿和学校里的另一位漂亮女同学被选来献花，她们各自抱着一大束鲜花站在烈日曝晒的台子下。台子上站着一些她叫不出名的官员，大多数人穿着洗得发白的军装，一个个翘首以待。

喻大哥原是和吴丽敏一起北上的，后来他独自提前回来了，此刻，他带着喻母以及兄弟姐妹也都赶到这里迎接英雄的喻家儿子。

在千百人焦急的等待中，锣鼓声和音乐声首先自东面传来，飞进人们的耳膜，人群开始激动，有人大声地喊起口号，马路两边列队的男女学生打起了腰鼓。那辆载着英雄的彩车，在十几辆三轮摩托的护卫下，缓缓驶过来。路两旁列队的解放军战士笔挺地站着，左手提枪，握在胸前，右手行礼。齐展展的一排，看上去像是一个人般整齐，又像是一些木偶，立在那里动都不动。

市里和警备区的领导以及喻爱军的家人走下了台子，在台下站在一排。方子衿和她的同学手捧鲜花站在这排人前面。汽车驶到他们面前停下来，一队穿着崭新军装，戴着白手套，扎着武装带的解放军战士正步走到汽车后面。汽车的后挡厢板被打开了，车上的解放军战士抬起轮椅，交到车下的解放军战士手中。下面四位解放军战士同时伸出他们的手，抓住了轮椅，将轮椅和喻爱军一齐举起来，扛在自己的肩上。方子衿的同学走过去，解放军战士将肩上的轮椅放在地上。她的同学将一个花环挂在喻爱军的脖子上，又将一大束鲜花塞进他的胸前。喻母顾不得有关部门的安排，挣脱了搀扶的喻大哥，扑到儿子面前，抱着他大哭。场上一度有些混乱。正是在这混乱之中，吴丽敏的身影出现在车子的后部。下面两名解放军战士伸出了他们的手，将她从车上接下来。方子衿走上前，将一大束花送给她，然后紧紧地搂她入怀。"你有么感觉？"方子衿小声地问她。吴丽敏说："好幸福。"她的声音有些发抖。方子衿看了看坐在轮椅上的喻爱军，一些工作人员正努力将喻母同儿子分开，以便领导和英雄握手以及既定程序顺利进行。方子衿看到了喻爱军脸上的泪珠，在阳光下晶莹发亮。领导上前和他握手时，似乎出了点错误，他们伸出的是右手，可喻爱军的右手瘫痪了，根本抬不起来。领导们不得不收回右手，又伸出左手和他相握。方子衿小声地对吴丽敏说，你想过没有？你今后的日子会很难。吴丽敏似乎突然有了一股子豪气，对她说，我晓得，我有信心。方子衿突然觉得，吴丽敏是无愧于这盛大欢迎仪式的，与自己相比，她真的是一个英雄。

欢迎仪式结束，一些学生代表以及解放军战士代表簇拥着英雄喻爱军前往他的新家。在这些人的后面，分别是喻爱军的亲人、市里的领导以及学院的领导。方子衿作为吴丽敏最好的朋友，一直走在吴丽敏身边，和她一起推着那辆轮椅。那一刻，方子衿觉得自己也沾上了一些英雄气。喻爱军的房子有三间，一间是厨房饭厅，一间是卧室客厅，另外一间算是客房。进入房子只是一种仪式，一行人推着喻爱军在房间里转了一圈，随后便又推了出来。接下来，仪式还要进行下一道程序，为喻爱军准备的欢迎酒会。

方子衿从那条窄巷子里出来时，一眼看到站在巷口的容管家。她略愣了一下，走过去，叫了一声容伯伯。容管家从怀里掏出那本《经络概要》，又掏出她没有抄完的抄本，递到她的手中。他说，项老先生知道她很忙，所以派他来找她。项老先生让她继续将这本书抄完。抄完之后，将抄本寄给他，原件暂时留在她这里，等她有机会去项府时再还回去。容管家交代过后告辞离开了。方子衿站在那里，浮想联翩。她想到，项老先生此举，似乎表明已经收她为徒。不让她将原件寄还，似有两层意思，他既担心这本书寄失，也希望她能有更多的时间消化书中内容。

接下来的十几天，是方子衿有生以来最忙的日子，也是她最充实的日子。白天她要上课，课间便仔细研究那本《经络概要》，业余时间里,如果时间很短,她就开始抄写,如若时间稍长一点,她得陪吴丽敏筹办婚礼。

婚礼在警备区礼堂举行。这似乎是一种平衡,欢迎仪式以地方为主,而婚礼却以部队为主了。警备区礼堂在小玉山。从武成路到小玉山,不仅有十几公里的距离,还隔着一条长江。一大早,警备区便派了专车过来接他们,方子衿作为吴丽敏的伴娘,自然也跟在一起。一路行去,路上有公安和解放军封锁交通,过江用的也是专用轮渡。到了礼堂前,轮椅被抬下来,由吴丽敏和方子衿推着,向大门走去。喻爱军一身军装,胸前戴着一朵大红花,端端正正坐在轮椅上。吴丽敏穿着一件枣红色天鹅绒的旗袍,头发按照某种传统挽成了一个髻,脸上挂着的是甜蜜幸福的微笑。为了这一庄严甜美的时刻,方子衿在裁缝店专门制作了一件黄色印红碎花的旗袍,为了衬托吴丽敏,她的位置不是轮椅的正中,而是侧面。一名解放军战士在他们进门的那一刻走过来,站在了吴丽敏的另一面。这名穿着军装的伴郎高大英俊,一脸的肃穆,一只手轻轻推着轮椅,另一只手有节奏地摆动,行走着标准的军人步伐。在他们周围,是许多手执鲜花,穿着军绿色长裤白色衬衣的男女学生,他们挥舞着手中的鲜花和彩带。

轮椅进入礼堂。礼堂里站满了列成方阵的军人代表和各个学校选派的观礼学生代表。中间留出了一条通道,他们推着轮椅走过去,到达正中位置时,轮椅驶上了鲜红的地毯。军乐声在礼堂里响起,优美、浪漫而且欢快。雷鸣般的掌声响起,喻爱军的脸上,两滴滚烫的泪流了出来。团市委一位副部长带头呼起了口号:向志愿军英雄喻爱军学习,向志愿军英雄喻爱军致敬。所有学生一齐高声呼喊着。

轮椅在音乐和口号声中走完了红地毯,沿着用木板临时搭起的斜坡驶上主席台。主席台上坐着一排大人物,方子衿认得的,仅仅只有周昕若,他是主婚人之一。这是一场隆重的婚礼。不仅仅因为有多名主婚人和多名证婚人,还因为在主婚人和证婚人的背后,站着两排观礼成员。司仪领着喻爱军,一路走过去,一一向他介绍这些身居高位的领导。领导们热情地和他握手。方子衿跟在轮椅后面,也有幸目睹了这些曾经在炮火中出生入死的共产党高官,他们一个个英姿勃发,踌躇满志。

自从手扶轮椅的那一刻起，方子衿就被一种空前的激动笼罩着。她也清楚自己只不过是伴娘而不是新娘，作为伴娘她应该矜持而又优雅，可她控制不住自己，就像自己是新娘一般，心头的兴奋如同南海的波涛一般，激荡不已，一波高过一波。吴丽敏的婚礼按照预定程序进行着，周昕若宣布婚礼开始，军区的首长代表男方致词，然后是学院一名副校长代表女方致词。在这个极其关键的时刻，方子衿走神了，她的眼前出现了幻象。幻象中，这场盛大的婚礼，是为她和白长山准备的。白长山骑着一匹高大的白马，正是她在梦中见过的那匹。白长山穿着志愿军军服，果然是没有领章帽徽的。在英姿勃发的白长山身边，是穿着洁白婚纱的方子衿，她站在一大丛鲜花之中，鲜花为了她的爱情而灿烂着，她于是成了鲜花丛中的花后。马上的白长山转过头，对方子衿微微一笑。方子衿顿时感到眼前金光四射，幸福成了峨眉山千佛顶的云海，藤蔓叶梢、山峦沟壑间，水一样流淌，烟一样飘绕着的，是绚烂如虹缥缈如霞迷离如雾的浓情。

白长山说："子衿，我是世界上最幸福的人。"

方子衿说："我也是。这幸福是你给我的。"

白长山说："我会把每一个日子织成云锦，让你的生命永远灿烂明媚。"

方子衿说："我会让我的爱流成一条河，让你一生荡气回肠。"

幸福漫过方子衿的小腹，漫过她的胸口，漫过她的喉咙，从她的眼眶流出来，晶莹透亮，霞光万道。

白长山说："我会让你一生一世为我流泪，右眼流出的泪珠上写着幸，左眼流出的泪珠上写着福。"

方子衿说："能这样和你在一起，我已经被幸福融化了。"

一阵《国际歌》的旋律将方子衿拉回到现实。吴丽敏的婚礼在这悲壮的旋律中结束，她的婚礼也因此成了一种庄严的回忆。

方子衿正埋头读着《经络概要》，听到面前桌上啪的一声响。她将目光从线装书移到桌前，桌上斜躺着一封信，黄褐色的牛皮纸信封，中间一个红色长条框，右边一排印刷字。方子衿的目光上移，谢谢两个字正要溜出口时，见站在自己面前的是李淑芬，那两个字又被她生生地吞了回去。

李淑芬站在她的面前，挺着越来越大下面浑圆顶端溜尖的肚子，意味深长地笑着，多少有点不怀好意地说，子衿，你可是订过婚的人，可不要玩三角恋游戏哟。

方子衿嘴角撇了撇，恨不得上前抽她几个巴掌。她很想立即将那封信抓到手里，第一时间拆开。可是，李淑芬站在自己面前，她不能让内心深处那滚雷一般浓烈的情感流露出来。她强行压制着那种冲动，直到李淑芬再次带着别具深意的眼神狠狠地剜了她一眼转身离开之后，她才装着若无其事地拿过那封信。只有她自己清楚，她拆这封信的时候，那颗心打起了急促的鼓点，手指有些发抖。

白长山在信中夹了一首写给她的诗，诗的标题叫《铁甲英雄连》。他在诗中写道：

　　自从你走进我的生命／便在我的生命里播下了春天／自从你的目光／投射到我的天空／我的天空便彻底远离了黑暗／你是我生命中最亮的星星／照亮了通向前线的运输线／照亮了我们英雄的铁甲连／

白长山在给她的信中写道：

妹子：

　　昨天，团里转来了上级颁给我们的一面锦旗，锦旗上写着五个大字：铁甲英雄连。我被提拔为连长。战友们接到这面锦旗的时候，都说这面锦旗应该颁给你。因为是你的散文是你的诗歌在激励着我们。我们在黑暗的运输线上奔驰，冒着敌机的狂轰滥炸，经受血与火的洗礼的时候，口里读着的，是你写给我们的诗句。你知道吗？咱们连的战友给你取了一个雅号，叫你"咱们连的眼睛"。意思是说，你是我们的汽车前灯，是你指引着我们在运输线上奔驰。

　　妹子，我给你写的那首诗，不是我写出来的，而是我从心里流出来的。你就是我生命的春天，你就是我心灵天空中的星星。妹子，你不仅照亮了我在朝鲜战场的日日夜夜,你还会照亮我的一生,照亮我未来的每一个日子。

方子衿不敢再往下读了,她担心自己继续读下去,会激动得当众哭出声来。

如果说方子衿是白长山心空中的那颗星,白长山同样是方子衿心空中的那颗星,是悬挂在她的心野之上那颗永远不灭的星。方子衿的心一直被这封信温暖着,在温暖中她吃完了午饭,甚至不知道自己到底吃了什么。在温暖中,她走出宿舍,向校门口走去,准备去拜访自己新认下的恩师项钦羊。半个多月的轰轰烈烈过去了,生活又归于平静。当然,平静的是方子衿而不是吴丽敏,此刻的吴丽敏,或许正推着坐在轮椅中的喻爱军,在宁昌市的某一个礼堂演讲吧。方子衿一路蹦跳着一路唱着歌:"解放区的天,是明朗的天,解放区的人民好喜欢。"她如果将歌词改成"方子衿的天,是明朗的天,方子衿的心里好喜欢"或许更贴切一些。

可是,刚刚走出校门,她的好心情就被一个迎面出现的人给破坏了。这个人是胡之彦。胡之彦似乎刚刚从家乡返回,身上背着一只大包,手里还提着一只小包,独自往校内走。方子衿根本没有看到他,他却看到了方子衿。看到方子衿的那一瞬间,他的心中汹涌着仇恨和愤怒。他快速地向方子衿走过去,挡在了她的面前。"他亮的,真巧呀。"他嬉皮笑脸地说,"我刁毛最想见的人是你,没想到真结巴神了,想谁是谁。"方子衿猛地见到他,心直往下沉。再听他的语气看他的神态,心中又是一阵颤抖。她不明白,这家伙是从哪里钻出来的,外出躲了几个月,第一天回来,不仅不准备夹起尾巴做人,却还是这么趾高气扬,这世界还有公理吗?

"你想搞么事?"她怒问。

"我想搞么事?"他把宁昌话学得怪腔怪调,接着又操起了他原有的杂交官话,"刁毛,老子啥也不想做。我结巴回来啦,向你他亮的报个到,成不?"说过之后,他哈哈大笑着走开。

明朗的天空中,出现了一只挥之不去的乌鸦。这只乌鸦盘旋着,聒噪着,一忽儿高飞,一忽儿低翔。它似乎在耐心地等待着美丽变成枯萎,生命变成死亡，它在期待一次腐尸的大餐。想到这只乌鸦，方子衿便不寒而栗。它到底会给自己的生命带来什么？它会是那只啄食自己的腐肉的乌鸦吗？和项钦羊相对的那几个小时，乌鸦知趣地飞走了。项钦羊并没有明确表示收她为徒，只是像位慈祥的爷爷和心爱的乖孙女促膝聊天。他问起她的家庭情况，问起她的学业情况，问起她今后的人生理想，自然也问起她和陆秋生的关系。

　　所有问题中，她和陆秋生的关系是最令她困惑的。她告诉项钦羊，陆秋生爱她，而且爱得很深很真，这一点她非常清楚。她在不得已的情况下和他订了婚，并且是认真对待这一纸婚约的。可根本问题在于，她不会爱他。她爱的是志愿军的汽车连长白长山。她不清楚自己是永远地将爱情给予白长山将婚姻给予陆秋生，还是应该向陆秋生说明一切，然后去追求自己和白长山的爱情。曾有许多次，她都想向陆秋生说明，却也知道，这将会给陆秋生以毁灭性打击。她之所以说出这一切，也是希望项钦羊给她一点指引或者启发。可她没有料到，项钦羊听后哈哈大笑，笑得她莫名其妙。项钦羊说，你不应该姓方，应该姓项嘛，完全就是我们项家的种：情种。方子衿突然明白，项家确实是情种，项钦羊的后代之中，有一位是殉情自杀的，还有一位在新婚之夜夺窗而逃，至今杳无音讯。

　　离开时，项钦羊向她发出了另一条指令："书柜的第二扇第三层第三本书是一本《药要》，你拿去抄出来。"方子衿明白，他根本不是为了让她抄书，而是希望她在抄书过程中理解书中的精要。拿着这本书，跨出项府大门时，那只乌鸦再一次出现在她的天空。

　　乌鸦盘旋了十天，方子衿的天空不再晴朗。算着日子，该收到白长山的信了，可是没有。她想，或许会晚一两天吧。然而，晚了两天，还是没有，晚了五天，十天，仍然没有。吴丽敏有十天没有收到喻爱军的来信，整个人像是傻了一般。那时，方子衿并不完全理解她的情感。现在她明白了，只要想到白长山，她的心就像是被什么人一阵一阵地猛捏着，尖利的疼痛撕裂着她，将她变成一块一块的碎片，然后又将这些碎片揉捏在一起，用大力挤压着，搓揉着。

　　吴丽敏在方子衿的痛苦经历中完成了她的辉煌之旅，回到了学校。两人见了面，方子衿对她开玩笑说，你回去对爱军说，叫他把老婆借给我抱抱。吴丽敏一把将方子衿抱在怀里，羞红着脸在她耳边说，今晚你自己去向他借吧。方子衿以为她是开玩笑，调笑道，怕怕，我怕他杀了我。吴丽敏说，我说真的，今晚去我家吃饭。

喻爱军生活不便，吴丽敏又要上学，又要照顾丈夫，根本忙不过来。喻大妈便住到了这里，为他们做一些买菜做饭之类的事。方子衿去的时候，喻大妈正在厨房里忙活着。方子衿进去和她打了招呼，又到隔壁房间去见喻爱军。进入客厅时，她没有见到喻爱军，也没有看到吴丽敏，见客厅通往卧室的门是开的，便推门而入。刚探进半个头，她就惊讶地叫了一声，红着脸退了出来。原来，这一对小夫妻正在里面，喻爱军坐在轮椅前，吴丽敏则弓身站在他的面前，手里提着一只夜壶，夜壶前面的嘴对准着他的裆部，有一股激烈的射水声在夜壶之中翻腾。

照顾过喻爱军，吴丽敏推着他从房间来到客厅。方子衿坐在那里和他们谈话，自然会问起喻爱军的病情。喻爱军说，这段时间，除了巡回作报告，还曾找很多专家看过，警备区以及市里的领导对他的情况非常关心，还特别组织了一个专家小组进行会诊。专家的意见比较一致，是弹片创伤引起的后遗症。就目前的症状来看，有几种可能。一是弹片切断了脑部控制右边肢体的某根神经。二是弹片损伤了这根神经。其三则可能是脑外伤引起脑血肿，肿块压迫了神经。这三种情况，如果是第一种，则完全失去了医治的价值，目前无论是中医还是西医，都无法接驳神经。如果是第二种情况，有治愈的可能，但没有一个专家有特效手段和药物。如果是第三种情况，也比较复杂，如果肿块进一步加大，不仅会影响其他神经，甚至有可能危及生命。如果借助身体的自然吸收以及药物作用，使得血肿消失，则瘫痪症状会自动消失。

方子衿问他们，是否找过中医。吴丽敏说市里请来的专家中也有中医，也开了一些药，可这些药在沈阳时已经用过了，并没有效果。方子衿想到自己的老师项钦羊，不知他祖传的针灸术是否能有效果，下次见他的时候，应该问一问。

喻妈妈进来叫他们去吃饭，吴丽敏连忙起身去推轮椅。方子衿站起身来，搭了一下手。吴丽敏家的餐桌是特制的，恰好适应轮椅的高度。喻爱军坐在轮椅上吃饭，吴丽敏则坐在他的身边，不时往他面前夹点菜，或者直接将菜送进他的嘴里。喻爱军不久前才学着用左手，不太灵便，却也偶尔夹上一点菜给吴丽敏或者方子衿。虽然夹菜只是一个小动作，方子衿却感到温馨无比。她再一次想到了白长山。她想，如果这菜是白长山夹给自己的，即使是一块咸萝卜，她也会吃出山珍海味的滋味来。吃过饭后，吴丽敏和方子衿都抢着洗碗，喻妈妈不让。喻爱军说，敏，子衿在这里，你陪陪她嘛。让妈做好了。这一声敏，叫的虽然是吴丽敏，却听得方子衿骨头有点发酥。她再一次想到了白长山，不知哪一天，自己能听他这么叫自己一声？

方子衿以为吴丽敏会将喻爱军推回中间的房子，可吴丽敏推着轮椅走过了中间的门，将他推到了最左面的那间，然后将他一个人扔在他母亲住的那间房里，拉着方子衿回到中间。方子衿见吴丽敏的动作有些不合常理，颇有了点讶异。吴丽敏带着她走进了卧室，并且返身将门闩上了。方子衿站在那里，目光随着吴丽敏转动。

吴丽敏没有说话之前，脸先就红了。红得像熟透的苹果，又像是飘动着的红云，红色在那暂白的脸上游动，散开。吴丽敏说，子衿姐，我有点事求你帮忙。方子衿说，我们是亲姐妹，说这话就见外了吧。吴丽敏说，不是见外了，是不好意思嘛。方子衿再次愣了一下，不说话，只是以惊讶的目光看着她。她说，最近一段时间，她觉得小便痛得厉害，自己弄了点药，也不见效果，又不好意思去医院。知道她跟余老师学过妇科，所以找她来帮忙看一看。

方子衿已经看过不少妇科，却从未给熟人看过，更没有给朋友看过。她毕竟是未婚之身，未看之前，自己倒是先难为情起来。愣了片刻，她才问，你们是不是不太注意卫生？吴丽敏说，怎么可能？毕竟她是学医的，这方面还是懂些的，每次都是她洗的。方子衿于是说，那我看看再说。吴丽敏脱了裤子，坐在床上，整个人向后仰着，双腿向前屈起，让臀部高高抬起。方子衿往那里望去，见那里鲜红鲜红的，颜色和熟了的西红柿相似。她暗自皱了一下眉头，让吴丽敏先穿好裤子，自己弄了些水，仔细地洗过手，再开始检查。

　　检查过后，方子衿去洗手。吴丽敏穿好衣服，站到她身边，问她到底是怎么回事。

　　"么样搞的，会阴都撕裂了。"方子衿说。

　　"么样搞的，还不是他太雄？一个晚上折腾五六次。"吴丽敏语气中似乎并没有抱怨，反倒有一种得意的感觉。

　　方子衿心中再次咯噔一下，暗想，哇，爱情原来如此？就连为所爱的人受伤，都是一种幸福？她越来越觉得，吴丽敏就是自己的一面镜子。她找到的男人虽然有了残障，可爱情是健全的。自己呢？白长山已经十几天没有音讯了，这在以前是从未有过的事。难道他会成为喻爱军第二？还有，陆秋生怎么办？这可是自己情路之上，最复杂的问题。这种复杂之外，还盘旋着一只乌鸦。最令方子衿感到不安的，还是那只乌鸦。他不仅现在是自己的同学，将来还会是自己的同事甚至是领导。他会不会因此成为自己一生的梦魇？他离开宁昌躲回山东避难的那段时间，自己过了一段平静的日子，自从他回来之后，自己的厄运接踵而至，今后还会发生什么更不幸的事？她简直不敢往下想。

　　正当方子衿担心会出事的时候，事果然就出了，不过是以一种她无论怎么想都不可能想到的方式到来的。

　　那天晚上，她刚刚从教室里出来，看到远远的有一个人推着脚踏车站在正前方，下课的男女学生迎着他走过去，他像是一尊神似的站在那里，一动不动地盯着教室的大门。学生们到了他的面前，自然地分向两边，一群黑压压的人头，在他的面前分流，又在他的背后汇合。方子衿虽然没有看清他的面容，却从他的身形以及脚踏车认出了他。她急急地走上前去，带点责备地小声说：你怎么站在这里？陆秋生冷冷地说，你跟我来。这声音像是在数九腊月里冰冻过一般，透着一股子深重的寒气。方子衿略愣了一下，故意拉开一点距离，跟在他的后面，走向那片竹林。

　　寒气在竹林里转悠，竹叶的颜色都变了，瑟瑟地抖着。没有月光，三级北风吹得星星懒懒散散的，没精没采。不知哪来的一只野狗在有一下没一下地吠着，只有老鼠们永远那么精神，你追我赶，唧唧地发出痛苦的呻吟，却仍然要斗得你死我活。纺织娘显然不是累了而是冻坏了，竟然听不到声音。麻雀的叫声，还在竹林里云集。陆秋生站在那里，背对着她。她走过去，默默地站在他的身边，等待着他说话。黑夜剪出他的背影，异常肃穆，异常坚挺。烟头的火光，一闪一灭，映照着他的脸，像是上了一层釉色，红铜一般泛着紫光。

她披了披衣襟，还是觉得寒风往颈子里猛灌。她想早点说完话早点回去，不仅热被窝吸引着她，还有师傅给的那本《药要》，真是本奇书，可算是《本草纲目》的补遗。你怎么不说话？她说。他仍然不语，面前的火星闪动的频率加快了许多。她等了好一段时间，没有耐心了，说，太冷了，如果冇得么事，我回去了。

他突然转过身来，问她："你是不是准备和我解除婚约？"

这个问题好突兀。她确实想和他解除婚约，可是，无论在何种情况下，她不会主动提起这件事。哪怕永远将爱情埋在心里，她也不会毁约。她不做那种无情的人。"你说么事啊，我么时候说要和你解除婚约了？"她问。

"那些信是么回事嘛？"

"信？么事信？我不晓得你说么事。"

陆秋生突然从怀里掏出几封信塞到她的手里，说："你不晓得？这些信你也不晓得？"

方子衿紧紧地抓着几封信。天是黑的，没有月光，那些信在她的手里，只是黑黑的几张纸，没有颜色也没有字迹。她心中有了某种不妙的预感，却仍然不肯相信这会是事实。她说："这是哪个的信？到底是么回事嘛。"

"么回事？你问我？你应该去问那个白长山去。"陆秋生愤愤地说。

白长山的信？真的是白长山的信？这样看来，他截下了那些信？想到自己为这些信何等的牵肠挂肚柔肠寸断，一股巨大的怒火，钱塘江潮一般，一瞬间漫过了理智的堤坝。久已积淀的郁结，火山一般爆发了。她冲着他大发雷霆。她说，你私拆了我的信？你竟然私自看我的信？你知道这是在侵犯人权吗？你有什么权力拆我的信？听了她的话，陆秋生目瞪口呆。这是怎么回事？她反倒说是他私拆？他愤怒了，说，你血口喷人，倒打一耙。方子衿说，我血口喷人？我倒打一耙？你知道吗？在我的内心深处，我一直把你当做自己的亲人。你也知道，我在这个世界上再没有亲人了，你是我唯一的亲人。这话让陆秋生心中一动，他深情地叫了一声，子衿，伸开双臂，要去抱她。她却像见到洪水猛兽一般，一连向后退了几步，哭着说，我以为，这个世界上，所有人都伤我，只有你对我好，只有你保护我。可我怎么都没想到，没想到，伤我最深的……她已经说不下去了，转身向前跑去。

陆秋生见她要走，几步跨到她的面前，将她拦住。"你等一下。"他说，"这件事好像有些误会，我要解释一下。"

方子衿固执地说："误会也好，事实也好。我不想再多一道伤口。我不想听任何解释，你让我走吧。"

"不！我一定要解释。"陆秋生坚决地说，"这些信不是我拆的。我拿到时就是这样的。"

方子衿露出一声冷笑。这个解释真是太苍白太可笑了。白长山的信明明是寄到医学院的，又怎么可能跑到他所在的干部培训班去了？

陆秋生紧紧地拉住她，怎么都不肯放她走。他向她解释说，这些信，是有人装在信封里寄给他的。他收到的时候，外面还有一层信封。他查过邮戳，是从武成路那家邮所寄出的。他以为这件事是她干的，目的就是用这种方法告诉他，她心中已经有了别人，希望他和她解除婚约。方子衿不想说任何话，只是泪水肆无忌惮地流着。陆秋生见她不说话，自然意识到她根本不相信自己所说的这一套，便又说："不信的话，我明天把那只信封拿来给你看。"

无论陆秋生怎么解释，方子衿是真的不肯相信了。将信封拿来？他难道不能跑到武成路那间邮所，给自己寄信？这不是太简单的一件事吗？能说明什么？有人将信寄给了他？可能吗？除了他，谁会关心她爱着什么人和谁恋爱？

陆秋生见她不相信自己的解释，便放开了她，对她说，看来，无论我怎么说，你都是不会相信我了。你回去吧，我也不解释了。但我向你保证，我一定要向你证明我没有对你说假话，半句假话都没有。我一定要找出证据来证明我自己。

方子衿跌跌撞撞地向宿舍跑去，泪水顺着她的双颊恣意地流着。她知道，她和陆秋生是彻底地完结了，可无论如何，她没有想到，完结竟是以这样一种残酷的方式，竟是如此的深刻和伤痛。

夜黑暗着，北风呼呼地翻动着她的长辫。月亮远远地隐没在不可知的深渊之中，星星于是成为铭心刻骨的泪水。

和方子衿闹翻的第五天，陆秋生再次收到一封信。邮局统一印刷的那种白色信封，信封上的字像是一些虫子在乱爬。陆秋生没有像以前那样迫不及待地将信拆开。他对这些信已经失去了兴趣，或者说他已经意识到，这些信对自己已经没有意义。他拉开课桌的抽屉，随手将信往里面一扔，然后将抽屉锁上。

虽说是短训班，可因为要发文凭，因此也就要考试。陆秋生将自己全部精力投入到复习考试之中，一再告诫自己，他和方子衿的婚约已经解除了，这段情缘已经结束了，从此不要再想她迷她恋她。

事实上他做不到。他的灵魂已经依附于方子衿身上。和方子衿分开，他成了无所依附的孤魂野鬼，处于灵魂出窍状态。既脱离了他的躯体又被方子衿剥离的灵魂，飘荡于不可知的阴暗空间之中，悬浮于如梦似幻的浩瀚宇宙之间。只有陆秋生存留于人世，他成了一具行尸走肉，没有思想，没有欲望，没有情感，有的只是麻木和空虚。

考试开始的前一天，陆秋生再次收到一封信。这封信在他的桌前躺了好半天，他双眼盯着这封信，眼中空洞无物。不知过了多久，洞空中出现了物体，有长白山的松涛，有峨眉山的云海，有戈壁滩的沙暴，有雅鲁藏布江畔的雪原。辽阔之中，有一只洁白的鸽子在飞翔，鸽子的身后，留下的是一条白色的云线。云线在蓝空下舒卷，组成一幅图案，那是一幅五线谱的图案。陆秋生知道，那是他对方子衿的爱又回来了。爱的回归，令他激动得想放声大哭。

爱原来是诗，爱原来是音乐。心中无爱，生命就是皮囊，心中有爱，生命才成其为生命。爱其实只是付出，真爱并不索取回报。爱而得不到回报是痛苦的。可是，如果不让他爱，那就不是痛苦而是死亡。两相比较，他宁愿痛苦地爱着而不愿让心灵虚空。陆秋生突然作出了一个决定：他要用一生来爱方子衿。他要爱着并且享受付出爱的快乐，不索取点滴回报。

为了爱，他必须做一件事：向方子衿证明自己的无辜。

将最近的两封信以及以前的信封交给她，或许是证明自己无辜的方法。然而，仅仅证明自己无辜，对方子衿还有多大意义？这一切的关键，已经不在于证明他自己，而在于查清这些信究竟出自何人之手。最初收到信的时候，他真的以为是来自方子衿的暗示。方子衿太漂亮太迷人太纯洁了，她原本属于天上的仙女而不属于人间。不幸的是她来到了人间，那么，她也应该属于一个比董永比牛郎优秀千万倍的男人。董永和牛郎只不过是人们的一种想象，典型的痴人说梦。陆秋生很清楚，他就是现代版的董永，是现代版的痴人说梦。梦永远都是梦，不可能成为现实。他能够有幸和方子衿缔结婚约，已经够幸运了，幸运之中的陆秋生总在担心，梦有一天会醒的。恰在此时，那些信像鸽子一般飞来，他以为那是来自天国的信使，是来将他从梦中叫醒的。现在看来，这并不是事实。事实躲在现象的背后，目的不言而喻，给方子衿制造麻烦、痛苦甚至是伤害。这个隐藏在现象背后的事实包藏着险恶，包藏着祸心。

一定要将这只黑手挖出来、抓住、砍掉。

他拿起了面前的信，像侦探一样仔细地研究起来。可他毕竟不是侦探，对这一行太陌生了。他再一次想到了自己的好朋友杨维华，当侦探是他的专业，他应该可以比自己看出更多的蛛丝马迹。杨维华果然够专业，他将那些信仔细地看了看，又拿出放大镜，在信封上研究了半天，然后将所有的信递还给陆秋生。陆秋生问，你看出了么事？杨维华说，案子已经破了。这话让陆秋生瞠目结舌，半天才问他是怎么破的。杨维华说，其实很简单。公安局破案，不会漫无目标，首先要确定一个侦查范围以及作案动机。寄这些信的人，动机是什么？打击方子衿以及陆秋生。此人对方子衿或者陆秋生怀有仇恨。什么人恨他们两人或者恨其中的一人？确定了这个嫌疑范围，接着再查找证据。证据之一是这些信从哪里发出来的。每一封信都盖有发信局和收信局的邮戳，上面标有收寄的时间、地点和到达的时间、地点。寄这些信的人似乎不太懂得反侦查手段，所有的信全都是从医学院附近武成路那间邮局寄的，这就进一步缩小了调查范围。第二步，检验笔迹。一个人无论怎么伪装，书写规律是难以伪装的，他的笔迹不仅存在固定的规律性，而且体现着这个人的性格特点。这三项指向的是同一个人：胡之彦。有了这三条，剩下来就只有一件事可做：派人埋伏在他寄信的邮局，在他再一次寄信时，当场将他抓住。

杨维华问陆秋生："我派人去把他抓起来？"

陆秋生觉得，这样的小事不足以成为一桩案子，公安局出面有点师出无名。而且，即使是将他抓了，也只是批评教育一番，并不能从根本上解决问题。他准备用自己的方式来解决这件事。陆秋生的解决方法是最简单直接的那种。每天考试前，他将脚踏车停在考场前，卷子发下来，他就低头猛写。他本人是正牌的大学本科毕业，这一类的考试对于他来说，简直就是小菜一碟。估摸着可以及格了，他迅速将卷子交上去，冲出考场，骑上脚踏车就往医学院飞奔。到了那间邮局，他将帽檐拉低，衣领竖高，往里面一钻，还真没有人能认得出他来。

临近期末，一些人要向家里报告行期，另一些人由家里汇来路费，需要取汇款。加上各学校上午和下午各安排一场考试，时间上充裕，邮局里的业务也就格外繁忙。陆秋生将自己隐在这些学生之中，眼睛透过帽沿，紧紧地盯着门口。第一天，他等到的竟然是方子衿。

方子衿在棉袄外穿了一件红色罩衣，戴着一条金黄色绒线围巾，头上是一顶白色的线帽。她走进邮局时，整个邮局似乎突然亮了许多。一些男学生见到她，眼睛登时闪出特殊的光芒，不时地往她身上瞅一眼。陆秋生见到她，心潮澎湃，很想上前和她搭话。他很清楚，此时对她说任何话都是徒劳，只有等自己抓住那只黑手，证明自己的无辜之后，才可以真相大白。虽然他一再强抑着和她说话的念头，见她站在柜台前贴邮票的时候，他还是忍不住，蹭到了她的身边。蹭到她身边的远不止他一个男人，还有另外几个男学生装腔作势在她面前走来晃去。陆秋生蹭上去，往她面前的信封上看了一眼，收信人的地址栏上，他看清了"中国人民志愿军"几个字。再看收信人姓名一栏，明明白白是"白长山（哥）收"。这些字就像是一梭子机枪子弹，每一颗都击中了陆秋生的心脏。他只觉得眼冒金花，天旋地转，几乎当场倒地。

方子衿将贴好邮票的信扔进邮筒，旁若无人地走出去。陆秋生浑身上下，已经没有半点力气，斜靠在柜台边，大口地喘着气。他的脸色一定十分难看，以至于一个年轻的女学生以为他得了急病，关切地问他是否需要帮助。他无力地摆了摆头，冲着那个女学生笑了笑，道了一声谢，支撑着走开了。

陆秋生以为自己得一直苦守下去，让他大喜过望的是，第二天下午，胡之彦的身影就出现在邮局里。

站在邮局门口，胡之彦向营业厅里看了看，大概想看看是否有熟人。随后，他跨进来，跟在一个漂亮女学生后面排队。陆秋生像个发现猎物的猎人，眼中冒着晶亮的光，同时小心地藏好自己，躲在一旁静静地窥视着猎物的一举一动。为了不惊动猎物，他有意保持和猎物间相当的距离，并且强抑着与猎物目光相撞的冲动。队伍缓慢地向前移动，终于轮到了胡之彦，他交钱买了一只信封，然后拿起笔开始填写。陆秋生悄悄地接近胡之彦，见他在信封上写下的，果然是自己就读的学校和自己的名字。陆秋生心中一阵狂喜，身体因为激动而发抖。他想起以前和敌人拼刺刀的时候就是这种感觉，浑身的血液会在一瞬间突然加速流动，同时全身的力量积聚起来，等待着一次爆发。

胡之彦写好了信封，又从怀里掏出一只牛皮纸信封。信已经被撕开了，露出里面白色信笺的一角。他将牛皮纸信封对折了一下，准备塞进白皮信封里。就在那一瞬间，陆秋生看清了信封上的几个熟悉的字：方子衿。

后来的一切发生得极其突然。陆秋生将全身的力气积聚于握成拳的右手，右拳在他的额前划了一道美丽的弧线，准确地落在胡之彦的下颌上。胡之彦的脸猛地往上一抬，嘴巴张开叫了一声。与这一声音同时而出的，是一次红色的喷射，那是一道虹，优美地在空中形成一道抛物线。陆秋生十分清楚，胡之彦的身材至少比他高十公分，体重也超出自己十公斤以上，如果给他丝毫机会，他就会组织疯狂而且凶狠的反击，那时，自己很可能一败涂地。陆秋生的优势在于攻击由他掌握主动，一切迅雷不及掩耳，同时，他代表着正义，对手是在干着一件无耻勾当，心理上首先就输了一着。第一拳打出的同时，陆秋生又打出了第二拳。这一拳击在胡之彦的腹部。巨大的冲击力，使得胡之彦原本向后仰的头部又向前倾，腹部向后收。陆秋生知道自己仍然未能完全握得胜券，他趁热打铁，抬起腿，向胡之彦的裆部猛踢过去。

最后一击令胡之彦遭到重创。他闷闷地叫了一声，身体失去重心，向后倒去。他的身后有不少男女学生，那些人躲之不及，反而成了他的支撑，有几个人甚至伸出手来帮了他一把，稳住了他的身体，给他反击提供了机会。陆秋生自然清楚还未击倒对方，他大叫一声，扑过去，抬起腿照准胡之彦一阵猛踢。因为身边有其他人存在，有人挡住了他攻击的线路，有人竟然伸出手抓住他，使得他的攻击未能达到预期效果。胡之彦则趁此机会开始猛烈反击。他身高力大，抬起一脚，踢中了陆秋生挥起阻挡的手腕，当即咔嚓一声，陆秋生的手腕骨折了。第二击，他一拳打中了陆秋生的脸，那张带点隐形麻子的脸，立即像面包一样膨胀。胡之彦似乎还想进行第三击，却未能得逞，身边无数双手将他们两人扯住了。

有人质问陆秋生为何平白无故打人。陆秋生掏出自己的证件，说明自己的身份，又拿起胡之彦刚刚写好的那只信封给大家看。接着，他弯腰从地上拾起那只牛皮纸信封举在手里，指着上面的名字告诉大家，这是一位志愿军写给某位女同学的信。这位女同学是我的未婚妻。他又指着胡之彦说，他，他自己已经结了婚，有了老婆，可还是对我的未婚妻心怀不轨。被我未婚妻拒绝后，他怀恨在心，不仅私拆了志愿军军官写给我未婚妻的信，而且把这些信寄给我。你们说，他的目的是什么？既想破坏我和未婚妻的关系，也想破坏我以及我的未婚妻和志愿军的关系。你们说，他到底想干什么？我怀疑此人是美蒋特务，是要破坏抗美援朝。

陆秋生的话激起了那些青年学生的义愤，他们不仅不再帮胡之彦，而且对他拳脚相加，一瞬间将他打倒在地。警察赶到将他们制止时，胡之彦已经是伤痕遍体，地下有了一摊血渍。

第二天的考试结束，人保科两名干部等在门口叫走了方子衿。

方子衿对发生的事一无所知,进入人保科办公室时,完全不清楚所为何事。两名人保干部像审讯犯人一样,让她站在他们面前,口气严厉地质问她:你为么事叫人打自己的同学?方子衿对这个问题感到莫名其妙,反问:你们讲么事?我怎么不明白?其中一名人保干部猛地拍了一下桌子,怒斥道:老实点。方子衿感觉到了这两个人明显的恶意,干脆紧闭其口,无论他们问什么,不再作答。两个人保干部认为自己的权威受到了挑战,大为恼怒,不仅冲着方子衿咆哮,而且一次又一次以拳头擂着面前的桌子。

这些惊天动地的响声惊动了人保科长,他从里面一间屋子走出来,对两个干部说,她还是个孩子,你们小声点,别吓着她。其中一个干部对科长说,她还是个孩子?孩子能做出这样的事?方子衿忍无可忍,大声地说:我做了么事?要你们像审犯人一样审我?人保科长看了看方子衿,问她是否知道胡之彦被人打的事。方子衿睁大眼睛,摆了摆头。人保科长又问她最近一次见陆秋生是什么时候。她说大概有差不多一个月了。人保科长又问,听说你和一个志愿军连长在通信,但最近有很长时间没有收到他的信了?方子衿说确有其事,她最后一次见陆秋生的时候,他将其中的一些信给了她,是拆开的。她认为那些信是被陆秋生拦截并且私拆了,两人因此吵了一大架,从此再没有来往。人保科长又问了她一些问题之后,对她说没你的事了,你可以走了。方子衿心里的疙瘩没有解开,自然不肯走,她追问科长,这一切到底是怎么回事。科长便将昨天下午陆秋生在邮局打胡之彦的事告诉了她。

离开人保科,方子衿立即去校门口买了些水果赶去医院看陆秋生。

陆秋生的左手绑着夹板,打着石膏。一名女护士站在他的床前批评他,说你再到处乱跑,不好好接受治疗,你这只手就废了。陆秋生解释说,不是他想跑,没有办法,他得赶回学校去考试。女护士说,晓得要考试你还打架?陆秋生说那杂种该打,我恨不得打死他才解恨。女护士说,打死他你也得偿命。陆秋生笑着说,就算是偿命也值得。方子衿在门口站了一会儿,敲了敲门,跨进去。陆秋生看到方子衿,嘴大张着,像是被人使了定身法,不再动了。女护士说,你命真好,打架了还有人来看你。说过之后转身离去。

方子衿走到床前，将水果放在床头柜上。我给你削水果吧。她说。半天没有听到响应，她转过头看他，见他木呆呆地坐在那里，眼泪刷刷地顺着脸颊往下滚。她暗吃了一惊，问他：你哭么事？他说，我好激动。

"你真傻。"她说，"你们就要分派工作了。这样一来，他们可能不给你工作。"

陆秋生说："丢个工作算卵子？我连命都能丢。"

方子衿忍了忍，还是把心里的话说了出来："为么事？你为么事要这样？你明明晓得，这件事我对不起你，我心里只有他。"

陆秋生说："我心里不能没有你。"

方子衿的心被猛地震动了一下。她有一种强烈的冲动，想扑进他的怀里痛哭一场。她知道，自己欠他的债是越来越多越来越重，这一辈子，看来是还不清了。下辈子吧。她在心中对他说，秋生，下辈子我来还你的债，好么？

事实也正如方子衿所料，干修班考试结束之后，接着开始分派工作。陆秋生因为打人事件影响，受到了暂缓分配的处分。胡之彦也有损失，因为被打伤住院，有三门专业课没有参加考试，另外有两门不及格，总共五门需要补考。陆秋生打了他虽然有错，可他也打折了陆秋生的手，同时，他私拆他人书信，在全校师生中引起极大反感。鉴于此前他的一系列品质问题，周昕若校长提议给予他行政记大过处分、行政降职处分、党内警告处分和暂缓毕业处分。但学校领导在讨论这一处分决定时，觉得过于严厉，只给了他行政记过处理。这个行政处分，虽然并不影响胡之彦的党籍，不影响他的毕业甚至不降他的职务，但是，对他未来的仕途，无疑成了巨大的阻碍。

学期的最后一天，系里召开师生大会，由系里一位副主任宣布对胡之彦的处分决定，余珊瑶总结本学期的工作，部署下学期的工作。会议结束，学生可以离校了。方子衿回到宿舍，清理了一些衣物，装在包里，往肩上一背，匆匆向外走。同室的同学知道她家中已经无人，惊讶地问她去哪里，她说去一个亲戚家过年。走出校门的那一刻，她看到了胡之彦和李淑芬，他们似乎有意向她示威，并排站在传达室门口，以一种直直的目光盯着她。胡之彦的目光刻薄而且阴鸷，燃烧着一团火。李淑芬的目光尖锐怨毒，仿佛两把刀子，可以将人割得条清缕晰，支离破碎。那一瞬间，方子衿意识到，自己生命的天空中，将不再只有一只乌鸦，已经出现了第二只，这新出现的一只是母的，正挺着一肚子的仇恨。

所谓亲戚根本不存在，方子衿去的是师傅项钦羊家。她要利用这个假期跟着项钦羊学知识，也要利用项钦羊的家逃避陆秋生和胡之彦。项钦羊自然也希望有一个鲜活的漂亮的女孩陪伴他度过又一个孤寂落寞的春节。

项钦羊果然是大怪人一个，他家周围，鞭炮声几乎要将这个城市轰上天了，他的院子静悄悄的，鸡不鸣狗不叫，连老鼠都乖乖地呆着，乱蹿的时候尽可能蹑手蹑脚。尽街都是酒香肉香线香鞭炮香，只有他的院子，飘着浓浓的墨香。没有腊鱼腊肉，没有果子年糕，不送灶神不紧门不亮灯不出天方。在项家，感受不到一丝一毫年的气氛。项家族人不少，趁着春节上门来给老爷子拜年，老爷子只是让容管家收下拜帖，招待清茶一杯，然后就将人打发了。市里的一些政商名人，自然不会忘了这个怪老头，亲自登门的不少，老爷子同样是一杯清茶。方子衿是来向他学医的，尤其是学习项家祖传的针术和灸术，可老爷子每天拉着她作画，不仅仅他作，还要求她也学。

方子衿还想借助这个春节说服老爷子帮喻爱军治疗。吴丽敏试过了所有方法，没有丝毫效果。方子衿觉得，专家分析的三种可能中，只要不是神经完全断了，用针同时用灸，应该会有效果。不久前，她已经向师傅提起过此事，希望师傅能够接治喻爱军。可不知师傅是没有听清楚还是怎么的，将话题扯到了别的事情上。她想，自己难得和师傅在一起，这次和他一起过节，他肯定抓住这个机会教自己针灸术，自己也正好趁这机会重提此事。没料到，他只顾着绘画，根本不提医术。一直到年初二，方子衿才总算抓住了一个机会。

这天和以前的每天一样，早晨起床，她陪着老爷子练太极拳，然后吃早餐，接着进入画室写字作画。项钦羊写完一幅大大的华字，方子衿正准备拿过去挂起来，他挥了挥手，示意她别急。他指着这幅字问她，是否看出毛病。方子衿看了半天，最终还是摆了摆头。项钦羊说，这个华字，每一笔的布局都不错，运笔连贯，笔力统一，原本该是他的作品中上乘之作。可是，有一个问题使得这幅作品成了败笔，那就是最后那一竖太长了。这一竖太长，整个字的重心上移，显得不稳。最后，老爷子指着这幅字说，毛病出在头上，头重了。可病根却在脚上。

方子衿突然之间灵窍大开。她说，师傅，你的意思是不是说，人和字同理，写字作画，要通要透要均衡，给人看病也一样，理在求得通透求得均衡？项钦羊看了她一眼，赞许说，这几天的画总算是没有白画。方子衿趁机将话题引到了喻爱军身上，说她有一个朋友，因为弹片伤了头部，导致半身不遂。看起来，病在手上在脚上，实际根子在头上？项钦羊说，不错，你看过《经络概要》，自然知道，人体四肢，决定于首。首脑靠经络指挥四肢，如果经络不畅，则四肢麻痹。首脑是人的关键所在，用药用针，尤其是用针，凶险异常。既然经络是由大脑控制，反之，刺激经络，也就可以刺激大脑。因此，针并不一定非得用在大脑才能治脑病。方子衿再一次请求师傅帮喻爱军看病，项钦羊说，凡事要讲个缘，有缘他的病自然就好了。缘不到，强求也没有用。

这就等于拒绝了。方子衿还想再坚持，容管家走进来，向项钦羊通报说，陆秋生先生前来拜年。项钦羊没有回答容管家，而是看着方子衿。方子衿自然已经意识到，陆秋生拜年是虚，寻她是实。放假前，陆秋生就曾对她说过，今年春节不回南昌，要在宁昌陪她。这些天，他或许找遍了宁昌的各个地方，今天终于找到这里来了。看来，这件事一定得有个了断了，项钦羊看着自己，大概也是这个意思吧？

她对项钦羊说："师傅，我去一下。么时候回来说不准，你不用等我。"

来到楼下的客厅，见陆秋生坐在那里喝茶。她说了一声我们走吧，领头向外走去。陆秋生不明白她要干什么，身不由己地跟着她。转了两趟车，回到医学院。陆秋生忍不住问道，你怎么回来啦？方子衿不语，一直向前走。走到女生宿舍门口，方子衿掏出钥匙，开了门，站在门边等他进去，将门反闩了。

"做么事回到这里来了？"陆秋生问。

方子衿不语，脱了鞋子，爬到她的铺上，平平地躺下来。陆秋生的眼睛紧紧地盯着她，一眨不眨，几次想提问，知道她不回答，便愣愣地站在那里。方子衿躺了一会儿，没听到动静，弯过头，将半边脸伸到床沿外看他，对他说：你傻站着做么事？上来啊。陆秋生感到脑袋有些蒙，不解地说，做……做么事？方子衿的头已经缩回到了床上，声音顺着宿舍顶部飘出来，给你！陆秋生心中一阵狂喜，激动得发抖起来。他用脚尖蹭着鞋跟，蹭了好几次，才总算是将鞋脱了。

陆秋生伸出手，抓住床边的柱子，他的手在抖索着。他抬起脚去踏梯衬，第一次没有踩上，整个人差点滑了下去。他踩了第二遍，上了一级。换了一只脚，再上一级。他的头已经伸出床沿好一段距离，可以清清楚楚地看到躺在面前的方子衿。方子衿就在他的面前，只要他稍稍弯下头，就可以吻到她那轮廓分明微翘的唇。她的双眼紧闭着，长而且翘的黑睫毛像两只小手一般伸向他。她的下巴线条流畅地向他翘起，像一朵含苞的荷花，娇羞而又灿烂。虽然穿着衣服，他仍然看到她的胸部连绵起伏，像是平静的湖面上，停泊着两艘小船，优雅地荡漾。

他的心狂跳着，血液在血管里奔突。他的太阳穴里面，像是有鼓槌在敲打一般，鼓皮震颤不已。她躺在他的面前，就像一个殉道者，以十二万分的虔诚，迎接一次灵魂的进献。他仅仅只是上了两级，被最初的冲动摧毁的理智就回来了。他停下来，认真地看了她很长时间。

"他怎么办？"他问。

她一时没有明白过来，反问："你什么意思？"

他说："白长山。"

"我把情留给他。"她说。

陆秋生沉默了，站在那里，定定地看着她。她的眼睛仍然紧闭着，胸脯仍然在起伏颠簸，她口中呼出的热气，带着一股特殊的芬芳，迷幻药一般冲击着他理智的堤坝。

"你等么事？"她问。

"子衿，请你告诉我。如果没有……没有白长山，你会不会嫁给我？"

方子衿睁开眼睛，头稍往他这边偏了偏。过了片刻，她又侧过身子，用手肘将自己的身体撑起来一些，她的脸和他的脸在同一水平线上了。她说："你想些么事？你不是早就想要我吗？"

　　"我希望你回答我。"

　　方子衿沉吟之后说了一个字：是。

　　陆秋生抬起脚，向下探了一级，踩上，身体随后向下矮了一截。他又抬起另一只脚，身体再次矮了一截。最后，他的双脚踩到了自己的鞋上，小心地将鞋穿好。方子衿在上面探出头，看着他弯腰穿鞋的背影，心空突然被怅然充满。他穿好了鞋子，站起来，仰脸看着她，对她说，现在我知道了，我是第二。子衿，我对你说，你不要为此愧疚，就算我一生当你的第二，我也会觉得非常幸福。追求你的第一去吧，不要考虑那么多，我祝福你。说过之后，他转过身，向门口走去。

　　方子衿想叫住他，可她的嘴张开之后，实在不知该说点什么。心中有一团热烘烘的东西转动着，紧紧地堵塞着她。

09 哥，快来娶我吧

说到激动处，李淑芬站了起来。她的肚子太大了，像挺着一只大海螺似的。她坐到位子上，位子就会发出抗议，吱吱嘎嘎地响。她从位子上站起来，不得不借助手的力量，在桌面上猛撑几下，以至于全班同学都替她暗捏一把汗，担心那个大圆球在她不留神的时候，会像刚出世的哪吒一般，在地上圆溜溜地滚动。

李淑芬说，三角恋爱，是啥行为？典型的资产阶级行为。在这里，我们并不是想针对方子衿同学。她和陆秋生同志恋爱，这是大家都知道的事，他们正式订过婚，全学校都知道嘛。可现在呢？她又和那个志愿军闹得轰轰烈烈的。志愿军是什么？是我们最可爱的人。自己已经订婚了，却还和我们最可爱的人谈情说爱，这是什么？她将自己的右手握成拳，在面前的课桌上敲了敲，恶狠狠地说，这是欺骗我们的志愿军，这是玩弄志愿军的感情。我希望大家说一说，这到底是一种什么性质的……

突然之间，李淑芬的脸扭曲变形了。她的脸原本是没肉的，骨头上包着厚厚一张黝黑的皮，大概因为怀孕的缘故，脸的厚度渐渐增加，黑色素也在消退。现在，她的脸扭曲的时候，那消退的黑色翻滚而出，像是大片大片的乌云舒卷着涌动着，她的脸部肌肉出现了错位，嘴角歪斜，眼睛一只睁得又圆又大，另一只却眯成了一条缝。全班同学正惊诧地注视着她时，她突然爆发出惊天动地一声大叫。这声大叫像是冬天里的炸雷，平地生威，连教室都惊得猛烈地抖动。惨叫之后，她的身子弯了下去，像是电影中的慢动作，徐徐缓缓慢慢悠悠地倒在了地上，并且在地上扭动着，呼号着。

那一切看上去显得有些不真实，因此同学们当时不太相信是真的。也因为李淑芬太盛气凌人，她大叫着倒地的那一刻，并没有人上前。后来，有几个同学离开了座位，围在她的身边，不痛不痒地问她怎么啦。

方子衿拨开众人，走到她的面前，见她的座位下面有一小摊水渍，这水渍的边缘已经干了。再看她的棉裤，竟然全都是湿的。方子衿连忙上前扶她，问，么时候发作的？李淑芬仇恨地看了她一眼，将那张变形的脸扭向一边。吴丽敏跟在方子衿身后挤过去，愤愤地说，都么时候了？你还装出这副样子，你想把孩子生在教室里吗？李淑芬虽然嚣张，对吴丽敏还是有几分惧怕，她不得不说，今天一整天，她一直觉得不对。刚才还觉得有东西出来了，她一直忍着。吴丽敏听了说，那肯定是发作了。又转向其他男同学，请他们帮忙将她送医院。方子衿挥起一只手，说等一下，先让我检查一下。

所有的男同学被赶到了外面。女同学将李淑芬抬到课桌上平躺着，然后围成一圈，将她的身子挡住。她们虽然都是学医的，可懂得接生的只有方子衿一个，艰巨的任务，非她莫属。她站在李淑芬身边，将她的裤子脱下来。她的三角部位裸露在所有女生面前时，这些女生不约而同地啊了一声。李淑芬的产门已经大开，有一只血肉模糊的小手从那里伸出来，几只带点乌紫色的手指，像八爪鱼的爪子般，无力地伸展着。在这些爪子的旁边，还有一撮绒毛。

方子衿惊讶地问她什么时候破水的。李淑芬不明白破水的意思。方子衿不得不向她解释，婴儿是靠羊水养护的。婴儿出生前，胎衣会破裂，羊水自然就流出来了。这是生产的信号。有些女人是先破水，有些则是先阵痛。在痛苦挣扎之余，李淑芬告诉她，昨天晚上，她上了十几次厕所，当时只以为是尿，根本就没想到是破了羊水。方子衿又问她，你孩子的手已经出来了，你不知道？她说，晚上政治学习刚开始的时候，她已经觉得下面有什么不对劲了，可是，任何私事，哪能和政治学习相比？而且，今晚的政治学习那么重要。她想先顶一顶，等政治学习完了再去医院。

有同学问是不是要马上送医院。附属医院还在建设之中，中山公园的东南角是昌和医院，那是宁昌市的六大名医院之一。可是，从医学院赶到昌和医院，原本只有一公里多路，可解放大道在大建设，路封了，必须从武成路绕一大圈，大概要走四五公里，且有很大一段是荒郊野外，农田水坝鱼塘什么的，路上会出现什么意外，谁都说不清楚。加上现在是午夜，医院妇产科只有一名值班医生。如果有孕妇需要接生，这名医生一定在产房里。再有新产妇进来，医院就得派人去急招别的医生。如果没有人生产，医生肯定睡在床上。从这里送到医院需要时间，再将医生找来，又需要时间。李淑芬的情况非常危急，缺乏的正是时间。她的羊水已经流了近二十个小时，胎儿又有一只手伸在外面，如果想保住胎儿，就得争分夺秒。

方子衿像个女将军一样开始指挥这些同学。她对一个女同学说："你去找一下余主任，看她有没有时间，如果有，让她立即赶来。"又对另一个女同学说："你去找几个男同学，去把男生宿舍和女生宿舍所有的开水都弄来。另外弄一把剪刀和一些酒来。再弄一些缝衣服的线来。"方子衿挤出女同学围成的那个圈子，来到教室外面，大多数男同学还等在这里，像士兵等待长官的命令一样。方子衿出现时，他们一阵嘈杂。有人问她李淑芬的情况怎么样，需要他们做什么？也有人说，她和她老公那样对你，你还帮她？这不是以德报怨吗？方子衿不理这一套，对他们大声说，你们哪一个身上有酒？快点拿出来。有几个同学从身上掏出了酒壶，递给方子衿。她不接，而是伸出双手，让人将酒倒在她的手上。

回到教室，方子衿叫吴丽敏给自己当帮手。两个女同学抓住李淑芬的脚，将它分开。方子衿站在她的双腿之间，小心地抓住那只婴儿的手，努力地往里面塞。吴丽敏在方子衿的指挥下，将双手按在李淑芬的肚皮上，顺着方子衿的手势，将那只藏在腹内的小手向她小腹的上部赶动。有同学大声地说，开水和剪刀拿来了，怎么做？方子衿一边忙乎，一边指挥其他同学，将剪刀和线泡在白酒中，开水暂时放在一边。三月天气，寒气相逼，方子衿的额头却已经渗出了细密的汗珠。吴丽敏手忙脚不乱地在那里推刨着李淑芬的肚皮，同时不忘关注方子衿。她大声叫道，谁帮子衿擦一下汗。同学们帮她擦汗的时候，她的双手正掌着婴儿已经露出头发的小脑袋，指挥吴丽敏双手按住李淑芬的小腹，像揉面一般往下推揉。方子衿一面使着巧劲，一面命令李淑芬用力。

余珊瑶提着药箱匆匆赶来时，婴儿已经脱离了母体。方子衿正在叫把剪刀拿过来。去请余珊瑶的那位同学高声兴奋地大叫，余主任来了，余主任来了。余珊瑶挤进去，见方子衿正在绑扎脐带。孩子满身是血，身上带着乌紫，是一个女婴，似乎已经死了，半点声音没有。同学们见孩子出来时，异常兴奋，接着见孩子不动不哭，便抑制不住失望。有人说，咋个不会哭？死了？李淑芬倒是好精神，没有半点产妇的虚弱，在孩子离开她的身体时，竟一勾头坐了起来。听说是一个死婴时，立即伸出她的一双大手要去抱孩子，一种类似于笑的哭声从她的嘴里冲出来。余珊瑶立即严厉地制止了她，见方子衿已经剪断了脐带，她连忙打开药箱，拿出一只瓶子和一根棉签，将有棉花的一端伸进瓶子里，在里面的液体中蘸了蘸，白色的棉花变成了浅灰色。她将棉签仔细地擦过脐带。

方子衿倒提着女婴的两只脚，轮起不太大的巴掌，在女婴的屁股上猛拍了几个大巴掌。也真是奇怪，女婴竟然哇的一声哭了起来。伴随着女婴哭声的是所有同学一声兴奋的惊叫，叫过之后，又突然地停了下来。空气在那一瞬间似乎凝固了。所有人心里都有一种期待，希望李淑芬向方子衿说一声感谢。方子衿小心地洗去婴儿身上的血迹，扯了一件李淑芬的衣服包了，将她塞进李淑芬的怀里。李淑芬接过孩子，眼神呆呆地看了方子衿一眼，似乎想说点什么，嘴张了张，却没有声音出来。

"你们哪个把她送回家吧。"方子衿说完这句话，转身走开了。

方子衿离开时的背影，颇令许多人震慑。后来很多年间，当时在场的同学都就她当时的背影进行讨论。有人说，当时不知怎么回事，教室里被一股特殊的香气充满着，那香气肯定不是从婴儿身上发散出来的，婴儿身上只有血腥味。那香气是方子衿身上的。可能因为方子衿替李淑芬接生的时候出了汗，而她的汗是带有香味的。又有人说，方子衿的背影当时被一团特别的光笼罩着,就像是一种佛光。她就像一尊神,背离他们走向某种神的境界。

因为李淑芬不肯说出半个感谢的词,吴丽敏愤愤不平。方子衿只是淡淡一笑,说,我要么事感谢?只要他们夫妇不在背后使坏整我就好了。

四月中旬,陆秋生终于分配工作了。打架事件对他造成了极大影响,他没能留在宁昌,被放到了红川,职务是文教局的科长。他们这个培训班是从各地精挑细选出来的,大多数被安排了副处级以上职务,少数几个参加培训班前没有实际职务,毕业时不仅留在宁昌,而且安排了科级职务。陆秋生因为打架事件先是暂缓分配,后来被放到了外地。他转业进入恒兴时是副营职,进入培训班前提了半级,以正科级入学,毕业分配后仍然是正科,原本应该提升的半级,因为打架事件给打掉了。

得到这一消息,方子衿心中有了更深的愧疚。她要将自己的身子给他以作报偿,他不要,那么,自己还能为他做什么?唯一能做的,就是送他一程。方子衿向副班长请了假,早早地赶到陆秋生的学校。学校招进了新生,他这个老生没法安排,将楼梯角与厕所相邻的一个空间隔出来给他暂时栖身。厕所的下水系统不好,老是堵塞,臭气郁结,无法散失,这个地方臭气熏天。尤其现在天气一天天热了起来,苍蝇找到了好去处,成群结队。外面通风,臭气还有扩散余地,将门关上,臭气就在陆秋生的小房子里逗留、集结。方子衿是有洁癖的人,以前她无论如何都不肯涉足此地。今天的情况不同,别说是熏天臭气,就是刀山火海,她也要闯一次。

陆秋生赤着上身穿着一条短裤将门打开一条缝,睡眼惺忪地探出半个头,见是她,连忙将头缩回去,叫她在外面等一下。她等了三下五下,有些等不及了,一把将门推开,见他慌慌张张正清理着房间。他的房间真是乱透了,到处扔着衣服,到处扔着书,到处扔着没洗的袜子和乱七八糟的纸张。她到来之前,他似乎还在梦乡里徜徉,没有一点要走的迹象。

"你不是今天要走吗?怎么还没清好?"她问。

陆秋生看了一眼那摇摇晃晃的床,依依不舍地说:"是啊,要走了,想多睡会儿。以后没机会睡了。"

"你这人好怪,这种臭气熏天的地方,还舍不得?"她说这话的时候,他意味深长地看了她一眼。从这个特别的眼神中,她突然读出了许多的潜台词。他并非留恋这臭烘烘的陋室,而是留恋这离她最近的处所。他依依不舍的,不是与厕所为邻的生活,而是与她靠近的空间。她不再说话,默默地帮他清理行装。

他提着行李走出门,她跟在后面。她问,锁门吗?他说,这臭地方,谁稀罕谁睡去。走到外面,他将行李放在脚踏车后面。他说:你回吧。她说:我送你。他推着车向前走,她走在他的身边。他没有说话,她也没说。穿过校园,走出校门,他们始终保持着最初的形态。语言已然不重要,重要的是相伴着走过的这一程。车站到了,他说,回吧。我走了。她还是那句话,我送你。他说,都已经送到这儿了。和送上车没区别了。她说,我送你去红川。陆秋生愣了一下,说,算了。方子衿非常坚决,掷地有声地说,我当你是我哥。

方子衿请的是一天假,准备当天赶回来的。看到陆秋生那么多脏衣服,她心软了,当天下午留在红川帮他洗了一下午的衣服。第二天一早,陆秋生赶到招待所来送她。就像当初她送他一样,有好一阵子,两人都没有说话。到了车站,就要分手了,陆秋生有些忍不住,对她说,答应我,如果哪一天一号被淘汰了,将我升为一号,好不好?

车站十分嘈杂,广播喇叭里一遍又一遍播出汽车检票的消息。到处都是大包小包背着扛着的人,男人可着嗓子喊叫,女人敞着怀奶孩子,一些叫花子围着人群乞讨。方子衿看着熙熙攘攘的人流,带点乞求地说:哥,别这样。遇到合适的,给我娶个嫂子,好不好?

陆秋生说:"这一辈子,除非是你,我不会娶别的任何女人。"

"哥,你这不是逼我吗?"她有些急了。

"我不逼你。"陆秋生说,"但我会等你,我会一直等下去。"

方子衿真的无话可说了。她能说什么?唯一的办法,就是离他远一点,让他渐渐将自己淡忘。她心里很清楚,这一辈子,除了白长山,她不会再爱别的任何人。陆秋生还在追问她,请求她答应如果白长山被淘汰,一定将他升为一号。被逼得没法,她只好答应了。

就在方子衿送陆秋生的这一天,李淑芬休完了产假回来上课了。课前点名,点到方子衿时没人答应,李淑芬的眉头皱了一下。副班长向她解释说方子衿请了一天假,她的嘴角翘了翘,一句话从嘴边溜出来:请假?我咋不知道?旷课。第二天上午,方子衿没有回来,李淑芬发作了,敲着桌子说,这是一次很严重的事件,我们班还从来没有人连续旷课超过两天的。对于这种无组织无纪律的行为,我们要开展严肃的革命大批判。

下午回到学校,有同学将这一消息告诉方子衿时,她只是苦笑了笑。去教室的路上,非常意外地遇到了胡之彦。胡之彦似乎是故意在这里等她的,极其突然地从路边的树丛中出来,拦在她的面前,惊得她差点大叫起来。胡之彦先是对她替自己的女儿接生表示了一番感谢。方子衿对和他说话没有丝毫兴趣,冷冷地说,她做了她能做和应该做的,这好平常。胡之彦有些无话找话,颠来倒去就是那些话,说什么他听说,如果再晚一点,他的女儿就可能没救了,她是女儿的救命恩人,还说要认她当女儿的干妈。方子衿连连摆手,说你趁早打消这个念头,让我觉得我七老八十了似的。

搭讪几句,方子衿想早点离开。她也说不清到底怎么回事,见到他,她浑身上下都不舒服,爬满了虱子一般。虱子爬过,皮肤就发痒,并且起鸡皮疙瘩。要想脱离这种苦役,只有一个办法:逃开。可他不让她走,一把抓住她的手。方子衿大力抽回自己的手。如果可能,她真希望将这只手给砍了,或者是用医用酒精洗上几个钟头。

胡之彦搓了搓刚刚拉过她的那只手,那搓手的动作让她觉得,他正想象着搓她身上的某一处吧。她几乎想吐出来。他非常神秘地对她说,李淑芬正计划整她,让她当心点。方子衿不解地看着他,不明白他到底是何居心。李淑芬不是他老婆吗?他们不是有了孩子吗?他这是在给她设置陷阱,还是真的在出卖自己的老婆?如果是后者,这个人岂不是太恐怖了?连自己的老婆都出卖,还有什么不能出卖的?她不想成全他的卑鄙,转身便走。他以极快的速度拦在她的前面。

"他亮的,我结巴都是为你好。"他说,"你结巴咋就不领情呢?"

"谢谢。"她冷冷地说:"你的好心,还是留给你老婆孩子吧。"

"奶奶的,你结巴咋就不理解?算球了。当我他亮的做好事吧。提起我女儿,你他亮的不知道,她气愤着呢。她说你是故意让我女儿残废的。你他亮的是在搞阶级报复。"

方子衿猛地吃了一惊,问道:"你女儿残废了?怎么回事?"

胡之彦解释了半天,脏话抖落一地,方子衿总算明白了。他的女儿胡援朝左手畸形,医生说,要看她恢复的情况,弄不好可能终身残废。医生说,这不是先天的,是外力造成的。婴儿的骨头是软的,像面团,你捏它圆它就圆,你捏它扁它就扁。不过,捏坏了再想还原,就难了。医生问李淑芬,孩子出生的时候,是不是有什么外力。李淑芬立即想到了方子衿。方子衿的手曾经伸进她的子宫里鼓捣过,一定是她那时用手捏了孩子的小手,给捏坏了。她是有意的,是阶级报复。李淑芬说,她一定要实行无产阶级的报复,要让方子衿知道,无产阶级翻身做主了,不会再让资产阶级骑在头上作威作福了。

他的话令方子衿心惊肉跳。她自然想到胡援朝的残疾是因为李淑芬的无知和疯狂造成的。前一天晚上,她就已经破了水。她还是在部队当护士的,竟然连这点常识都不知道,还误以为是小便。到了第二天,孩子要出来了,因为是横生,先出来的是一只手。一只孩子的手从产门出来了,是明显的异物,她不可能没有感觉。她竟然置之不顾,还想坚持到政治学习结束,便将那只小手硬塞了进去。孩子的那只小手,可能就是那时候被弄坏的。先是一个吃醋的妻子,现在又是一个失去理性的母亲。这两种情感纠结在一起,疯狂起来,其力量排山倒海,能够摧毁一切淹没一切。方子衿真的害怕了,即使她憎恶胡之彦,也不得不向他讨主意。

胡之彦故意装出一脸的严峻,带着一丝不怀好意,对她说:"只要你他亮的依我,我结巴保证你没事。"

方子衿掉头便走。胡之彦再一次拦住了她,嬉皮笑脸地对她说,他知道陆秋生已经被流放了。他甚至直言不讳地告诉她,陆秋生之所以被分到红川去,就是因为他从中活动了。陆秋生在上面有人,他也有后台。和他斗是没有好处的,陆秋生就是一个例子。他还说,他是看在方子衿的面子上,才给陆秋生留了一条活路,不然的话,还会更惨。他暗示方子衿,不要以为自己有余珊瑶和周昕若在后面撑腰,就万事大吉。他如果想搞倒余珊瑶，那是轻而易举。

他像个坏小子那样对她笑笑，说他知道她打从一开始工作就跟着余珊瑶，还知道她们一起被土匪抢去了。两人差点被土匪那个了，是余珊瑶救了她。他举起一只手，让那短短的两只手指在空气中捏在一起，轻轻地搓了一下。他的手指夹着的，似乎是一只小小的虫子，在他的手指搓动时，那只虫子便在他的手指间扭动挣扎，嗷嗷大叫着求饶。他说："我他亮的给你结巴一次知恩图报的机会。一个月。我他亮的给你一个月时间考虑。一个月后，你结巴还这样，我就让她刁毛见鬼去。"

方子衿的心猛地往下一沉。面前这个人心如蛇蝎，为达目的，可以不择手段。她相信他的这番话不是随口说说，一定是抓住了余珊瑶什么把柄。因为余珊瑶和周昕若不明不白的关系，方子衿已经从心里不承认她是自己老师了。可胡之彦要在背后害她，方子衿还是不忍。

"随你的便。我和她已经什么关系都没有了。"她故意用一种很冷的无所谓的语气说过之后，转身便走。她想，如果自己表现出一种对余珊瑶丝毫不关心的态度，他或许就没兴趣害余珊瑶了。

接下来的两个月，果然事情不断。

李淑芬在班上搞大批判，党员组织生活上批，团员组织生活上批，班会上也批，就连班上出墙报，也是这一主题。自从和陆秋生打架受了处分之后，胡之彦虽然还是班里的党小组长，可班里的党团活动，他基本上不参加了，就连平常上课，他也很少来。李淑芬趁机把住了全班的权柄。手握大权的李淑芬和从前完全不一样，或者说生过孩子当了妈妈的李淑芬已经脱胎换骨变成了完全彻底的另一个女人。以前的她精瘦，浑身上下找不出一点肉只有黑黝黝的皮。现在她大发了，胖得超过以前的一倍。现在的李淑芬似乎不应该叫李淑芬，而应该叫李胖芬或者李双芬。她的一双手就像是两只刚刚出笼的大白馒头，她的脸盘子就像是一只被吹起来的气球，还有她的一双奶子，突然惊世骇俗起来，仿佛随时都要从衬衣里跳出来一般。唯一和她的身形不衬的是她的一双腿，那双腿就像是革命还没有彻底的资产阶级小姐，纤秀颀长，瘦瘦弱弱，不堪重负。

这女人邪乎，才五月的天气，别人还穿着夹衣，她已经穿上了短袖衫，那两截膀子露在外面，像是在福尔马林中泡过千百年似的。她挥着手唾沫四溅地说，方子衿的问题，不是某一个人的问题，而是我们的党我们的国家我们的人民向何处去的大是大非问题，是关系到我们的社会主义祖国变不变颜色的问题，是关系到红旗还能打多久的问题。她用那熟馒头一般的手背在桌面上敲了几下，白萝卜一般的手指弹动着。如果我们的社会主义变成了资本主义，如果我们的红旗变成了黑旗，如果我们开始吃二遍苦受二茬罪，谁最喜欢？谁最高兴？当然是资本主义，是那些对我们怀有刻骨仇恨的反动派，是像蒋介石那样的美帝国主义走狗。同学们，别小看旷几节课，别小看搞一点三角恋四角恋，危险啦。如果我们不反省不批判，我们的社会主义祖国，就会毁在我们这一代手里，无数先烈用鲜血换来的无产阶级江山，就会改变颜色。

有一次，李淑芬义愤填膺地说，我们尤其要警惕那些钻进革命队伍内部的敌人。现在不是战争年代了，已经和平了，敌人不会端着枪，穿着国民党的服装向我们进攻。他们躲进了我们内部，对我们点头哈腰，施小恩小惠，甜言蜜语。

吴丽敏忍无可忍了，猛地一下站起来，质问她这话是什么意思。吴丽敏从来对李淑芬没有好感，特别是嫁作英雄妇之后，她成了名人成了榜样，更不把李淑芬放在眼里了。她大声地对李淑芬说，你忘了你那天像猪一样倒在教室里大叫大嚷？不是子衿，能有你今天吗？你早死在这里了，你的良心被狗吃了？

方子衿在一旁直拉吴丽敏。吴丽敏的性子起来了，对她叫道，你别拉我。让我把话说完。我就看不惯这种只说人话不做人事的东西。你自己管不住自己的男人，拿别人出气算么事？你有气往自己男人身上出去。方子衿心想，这下可真是大麻烦了，李淑芬会和她打起来吧。自己最近够心烦了，吴丽敏再这样掺进来，如果把事情越搞越复杂，自己岂不是更惨了？

李淑芬还真是修炼到家了，她并没有将此发展成为一场骂战，而是和吴丽敏唇枪舌剑，同她讨论资产阶级糖衣炮弹是什么颜色的问题。她不知哪来那么多革命的道理和革命的口号，就像是一门有着源源不断炮弹的重炮一样，火力猛烈而又目标准确。与她相比，吴丽敏就大为逊色了，她显得东一枪西一炮，最多也就是从旁边一擦而过。

这场辩论，最终以吴丽敏哑口无言告终。

就在这个晚上，有人往学院的宣传栏里贴了三大张纸，纸上写着密密麻麻的字，第一张纸上的大标题是《揭露余珊瑶的险恶面目》。文字的第一句便是：余珊瑶何许人也？接下来，文章拉拉杂杂写到余珊瑶的父母，她的哥哥姐姐，写到她到美国留学，成了国民党政府一个高级官员的儿子的四姨太。又说，国民党逃走了，余珊瑶留了下来，她留在大陆的目的是什么，目前还是一个未解之谜。有一次，她被一帮打着国民党游击队旗号的土匪抓走了，可是，她毫发未伤。土匪头子不仅待她如上宾，而且还派人抬着轿子送她回来。面对这个超级美女，土匪的匪性哪里去了？是不是余珊瑶有着什么特殊的身份，连土匪头子都不敢对她下手？正是这次经历，余珊瑶成了女英雄，由一个普通的妇科医生，摇身一变成了医院的副院长，然后又成了医学院的系主任。然而，狐狸总是要露出尾巴的。当上主任之后的余珊瑶，不甘失去其腐朽没落的资产阶级糜烂生活，充分发挥其从美帝国主义那里学来的狐媚手段，拉拢腐蚀革命干部，使得个别经受不住资本主义美色诱惑的革命干部，倒在了资产阶级的怀里，丧失了革命性和斗争性。

这件事如果发生在几年之后，那就是大字报了，是一种值得推崇的革命行为。可在1953年那个初夏，人们对大字报的态度是完全不同的。大字报前第二天早晨围满了人，个别人觉悟高迅速报告了学院人保科，人保科立即采取行动，用几张大红纸将大字报覆盖，然后派人报告了公安局。公安局认定这是出现在医学院的反革命标语，组织力量立案侦查。

方子衿是从吴丽敏那里听到这一消息的。

那天，方子衿去吴丽敏家给喻爱军扎针灸。她原想等自己学艺再精一些之后开始这一治疗尝试，可是，喻爱军的肌肉萎缩已经非常明显，如果不抓紧时间，即使真能治好，他的手脚大概也难以恢复正常。她将自己的想法告诉了吴丽敏，吴丽敏又和喻爱军商量。喻爱军的意见非常明确，反正是已经没有希望了，死马当成活马医。如果能有效果最好，没有效果，自己也不失去什么。方子衿去吴丽敏家时，吴丽敏没有回来，喻爱军坐在轮椅上，喻妈妈替她开的门。

"丽敏呢？不是说好了的吗？"她问喻爱军。

喻爱军不解地说："不是说你们学校开会吗？"

方子衿知道，吴丽敏是党员，又是先进学生，和自己身份不一样，他们在一起开什么会，有时候自己并不会知道。反正她即使在家，也不可能帮上什么忙。她和喻妈妈一起扶起喻爱军，让他躺到竹床上，小心地将他的裤腿卷上去，又脱下上衣的一只袖子。方子衿打开针盒，抽出一根银针，用酒精棉球反复擦了好几遍。喻爱军看到那么长的针，有些担心，问她是不是很痛。她说你放心，一点点而已，就像蚊子咬了一口。她一面说着，一面伸出手，在喻爱军的肩部量了一下，手指停下后，按了按，找到肩髃穴，拿起棉球，在这个穴位上反复擦拭。针没有插下之前，她有意和喻爱军说话，以分散他的注意力。她说，你知道吗？朝鲜战争就快要结束了。喻爱军说，是吗？这可是军事秘密呀。她说，是军事秘密，所以白长山一直都没有告诉我。他来信说今年以来朝鲜战场已经没什么战斗了，有也是局部的。两边一直都在交涉，最近好像就快有结果了。就在说话的工夫，她将针扎进了他的肩髃穴，他甚至都没有感觉到。她用两只手指捏着针柄，轻轻地转动着，问他有什么感觉，他才略有些惊讶地问，已经扎进去啦？方子衿说是啊，有感觉没有？他说没有。她又将针往下扎了一点，转动时再问他感觉，还是没有。

吴丽敏是在她扎下第二根针时回的。她一进门，先不理喻爱军，而是对方子衿说，子衿，学校出大事啦。方子衿拿起第三根针，用棉球擦着，对吴丽敏所说的事不是太热心。吴丽敏说学校出现了反标，公安局已经派了一个侦查小组进入学院。方子衿未拿针的手指在喻爱军的手臂上移动，确定了曲池穴的位置，消毒之后将针扎了下去。吴丽敏见她往喻爱军身上扎针时，鼻子皱了一下。喻爱军倒像是没事一般，问她反标的内容，她说好像说余珊瑶是国民党特务，又说她和学院某领导乱搞男女关系。

方子衿心里猛地咯噔了一下。终于来了。她想。如果是指这个，那似乎不是什么反标，她甚至认定，那东西一定是胡之彦弄出来的，目的就是想彻底毁掉她在学校的保护伞。这事被定为反标事件？这么说，胡之彦是搬起石头砸自己的脚？方子衿觉得需要认真地思考一下此事，然后决定自己应该做点什么。这件事与自己有关，她觉得自己应该做点什么。可到底该做什么？因为现在要给喻爱军扎针灸，没法集中注意力思考。

吴丽敏开始还兴致很高地和她谈反标事件，后来见方子衿在喻爱军身上扎的针越来越多，什么合谷穴、环跳穴、风市穴，喻爱军的手臂上大腿上，树起了两片银色的森林，她吃了一惊，说子衿，你在上面种树呀。这会不会扎坏他呀。方子衿说，亏你还是学医的。吴丽敏说，可我们的老师从来没讲过这些呀。方子衿说，你放心好了，我现在给他扎的穴位，是一些普通的穴位，主要是舒经活络。

扎完针，吴家开始吃晚饭。方子衿以最快的速度吃完一碗饭，将碗一放，向喻妈妈以及喻爱军告别一声，匆匆走了。来到胡之彦家门前，见那些树呀草的，正怒长得疯狂，每一片枝叶似乎都伸张着得意。李淑芬坐在家里奶孩子，那孩子颇具有革命性，咬着李淑芬硕大的左奶又拉又扯，仿佛拉扯着一只白色带着褐色的布袋，布袋前端是被束在一起的尖形，由孩子的嘴拉扯着一忽儿向东一忽儿向西。胡援朝完成这件伟大的革命任务时，李淑芬在完成另一件伟大的革命任务：往嘴里扒饭。吃饭的不仅仅只是李淑芬，还有胡之彦，还有从山东赶来照顾孙女的胡之彦的老母。胡母时不时地对李淑芬说，别管孩子，你吃你的。孩子都这样的。胡之彦低头扒饭，似乎这一切与他无关。

李淑芬是正面对着门口的，第一个看到了出现在门口的方子衿，她那革命警惕性高的眼睛顿时瞪大了，带点质问地说："你来做啥？"

方子衿不理她，甚至没有正眼看她。她的眼看着正面墙上挂着的毛主席和朱总司令的大幅画像。她同样以命令的口吻对着两位领袖说："胡之彦，你出来。"说过之后，她转身就走。她的背后，传来李淑芬制止胡之彦的声音："你不准去！"李淑芬的话对胡之彦显然不起任何作用，他的脚步声响起来，啪嗒啪嗒的，停在方子衿背后。

"他亮的，是不是刁毛想通了？"他问。

方子衿冷冷地说："你么样看反标事件？"这话她是经过深思熟虑的。既然公安局已经将此定性为反标事件，胡之彦的日子一定不好过。自己在他面前有意提及此事，便是暗示他：你别得意了，我知道你的底细。

"反标事件？"胡之彦先是冷冷一笑，接着哈哈一阵大笑："刁毛，反标事件？他亮的那帮混蛋饭桶，结巴他们懂得啥叫阶级斗争？刁毛反标事件，文大姐他亮的结巴可不这样看。"

文大姐？方子衿的心脏突然一阵疾跳。文大姐可不是一般的大姐，她是华中这片土上所有革命者的大姐，她还是其他一些革命者的大姐。文大姐是一尊称，也是对她革命事业的肯定。方子衿对这个称呼耳熟能详，也从广播中听到过她向全体革命者和反革命者作报告。这是一位令人尊敬的彻底的无产阶级革命者，有关她的各种传说比《七侠五义》《封神演义》还要精彩。据说有一次，她被国民党特务给抓了，国民党要她交出地下党名单，脱光了她的衣服，用烧红的烙铁对着她的阴部，威胁她，如果不说，就将烙铁塞进她那里面去。她大骂，狗日的，有种的拿你的鸡巴来日，这算你他娘的啥？国民党特务将烙铁伸过去，烧得皮肉哧哧地响，她将嘴唇咬破了，就是没有吱一声。还有一个传说，她手下的一名地下党员被国民党的女特务勾引，和女特务在床上疯过了头，透露了共产党员名单。共产党的地下组织遭到极大破坏。文大姐抓住这个叛徒后，在他面前摆了一盆沙。文大姐正义凛然地对他说，日你妈，你不是鸡巴痒吗？老子让你日个够。叛徒不得不将那东西往沙盆里插，插得鲜血淋淋。她问，日够了没？叛徒说，日够了。她说，那好，老子让你当个饱死鬼。拉出去，把这狗日的给老子毙喽。

就是这个名动天下的文大姐，她不认为这是一起反标事件？

胡之彦大概以为方子衿不知文大姐是何许人也，又加了一句，你大概不知道吧？文大姐是周昕若的爱人。

方子衿当然知道，她甚至已经想到，胡之彦一定是那个告密者。她来找他，原是想给他一个警告，奉劝他别轻举妄动。此时她才意识到，在胡之彦面前，自己实在太幼稚了，他所做的一切，事前都有明确的计划。既然一切都在他的掌握之中，他就不会担心所谓的反标事件会砸到自己。如果说他有一个完整的计划，那么，自己在这个计划中，将会充当什么样的角色？

胡之彦说这只是开始，因为他不想逼她太紧，才小小地露一手。他叫她回去好好想一想，现在后悔可以，将来后悔就太迟了。他说过之后，不再理她，转身离去。

几天后，事件果然逆转，公安局的侦查小组撤出了，周昕若被停职反省，余珊瑶不仅受到了撤职处分，而且成了批斗会的主角。有几次批斗会全系师生都参加了，方子衿和其他同学一起，早早到了学院礼堂，分班列队坐好。礼堂的气氛肃穆庄严，大门两边，一边站着一名扎着武装带、手执步枪的民兵。礼堂正中上方，写着"批判大会"的黑字横幅，每一个字斗那么大，像是四堆黑色的炸药。会议由师资班辅导员主持，他刚刚被提拔为系办公室主任。主任站在台前，大声命令道："把道德败坏分子余珊瑶带上来。"两个背着枪戴着红袖标的民兵，一人抓住余珊瑶的一只手，将她的手尽可能地向后架起，推着她向台前走来。系团总支书记和一名女学生在台上一角的广播设备后面高声地领呼着口号："打倒道德败坏分子余珊瑶！""打倒国民党反动派！""彻底向资产阶级腐朽思想宣战！""毛主席万岁！""中国共产党万岁！"台上领一句，台下的同学就振臂高呼一句，一时间群情激愤。口号声中，余珊瑶被押到台的正中间。她穿着一件很土的粗布外套、一条黑色的裤子、一双很旧的布鞋，鞋上连袜子都没有穿。她原本是一头齐颈的短发，此刻头发被剪得很短，披散在脸上，看上去有点像妖魔鬼怪。

最初听说余珊瑶被打下去时，方子衿非常担心她被定性为国民党隐藏特务或者现代反革命，如果真是如此，那是要被枪毙的。现在听到呼出的口号是"打倒道德败坏分子"，罪行自然就轻了许多，方子衿悬起的一颗心，也就落了下来。坐在台下的方子衿，心情异常复杂。一方面，她确实认为余珊瑶是道德败坏分子，她有今天，是咎由自取。另一方面，她也看到余珊瑶是胡之彦图谋自己的牺牲品，是一个罪恶的灵魂送上神的祭坛的不怀好意的供品。曾经一度，方子衿产生了幻觉，觉得被押在台上的是自己的母亲，她的一颗心为母亲担心着，认为下一个时刻，将会有无数淫邪丑陋的手像地狱中跑出的饿鬼的手一般伸出去，伸向母亲白皙圣洁的躯体。那些黑色的手撕扯着母亲的洁白，撕扯出血光四溅血肉横飞。某些时候，她开始产生另一种幻觉，觉得那被撕扯着的，正是自己的处子之身，是自己准备作为神圣不可侵犯的祭品献给心爱的白长山的贞洁之躯。

她默默地祈祷朝鲜战争早点结束。白长山对她说过，只要战争一结束，他回国后的第一件事，就是和她结婚。她期待着那一刻，期待着以洁白的爱意和饱满的欢畅展现在白长山的面前，让他英雄的目光像春天的阳光般照耀自己起伏跌宕的山峦、沟壑逶迤的丘陵、潺潺欢跳的溪涧。在他火一般的激情和水一般的柔情中，完成她这一生中激动人心也是最为神圣的进献。

哥，快来娶我吧。让我早一天逃离这黑暗的陷阱吧。

她在心中一遍又一遍地呼唤。

看到鸭绿江大桥了，白长山心中狂喜。子衿妹子，哥回来啦，我们的好日子就要开始啦。他在心中对方子衿说。

天是蓝的，水是绿的，骄阳似火，滚烫的热情蒸腾着大地。自从驶离大桥的那一刻，白长山就被空前的热情包围着。鲜花在他的两边翻滚，如同一条滚动的花的黄河。灿烂的花灿烂的少女美丽热情鲜翠欲滴的脸蛋灿烂的阳光萦绕着灿烂的彩旗彩带，锣鼓声震天动地，秧歌舞豪情万丈激情奔放。白长山手握方向盘，脑子里出现了瞬间的混乱。混乱中，曾在他眼前闪过的那个手握彩带扭着大秧歌的大奶子女人双腿像安了弹簧一般动着，两只手摆成了一种奔放，尤其是她胸前的大奶子，就像白长山踩在脚下的这两只大车轮遇到泥水地打着滑儿一般，一会儿滚到这边，一会儿滚到那边。滚动着的大奶子没变，那张脸变了，变成了在月光下的海南岛香蕉林中见到的那个女人，女人的奶子和大白屁股一齐在他眼前滚动。那个女人竟然是他心爱的女人方子衿。

女人呀，一想起这个名字，白长山浑身的血就像是草原上狂奔的马一般放肆。打海南岛前，首长说，这是最后一场仗了。打完这一仗，都回家抱婆娘日鬼去，给老子日一群龟孙子出来。几年过去了，那话还像是昨天说的一般。不知这回是不是真正的最后一仗？至少，自己就快要有婆娘了，真的可以日鬼了。虽然白长山还不完全清楚自己将落脚何处，虽然还不能确定和方子衿的准确日子，可他的心里，已经开始享受新婚了。

铁甲洪流一路翻滚着，轰隆隆开到了沈阳。白长山将自己心爱的汽车交上去了，和战友们一起住在临时营地里，等待上级的安排。在这里，他给方子衿写了一封信。他在信中说：

> 子衿妹子，从跨上国土的那一刻起，我看到的每一个姑娘，都觉得像你。我现在觉得自己真是太幸福了，因为我知道我一直都在做的那个梦，很快就要实现了，我最爱最疼最牵挂的妹子，就快要和我生活在一起了。虽然我目前还不清楚我们的婚期将在何时何地，可我的心里，早已经开始度着蜜月了。

刚刚将这封信发出，通知下来了。白长山独自离开了营地，离开了一齐从血与火中爬过来滚过来的战友，登上了北上的列车。后来他才知道，一位志愿军的首长从战报中看到了白长山的事迹，点名将他要到了东北的白河，职务是首长秘书兼司机。

首长第一次见到白长山，在他的肩头猛拍了一巴掌。首长的巴掌有一种地动山摇的力量，据说曾一掌拍得一名日本鬼子头骨碎裂。首长拍白长山的时候，白长山的身子只是震了一下，没有晃动。首长大叫一声好，说，狗日的白长山，有种。白长山大声说，报告首长，首长狗日的更有种。首长盯着他看了几秒，突然转过身，打开身后的柜子，拿出一件像手榴弹似的东西扔给白长山。匆忙间白长山没有看真切，但首长扔过来的东西，就算真是手榴弹，他也应该接住。他一伸手接了，低头一看，乖乖，一瓶老白干。首长拿出另一瓶老白干，边往他面前走，边用牙咬开了瓶盖。白长山虽然没有完全明白首长的意思，却也咬开了瓶盖。首长将手中的瓶和他碰了一下，一仰脖子咕噜咕噜喝了大半瓶，然后举着手中的瓶看白长山。白长山将手中的瓶口对准自己的嘴，脖子一仰，咕噜咕噜咕噜，一瓶老白干喝了个底儿朝天。

狗日的，果然是条好汉。首长赞赏地再次转过身，回到自己的位子上，坐下去之前，似乎突然想起似的，问他，多大？白长山说，报告首长,过了八月二十七了。首长又问,娶媳妇没?白长山大声说,报告首长,我和毛主席发过誓,革命不成功就不成家。首长说,革命现在成功啦。狗日的,老子批准你,可以成个家啦。

白长山一听,大喜过望,立正说道,报告首长,我有未婚妻,她叫方子衿,是宁昌一所大学的大学生。首长看了他半天,多少有点酸酸地说,你狗日的能啊。行,你写报告,老子批准你。

白长山欢天喜地,安顿下来后的第一件事就是打结婚报告。报告打好了,他将报告递给首长。首长说,你日鬼这都不懂?这件事归政治部管,你把报告交给政治部,他们自然知道怎么办。白长山双手捧着申请报告,像是虔诚的基督徒捧着《圣经》,像是幸福的父亲捧着初生的儿子,像是清纯的少女捧着美丽洁白的和平鸽,像是跋涉者捧着经历千辛万难获得的天山雪莲,像是唐僧捧着从西天取回的真经,像是后来人们捧着神圣的红宝书。他来到政治部,将申请书交上去。他认为政治部应该为此举行一个神圣的仪式。可是,政治部那位干事的态度令他大失所望,对方只是轻描淡写地收下,往一本活页夹里一放了事。

"就这样啦?"白长山有些不甘心地问。

政治干事说:"我们会给对方单位发政审函,等对方的政审材料回来,政治部再研究你的申请。"

后来的日子,每一天都写着神圣。神圣的日子过得特别慢。过了一个月,还没有消息。白长山等不及了,跑到政治部去问。政治干事答复说,还没研究呢。这段时间,抗美援朝刚刚结束,需要处理的事儿太多,还轮不上。白长山气得嗷嗷叫,将首长抬了出来,说首长都已经说过话了。政治干事听说首长同意了的,口气顿时有些不同,又担心他打着首长的旗号,说既然首长同意了,那你能不能让首长批个字?白长山抓过面前的内线电话拨了首长的电话号码。政治干事听到他和首长通话,吓坏了,拼命说你别告诉首长,俺给你办还不成吗?俺求你了。

第二天,政治干事通知他,政审材料已经发给宁昌了,静候佳音吧。

白长山怀着无以表述的兴奋和巨大的幸福期待着那个激动人心的时刻。幸福就像是栽在他心田的玫瑰,连他自己都不清楚是什么时候种下的，后来就悄悄地长得枝繁叶茂，青翠可人。现在，这朵玫瑰含苞欲放了，花苞之上沾着点点的露珠，在阳光下晶莹剔透，七彩变幻着。花瓣像是绢织的一般，细腻中透着韧性，透着诱惑，透着温馨。上一次和平短暂来临，白长山感到从未有过的无聊，这一次和平可能会长久驻扎，无聊却再也与他无缘了，因为他的心里，玫瑰正在静悄悄地开放。

又一个月过去了，还是没有结果。方子衿在信中安慰他，可能是放暑假的缘故，学校人保科没人办公，或许要等到开学以后。她在信中说，像他一样，她心中同样充满了期待，等开学后，她第一件事就是去人保科问这件事。她甚至在信中描述她所想象的婚礼场面。她说，国庆节前，她去白河，他到车站接她，开着他那辆在朝鲜战场立过功的卡车，车头有一朵大红花，车厢两边有大红的喜字。她坐在驾驶室里，他开着车。他最好能借一台留声机，车上放着《致爱丽丝》。到了军营，噼里啪啦放一挂鞭炮。晚上，和他的战友们开一个晚会，大家在一起唱歌跳舞表演节目。

整个夏天在焦灼燠热之中流走了。这一天，白长山陪着首长去市里开了一个会，回到办公室，有战友对他说，政治部打电话来让你去一趟。白长山一听，心狂跳不止。他知道，肯定是有了政审消息，大概是政治部已经批准了他的结婚申请吧。现在发电报通知方子衿，她还赶得及在国庆节前来白河。

他一路小跑着来到政治部，推门进去时，胸脯还在急剧地起伏着，大口大口的气从他张开的嘴上吐出。政治干事说，你歇歇，喘口气儿，我再和你说。白长山哪里等得及？趁着喘气的间隙吐出一个个字，将这些不连贯的字加在一起，只有一个中心意思，他等不及，希望立即知道。政治干事见他这样，便伸手打开了面前的抽屉，拿出一份材料，对他说：你的结婚报告已经研究过了，部里不同意你们结婚。

白长山以为自己听错了，大声叫道："啥？你说啥？"

政治干事说："昨天，我们收到了女方组织部门寄来的政审表。上面写得清清楚楚，方子衿出身地主，父母在土改时被人民政府镇压。政治部研究了这个事儿，这个女人的出身有问题，不同意你们结婚。"政治干事说过之后，忙自己的事。过了半天，见身边没有动静，又转过头来，见白长山仍然站在那里，嘴半开半张着，眼睛一动不动，整个人像是傻了一般。他有点担心了，问："白长山同志，你没啥事儿吧？"白长山没有动静。政治干事吓坏了，说："你别吓我呀。"边说边站起来，走到他的身边，推了推他，说："喂喂，你咋的了？"

白长山身体的某一处，突然发出一种声音，一股液体从他的口里喷射而出。政治干事躲闪不及，那些东西全都射到了他的脸上，好浓的腥味。他伸手抹了一把，再看自己的手，一只手掌变成了鲜红。他诧异地看白长山，白长山已经直挺挺地向后倒去。他伸手去拉已经来不及。轰然一声，白长山重重地摔倒在地上。政治干事手忙脚乱，探过头去看，见他直挺挺像木头一样横在那里，眼睛睁得圆圆的，嘴巴大张着，嘴角沾着血迹。

政治干事大急，顾不得身上被染脏，一步跨过去，蹲下来，勾起手臂，扶他坐起来。白长山软软地耷在他的臂弯里，嘴一张，吐出第二口血。嘴再张，吐出第三口血。鲜红的血染红了白长山离开朝鲜回国时刚刚发的新军装，也染红了政治干事身上的旧军装。整间办公室里，充满了血的浓腥味。政治干事吓得大声地喊叫，隔壁办公室的几个人跑过来，迅速有人在楼里跑动。更多的人跑进来，手忙脚乱地抬着他，送上一辆汽车。在汽车上，白长山仍然大口大口地吐血，鲜红的血顺着车厢底板流动，流出车厢，滴落在路上，一路血迹斑斑。

医生事后说，如果不是及时送到医院，如果不是送进了设备先进的部队医院，白长山肯定没救了。此话的含义，不仅仅说明白长山这场病来得急来得凶险，还有一层没有说出的意思：主观上的放弃，成了治愈他的最大障碍。

白长山确实是万念俱灰，不想再活在人世了。他孤身一人活在这个世上，二十岁以前，并不完全明白自己为什么活着，直到认识了方子衿，才迎来了生命的春天。他将自己全部的希望寄托于和方子衿的爱情，那是他一生快乐和幸福的源泉，是他的终极梦想，是他生命最恒久的无穷无尽的动力。然而，残酷的现实给了他致命一击，幸福眼看就要走进他生命的大门时，被一双强有力的手给强行拉走了。在那一瞬间，他的生命被抽空了，他的希望被漂白了，他的灵魂已经彻底地死亡。军功章褪色了，身上的弹片失去了荣光，曾经有过的欢笑曾经洒过的汗水曾经流过的血，全都失去了意义。连生命都已经苍白起来，其他一切，还有什么值得珍惜？

最初的半个月，医院给部队下了五份病危通知书。直到一个月后，主治医生才暗松了一口气，向部队领导表示，病人已经脱离了危险期。白长山更希望危险一直持续着，甚至是某一天医生悲痛地对部队领导说，对不起我们已经尽力了，然后庄严肃穆地拉起白床单，盖住他的头。主治医生宣布他已经度过危险期时，他突然对她充满了仇恨。他认定她是一个没有感情不懂爱情的女人。他不懂冷血动物这个词，否则，他一定毫不犹豫地将这个词用在这个女医生身上。他甚至觉得这个女医生好可怜，一辈子不懂爱情是何物，一辈子没有过铭心刻骨的爱，那是何等可悲的一件事，简直就是一个可怜虫。

女医生在宣布他脱离危险期之后离去了，护士小姐也跟在她的身后离去。他们的身影刚刚消失在特护病房外，白长山就拔掉了手腕上的输液针。针头被拔出时，手腕的血汨汨地流出来。白长山看着自己黝黑的手腕上那一星红点，在他那横的竖的汗毛丛中一点点变大，就像一朵鲜红的玫瑰，在荒郊的野草丛中怒放着。他因此有了一种特别的快感，觉得自己踏上了一片轻巧的云，在广袤的蓝天下飞翔着。他在心中默念：暴风雨来得更加猛烈吧，美丽的血玫瑰绽放得更灿烂吧。可是，那朵血玫瑰并没有完全舒展身姿就凝固了。他甚至觉得那朵玫瑰窥透了他的心事一般，不怀好意地向他窃笑着。一个小时后，护士进来，看到掉在地上的针头以及地下湿湿的一片药液，似乎想说句什么，又硬是将话吞了回去。她走出病房，几分钟后，又随着医生一起进来。

"你咋的了？你再这样，我们要通知你的部队了。"女医生恶狠狠地说。

白长山根本没有将女医生的话当一回事。轮到护士给他吃药的时候，他趁着护士不注意，将那些白色的小药片倒进了痰盂里，又装着已经吃下去的样子。护士给他送饭来，他趁着护士离去后倒掉了，借口说不合胃口，吃不下。医生查房，问他的情况，他说他睡不着觉，要医生给他开安眠药。他注意到了，晚上护士最后一次给他的药中，多了一种小白药片，他抓过药片，装着塞进了嘴里，其实全都抓在了手中。等护士离去后，他将药片拿出来，小心地藏好，准备积到足够多的时候，一起吞下去。他确实不想活了，没有子衿妹子的日子，对于他来说，就像是没有了血液的身体，就像是没有了水流的土地，一切都已经没有意义。

　　二十多天后，他已经积下了一大堆白白的药片。他想，这么多药应该已经够了，他可以行动了。那个晚上，又停电了，整个医院漆黑一片，只有走道上，有值班护士点的一盏马灯微弱的光。白长山知道，此时整所医院绝大多数人都睡下了，连值班护士也都睡下了。他借助那盏马灯的微光爬起来，给自己倒了一杯水，抓起那些药片往嘴里塞。药片太多了，一次塞不下，他分了好几次。塞几片药，喝点水吞下，再塞几片药。将所有的药片吞完，他重新在床上躺下来，看着天花板，默默地说道：子衿妹子，哥走了。这一辈子，我们做不成夫妻了，我下一辈子再来找你。谢谢你给我的爱，让我在朝鲜那段日子过得充实而又美丽。那是我一生中最幸福最快乐最美妙的日子。谢谢你妹子，你给了我最美丽的感情、最温馨的回忆。有了这一切，我走向黄泉的路上，将不再孤单。

　　如果不是凌晨时分来电了，如果值班护士不是恰好被一泡尿憋醒，如果她没有那么高的觉悟，如果不是对白长山的爱情故事充满着理解和同情，如果没有那么多巧合的如果，白长山可能永远地离开了人世。

　　因为晚饭的菜太咸了，护士小姐睡觉前喝了太多的水，结果躺在值班室的床上，憋得实在是难受，无穷无尽的梦里，她到处找地方拉尿。跑到路边的一丛野草之中，刚拉下裤子，正准备尿个痛快，突然发现不远处有个男人走过来。她大吃一惊，连忙提起裤子就跑。跑到一间乡村粪坑，蹲下去便拉，稀里哗啦，哇，痛快至极。可是，这尿咋就这么多呀，拉了那么长时间还没有拉完，小腹仍然憋得难受。不好，这乡村粪坑只有半截土墙，土墙之上，有一个男人在偷看呢。她大惊失色，一提裤子就往外跑。不知怎么回事，她躺到了自己的床上，不留神就尿了个黄河滔滔长江滚滚，主任来了，大声批评她：你咋回事儿？这么大个人，咋就尿炕了？她一惊，醒了。醒来之后，伸手去摸了摸身下的床。谢天谢地，床单是干的。她跳起来往厕所跑，从厕所出来时，整个人都轻松了。此时她才发现,不知啥时候来电了,许多病房的灯没关。这咋行?这不是浪费国家的电力资源吗?

女护士一个房间一个房间去关灯,同时查看一下躺在床上的病人。被子搭在床下的,帮忙掖一下,手脚露在外面的,给放进去。走到白长山的房间,见他睡得很好,她关了灯就离开了。离开之后总觉得有什么不对头。哪里不对?想不明白。她回到值班室,躺下来。房间很静,可不知从哪里传来一阵滞重的鼾声。她勾起身子,听了听,没有。再躺下来,又听到了那滞重的鼾声。此时,她脑中有了突然通电的感觉。鼾声?对,鼾声,正是鼾声不对。偶尔能听到白长山睡觉时的鼾声,那鼾声是畅快淋漓优雅欢畅的,就像一首小夜曲。可这次她听到的鼾声完全不同,沉重急促,仿佛正承受着千钧压迫。不对,这种鼾声太不对了。

女护士从床上一跃而起,再次进入了白长山的病房。她拉开电灯,走到白长山床前,认真地看他。他静静地躺在那里,鼾声如闷雷般轰响,口里有一大团肥皂泡一般的白色泡沫,那一团泡沫由许多的小泡组成,吸气的时候,那些泡沫往他的口腔里缩进去,呼气时,泡沫又冒出来,总有几个泡异常胀大,随后啪的一声破裂。女护士转身就跑,跑到医生房间,拼命摇着她的门。医生穿着睡衣出来了,一边往外跑一边往身上套工作服。医生跑进病房后,翻起白长山的眼皮看了看,又弯下身子,将她的鼻子凑到白长山的唇前,仔细地闻了闻那些泡沫,最后趴在床的四周找了一遍,捡起两粒白色的药丸。

"快,马上准备洗胃。"女医生威严地发出命令。

白长山被救活了。活过来的白长山,躺在病床上不言不语不吃不喝。他拿定了主意,吞药不成,就绝食自杀。女护士无计可施,只得又去找医生。女医生走进他的病房,站在他的面前,认真地看着他,站了足足十分钟,女医生才说了第一句话。

女医生说:"你以为你这是在回报她的爱吗?你这是在污辱她的爱。"

白长山躺在那里,一动不动,仿佛根本没有听到女医生的话。

女医生继续说:"那个远在宁昌的女人,你替她想过吗?她把自己全部的情感给了你,她已经决定把自己的一生交给你。可你呢?你却准备辜负她自己逃跑，你是一个逃兵，你是一个懦夫。你根本不值得她托付，不值得她爱。"

白长山突然发作了，大叫道："我能怎么办？组织决定，我能反对吗？"

女医生说："你不是连死都不怕吗？一个人如果置生死于不顾了，还有什么能难住他？"

白长山以一种怪异的眼神盯着女医生，他显然意识到她话中有话，却又完全没有明白过来。他希望女医生进一步说明，可女医生不说。他追问她，女医生说，你自己想好了，我可不想教唆一个军人干什么特别的事。女医生离开之后，他开始仔细地想，认真地想。女医生不想教唆他做什么特别的事？什么事才是特别的？难道他和方子衿之间，还有第二条路可走？阻隔在他和方子衿爱情通道之上的是什么？不是从白河至宁昌之间的千山万水，不是他们彼此没有爱情，而是那张薄薄的纸，那张要置他们的爱情于死地的政审表。因为他是军人，所以必须经过政审。有什么办法可以不经过政审吗？

他的心突然之间豁亮了。如果他不是一个军人，虽然也要通过政审，但不会那么严格。如果他是一个平民百姓，就算他要娶一个资本家的女儿，那是他个人的事，与组织无关。现在，他完全明白了女医生的潜台词。她说她不会教唆一个军人干什么特别的事，所谓特别的事，就是指脱下军装。同时，她也在向他挑战，对他说：你真的那么爱她吗？你爱到了可以不顾一切，放弃自己的政治前途吗？你可以为了爱而不顾将来自己政治生命上留下污点吗？

能，我能。他在心里大声地说，为了她，为了我们的爱情，我连生命都可以不要，其他一切，又算得了什么？

想一想，自己真是蠢，最初为什么没有想到还有这条路可走？为什么要在病床上浪费如此之多宝贵的时间？现在，他唯一的期望，就是快点好起来，以便自己有足够的体力从白河找到宁昌去。他要去告诉方子衿，哪怕他什么都没有了，成了一个穷光蛋，只要他还有她的爱情，那他就是世界上最大的富翁。

"护士！护士！请来一下。"他大声地叫道。

护士随后进来，问他："想通啦？"

他说："想通啦。"

护士问："现在想吃东西了？"

白长山想："想吃东西了。"

"这才像个真正男人说的话。"护士说，"你等着，我去给你弄碗面条来。"

现在白长山想快点痊愈出院了，可是，他在此前所做的一切，对他的身体损害太大，恢复异常缓慢。待医生允许他在医院内外自由活动时，白河已经是北国冰封万里雪飘了。白长山所做的第一件事，是给方子衿写了一封信。他在信中说，得知组织上不同意他们结婚的消息时，他绝望了，吐了很多血，差一点就死掉了。这几个月来，他躺在医院的病床上，一直都在想，自己应该怎么办？难道这段铭心刻骨的感情，就被那一张薄薄的纸给断送了？不，无论如何不能。他说，他已经做好了准备，等病好了，他就向部队打报告，要求转业。只要转业报告一批准，他就去宁昌找她，和她结婚。

信发出去了，他苦等着消息。过了三天，他忍不住等待的煎熬，又给她写了第二封信。他说，眼看就要过春节了，这是抗美援朝胜利后的第一个春节，部队要大庆祝，所以不太可能有精力考虑他转业的事。他自己的病情，似乎也不太可能在春节前出院。这样也好。春节过去，1954年的春天来了，他们新的生活开始在一个美妙灿烂的春天，这可以说是一种天意的安排。两天后，他又给她写了第三封信。他说，他每天只做两件事，一是配合医生治疗，希望自己尽快好起来，一是满怀期待盼望着她的信。

春节临近了，白长山仍然没有收到方子衿的回信。他开始感到不妙。他跑到街上，买了一大沓信纸和一些信封，又去邮局买了一整张邮票，开始一天给她写一封信。

年二十八的上午，医生对白长山说："明天是年二十九了，你出院吧，回去好好过一个年。"听到这个消息，白长山丝毫没有激动。回去又怎么样？一个人的冷冰冰的春节。他原以为，战争结束了，这个春节将属于他和方子衿，没料到命运多舛，自己不仅没有迎来梦中的新娘，现在连她的音信都没有了。年二十九上午，他心灰意懒地清理了自己的东西，提在手里向医院大门外走去。医院里面暖融融的，可外面是一片银白世界，一股透心的寒意，迎面扑来。部队派了一辆车来接他出院，那辆车停在门前的雪地上，一位战士提着他的行李。见他站在院门口磨磨蹭蹭，就和他开玩笑，咋的啦？舍不得医院里的哪位医生还是护士？

话音刚落，女护士跑过来，大声喊道："白长山，有你一封信。"

信？方子衿终于来信了。白长山心中一阵狂喜。他从护士手中接过信，仅仅只是扫了一眼那熟悉的娟秀字迹，那颗心顿如江河湖海般翻腾。他想立即拆开信，可那个战友不识趣地凑上来，问他谁来的信。他不好意思再看了，将信往衣袋里一塞，说没什么以前的一个战友来的。

回到营地，营地里挂着大红灯笼，贴满了红红绿绿的标语。会议室里正在开联欢会，白长山进去时，所有战友都站起来以热烈的掌声祝贺他出院。他在会场坐了一会儿，全副心事都在衣袋里的那封信上，根本无心欢闹。瞅了个机会，他溜出了会议室。为了不受干扰，他来到了大操场上。操场确实很大，大过两个足球场。操场上铺着厚厚的积雪，银白银白的，那么纯洁，那么晶亮，那么迷人。他走到操场的正中间，读信之前，掏出烟，点起一支。他向后看了看，后面是一长串深深的足迹，整齐地排列在洁白之中。

他望着南边，对着灰蒙蒙的天空说：子衿妹子，明年的春节，这一串脚印，就会变成两串了。我向你保证，一生一世陪伴着你，走过人生所有的积雪，走过未来所有的困苦，走向我们爱情的春天。

他掏出了那封信，像一名虔诚的教徒打开了神圣的圣经。他的双手捧着那薄薄的一张纸，认真地读着。他的手开始发抖，叼在嘴中的烟掉到了雪地上，在那里染出一星糟黄，冒出一串青烟，熄灭了。他手中那张神圣的纸从指缝间滑落，翩翩地落在雪地上，在洁白的雪面上翻滚，飘飞。他的双腿慢慢地弯曲，跪在了雪地上，他的头向上扬起，双手举过头顶，成为一尊永恒的雕塑。

信上仅仅只有一句话，没有题头，没有署名。那句话说：我已成家，忘了我吧。

银白一片的雪地上，白长山长久地跪着，眼泪顺着刀削一般的脸颊，无声地滚落。一阵风吹来，刮起满地的雪屑，在操场上翻卷，向白长山裹去。白长山在白茫茫的雪屑飘飞之中，成为一个模模糊糊的影子。

拖着疲惫离开医院时，天已经黑了。一整天阴沉沉的，十分压抑。鞭炮声一阵接着一阵，似乎刻意要将这压抑掀翻。方子衿一步一步向家里走去，热闹之中，更显出她的落寞。她是有意去医院上班的，她想刻意忘记今天是除夕。

回到小院时，天黑已经有一会儿了。冬天黑得早。她向前望去，一溜门前，全都是大红的对联、明亮的电灯。上面有通知，春节五天不停电，所以，每家门前灯光放彩。红色的鞭炮屑散落着某种情绪、某种喜庆。她知道，自己的家是个例外，没有春联，没有鞭炮，也没有灯光。可是，她确实看到了灯光，从自己家里传出的灯光。她甚至以为自己看错了，再认真看一眼，那昏黄的灯光确实是从自己家里传出的。她的心在那光亮的照射下猛地一紧，她想逃走。可是，她能往哪里逃？那里是她的家，结婚才一个多月的家。面对自己的家，她的双腿发软，挪不动步子。

那段路不长，几十米的距离，她仿佛走了一生一世。无可奈何地挪到了门前。

赵文恭坐在家里，他身边的桌上摆着一些特别的东西。一台半导体收音机，正在收着中央人民广播电台的春节特别节目。这可是他的宝贝，用尽了他好几年的积蓄。他就是带着这台收音机走进这个家的，虽然不是全院第一台，却也算是少数之中的少数。在收音机旁，摆着一袋花生米、一瓶白酒。这三样东西全都不属于这个家，方子衿根本就不曾考虑过年的事，什么都没有准备。赵文恭是一个瘦高的男人，戴着一副近视眼镜，唇上留着一撇很厚的胡子。他一边吃着花生米，一边喝着酒，一边听广播。听到门响，扭过头来看了一眼，见到方子衿，那藏在镜片后圆圆的眼睛顿时向外突了许多，有两束很亮的光射向方子衿。

方子衿心头颤了一下，还没有反应过来，他已经走到她的面前，一把将她抱进怀里，同时伸出一只脚，探向她的身后，将门踢上了。他紧紧地抱着她，将嘴凑到她的嘴前。他的胡子很硬，扎着她娇嫩的皮肉，麻麻的疼。他的胡髭上沾着酒味和烟味，口中呼出的是酒味和烟味的恶臭。他将舌头伸出来，在她的口腔里搅动着，将这些恶臭送进她的鼻子，送进她的五脏六腑。她差一点呕吐出来，双手用力，轻轻推开了他。他一把将她抱起来，向后面的卧室走去。

赵文恭将方子衿放在床上。方子衿像一瘫烂肉般在床上躺下来，闭着眼睛，动都不动。他解开她的上衣，放出那对白鸽，一只手轮换着抓捏，另一只手开始解她的裤子。她想说，你疯啦？这么冷的天，想冻死我呀。她懒得张口。她也想说，我上了一整天班呢，你体贴一下，让我喘口气好不好？可是，她还是懒得张口。他脱下了她的裤子，抓住她的双腿，举起来，形成一个角度。他硬硬地向她插去，然后猛烈地动作，像牛一样急促地喘息。她在想，今天一天没有去吴丽敏家给喻爱军扎针了，明天是大年初一，是不是应该去一趟？她给喻爱军扎针烧灸持续了半年多，效果不十分明显。有一次和项钦羊聊天的时候，他提到一则治疗小儿麻痹症后遗症病例，用外科方法刺激患者的腿部神经，以强烈的疼痛，唤醒患者的知觉。方子衿立即认定，项钦羊是有意告诉她这则病例的，暗示她可以在喻爱军身上一试。征得吴丽敏和喻爱军同意后，她真的试了。用手术刀在喻爱军的腿部割开一道小口子，然后用一根竹片像弹琴一样拨动他的脚筋。平常，无论方子衿在他的腿上扎多少根针，他都没有丝毫感觉，可她第一次拨动他的脚筋，他就轻轻地叫了一声。在一个月时间里进行了两次这样的手术，并且坚持针灸治疗，效果开始有了明显转变。方子衿坚信，自己的方法对了，用不了太久，喻爱军一定可以站起来自己行走了。只是这个春节，她是否应该暂停几天？她有些拿不定主意。

赵文恭做完了，穿好衣服，心满意足地回到外面喝酒去了。方子衿赤身露体躺在床上，身子冰一样凉。她动了动身子，随手拉过被子，盖在身上。她静静地躺在那里，再一次想起了白长山，他应该收到自己的信了吧，收到信之后，他会不会伤心欲绝？会不会绝望自杀？想到他确实有可能做出这样的事，她的心猛地一紧，眼泪一下子流了出来。

当初，自己接不到他的消息那种刻骨的伤痛，至今还历历在目。

新学期的第一天，她跑去人保科找人事干事。人事干事说，是啊，已经收到他们的政审函了，刚开学，事情多一点，你放心，这几天就给你办好寄出去。又过了几天，她在路上遇到了人事干事，问起此事，人事干事说，已经寄了，这几天应该收到了。于是，她怀揣着梦一般的期冀等待着白长山的召唤。十天过去了，没有消息，半个月过去了，还没有消息。她不甘心，再一次跑到人保科。人事干事不在，却见到了科长胡之彦。胡之彦的一份揭发材料，不仅成功地将余珊瑶打成了道德败坏分子，而且将周昕若拉下了校长宝座，调到省里搁了起来。与周昕若对立的转业军人派大获全胜，掌握了学院的最高领导权，胡之彦自然成了功臣，因此被提到了科长位置上。见到她时，胡之彦不怀好意地笑着，说你他亮的是来问消息的吧。刁毛，我正要告诉你，那边政治部来了一份函，不同意你们结婚。方子衿当即说道，不可能。胡之彦说，刁毛，老子会骗你？你自己看看，这是他们政治部的公章，这还能他亮的假？

方子衿接过那张纸一看，白纸黑字，写得清清楚楚：政审不合格，不同意结婚。下面是一个红红的印章。方子衿天旋地转，眼前一黑，当场昏倒在地。

方子衿被送进了医院。同学们到病房看她。吴丽敏劝她说，你不要绝望，事情还没有到绝望的时候。方子衿说，还么事希望？部队的态度非常坚决，白纸黑字呢。吴丽敏说，他如果对你是真心的，就应该放弃一切和你结婚。因为他是军人，所以他的婚姻要由部队批准。他难道不能转业吗？他如果真的像你爱他一样爱你，他就应该放弃一切来找你。他如果不肯放弃部队的一切，那就说明他的爱是假的。不，他的爱千真万确，绝对不会是假的。方子衿在心里为白长山争辩。吴丽敏所说的是对的，他一定会不顾一切赶到宁昌来找她，除了她的爱情，他生命中的一切都不再重要。这是他说的，她相信那绝对是真话。她的生命中，再一次燃起了希望。

胡之彦也来病房看她。他可真会选时间，恰好选了一个病房没有其他人的时候，连十七床那个很少离开病房的眼镜赵文恭也不知去了哪里。胡之彦看了看病房外面，外面没有人。虽然进入了秋天，可秋高气爽，中午气温很好，整间医院静悄悄的。胡之彦冷冷地笑了一声，说，刁毛，你想逃离我的手心？我结巴告诉你，没那么容易。方子衿紧闭着眼睛，不理他。他说，他亮的，老子知道你没有睡着。你刁毛知道是咋到医院来的？咳咳，他亮的你在我的办公室里昏倒了。是我结巴送你来的。他故意放低了声音对她说，刁毛，老子明人不做暗事。我摸了你的奶子，你的奶子真他娘的硬，还有弹性。方子衿愤怒至极，大声叫道，流氓，滚，你给我滚。

赵文恭此时恰好跨进病房，立即看出了方子衿的狂怒，看到了她脸上屈辱的泪水。他走到胡之彦身边，对他说：她让你出去，你听到没有？胡之彦悻悻地瞪了赵文恭一眼，再狡黠而又恶毒地瞪了方子衿一眼，退了出去。后来的几天，赵文恭对她非常好，她却不冷不热。她实际没什么大病，住了三天出院了。赵文恭一定要送她，她知道他对自己已经有了意思，坚决地拒绝了。

半个月过去了，没有收到白长山的信。一个月过去了，还是半点消息都没有。每天上午的第三节课，方子衿不上了，她总是跑到系里去等信。终于有一封信来了，但不是白长山的。这是一封公函，通知她经过土改复查，认定她家的成分是自由职业者兼地主，方家坝子的群众对她父母的批斗是错误的，现予纠正。

现予纠正？这四个字令方子衿想大哭一场。可是，她的眼泪已经干了。怎么纠正？人已经死了，能够复生吗？

走出系办公室，迎面碰到胡之彦。方子衿想避让，可路很窄，让不开。胡之彦说，又来等信呀。刁毛，你死了这条心吧。她不理他，想从他身边走过去。他一把抓住她的手，低声对她说，他亮的，你逃不掉的。我老婆和我妈回山东了，今晚我结巴在家等你。

方子衿猛地挣脱了他的手，疾步向前走去。离开胡之彦的纠缠，方子衿就想，此时如果谁愿意和我结婚，我立即就将自己给嫁了。

事情还真是凑巧，吃晚饭的时候，有一个中年女人来找方子衿。她自我介绍说，她是省地质局的，和赵文恭是同事。她说，赵文恭自从见过方子衿后迷上了她，茶饭不思。她说，赵文恭是全省有名的地质专家，年轻有为。方子衿打断了她的话,说你的意思是他想和我结婚?中年妇女说是啊是啊,就是这个意思,他求我来问你。方子衿说,那好,我同意,不过我有个条件。女人说,么条件你说,几大件?方子衿说,我一件不要,我只给他十天时间。在十天之内举行婚礼,如果做不到,那就免谈。

接下来的一切像是做梦。赵文恭和方子衿各自向单位递交了结婚申请,省地质局的局长还亲自给医学院校长打了一个电话,说赵文恭同志是我们的地质专家,业务骨干,他常年工作在地质工作一线,野外作业。结婚时,你们医学院能不能为他们解决住房问题?医学院的领导说,为我国的地质勘探事业做贡献,是我们应尽的义务,行,住房问题我们解决。

地质队破例给了赵文恭十几天假。赵文恭欢天喜地筹备婚礼,方子衿只是在完成一道程序,谈不上喜也说不上悲。婚礼前一天晚上,两人布置房间弄到很晚,赵文恭不想走,说是拿了结婚证就是夫妻了,他等不及明天,今晚不走了。方子衿也知道,这一天迟早要来。可她想尽可能地往后拖。她说,你不走,那我走好了。赵文恭无可奈何,只好离开。过了一会儿,有人敲门,方子衿以为是赵文恭回来了,没理。停了约半分钟,外面的人又敲了几下。方子衿有些犹豫地往门口走,门外的人似乎立即退开了,脚步声渐行渐远。方子衿透过窗口向外望去,夜色中,有一个女人的背影隐没在前面的一株梧桐树下。

方子衿打开门,门里的灯光照出来,射在那两级水泥梯级上。梯级上摆着一个纸包。她将纸包拿起来,拆开,见里面是几斤红糖。她将红糖抓在手里,心里一阵温热。抬眼向前看去,前面只有深深的黑夜,不见一个人影。风轻轻地吹着,星星的光从叶缝中照下来,斑斑点点地砸在地上,就如她此时的心情。

虽然她没有看清那个人,可她知道是谁。如今虽然不再开她的批斗会了,可她在医学院名誉扫地,给学生上课,有人敢当面顶撞她。走在路上,有人故意往她身后吐口水。偶尔,方子衿能够看到她蹒跚的身影在校园里走过,远远见到前面有人,就悄悄地绕开去。望着她的背影,方子衿常常想:她靠什么支撑着?如果自己处在她那样的境地,会不会绝望自杀?别的不说,仅仅是她生命的顽强,就让方子衿佩服。尤其是自己和白长山的爱情遭遇灭顶之灾后,她突然之间明白了一切。如果说当年她们一起被土匪掳去让方子衿看到她性格的一面,那么现在,她看到了她性格的另一面。这两面用不同的方式书写着一个巨大的坚强。再一次触摸到她灵魂深处的坚强,方子衿以前的感觉似乎又慢慢回来了,只是她已经没有机会向她作任何表达了。

第二天的婚礼办得平平淡淡。方子衿这边,只有吴丽敏夫妇以及另外几个同学,一个亲戚没有。赵文恭那边倒是来了不少人,没几个是方子衿认识的,她也不太愿理那些人。喜宴摆在学校的食堂里,总共四桌,其中三桌是赵文恭的同事、朋友。也不知他是怎么混的,工作多年,竟然一点积蓄都没有,这请客的钱,还是方子衿出的。吃过喜宴又闹新房,方子衿的同学知道她好静,随便闹一闹,告辞走了。可赵文恭的朋友就不那么容易对付,又是要他们吃苹果,又是要他们咬花生。满屋子都是酒臭味烟臭味,熏得方子衿一次又一次想呕吐。

闹够了,所有人走了,方子衿也精疲力竭。她知道还有一场最为艰巨的战斗,心中充满着恐惧。赵文恭送朋友去了,方子衿独自坐在床上。她开始后悔了。自从答应嫁给赵文恭的那一刻,她就开始后悔,并且这种悔意与日俱增,此时此刻,达到了前所未有的程度。她想逃走。可是往哪里逃?世界这么大,竟然没有一寸之地可供她容身。她一次又一次看着这间房子,结构和胡之彦那套几乎一模一样。往前面逃?可能被送客返回的赵文恭遇到并且堵回来。往后面跑?后面黑乎乎的,她能逃到哪里去?

赵文恭进来了。他甚至不对自己说任何话,便脱光了身上的衣服。看到他赤裸的身体,方子衿吓坏了,全身发抖。她一个翻身,躲到了床的一角,曲着身子,双手抱着膝盖坐在那里。赵文恭抬起一只脚,半跪在床上,伸手过来抓她。她大惊失色,猛地站起来,往床头逃去,她的前方是后门,她准备不顾一切从那里冲出去。就在她的身子即将离开床的那一刻,他伸手抓住了她。他用力一拉,她倒下去。他翻身而起,压在她的身上,将唇压在她的唇上,将那根被酒和烟味浸泡着的舌头往她的口腔里伸。她用力尽量咬紧牙关,拼命地摆着头,努力不让他得逞。他的唇向她攻击的同时,手也没有停歇。他将手伸进她的胸前。他要探进她壁垒森严的营地，掏出她深藏不露的大白兔。她的牧场是为白长山准备的，牧场上的每一根草，每一滴露珠，每一片彩云，都是为白长山而存在的。她不能容忍任何外人的侵入，她必须为白长山保护着这一切。

他恼怒了，大声地怒斥她，你想做么事？你已经是我的女人了，你的身子已经是我的了。他以为自己这样说过之后，能够令她意识到妻子的身份。可是，她仍然顽强地阻止他的进攻。他怒不可遏，抢起巴掌，猛地一巴掌抽在她漂亮的脸上。她的脸顿时像是被火灼过一样，辣辣地疼。他还不解气，抢起巴掌左右开弓，一连打了她好几巴掌。她完全蒙了，在极度的绝望中，处于昏厥状态。他撕扯着她的衣服。她像一朵最美丽的玫瑰，美丽的花瓣被一片片扯下，扯得支离破碎鲜血淋淋。

她裸露在床上，虽然曲线玲珑，虽然秀色可餐，虽然山峦逶迤。可这一切看上去不再真实，就像是一个人体模具，就像是一道画中的风景。

赵文恭就像是一个在黄山上耕种的农夫、在千岛湖捕鱼的渔夫，秀山丽水对他没有丝毫意义，他全身心关注的就只有一件事：耕种或者捕捞。他扑在她的身上，紧紧地压着她，波起浪颠地动作。

他大汗淋漓从她的身上滚下，倒在一旁呼呼大睡。苦役结束之后的方子衿，静静地躺在床的一角。她知道自己死了，彻底地死了，没有欢乐，没有兴奋，没有梦想，甚至没有泪。她的眼睛睁着，感受着身边这个男人满足后酣畅的呼吸，一股深沉的怜意，从她心灵的最深处升起。她真的可怜他。她将自己的心、自己的情珍藏着，珍藏在谁都看不到谁都摸不到的地方，给这个男人留下的只是一副没有灵魂的躯壳。

不知过了多长时间，男人醒了。醒过来之后的赵文恭再一次趴在了她的身上。下身撕裂的疼痛像沉落在地心一般遥远，剧烈的冲撞也只能让她感觉到乘坐汽车一般的颠簸。她坐在什么汽车上？当然是白长山驾驶的汽车。白长山驾驶着汽车，奔驰在朝鲜白雪皑皑的崇山峻岭之中。他驾驶着汽车，她唱着歌："东方红，太阳升，中国出了个毛泽东，他为人民谋幸福，他是人民的大救星。共产党，像太阳，照到哪里哪里亮，哪里有了共产党，哪里人民得解放。"

这一个晚上，方子衿不记得自己唱了四遍还是五遍"东方红太阳升"。她最后一遍唱完时,一缕曙光从窗外射进来。赵文恭迎着这缕曙光,翻身倒在床上。倒上床之后,再没有一点动作,让她怀疑他还在她的身上时,其实已经睡着了。方子衿睁着眼睛躺在床上,身边这个男人身体上发出的气息向她飘来,和她在大巴山中那个土匪窝里闻到的死老鼠的气味似乎没什么不同。她讨厌这种皮屑的气味,这种气味熏得她恶心想呕吐。她心里绝望地想,天啦,我要和这种气息生活一辈子吗?我要唱着《东方红》经历每一个晚上吗?哥,你说过你永远不让我受苦的,你说过你要给我一生一世幸福的。可现在,我在受苦,你在哪里?你为什么不来找我?你真的不愿放弃那一切吗?

迷迷糊糊中,她睡着了,然后又被弄醒了。醒过来时,她看到赵文恭赤裸着身子跪在床上,一面将她往里面推,一面扯着她身下的床单。她有些恼怒地问,你做么事?赵文恭不言语,将床单从她身下抽了出去。他捧着那张床单,像圣徒捧着上帝的甘露。他将床单捧在手里,贴在胸前,如痴如醉。他口里喃喃着:处女红,我的处女红。

方子衿看到了床单上那朵盛开的红玫瑰,那么娇艳那么灿烂那么触目惊心。她不知哪来一股子怒气,从床上起来,迅速穿好了衣服,跨下床去,一把夺过了他手中的床单,抱着那条床单打开门,一步跨到了门外。赵文恭最初还不完全明白她想干什么,等明白过来,想阻止已然来不及,赤身裸体的他不敢跑到门外去夺床单,他躲在门内,探出头,一会儿威胁一会儿乞求,希望方子衿将床单还给他。他说他要永远保存这一神圣之物,他要留着它,千百遍地拥抱它亲吻它。

门外有一个公用的自来水池。方子衿对他的话置若罔闻,她在门外窗台上拿过肥皂,走到水池前,拧开水龙头,迅速将床单淋湿,在那一片鲜红上涂满了肥皂,用力搓揉着。她浑身憋着一股劲,仿佛被她搓揉的不是床单,而是她的仇恨。她的身后,传来赵文恭绝望的类似于哭的叫声。那种声音就像一个心爱之物被母亲剥夺的孩子发出的。

大约唱过二十遍《东方红》之后,方子衿迎来了新婚后的第四个晚上。这个晚上比之前任何一个晚上都惨。赵文恭因为三个晚上躬耕不止,毫无节制,到了这个晚上,他的部件已经软绵绵的,被人抽去了脊骨一般，怎么都站不直腰来。他不甘心，一个人大汗淋漓地在她身上折腾着。她的心在滴血，同时她的阴部在渗血。她咬着牙齿忍受着。她就像是一具死尸，任他摆布。最后，他是重重地叹了一声，倒在床上睡了。方子衿刚刚闭上眼，正要进入梦乡，他又开始折腾，结果还是不行。整个晚上，就在这反复的折腾中流逝，曙光再一次照进她的新房，灿烂温暖的阳光，在她的家里画着大大的明媚，她的心却无可避免地进入了永远的阴雨绵绵。

　　他最后一次折腾失败之后，无限懊悔地离开了她的身体，穿上衣服，不情不愿地对她说，我走了。说过之后，背上包向外走去。听到他的脚步声消失，方子衿长长地出了一口气。睡了一觉从床上起来。她拿起镜子，通过镜子给自己作妇科检查。她的命运竟然和吴丽敏出奇地相似，同样是外阴撕裂。然而不同的是，吴丽敏撕裂的代价换来了爱情，她换来的却是苦役。

　　毕业前夕，她收到了白长山的来信。

　　白长山在信中说，得知组织上不批准他们结婚的消息时，他绝望至极，当场吐了很多血，被送到医院抢救。现在，他终于从死亡线上走出来了，走出来之后的第一件事，就是给她写信，告诉她自己的决定。他说等他一出院就申请转业，然后到宁昌找她，和她一起生活。他要兑现自己爱的诺言，要将一生一世的幸福给她。看到这封信，她竟然没有了眼泪。是真正的欲哭无泪。

　　命运和她开了一个残酷的玩笑，她现在不仅没有脸再见白长山，也没有任何资本再见他了。她为他保留着的神圣的处女红，已经轻易地失去了，她为他经营的牧场，已经被粗暴地开垦了。花残柳折，色褪颜摧，她还能拿出什么样的宝贝送给她心爱的人？没有了，她什么都没有了，只有这一颗在苦水中浸泡着的心。这颗心她得紧紧地藏起，秘不示人，尤其是不能给白长山看到。

　　她提了一万次笔，可每次仅仅在信笺上写下一个哥字，就再也写不下去了。

10　只要让我爱你，我就是世上最幸福的人

日子如一张张苍白的纸，平淡地翻过。日子也像一张张残旧的黑白照片，色彩褪去，了无生气。

年还没过完，赵文恭就走了。他的生命永远属于那些未开垦的崇山峻岭。家只是他的驿站，只是他疲倦之后的休憩之所和发泄积淀的欲望之所。对于他的工作，方子衿完全不了解，也不想了解。她不问他下一次回来是什么时候，甚至本能地希望他永远不要再回来。或者说，她对他的归来感到恐惧，她害怕那没完没了的折腾，那让她想到自己只是泄欲工具而不是一个人。

赵文恭走了，方子衿有种从监狱中走出来的感觉。毕业后的第一个学期，方子衿没有课，只是在医院实习。于是，方子衿的生活里只剩下了三件事：上班，下班以及给喻爱军治疗。

1954年5月是一个被雨水浸泡着的月份，天就像是缺了一块似的，整天大雨倾盆，没完没了。老人们一看天地间扯起的这幅雨网，就在那里唉声叹气，说今年又要闹荒了，不知该有多少人出门要饭。也有人说，这一定是有人惹恼了天呢，天老爷发怒了。就在这个被雨水泡得发霉的5月，整个中衢省全省动员抗洪的5月，吴丽敏生了个儿子，取名叫喻学东，白

白胖胖的一个小子，看着就逗人喜爱。方子衿不管三七二十一，强打恶要，认了这个干儿子。

认下这个干儿子的第二天，方子衿心情好，去了一趟系里。留校以后，她在系里有了一个单独的信箱，就是那只大柜子中的一只，恰好在余珊瑶的隔壁。信箱的上面开一个小口子，外面安着锁，钥匙抓在各人的手里。因为不再对白长山的信有所期待，方子衿有好长一段时间没有来拿信了，此次打开信箱，发现里面塞得满满的，一大堆信件，一半是白长山来的，一半是陆秋生来的。拿着这些信，她心酸酸的，人有些呆了。白长山明明知道自己已经结婚了，和他再没有机会了，还一封接着一封给自己写信，何苦？至于陆秋生，还梦想着让第二升为第一吧。可现在，第二第一都不存在了，她已经成了赵文恭的老婆。一个在婚姻的坟墓里埋葬了所有梦想的女人。

回到家，在写字台前坐下来，她开始看信。先看陆秋生的信。他在信中说，市领导认为他干得很好，最近将他提升为文教局主管业务的副局长。新社会刚刚建立，教育工作不好搞，一些地方，还是以前的私塾教育，更多的乡村整村整村都是文盲。因此，农村教育的重点就是开展扫盲运动。他每个月都在乡下转，在各种扫盲班里上课，回到市里的时候很少。每次回来，他最希望看到的，就是她的来信。虽然她的信很少，也很短，可每一封，他都会捧读无数遍。她的每一句话，都像是寒冬里的暖流，让他周身的血液沸腾。当了副局长之后，到省里开会的机会很多。可是，他总是将这些机会给了别人，他知道，如果到了省里，他就忍不住会去看她，如果去看她，又会给她压力。所以，他强忍着对她的思念，宁愿永远地呆在下面。

读到这些信，她有一种不堪回首之感。她将这些信放在一旁，默默地坐了半天。她想到那天陆秋生送她到车站的时候对她说，如果有朝一日一号被淘汰的话，请一定考虑让他成为一号的话。她甚至后悔自己当初怎么没有想到接受他。如果和他结婚了，现在会是什么样的结果？随后她又苦笑着摆了摆头，这事实在是太奇怪了，在她最绝望最无助拼命想抓住一根救命稻草的时候，在她想着，只要对方是个男人就嫁给他的时候，原本有两个选择对象，一个是陆秋生，另一个是胡之彦，她竟然丝毫都没有想到他们。没有想到胡之彦，她很清楚为什么，之所以迫切想结婚，除了对白长山的绝望，更有对胡之彦的逃避。可是，为什么没有想到陆秋生？按说，除了白长山，陆秋生绝对是最佳选择呀。如果和他结了婚，自己定然是另一种境况吧。仔细地想了想，努力地捕捉内心深处一闪即逝的思绪，她明白了，她刻意逃避陆秋生，那是因为她很清楚，她不能将自己的心给他。

发了一会儿愣，拿起白长山的信。厚厚的一沓，有十几封之多。她拿起最上面的一封信，看着那熟悉的字迹，心中有一种酸酸的东西翻滚着，吐出来的，只是一声重重的叹息。不由得她不叹，白长山是自己爱的，一场轰轰烈烈的恋爱却是这样的结果。他呢？连面都没见呢，竟然痴情到了如此程度。陆秋生是爱自己的，那次他强行抱着她想吻她的时候，她还觉得这个男人令人憎恶，现在她感受到了他的愚痴，真是太傻了。另外两个男人，一个是盘旋在她的天空之上的乌鸦，一个是缠绕在她身边的梦魇。

打开白长山的第一封信。这是最近的一封信，他在信中说，他的首长托白河市的一位妇女干部给他介绍对象，那位妇女干部将自己的妹妹介绍给他。他根本就不想要什么对象，他心里只有她。推了好多次，首长竟然给他下命令，要他去见那个名叫王玉菊的女人。后来，对方一直都在催他，他碍于首长的面子不好拒绝，以为拖下去，对方会退了。没想到，前天首长竟再一次给他下命令，要他和王玉菊结婚。他在信中一遍又一遍问方子衿，他该怎么办。

她能说什么？劝他和那个女人结婚？不，她不能再给他写信。或许不给他只言片语，只是在心里默默地爱他，才是对他最好的表达。她拿起第二封信，一字一句地读起来，才读了几句，她的眼睛一下子瞪大了，脑中仿佛有一长串炸雷从长空劈下，劈得她头晕目眩天旋地转。那一瞬间，如果胡之彦就在她身边，她肯定毫不犹豫地拿起刀子，一刀将他给捅了，即使她无法杀掉他，至少也会从他身上咬下一块肉来。这个恶棍，这只该死的乌鸦，果然是他在背后搞鬼，竟然在政审材料上以组织的名义写上了一行置她以及她的爱情于死地的字：家庭出身地主，父母被人民政府镇压。

难怪白长山的上级不同意他们结婚，原来是胡之彦给她套上了一条阶级的绳索。

那一瞬间，方子衿怒发冲冠，从椅子上霍然站起来。她不能忍受这件事，她要去向校领导反映胡之彦利用自己手中的权力对自己的阶级同志搞政治报复。她披上一件衣服，拿着白长山的这封信出门。门外大雨如注，且风的方向不断变化着，风令雨点在天幕间跳起了变奏曲，一忽儿左摆摆一忽儿右摆摆，一忽儿向前摇一摇，一忽儿又向后摇几摇。雨点从各个方向发起攻击，手中的伞完全失去了作用。院行政办公楼的大门上挂着一把锈迹斑斑的大铁锁，雨点打在紧闭的门上，稀里哗啦欢快而又肆虐。方子衿意识到，这段时间，学校和各系的主要领导带着青年突击队抗洪去了，平常就没几个人在行政楼上班，何况现在已经是下班时间，整幢楼没有一个人了。

她站在那把大铁锁前，开始认真地思考这件事。以前，他强奸自己未遂，自己有余珊瑶和周昕若在背后支持，都未能告倒他。现在的形势已经完全改变了，周昕若被他们赶走了，余珊瑶被他们弄得人不像人鬼不像鬼，自己成了孤家寡人。胡之彦呢？他所倚靠的退伍军人势力赶走周昕若并且成功地掌握学院主要领导权之后，又将学院各级中层换成了他们的人。有了强大后盾之后的胡之彦，自己能够凭这样一封信告倒他吗？何况，她甚至没有足够说服力的证据，仅仅只有白长山信中的那一句话。再退一步，即使她告倒了他，又能怎样？自己已经和赵文恭结婚的事实能够改变吗？

既然一切都无法改变，换来的，可能是他对自己更加疯狂的迫害。

往回走的时候，方子衿开始理解余珊瑶了。她能有什么办法？面对强权，唯一能做的，就是忍。不忍还能做什么？除非你不准备活了。

忍。这个汉字真是太独特了，心字头上一把刀。方子衿忍得咬破嘴唇，忍得头痛欲裂，大汗淋漓。大概从下半夜开始，方子衿开始发高烧，整个晚上，她都在做着一些恐怖的梦。梦中，她是完全赤裸的，赵文恭和胡之彦像是两只狼，他们雪白的牙齿伸出嘴外，至少有三尺长。那牙上泛着阴森森的白光，牙尖是鲜红的，一滴一滴往下滴的，显然是血。他们扑向她，在她洁白的胴体上撕扯，撕着她的脸，撕着她的乳房，撕得她血肉模糊，面目全非。一块块碎片，就像是从晶莹剔透的冰山上铲下的冰屑，洁白地飞舞着，洁白地飘散着，洁白地毁灭着。她的血顺着冰山的晶莹往下流，将晶莹濡染得触目惊心。

第二天，方子衿没有去医院上班，主任向吴丽敏打听，吴丽敏瞅了个机会跑到她家，才知道她病了，正发高烧。吴丽敏立即叫了几个人，将她送到医院急诊。急诊医生最初以为她患了急性感冒，可是查来查去，既不咳嗽，也不流鼻涕，心跳正常，脉搏正常，肺部也没有明显炎症。又查是否其他炎症，仍然查不到病因。方子衿是医院职工，近水楼台先得月，那个医生又找来几名主治，大家一起会诊，还是找不到病因，最后只能留院观察。

一个星期后，像当初被糊里糊涂送进去一样，她又不明不白地出来了。医生认为她的病因尚没有找到，病也没有完全好，还要继续观察。方子衿坚持自己没有病，要回家静养，医生只好给她开了一周的病假条。

回家的第二天，陆秋生来了。

连续高烧刚退，方子衿的身子非常虚弱，根本坐不住，当时是躺在床上的，听到敲门声，以为吴丽敏看自己来了。她支撑着爬起来，打开门，见陆秋生站在门口。那一瞬间，她是真的想扑进他的怀里痛哭一场。可是，她没有，她竭力忍着才没有哭出来，冲他笑了笑，说，哥，你来啦。快进屋坐。

陆秋生跨进来，以一种特别的目光看着她。她见他站在那里，目光像刀一样剐着她，她有些心虚了，说哥你坐呀。他向她走近一步，像是要将她搂进怀里般。她本能地想向后退，可她的双腿发软，有些支撑不住。他说，看你脸色很难看，是不是病了？她说，已经好了，只是身子有些飘。他说，你看你，快进屋去床上躺着。他说着，伸手扶着她，向里面走去。

她在床上躺下来。他站在床前，定定地看着她，眼中充满了怜爱。她说哥你坐呀，别老站着。陆秋生说你要不要喝水？我去给你倒。他拿到两只热水瓶，揭开瓶塞，倒出来的水是冰凉的。他转身看着她，似乎想说点什么，最终说出来的话却是，你还没有吃午饭吧？她说她没胃口。他不再理她，钻进了厨房。陆秋生在厨房里翻找了半天，什么都没有找到。方子衿在学校教工食堂里吃饭，家里根本就没有准备任何东西，他自然找不到。他从厨房走进卧室时，站在那里盯着她看了几秒钟。她说算了，别忙活了，我真的不想吃。他摆了摆头，说你等着，我一会儿就回。

没多久，陆秋生端着一碗肉丝面回来。国营餐馆做的是上门生意，只卖面不卖碗，他不知用了什么方法，竟然连人家的碗也给弄来了。在外面的客厅里，他顺手搬了一条凳子进来，坐在她的床前，端着面条要喂她。她支撑着爬起来要自己吃，他不依，拿过枕头什么的垫在她的背上，用筷子搅起面条喂她。

那一刻，方子衿觉得自己好脆弱，像个无依无靠受尽委屈的孩子突然享受到了自天而降的温馨。她将自己的头向后仰去，靠着床头的墙，眼睛紧紧地闭着。她不敢睁开，她知道自己一旦睁开眼，眼泪肯定会流个稀里哗啦。无论如何，她不能在他面前流泪。

"快吃，吃了再好好休息。"他说。

她在心里说，秋生，别对我这样好，好不好？我受不了，我真的受不了。

陆秋生一手端着碗，一手握着筷子，筷子里夹着几根面条，那么举了一段时间，颇为理解地等着她。等了半天，她还没有睁开眼，他又将那已经冷了的几根面条放进碗里，搅了几下。再一次默默地等着她。

她想请他离开，甚至是将他赶出去。她担心自己无法自制，会扑进他的怀里，放声痛哭。她也知道，这是不可能的，他倔强得像一头牛，除非他自己想离开，否则什么办法都没用。她强行将内心深处的潮动平复，觉得自己能够平心静气之后，才睁开眼睛。他一口一口地喂她吃面，她被动地张开口，细嚼慢咽着。她不敢动作太大，担心动作一大，刚刚鼓起的自制力便会消失。长这么大，除了小时候妈妈这样喂过她，还从没有哪个人对她像对一个孩子一样。尤其是在她经历了这么多曲折这么多磨难之后，经历这种来自异性的体贴温馨，又怎么能不令她激动？

面条吃完了，他拿着碗进了厨房。她知道，关键时刻到了。他突然而至，显然是得知了自己结婚的消息，来讨说法的。这一点，他一进门她就感觉出来了。他之所以没有问她,是因为她病了,她的病容让他痛让他怜,忍不住要关怀她照顾她。他如果问起,自己应该怎样解释?除非不想起这段婚姻,否则她就一直生活在懊悔自责之中。

陆秋生从厨房出来,坐在她的面前,定定地看着她。她为了避免尴尬的问题,故意闭着眼睛。她能感觉到他目光的执著,就像两束强烈的聚光,照射在她的脸上。她的脸因此成了两堆磷,熊熊地燃烧着,毕毕剥剥发出爆裂的声音,火辣辣感到撕裂的疼痛。他没有说话,甚至没有动,即使是呼吸声,她都听不到。可她能感受到他心脏的剧烈跳动,她感受自己正处于他情感的浪尖之上,随着他的颠簸而颠簸。

他说:"子衿,我们谈一谈,好不好?"

她不语。她能说什么?此刻她的身份不同了,她已经为人妇,没有权利和丈夫以外的任何男人奢谈感情问题了。更何况,他想谈的问题,她根本没法回答他。

他说:"我晓得你在听,有些话,憋在我的心里,逼得慌。"

她犹豫了一下。"你说嘛。"她之所以这样说,是考虑到即使她不说,他也是会说出来的。感情留在心里,总是要发芽的。

他说:"我听说你结婚了,不是和他。"

她说:"是,出了些事情。"

他问:"出了么事?"

她再次犹豫了一下,说:"都过去了,我不想提。"

他说:"你如果嫁给了他,我也没么事好说的,我认了。可是,你嫁给了别的男人,这到底是为么事?说结婚就结婚了,我么样想都想不明白。你说,你如果嫁给了那个白长山,我有得说的。可你答应过我,不考虑他,就一定考虑我的。"

她说:"哥……"

他打断了她:"我不是你哥。我只想知道这是为么事。"

她睁开眼睛,看着前面的天花板。"哥,"她说,"你晓得我只爱他,这一辈子,我不可能再爱别的人。我以为我可以和他……没想到命运弄人……"

他说:"你答应过我,不考虑他,就一定考虑我。"

方子衿摆了摆头。"我的心是他的,我不想害了你。"

他沉默了,双手抱着头,坐在那里,一言不发。她看着他,感受着他内心深处情感的煎熬。她的心疼了,对他的亏欠,像虫子一样噬咬着她。她对他说,并非她没有记住对他的承诺。她觉得自己不能那样做,因为她无法给出一个完整的自己,她不能害了他,让他一辈子生活在永远得不到她的心的日子里。

他说:"子衿,你说你不想害了我,证明你心里有我。"

方子衿说:"你是我哥。"

他毫不客气地再次更正她:"我不是你哥。"

她说:"在我的心里,你是。"

两人间再一次沉默,似乎过了一万年,陆秋生说,他明白她心里在想什么。因为她的心是属于白长山的,不可能给别人,所以随便找个人嫁了。他说,子衿,你真傻。就算你要嫁,你也应该嫁给我。我不在乎你的心给了谁,我只要你让我对你好。我不在乎,我真的不在乎。当初我之所以远离你,是因为你爱他,他也爱你。他能给你的,我没法给你。你跟他比跟我更幸福。你让我么样说?如果你要嫁一个你不爱的人,这个世界上,没有人比我更适合了。我不在乎你是不是把你的心给了别人,只是让我爱你,我就是这个世上最幸福的人。

方子衿制止了他。如果他再说下去,她可能会哭出来了。

她没哭,他倒是哭了。他说他心里难受,像是有一万支箭在心里扎着。他后悔当初不该去红川,不该远离她。他后悔这段时间躲着不敢来见她,在她最需要自己的时候,没能及时出现在她身边。他后悔这一切成为事实,他却一点都帮不上她。

他涕泗横流,她却以极大的毅力忍耐着,不让一点泪滴流出来。

陆秋生痛痛快快地哭了一场,自己站起来,去门外自来水管边洗了把脸,回到她的床前坐下来。

她说:"哥,答应我,娶个嫂子,好好过日子。好么?"

他说:"除非是你,我不会结婚的。"

她说:"哥,你这不是逼我吗?"

他说:"我不逼你。我会一辈子等你。"

她沉默了。有一种什么东西堵在她的心里,让她沉重让她难受让她喘不过气来。她相信他所说的话,他真的可能一辈子等她。这样苦等下去有什么意义?她已经不可能嫁给他了。难道,自己真的要背负这永世的亏欠?

他转了个话题,问她事情为什么会搞成这样?那个白长山为什么不肯娶她?他这样一问,方子衿再也控制不住,哇的一声哭了起来。陆秋生一时间手足无措,站起来,立在她的面前,弯腰劝慰她,又不得要领。他急得在房间里团团转。他的心里,各种感情迅速猛涨,令他血脉贲张。他突然坐在床上,不顾她是否反对,一把将她搂在怀里。

他搂着她的那一瞬间开始后悔。他担心自己的鲁莽会引起她巨大的反弹。他以为她会猛地挣脱他,甚至会像上次一样,用尽全身之力,猛抽他一个耳光。出乎他的意料之外,她没有。她紧紧地抱着他,像一个受了委屈的孩子抱紧父亲,像一个溺水者抱着一块木板,像一个濒临死亡者抱住最后一点生的希望。他意识到自己应该做点什么,对她说些温暖的话,或者是吻她。可是,他不知道什么是她此刻最需要的,他只是傻乎乎地抱着她,紧紧地抱着她,木雕一般抱着她。

她开始讲述最近所发生的一切。陆秋生听了,拍案而起。他十分冲动,转身向外走。方子衿吃惊地问他要去哪里,他说他要去宰了那个婊子养的。方子衿听了,大惊失色,顾不得自己衣衫单薄,体力不济,从床上跳起来,扑过去,一把将他抱住,苦苦地求他。她说,他如果要那样做,只要他走出这扇门,她立即就自杀。陆秋生一瞬间呆住了,不明白她心里到底在想什么,甚至误会地质问她,那个家伙害她害得这样惨,她为什么还要保护他。方子衿说,她恨胡之彦,恨不得吃他的肉剐他的皮。可是,陆秋生如果因为她而死,她是没脸活在这个世上的。她说,你是我哥,我不想你为了这个人毁了自己一生。

他明白了,答应她,保证不用非法手段对付胡之彦。

方子衿阻止他的冲动时,耗尽了所有的力气,见他答应了自己,浑身一软，坐到了地上。他一把将她抱起来，走进卧室，将她安顿在床上。他在心中默默地说：胡之彦，幺姑娘养的，你把我心爱的女人整成这样，我要你生不如死。老子说到做到。

秋风吸干了树叶上最后一星绿色，然后像无形的刀子般剐摘了这些叶片，裹挟着，满世界飘飞。霜重雾浓，浸得满地枯黄之中，突现着一片片水渍。

方子衿拿着一把大竹扫帚，一下又一下扫着这些枯叶。秋风和她争夺，一次又一次将她扫到一堆的枯叶吹开。她异常执拗，也得出了经验，每扫了一堆，便装进竹篓里，拿到不远处的垃圾坑倒下。她从身上掏出火柴，划了一下，伸到一片枯叶下面。她以为这叶子枯了，一定容易点燃。她错了，枯叶浸透了晨雾中的水分，湿气很重，根本点不着。她将一些废纸拢在一起，又将枯叶堆在纸上，划燃火柴点着了那些纸，纸又点燃了树叶。她以为火会毕毕剥剥地烧起来，事实上没有，只有一股很浓很呛的烟升腾而起。

浓雾中有脚步声传来。方子衿拿起扫帚，继续扫着地上的落叶。脚步声走到了她的面前，对她说，方老师，我来吧。她这才知道，来人是她的学生彭陵野，一个高大帅气讨人喜欢的年轻人。尤其他身上有一股特别的体味，常常让她想起自己的父亲。

彭陵野是方子衿带的第一届学生。这是一个卫生干部培训班，班上的学生是各地市卫生局选送来的，毕业后仍然回卫生局担任专业干部。彭陵野来自中衢最偏远的一个县灵远，是其最边区的一个少数民族县，主要以土家族、苗族居民为多。彭陵野本人就是土家族。

彭陵野伸手去接扫帚，方子衿不让，他就抓住她的手，要将她的手指掰开。她本能地觉得他是有意抓住自己的手，心中惊了一下，松开了，转身进屋，拿出钢精锅，将银针放在锅里，拿到外面的水龙头下洗。彭陵野放下手中的扫帚，走到她的面前，对她说，方老师，我来吧。又伸过手来。方子衿不好和他争，再一次进屋，捅开煤炉，又在竹床上铺上被子。彭陵野端着钢精锅进来，将锅搁在煤炉上，转过身又来帮方子衿铺被子。

小伙子十分热情，什么都想替她做。结果往往是顾了这个顾不了那个。方子衿知道他还没扫完外面的树叶，便走出门去，拾起他扔在地上的扫帚，再次开始扫那些落叶。彭陵野从房间里出来，抢过了扫帚，说，看我，光顾着帮你，把这事给搁下了。方老师，你别忙活，有我呢。

喻爱军穿着一件发白的军大衣，戴顶旧军棉帽，手上牵着已经两岁多的儿子喻学东，一瘸一拐走进院子。进了院子，喻学东挣脱了父亲的手，撒开脚丫子往前狂奔，一面用稚嫩的童音大叫道，二妈，二妈。方子衿认下的原是干儿子，可这小子会说话的时候，周围的人戏他，要他喊二妈，他竟然真的就中意了这个称呼，无论如何不肯喊干妈。

听到叫声，方子衿从屋里出来，大老远就蹲下去，张开双手迎接着。儿子啊，快过来，让二妈亲亲。方子衿兴奋地说。喻学东一下子扑进她的怀里，将一张小嘴往她脸上拱。小子非常疯张，不仅吻她的脸颊她的鼻子，还吻她的唇，用力地吸，用舌头舔。每次让小子吻的时候，方子衿都有些心惊肉跳，暗想，这小子，怎么就像是吻情人一样？她问过吴丽敏怎么教孩子的，吴丽敏说她根本就没教，从小就这样，是无师自通。甚至还颇有些得意地说，长大了不知该有哪些女人会因他而倒霉。

和喻学东疯闹了一回，彭陵野做好了针灸的前期准备。喻爱军脱下衣服，在竹床上躺下来。彭陵野搬过一条凳子，坐在床前，伸手在喻爱军的身上按着寻找穴位，找准一个穴位之后告诉方子衿。方子衿伸手到喻爱军的穴位上按几下，如果穴位找准了，就让彭陵野下针，如果不准，自然要对他指教一番。

自从第一次给喻爱军扎针至今，几年过去了。最初的一年多时间里，采用的方法主要是舒经活络，扎针的穴位，也主要集中于肩髃、曲池等几个穴位，效果不明显。后来，师傅启发她，加上了拨筋治疗法，第一次就有了效果，喻爱军有了痛感。差不多二十天后第二次实施这一疗法，痛感更强。第三次，方子衿的准备不足，喻爱军痛得受不了，猛力挣扎，只好中止了治疗。第四次，她们找了几个人，手术前将喻爱军按住。从这一次开始，手术之后，喻爱军的手脚，立即便可以活动，效果明显了。大约治疗了十次以后，再没有明显效果了，而痛苦却是常人无法忍受的。那段时间，她对每一次的治疗效果作了详细记录，然后仔细地研究揣摩。显然，喻爱军的脑部神经某处因为外伤出现故障，类似于睡眠状态，她所施行的拨筋疗法刺激了这些神经，使其从睡眠状态醒过来。到了一定程度之后，再进行刺激，作用已经不大，只会令患者痛苦。她于是停止了这一疗法，只是以针灸的方法，给他舒经活络。可毕竟他受伤时间太长，肌肉出现了萎缩，要完全恢复，似乎可能性太小。

天气太冷，方子衿在房间里烧了一盆木炭，喻学东蹲在炭火边，拿一根棍子在那里拨拉着。小家伙似乎对火有着浓厚的兴趣。方子衿指导彭陵野扎针，同时和喻爱军说着话。喻爱军说，昨天，他已经拿到通知，下个星期就去宁昌市民政局上班。他说，临出门时，吴丽敏反复交代，他能有今天，都是方子衿的功劳，无论如何，都要请她过去吃一餐饭。一大早，吴丽敏上街买菜去了。方子衿于是数落喻爱军，说你这个丈夫是么样当的？她那么大个肚子，又是这么冷的天，怎么让她去买菜了？突然生在菜场了么办？喻爱军说，我也劝过她，可她就那脾气，我有么办法？

他们只顾着说话，不留神外面有人进来，最先看到的是喻学东，小家伙老实不客气，恶声恶气地问，你找哪个？方子衿闻声转头，看到陆秋生站在门口。她连忙站起来叫道，哥，你来了，快进屋。陆秋生看了看屋子里的几个人，犹豫了一下，对她说，你出来一下，我有事对你讲。

方子衿跨出门去，陆秋生已经走开了几步，站在一棵樟树下等她。她走过去，站在他面前，抬头看他，见他似乎又瘦了，人也黑了，头发乱乱的，脸上的胡子没刮，黑黑的胡楂像一根根针子般向四周怒张着。她有些心疼，叫了一声哥，却说不出话。陆秋生一点都不儿女情长，直接告诉她，他来是要她去办点事。她问什么事，他说去看个病人。方子衿一听说是看病人，立即说你等一下，我就来。她返身走进屋里，指导彭陵野给喻爱军扎下最后两根针，又反复交代他灸法，才背起医箱向外走。喻爱军在后面叮嘱说别忘了中午饭，她才想起吴丽敏正在家里做饭，只好对他说，有个急病人，还不知什么时候能回，所以叫他们不要等。

坐在脚踏车的后座上，方子衿再一次问起病人的情况，陆秋生把话题扯开了，问她关于赵文恭的事。听到这个名字，方子衿顿时有一股陌生感。夏天的时候，他回过一次，住了半个月，一到了晚上就折腾她，没完没了。那半个月真是她的苦役，白天要上班，晚上不能睡觉。好在几天后她来了月事，拖了五天，她又赖了一天。半个月的假一结束，他就走了，从此再没有他的消息。他似乎没有写信的习惯，她也懒得过问，此时他到底是生是死，她是一概不知，也不想知。她当然不能对陆秋生说这些，只是平淡地说没么事特别的。陆秋生并不这样认为，他告诉她，他父亲在省地质局有朋友，据那个朋友说，赵文恭这个人，业务上是没话说，可思想意识上有些问题，瞧不起工农干部，说什么共产党都是一些没文化的泥腿子，当官都是在那里瞎指挥。陆秋生说，这种言论是非常危险的，以前延安整风的时候，有些人因为这样的言论被打成反革命，被枪毙的都有。他让方子衿劝劝赵文恭，以后在言行方面注意一些。方子衿听了也就听了，根本没往心里去。在她的意识深处，赵文恭的政治前途与自己半点关系也没有。

陆秋生带着她，进了市公安局。方子衿心里惊讶，又知道他不会说，便不再问。陆秋生带着她进入的不是正面的办公楼，而是后院围墙下的一排小平房。显然是解放后的建筑，很新却很简陋，同主楼相比像是临时搭上的一排窝棚。陆秋生在其中一扇门前停下车，方子衿从车上跳下来。她不习惯坐脚踏车，下车的时候，裤脚不知被车上什么绊了一下，向前摔了几步，陆秋生手疾眼快，拉了她一下。这股外力帮助她找到了平衡，可脚踏车的平衡失去了，向一边倒下，同时带着陆秋生往地上倒。脚踏车是贵重物品，又是借别人的，陆秋生不敢出错，想力挽狂澜，最终的结果，是他自己重重地摔下去，脚踏车慢慢悠悠地倒下。

杨维华听到门外有响动，打开门出来，恰好见到陆秋生的狼狈相，和他打趣了两句，又拿眼看方子衿，顿时惊为天人，眼睛看着方子衿，对陆秋生说，她就是方子衿？方子衿觉得他的话十分特别，似乎早就知道自己，以前是带着怀疑的心理，现在成了一种肯定和认同。她暗想，此人一定和陆秋生很熟，陆秋生大概无数次向他提起过自己吧。那一瞬间，她有了少女般的羞涩。陆秋生已经从地上起来，拍了拍裤子上的灰，给他们两人作了介绍。杨维华请他们进去。

办公室里没有病人，只有一张很简陋的办公桌和两台电话机，墙上挂着毛主席和朱总司令的画像。杨维华请他们坐下，然后介绍说，请她来是想让她帮助作一个检查。他们怀疑一个女孩子怀孕了，可是，那女孩子什么都不肯说。方子衿有些奇怪，说这种检查，你们自己的法医也可以呀，为什么不找他们？杨维华解释说，这件案子比较特殊，暂时还没有立案，局里只有他和另外两个公安人员掌握情况，他不想惊动太多人。方子衿想，这是他们的工作方法，自己不好多问，便说，人呢？我看看。

杨维华领着方子衿离开自己的办公室，到了隔壁一间房子。这间房子显然有些不同，里面同样摆着一张办公桌，却是在房间的一侧，面对的是一把椅子。椅子的后面是一堵白墙，墙上挂着八张白纸，每张纸上写着一个黑色黑体大字：坦白从宽，抗拒从严。椅子上坐着一个年轻的女孩，皮肤很白，是一种瓷般的白。女孩有一头黑发，乌黑发亮。黑色的头发、黑色的眼珠加上瓷白的皮肤，黑白分明的脸上，突出了鼻翼两侧星星点点的雀斑，雀斑也因此显了韵味。方子衿进去时，女孩是低着头的，她面前的办公桌后坐着一名男公安。男公安正拍打着面前的桌子，对女孩声嘶力竭地咆哮。听到有人进来的脚步声，女孩惊诧地抬起头，目光和方子衿碰上了。

"方老师！"女孩惊恐而又畏惧地喊了一声。

方子衿猛地愣了一下，仔细看女孩，觉得有几分面熟。她问女孩："你认识我？"

女孩点了点头，说："我是口腔专业的。"

方子衿盯着她看了几秒钟，有些不忍心地问："你怀孕了？"

女孩惊恐地睁大眼睛看着她，迅速而且坚决地摆动着头，说："没有，我没有。我没有怀孕。"

那名男公安说："你别信她的。她撒谎。她去钟鼓街一家地下诊所打胎，被我们抓到的。"

女孩大声争辩说："我没有，我没有。"

治安科长说："你的老师在这里，有没有，她查一下就清楚了。"

女孩一听，脸顿时白了，猛地站起来，又迅速跪下去，在方子衿面前叩着头，求她救自己。她说，如果别人知道她进了公安局，她的一辈子就

248

完了，她再也没有脸活在世上了。方子衿的心突然被女孩的哭声抓住了，她仿佛看到了无助的自己。当初父母死去的时候，她觉得除了死，再没有第二条路可走。面前这个女孩如果绝望自杀，自己岂不成了将她推向深渊的那只手？

"不，这件事你们还是找别人吧。我干不了。"她说着，转身向外走。

她以为杨维华会追出来，但是没有。追出来的是陆秋生。陆秋生说，子衿，你等一等。方子衿并没有停步，快速向外走着。他追过来，一把拉住她。方子衿生气了，对他说，你要做么事？这里是宁昌市公安局，这件事与你么事关系？你为什么要掺和进来？陆秋生拉住她，问她，你晓得她肚子里的孩子是哪个的？方子衿愣了一下，不解地看着他。那一瞬间，她的脑子转得特别快，本能地觉得，那个孩子与自己有点什么关系。转而又想，这真是一个荒唐的念头，她甚至不知道那个学生的名字，怎么会和自己有瓜葛？

"是胡之彦。"陆秋生说。

方子衿的眼睛一下子睁大了。胡之彦？他和这个女学生有了那种关系？公安局是怎么知道的？陆秋生又是怎么知道的？

陆秋生解释说，这是一次彻底打倒胡之彦的机会。为了这次机会，他花了几年时间。他知道胡之彦和很多女学生关系不清不白，可是，那些女学生怎么都不承认他们之间有事。这次终于遇到一个怀了孩子的，她想否认也不可能了。只要证实这个女学生怀了孩子，就可以要求她交代孩子是谁的，这样就可以揪出胡之彦了。

"可你想过没有，这样一来，这个女孩子一生就毁了。"方子衿十分激动地说。

陆秋生寸步不让，"如果不揪出胡之彦，还会有更多的女学生坏在他手里。"

"为了揪出胡之彦，你们宁可把那个女孩的名誉毁了？"她问。

陆秋生说，他们也不愿毁了这个女孩，不仅仅是她，还有别的女孩。被胡之彦害了的女学生不止这一个。正是考虑到这些女学生将来还有很长的人生，他们才会异常小心谨慎。但是，如果这个女学生不配合，事情就比较麻烦，他们不得不将她控制起来，直到她的肚子大起来的那一天。那时，无论谁想保住这个秘密，都不可能了。方子衿认真看了陆秋生半天，对他说，不是她不相信他，而是涉及一个女孩的名誉，因此她不能不反复考虑。她希望他将事情的经过详细介绍一下。

事情要从两年前陆秋生去见方子衿说起。陆秋生答应她不以非法手段对付胡之彦，却并没有答应不以合法手段将胡之彦铲除。那天离开方子衿之后，他立即去了市公安局，找到杨维华，希望杨维华帮他，对胡之彦进行秘密调查。杨维华一听，面现难色。他对陆秋生说，上次胡之彦强奸未遂，是刑事罪，只要立案就可以追究他。可是，陆秋生考虑到方子衿的名誉问题，不肯报案。现在仅仅只是在政审材料上做手脚，与刑事罪沾不上边，他也不好插手。

公安局不能插手这件事，陆秋生得回红川上班，自己干不了这件事，不得不另想办法。他想到陆家解放前和帮会有非常密切的关系，自己还认识帮会中几个大人物，就想托他们帮忙。解放后，取缔一切帮会组织，上海的青洪帮都解散了，全国各地的帮会自然也是散了，陆秋生花了很大工夫，才在铸锻厂找到了其中一个人。此人说，解放后，共产党把帮会一些大当家的请去开了一个会，吃了一餐饭，大当家的回来就宣布解散帮会。当时还有些兄弟不乐意，大当家的说，共产党已经发了话，以前的事，一笔勾销，既往不咎，从现在起，如果继续活动，将严惩不贷。蒋先生有八百万军队都打不过共产党，我们帮会有几个人几条枪，能和共产党对着干？散了吧。就这样，所有的兄弟都散了，因为怕有所牵连，彼此间也就失去了联系。

陆秋生说，我自己就是共产党的人，这事我自然明白。我找你，既不是要你重组帮会，也不是要你去干违法犯罪的事，只是要你帮我盯一个人，把他和什么人接触，做了些么事给我记下来。我也不让你们白做，要多少钱，你开个价好了。

按陆秋生的设想，这件事办起来不难，关键是时间。后来的事情证明，时间长得远远超过了他的预料。一个原因是找到以前的帮会兄弟不容易，此人花了一个月时间，也只找到三个。三个人都有自己的工作，利用业余时间帮陆秋生办事，有时候一连几天抓不到胡之彦的影子。没办法，不得不从头再来，又联络了一些以前的兄弟，将参与此事的人扩大到十个。

陆秋生拿到跟踪记录找到杨维华。杨维华看了看他的名单，说你有确凿证据吗？他说没有，只知道胡之彦和这几个女人关系很特别。他敢肯定，那家伙是色中饿鬼，一定和这些女学生有一腿。杨维华摆了摆头，说没有证据不行。陆秋生说，我如果有证据，还找你干什么？现在这个名单摆在你的面前，你不能想办法查一查？出于私人友谊，杨维华答应查一下，可毕竟不是正式立案侦查，只能是半公半私地查。查了几个月，也没有查出结果。

陆秋生不肯放弃，继续进行跟踪，于是发现了其中一个女学生可能怀孕了。她不敢去大医院检查，悄悄地找了一家地下诊所。女学生前脚离开，陆秋生的人后脚跨进了诊所。诊所的医生说，那个女学生确实是来验孕的，得知自己怀孕的消息，半句话没说就走了。陆秋生得知这一消息，喜出望外，一面叫人盯紧那个女学生，一面将消息告诉了杨维华。

这一过程，他当然不能告诉方子衿，只是对她说，这事，公安局已经盯了很长时间，总算是抓住了这次机会。如果不能从这个女学生身上突破，一切不得不从头再来，那么，什么时候能够真正抓住胡之彦，实在难说了。治安科方面有一个态度，为了保护更多的女学生，他们不得不采取强制性措施。如果女学生配合，自然会替她保密，如果她不配合，那就只有一种办法，牺牲她来保全其他人。

听了这一番话，方子衿掉头向后走，到了审讯室门口，见杨维华正声色俱厉地审问女学生。她在门口喊了一声，杨维华走出来，问她，可以开始了？

她不回答，而是反问，如果她说了，你们准备怎样处理她？

处理她？我们是有政策的，她如果是受害者，我们不仅不处理她，而且要保护她。她如果不是受害者，我们的政策是坦白从宽抗拒从严。

"既然这样，能不能让我单独和她谈谈？你们都出去。"方子衿问。

杨维华向里面招了招手，那名公安走出来。杨维华对方子衿说："我们就在外面，有什么事，叫一声。"

方子衿走进去，将办公桌后的那把椅子搬出来，摆在女学生的身边，对她说，和我谈谈，好吗？女学生沉默着，似乎抱定主意不和任何人谈论这一问题。方子衿继续说，你可以一直保持沉默，可你的身子不可能沉默。如果真有孩子，孩子就会一天天长大，就会出怀。等出怀了，你想瞒也瞒不住了。那时，么么办？女学生猛地说，我去死。方子衿愣了片刻，看着女学生脸上倔犟的表情，一丝阴云飘过她的心空。她不明白，这个倔犟的女孩，怎么会屈服于胡之彦的淫威？她抬头看了看这房子，似乎是自己对自己说，是啊，有时候，死是一件很容易的事。不过，在公安局里面，就是想死，也不容易吧。女学生以极快的速度瞟了方子衿一眼。方子衿从她的眼神中看到了绝望和恐惧。方子衿说，你知道我为么事又转回来了？我是想回来救你。

女学生抬头看她，一双眼睛里蒙着浓浓的雾气，就像两眼被春雾笼罩的池塘。方子衿还是透过浓雾读懂了那两泓微波荡漾的水。这个女孩心里在痛苦地挣扎，在无望地坚持。她孤独无依，对未来充满了恐惧和绝望。方子衿抓住了这一点，为她进行了一番分析。多拖一天，未来就多一分莫测的变数。所以，她一定要抓紧时间把这件事处理好，越拖就越麻烦。迷雾笼罩的池塘开始出现晶莹的反光，不一刻泪水涟涟。方子衿继续说，我刚才和他们谈过了，他们的态度非常明确，你如果是受害人，他们就要全力保护。你如果不是受害人，只要有立功表现，他们也会考虑保护你，那需要看你的具体表现。

女学生流着泪说："我是被他害的。"

方子衿暗暗松了一口气，"我猜就是这样。"她说。

女孩子哭着讲述了事情发生的过程。在学校，她是一个很刻苦很勤奋的学生，但她的家庭出身不好。解放前，她家在宁昌市开了一间小面馆，请了三个工人，结果被定为资本家。在学校里，她自觉低人一等，处处小心谨慎，各方面都表现积极，在宿舍里，打扫卫生的事，她一个人全包了。没想到，有一天出事了。一个同学将一枚毛主席像章装在旧信封里，那旧信封不知怎么回事掉到了地上。她以为是谁不要了扔掉的，当成垃圾倒进了垃圾堆。这事后来闹大了，同学找不到像章，急得大哭。恰好胡之彦从宿舍门前经过，见到了，认定这枚像章背后一定有更为复杂的背景。胡之彦将宿舍所有的女生集中在一起，开会进行调查。最初，他并不说明具体情况，只是说某某同学有一件极其珍贵的东西不见了，如果谁拿了，现在交出来，既往不咎。过了半个多小时，所有同学都不清楚发生了什么事，自然没人说什么。胡之彦口气非常严厉地说，这是一起严重的政治事件，他给予最后一次机会，谁做了这件事，如果再不把握这个机会，将悔之晚矣。闹了一个多小时，还是没有任何人提供线索。胡之彦只好扔下一些特别的话走了。胡之彦离开之后，宿舍乱成一团糟，纷纷问那位同学到底是什么事。她渐渐听明白了，想到这枚像章很可能被自己扫进了垃圾堆，暗吓出一身冷汗。她独自跑到垃圾堆去找，果然将那只信封找到了，信封周围沾满了污物。她顾不得脏，将信封打开，伸手往里面一掏，掏出了那枚像章。刚才在扒垃圾堆的时候，她手上沾满了各种污物，现在又用这只手去抓像章，自然将像章给污染了。她不知道，胡之彦早就怀疑她了，因为整个宿舍，只有她一个人出身不好。她出门时，好几个同学暗中跟着她。她掏出像章的一瞬间，胡之彦和几个同学冲了出来，逮个正着。

后来的几天时间，她天天都去人保科报到，反复写交代材料。胡之彦对她说，这次的事件严重得很，很可能要定性为现行反革命事件。

一听到现行反革命这个词，她吓傻了，当即跪了下来。几年前的镇反运动开始时，她虽然还是孩子，却亲眼见过反革命被镇压的情形。为了对其他人起到震慑作用，刑场往往就在批斗会场。有些人事前一点都不清楚自己被定性为反革命，还跑去看热闹，没料到自己早已经被秘密控制了，台上宣布一声，把反革命分子某某某押上台来，立即就被稀里糊涂地抓住送到临时搭好的台上，五花大绑着，挂上一个大牌子，牌子前面是早已经写好的名字和罪名，名字上打着大红的叉叉。批斗会结束，又是一声令下，一溜十几个反革命被全副武装的人员押着走到不远处的刑场，参加批斗会的群众也都跟了过去。那些人跪在刑场上，不知怎么弄的，每个人都抬头向天。有一排执行的民兵走过去，往反革命面前站了一排。指挥员发出命令，民兵抬起枪，顶住了反革命的脑门心。指挥员再下达一声命令，接着一阵杂乱的枪声。事后听人家说,这些反革命立即就死了,子弹掀开了他们的天灵盖,红色的血和白色的脑浆溅了一地。

她跪在地上的时候,胡之彦围着她转了三圈,对她说,现在只有他才能救她,关键看她自己的表现如何。听说他可以救自己,她便一个劲地求他。事情就这样发生了,她的命运掌握在胡之彦的手中,她想挣脱也挣脱不了。

方子衿气得发抖。她不忍心再听下去了,离开女学生走出来,对治安科长说,你们去吧,她愿意说了。这句话似乎耗尽了她全身的力气,身体摇摇欲坠。陆秋生立即跨上前一步,搀住了她。她看了陆秋生一眼,眼中含有一种极其复杂的光。陆秋生所感受到的不是普通的目光,而是秋天里灿烂如霞温馨如泉的日光,是春天里纯洁如花宁静如云的月光。他对她说,你一定饿了吧,我们去吃饭。方子衿再次看了他一眼。她知道,他将和自己相处的每一分每一秒当成一生中最大的快乐珍藏,她也希望给予他哪怕一点微小的幸福。可今天,她真的是心力交瘁。她犹豫了再犹豫,还是拒绝了他。

"我太累了,想回去休息一下。"她说。

过了几秒钟,他说:"那我送你。"

她虽然不习惯坐在脚踏车的后座上,又不忍心让他失望,只好勉为其难地坐上去。他踩着脚踏车离开公安局大门,恰好与一辆卡车擦肩而过。卡车挡板上贴着白纸,上面写着黑字,坦白从宽抗拒从严惩前毖后治病救人之类。车顶上安有两只大喇叭,喇叭中一男一女正声嘶力竭地呼着口号:"打倒反革命分子某某某,打倒流氓犯某某某。"车上,沿两边的挡板站着两排罪犯,一律穿着黑色的棉袄棉裤,五花大绑着,背上插着牌子,胸前还挂着牌子,牌子上写着字,上面一排写着反革命犯或者是流氓教唆犯之类的罪名,下面写着名字,黑色的名字触目惊心,更触目惊心的是名字上面一个硕大的红叉。在这些罪犯的背后,站着两排穿军装的人,笔直笔直的,像他们背上的枪一样直。

到达家门口,方子衿见自己家的门是开的,以为彭陵野还留在这里没走。这个比自己小两岁的学生对自己有那种意思,她是知道的,她也曾多次暗示过他，不要在自己的身上花心思了，她毕竟是结了婚的人。可他对她迷恋至深，和陆秋生一样，似乎只要能够有机会和她说说话，经常看一看她，就是最大的满足。有时候，她也想，这会不会就是自己的命？爱上自己的男人，没有一个能有好结果。最早爱上她的是陆秋生，他爱得无私而又执著，他心中的苦，她能想象却不能体会。然后是胡之彦，他是否真的爱过自己？她说不清楚，眼下很快就会进入监狱，却是事实。他由一个革命者变成了革命者的敌人，变成了无产阶级专政的对象了。让她想起就心疼的是白长山，昨天，她还收到他的一封信。他和王玉菊结婚了，在最近的这封信中，他告诉她，前几天，他的女儿出生了。在别人眼里，他的家是幸福的。可是，他一点都不爱王玉菊，除了方子衿，他这一生不爱任何人。他一千遍一万遍在心中祈祷，希望老天垂怜他，让他实现自己的梦想，哪怕是和方子衿共同生活一天，生活一个小时然后让他死去，他也是这个世界上最幸福的人。再下来就是赵文恭，这个唯一得到过她的身体的男人。他幸福吗？她不知道。现在又出现一个彭陵野，他的这段情，最终又会是怎样一个了局？

走进门，方子衿一下子愣住了。坐在家里的不是彭陵野，而是赵文恭。他穿着一身很旧很脏的工作服，似乎是好几个月没洗过了，油腻发黑，翻毛皮鞋上沾满了黄色黑色的泥土。他的头发、胡子不知多长时间没有清理过，看上去像是两丛乱草，上面沾着一些灰尘一些油腻一些说不清是什么的脏物。此刻，他独自坐在家里那张小方桌前，面前摆着一盘卤猪脚、一盘卤牛肉和一盘花生米。他甚至连筷子都懒得拿，一手抓着酒瓶，一口又一口往口里灌酒，另一只手伸出去，抓过几粒花生米往口里扔。他那手不知多长时间没洗干净过了，有一层黑黑的污渍。方子衿早晨打扫过的家，被他踩得到处都是泥脚印。

见到这个男人，方子衿转身想逃。她自己也说不清楚自己到底是哪一辈子欠了这个人的。他一回来就向自己讨债，而对于这个家，是半点贡献都没有。他的粮食供应，不拿一粒米回来，他的粮票布票油票肉票蛋票副食票，连一点纸屑都不会带回，钱当然更没有一分了。每次回家，他带回来的是给他自己吃的卤菜和酒，再就是满屋子的泥土和烟味。然而，她又不能逃，陆秋生在自己的背后，她不能让陆秋生看穿这一切。

方子衿不得不将陆秋生迎进来，然后打算为这两个男人作介绍，可张开口时，遇到了一个难题，不知道该怎样称呼家里的这个人。他们结婚已经几年了，她还没有称呼过他，而他似乎也没有称呼过她。或许结婚的时候称呼过吧，她已经忘了。当着陆秋生的面，她又不能不说点什么，只好免去称呼，说："回来啦？这位是我的朋友陆秋生。他是……老赵。"她犹豫了一下，说出了这个不伦不类而且异常陌生的称呼。

陆秋生第一次见到赵文恭，见那形象，眉头皱了一下，仍然还是堆上满脸的笑和他打招呼，主动伸出手去，准备和赵文恭握手。赵文恭仅仅看了陆秋生一眼，理都没理他，转过身，继续喝自己的酒。陆秋生尴尬地收回自己的手，向方子衿道别一声，离去了。方子衿站在那里，气得浑身发抖。她想立即进屋到床上躺下，可是身上一点力都没有。她知道，自己如果抬起其中的任何一条腿，肯定会倒在地上。

她站了足有两分钟之久，觉得体力有了恢复，才抬起腿，准备向房间走去。刚刚抬步，赵文恭突然一声暴喝："你给我站住。"方子衿理都不理他，跨进卧室，在床上躺下来。赵文恭在外面大声叫道，他是你的又一个野男人，是不是？她没言语。他在外面骂骂咧咧，方子衿一声不吭，只当他在那里发酒疯。

赵文恭骂得兴起，借着酒劲冲进卧室，一把掀开方子衿身上的被子，质问她为什么不回答自己。方子衿仍然不答，嘴角挂着一丝冷冷的笑。这种笑刺伤了赵文恭，他一把抓住方子衿的前襟，抡起巴掌抽在她的脸上。方子衿被激怒了，大声质问他为何打自己。赵文恭伸手去枕头下乱翻，翻出白长山给她的最近一封信。信已经被翻得卷了边，上面沾满了泪渍。以前，白长山的所有信，她都拿回办公室锁了起来，这一封因为想反复看，没来得及拿走，岂料被他看到了。

他将信扔在她的脸上，骂道："你这个不要脸的婊子，还有脸问我？"

方子衿突然出生一股恶意，对他说："你说什么都行。我就是爱他不爱你，你杀了我，我也不会爱你。"

赵文恭失去了理智，挥起拳头一下又一下打在她的身上。方子衿想，要打你就打死我好了。不过，如果你不把我打死，我还得见人，这张脸不能给你打坏了。她举起双手，护着自己的脸，其他部位，只能暴露给他，任他的拳头一下又一下地落下。没有丝毫反击他的力量，她唯一能做的，就是将胸中积压了几年的愤怒发泄出来。她倔犟地告诉他，在她的眼里，他是一个冷血动物，是一个没有爱心没有责任感的人，是一个流氓无赖、一个不折不扣的恶棍。

如果旁边有一个熟悉方子衿的人，一定会惊讶她竟然可以说出如此之多的粗话。她自己也不明白这些平常在意识深处都不会流露出来的粗话，竟然会如此流畅地冲口而出，说出后还有一种特别的痛快。

方子衿的痛骂，激起了赵文恭的某种情绪。他一边打她的同时，一边撕扯她的衣服。没几下，将她的外套脱下了，将她的内衣撕烂了，扯断了胸罩的耳带，撕开了她唯一一条上海产的花内裤。她浑身青紫的裸体展现在他面前的时候，他的脸因为充血像搽了胭脂一般，眼睛变红了。他三下两下脱光了自己，抓住她的双腿，高高地向上举起。她知道自己的苦役又一次到来了。以前，她心里即使再苦，也从未真正反抗过他。这一次不同了，她决定反抗。她拼命地挣扎，换来的却是更进一步的毒打。他一边打还一边骂，你这个臭婊子，不给老子操？那些野男人操得，老子为什么操不得？

她拼命地反抗，心中拿定了主意，就算是被他打死，也一定不能让他得逞。

第二天去给学生上课，彭陵野见她脸上有乌紫色，大为紧张，趁着下课的机会借机问她问题，反复问她怎么回事。她说晚上停电，不小心摔了一跤。她不想他多问，借口说系里还要开会，匆匆走了。晚上，她不想回家。可悲的是她没有地方可去，尤其是自己住的院子里，前后三排房子，三四十户人家，大家都知道她男人回来了。如果她不回家，不用多久，全院都知道她和男人之间有矛盾了，她丢不起这个脸。前一晚，赵文恭没有得逞，这一晚自然不肯放过。方子衿很清楚这一点，便往身上揣了一把剪刀。赵文恭要上她的床，她便以剪刀对准他，逼着他去外间睡地铺。

这样过了五个晚上，方子衿暗自松了一口气。赵文恭每次回来，最多也就七天六夜，自己再熬过一个晚上，这一次苦役便逃过了。岂知她得意过早了些，白天趁着她上班的时候，赵文恭在家里做下了手脚，将房间门闩的螺丝松了。方子衿哪里料到会有这样的事？下班时，心情还特别好，以为自己终于是逃过此劫了。晚上闩门的时候，虽然觉得手感和平常略有不同，却没有仔细检查。半夜时分，赵文恭从外面一推，门闩就连螺丝一起松开了。进入房间之后的赵文恭，用早就准备好的绳子，将她的手脚捆了起来，待她惊醒，已经无法反抗了。

好在第二天回到家时，发现赵文恭的东西不在了，和他的人一样，悄无声息地来，又悄无声息地走了。方子衿这才暗自松了一口气。吃过晚饭，她去了吴丽敏的家。吴丽敏的预产期已经过了几天，还没有动静，她不放心，要去看看。吴丽敏却像没事的人般，说我有你这个妇产科专家朋友，还怕什么？方子衿说，我劝你别大意，明天还是住进医院去。吴丽敏说，我每天都在医院里，还没有呆够？我不去。第四天，吴丽敏上班的时候发作了，别的医生她都不要，点名要方子衿为自己接生。第二胎又是一个男孩，取名叫喻学忠。

于是，方子衿白天上班，晚上就过去陪吴丽敏，待把她和孩子从医院接回家，在她家里欢闹了一场，踏着夜色，返回自己家的路上，方子衿突然想到，自己这个月的月事没来。她心里惊了一下，暗想，真的有个孩子要来了吗？

在那个说不清楚到底是秋天还是冬天的刮着北风的日子里，方子衿站在灰蒙蒙的天空下充满了惆怅。她抚摸着自己那仿如少女般的小腹对未来的孩子说，宝贝，你来得真不是时候呀。对于一个新生命的到来，方子衿没有丝毫精神准备，当她意识到胎儿已经存在于她的生命之中时，惊喜之余，更多的是感到苦涩。

医学院教师的宿舍分几个区，方子衿住的是南区，六幢平房分成三排，她住的是南区五号楼，在最后一排。胡之彦也住在南区，二号楼。每次上下班，方子衿不得不经过一号楼和二号楼之间的空道。因为住在同一个区，彼此见面就免不了。

余珊瑶原本住在北区，那里是别墅洋楼，自从和周昕若的事闹出来被批斗之后，生活发生了翻天覆地的变化，系主任当不成了，那幢别墅也被收回，学校在南区三号楼给她安排了一套房子。批斗会结束之后，并没有给她定性，似乎就那么挂着了。可有些事，挂着比定性更糟糕，上不沾天下不着地，在别人眼里，始终是一个有问题的人。学院里的人，见了她远远地躲开，女人和她接触，人家会以异样的眼光看自己，以为和她一样，是个人尽可夫的角色。男人哪怕是看她一眼，立即会引起妻子一场大闹。余珊瑶的麻烦还不仅如此，刚开始，还允许她教课，毕竟在妇科方面，她是权威。后来，课不让她教了，让她去医院妇科当医生。可她这事闹得很大，不仅学院的人知道，周围的居民也都知道她是个有问题的人，妇女们不敢找她看病，担心她将什么病菌弄进自己的身体里。医院领导无奈，将她退回了学院，学院只好将她安排在学生二食堂当炊事员。

方子衿和余珊瑶，是南区的两道风景。余珊瑶是公认的"离了男人就没法活"的女人，这道风景对整个区的杀伤力有多大，不是一般人能够评估的。由于生活太差，工作压力又大，南区所有人似乎都在一天天变老，余珊瑶还是那么水灵白嫩，生命似乎停留在最艳丽最灿烂的时候。住在南区的丈夫们，如果往余珊瑶门前走上一遭，回家就可能被老婆揪耳轮子。方子衿更是招人惹人，虽然结婚了，可老公一年难得回几次，常年都是独居。如果说余珊瑶是一朵芙蓉，方子衿就是一朵艳丽的牡丹，那光彩，老远就能眩得人头发麻眼发晕。南区的妻子们，防她也同样像防贼一样。

方子衿知道自己不受女人欢迎，平常也不大理其他人，进出总是低着头。低着头并不等于她什么都没看见，至少她常常都能见到胡之彦那充满色欲的目光和李淑芬那充满仇恨的目光。

李淑芬毕业后没有再从事医疗工作，转行干起了行政，当了学院团委的副书记。生了第二个女儿后，她的体形更是横向发展，以重量论，她一个顶两个方子衿还有多的。以前瘦瘦的身影是完全见不到了，就连胸前的奶子，也变成硕大无比，且明显下垂。到了夏天，衣衫单薄，胸前鼓起的部位，向两边歪斜，挤向手膀一侧。偏偏她没有戴乳罩的习惯，又是风风火火的性格，干什么都求快。身体的胖和性子的快形成了对抗，走路的时候，她迈着细碎的小步，胸前的一对奶子，就随着她双腿的弹动左左右右地摇摆。这成了南区两景之外的第三景。一些促狭的学生在背后给她取了一个绰号，叫她袋鼠妈妈。

论工作，李淑芬的积极性高，组织能力也强，自她进入团委后，整个学院团的工作，迅速成为全市的典型，她本人也成为团市委树立的模范青年工作者。她最热心的一件事，是指挥学生办黑板报和刷标语。学校正门进来后有一条长廊，两边建着宣传栏，一共有三四十块黑板，这些黑板都分给了学校的一些相关部门，团委和学生会最多，分别有四块。李淑芬上任后，嫌这点宣传阵地远远不够，向学校申请了一笔经费，又拿出团费中可以支配的部分，再分别向团市委、团省委以及高教局团委申请，弄了不少的钱，在学生宿舍以及教工宿舍的侧面，建起了无数块黑板，还在每一幢房子的前面刷上了永久性宣传标语。她的这一壮举受到了各级团组织的高度评价，被列为典型，组织各团委前来参观学习。

南区的六幢房子，分别有六块黑板，每个月，这些黑板都要换内容。李淑芬虽然不必亲自拿粉笔办黑板报，可她对南区的这几块黑板非常重视，不仅每次换内容的时候，她要全程跟踪，如果黑板报上的内容被谁擦了或者是被雨淋了，她还要亲手重新补上。方子衿在院子里来来往往，难免会和她碰上。每次见了方子衿，李淑芬都会热情地和她说上一会儿话。颠来倒去，无非是你们家老赵啥时候回来？革命工作要搞，家也有顾嘛。啥时候，我给他们地质局局长提个意见。你结婚有些日子了吧，咋还没动静？有病要早看呀。方子衿总觉得，她的微笑背后，有着非常险恶的目的，无非是向自己示威，让方子衿明白她们之间地位的千差万别。

这天，方子衿上完课后去系里拿了邮件。邮件照旧是两封，一封是陆秋生的，一封是白长山的。陆秋生说，他的工作有些调整，除了负责业务之外，还兼了一些行政方面的工作。他没有明说，方子衿也已经读明白了，他当了第一副局长。与陆秋生相反，白长山转业了，由于他的妻子是商业系统职工，他被安置在商业局汽车队当队长。他是解放干部，又是朝鲜战场上的英雄，还当过司令员的秘书，转业安置时，司令员打过招呼，地方军转办提供了几个单位让他选择，他毫不犹豫选择了商业局汽车队。他不想离开汽车，只要手中掌握着方向盘，他就有机会驾车从白河前往中衢。他说，这一辈子，他只剩下最后一个期望了，就是想见她一面，哪怕只是看她一眼就离开，他也心满意足，终生无憾。

西北风一个劲地刮着，枯黄的叶子在枯草尖上飘动。方子衿踽踽前行，眼中看到的，到处是枯黄。终生无憾？人生能无憾吗？遗憾实在太多了。不仅仅是人生，就是眼前的这些树叶，由翠绿到枯黄到飘零，能没有遗憾吗？昨天她去做了尿检，自己果然是怀孕了。她想，这个孩子如果是白长山的该有多好。即将迎来自己的第一个孩子，是天大的喜事，可她的心中，充满的却是缺憾。

胡思乱想着走进院里，迎面见到了李淑芬。李淑芬也看到了她，刚刚还挥着手指指挥学生办黑板报，见到她后就像一辆重型坦克般迈着细密的步子向她走过来，老远和她打招呼，子衿，这么快下课了？还是你们当老师好呀，不用坐班。早知这样，当初我也申请留下来当老师好了。方子衿很想反驳她一句：真的吗？为了进团委，你们两口子没把文大姐家门槛踏平，这事在全院有几个人不知？李淑芬见她没应答，又说，你知道不？院里要评职称了，听说我们这一届，只要在教学一线的，都可以评讲师。你好了，这么年轻评上讲师了，再过几年就是副教授。

方子衿有点可怜她。自己的老公马上要进监狱了还不知道，自己在这里盲目乐观呢。再过几天，这事儿闹出来的时候，看你有什么脸在人前现。她和李淑芬应付了几句，回了自己的家。从家里拿了两盒糕点，一斤白糖，她又出门，准备去看自己的师傅。项钦羊毕竟是九十多岁的老人，身体机能不行了，到了冬天，咳得厉害。她明显感觉到，师傅的身体每况愈下，因此，只要有时间，她尽可能去陪他。考虑到走两栋房子中间的通道会再次遇到李淑芬，方子衿决定绕一下。

她出门后向左，斜穿到前排三栋最左边一间，准备从东侧面绕过去。东面没有路，旁边只有一排滴水檐，滴水檐以外是大堆浮土，也不知多少年了，没人清理，浮土上长了许多的野草野树。平常这里没人来，成了鸡呀猪呀的欢乐公园，因为到处都是鸡粪猪粪狗粪甚至有某些人粪，就更少有人来了。方子衿走到三栋时，正到达余珊瑶家后面，她家后门是开的，余珊瑶显然在家。她不想让余珊瑶看到，误以为自己是过门而不入，在没有到达门前时，她停下来，探出头往前看了一眼。没有看到余珊瑶和其他任何人，却听到声音。余珊瑶压低嗓门却语气坚定地说，你这条癞皮狗，给我出去。一个男人坏笑着的声音说他就是癞皮狗，做梦都想吃了她这条美人鱼。

没料到会听到这样的话，方子衿心惊肉跳，踮起脚尖，轻轻走了过去。走到滴水檐下，她越想越觉得不对。那声音太熟悉了，尤其是那一句话中带许多个脏污字眼的习惯，让她一听到就浑身起鸡皮疙瘩。果然是一条癞皮狗，马上就要进监狱了，他还想害人？不行，一定要帮一帮余老师。她从滴水檐下退了回来，故意大声地喊，余师傅，在家吗？余师傅？她在外面停了一下，听里面的动静。里面有某种很轻微的声音传出来，方子衿想象，一定是胡之彦捂住了余珊瑶的嘴，余珊瑶在挣扎。方子衿抬腿向门口走去，口中说，余师傅，我想借你家伞用一下。话音刚落，已经穿过卧室和厨房间的门，站在了里面。

里面，胡之彦正慌忙从床上站起来，匆忙地整理了一下衣服，以一种仇恨的目光瞪着方子衿，以训斥犯人的语言质问她：借伞？刁毛，大晴天，你他亮的借啥伞？方子衿知道不必怕他了，他只不过是秋后的蚂蚱，能蹦跶的日子没几天了，便带着一种揶揄的口吻说，哟，胡大科长也在呀。胡科长难道没听说过晴带雨伞饱带干粮的老话？胡之彦还想以权压她，指了指自己的脚下，说，你他亮的知道这里是结巴啥地方？方子衿立即抢过他的话头说，你说是么地方？不会是男厕所吧。哟，胡大科长，今天怎么那么大的火气？我刚才回来的时候见到淑芬，她正到处找你呢。大概不知道你在余师傅这里吧。

胡之彦立即显得惊慌，瞬间又镇定下来，转身面向躺在床上的余珊瑶，装腔作势说了一番话，什么要知道自己的身份，要经常向组织写思想汇报之类，然后恶狠狠地瞪了方子衿一眼，转身离去。

方子衿救了余珊瑶，使命完成了，她认为自己应该走了。可是，面前毕竟是自己的恩师，似乎正病在床上，于情于理，她都应该说几句什么。

可是，如今她们已经隔在了两个世界，自己和她说话，需要冒极大的政治风险。余珊瑶也觉得应该对方子衿说点什么。可说什么呢？她们一起的那些经历，仿佛就在昨天，却又恍如隔世。

两人相对无言，过了有几分钟之久，谁也没有说话。方子衿意识到自己不能再在这里待下去了，连告别的话都没有说一声，默默地退了出来。

赶到项钦羊的家，容管家替她开门。她第一次到项府的时候，这里还有很多下人。后来的形势不允许他再请下人了，老爷子只好将所有人都辞了。只有容管家，年纪大了，又无儿无女，政府同意他留下来。

方子衿向容管家打听了一下师傅的情况，然后上楼去见师傅。

书房里生着两盆火，门窗都关得紧紧的，室内的温度比外面高得多。项钦羊坐在书桌前，不再作画，而且在奋笔疾书。方子衿知道，他在写书，想将自己一生行医的经验记录下来，留给后世。解放初期，他当过一段时间的逍遥派，无论谁上门来请，都不肯出山，也不看病，只是在家里写字画画。后来经历了土地改革、公私合营，全国上下，一片欣欣向荣景象，尤其是抗美援朝和1954年大水，新的中国政府面临两次极其严峻的考验，并且在这两大考验面前向世人显示了力量。项钦羊被征服了，开始衷心拥护这个新政府，不再需要别人劝他，主动拿起了笔。他不止一次对方子衿说，他已经是九十多岁的人了，阎王随时都会来招他，所以，他要抢时间。

方子衿走过去，轻轻叫了一声爷爷。项钦羊抬头看了她一眼，让她自己搬椅子过来坐。她听话地搬了一张椅子，挨在他的身边，坐下来。她每次来，只做一件事，帮他整理已经写好的手稿，将一些笔误的地方订正过来，个别文字不通畅的地方，在旁边做出记号。她坐在项钦羊身边，一面整理手稿，一面和他紧一句慢一句地闲聊。

项钦羊说，你们学校里有么新鲜事？说给我听听。有什么新鲜事？医院里妇科的老医生说，这几年，生孩子的特别多，而且生双胞胎的特别多。解放以前，妇产科一天难得接待一个产妇，可现在呢，每天都有三四个产妇，产科病房总是满员的。项钦羊说，解放前，打了那么多年的仗，命都保不住，谁还敢生孩子？方子衿说，听病房里来自农村的妇女说，刚

263

土改那几年，大家的干劲特别足，家里的粮食也打得多，吃不完。合作化了，粮食也打了不少，一些荒地都开出来了，可是，公社干部和大队干部浪费太多，大白米饭，半碗半碗倒了喂猪，庄稼收割不及，烂在地里也没人管。有些干部，把集体的东西往家里偷，当干部经常有大鱼大肉，比社员的日子好很多。项钦羊说，这事应该向上反映一下。方子衿说，不仅仅是农村呀，城市也一样。这几天不是搞"反贪污反浪费"运动吗？毛主席还题词说"贪污和浪费是极大的犯罪"，可到了下面，都只是做一点表面文章。就是在医学院以及附属医院，这种情况也是非常严重的。食堂的员工，把大块大块的肉塞在内裤里偷出去，医院里有人连药也往家里偷。项钦羊倒是宽容，他说，这可能是因为国家刚刚建立，政府的政令在上传下达上，还存在一些问题。

项钦羊虽然不肯出来担任职务，政府仍然将他视为国宝，他的供应属于高干标准。容管家以前一直只是当管家，现在兼起了厨房的活，饭菜做得没什么口味，花色还是很多。除了凭票可以买到的肉蛋之类，还有市场上难得一见的鲜牛奶、牛羊肉、黑木耳、黄花。当然，这些东西，也不是天天都有。项钦羊知道方子衿星期二上午只有两节课，她会上完课后赶到项宅，所以特意让容管家准备的。方子衿没有娘家，项钦羊是真的当起了她的爷爷，心里惦着她哟。

吃饭的时候，容管家在那里发牢骚，说国营市场的那些人真是的，像是人家欠了她似的，拿出来的肉，没一块是好的，全都是大肥膘子，瘦肉都不知哪去了。拿出来的鱼，没一条新鲜的，老远就能闻到臭味。你还不能抱怨一句，否则肯定遭一顿臭骂。真搞不懂如今这社会，怎么就变成粗俗不堪，一点文明都不讲了。

坐上最晚一班车，又走了一段路，回到南区时，十一点已经过了。黑地里，南区前面停着好几辆车，似乎有什么人在悄悄地走动着，一点声音都没有。方子衿走过去，立即有两个人走上前来，拦住她，说自己是市公安局的，正在执行任务，请她配合一下。方子衿暗想，市公安局的？这么说，那个恶棍的日子到了？她问需要怎样配合，对方说很简单，去车上待着就行，什么都不用做。方子衿只好按他们的要求，上了其中的一部车。

车上坐着一名公安。方子衿问他是什么行动,他犹豫了一下,说抓一个流氓犯。她问是不是胡之彦,公安非常奇怪,问她怎么知道的。方子衿说,调查的时候,她配合过。那公安立即说,哦,原来是方老师,天太黑了,我没看出来。这位恰好是那天参与审讯的公安,大家算是熟人了,方子衿问起案情,他也不十分保密。他说,就他们目前查实的来看,胡之彦奸污了五名女学生和一名女教师,导致其中一人怀孕。他所用的方法其实很简单,正因为简单,才令人发指。他是学院的人保科长,手中握有权力。有一个女学生是郧阳过来的,想留在宁昌。他向人家许愿,并且要求人家报答,把人家的身子占了。还有一个女学生,班上开批判大会,选她出来领呼口号,她怕出错,一个人躲在宿舍里反复练习。主要的口号是两句:打倒蒋介石,毛主席万岁。她念着念着,念混了,变成了蒋介石万岁。恰好有一个同学听到了,向人保科报告。胡之彦给了她两条路,要么打成反革命,要么跟他。那名女教师是因为思想汇报上写错了一个字,将共产党写成了共和党。按说,思想汇报材料都汇总到政工科,不知怎么落到了他的手上,他一次又一次找那个女教师谈话,那个女教师当场吓昏了。他趁机把人家给强奸了。

这些事太令人发指,方子衿感到一种透心的寒意。与那些人相比,自己倒算是幸运的了。

正说话间,前面有一群人闹闹哄哄走过来,被几个人扭在前面的那个人大声地喊叫着,说你们他亮的干啥?老子结巴要告你们,你们他亮的这是政治迫害。

在他们的后面,李淑芬紧紧地跟着,大声质问公安,她老公到底犯了啥罪。再后面是胡之彦的母亲,她跪在地上,抱着一名公安的腿,大声地哭求。胡之彦被推进汽车的最后一刻还在挣扎,他大声地吩咐李淑芬去找文大姐,他说文大姐一定不会不管他的。

公安的任务完成了,让方子衿下车。方子衿没料到会是这样一种尴尬局面,跨下车甚至没来得及走开,被李淑芬看到了。李淑芬以为丈夫被抓是因为方子衿,所有的怒气,一齐向她发泄出来。那一切发生得太突然,她来不及作出任何反应，李淑芬已经扑了上来。此时的李淑芬像一头愤怒的母狮，足有两百斤重的身体压过来，一下就将她撞翻在地。方子衿一下子蒙了，对于李淑芬的攻击没来得及反应。李淑芬则手和嘴并用，双手在她身上乱抓乱打，嘴张得大大的，在她身上乱咬。

旁边的公安没意识到会出这种状态，他们上前将两人扯开时，方子衿身上已经有了好几处伤痕。

节外生枝，公安不得不将她送到医院处理伤口，值班的恰好是吴丽敏。

吴丽敏原是可以转行政的，可她不干，留在学院当助教，这学期恰好没课，就在医院上班。见方子衿衣衫不整满脸是血被公安送来，大吃一惊。她一面给方子衿处理伤口，一面问她到底怎么回事。方子衿的嘴紧紧地报着，一句话不说。吴丽敏问公安，公安将事情的经过讲了一遍。吴丽敏拍案而起，她说，这件事无论如何不能就这样算了。她李淑芬以为自己是谁？以前还是南下干部，是战斗英雄的老婆，现在呢？是一个流氓犯的老婆。

方子衿何尝不想扬眉吐气地做人？可是她行吗？自己的家庭成分虽然最终确定是自由职业者，毕竟还有一个兼地主的尾巴，和别人就是不一样。入党入团没她的份，评先进没她的份，不停地写思想汇报却少不了她。她没有努力过？当初，胡之彦那样对她，她不是抗争过吗？不是找过组织吗？结果怎样？别说是她了，余珊瑶老师，当初夺过枪对着那群土匪的时候，是何等的临危不惧、气吞山河，后来呢？她被抓上台去挂着破鞋批斗，被从系主任的位置上撸下来，甚至连医生都不让当了，赶到学生食堂去洗菜做饭，她不也忍了？她病倒在床上，胡之彦竟然跑去试图强奸她，她不也忍了？在这个社会，人和人是不一样的，她和吴丽敏，永远不可能有同等说话的权利。

"算了。"她说，"只是一点皮外伤，忍一忍吧。"

吴丽敏大叫起来："忍，你要忍到么时候？你懦弱，人家就敢骑在你的头上，你晓得不？"

方子衿想流泪，可她确实已经无泪可流了。她说："我能过安生日子，把孩子平安地生下来，就已经非常满足了。"

吴丽敏不满足，无论如何，她都要替自己的好友出这个头。她自己是接治医生，不管方子衿是否同意，给她开了一个星期病假。第二天一早，她拿着假条找到系里替方子衿请假，同时将昨晚发生的事向系领导作了汇报。接着，她找到公安局领导，希望他们提供一个事件说明。杨维华和陆秋生有私交，方子衿又是因他们之故招祸，也希望为方子衿做点什么，所以很爽快提供了证明材料。拿到这份材料后，吴丽敏返回学院政工科，将材料交了上去。她对政工科长说，这件事你们看着办吧，如果办得我不满意，我就找省里去。

　　第三天上午，方子衿正在家里看项钦羊的手稿，有人在外面敲门。她披了件外套，过去将门打开，见门外站着的是系总支刘书记。她一下子有些着慌，怎么都没意识到刘书记会上门来看自己，手里还提着一盒点心。刘书记是一名抗战干部，打过不少恶仗险仗，身上留下了许多伤疤。医学院建校之初，没有成立党委，只有一些党小组，几年后才成立党支部，前年正式建立党委，各个系建立党总支。许多党政干部就是此时进入学校的，刘书记也是如此。他是一个非常耿直正派的人，只是仅有在部队识字班里的文化底子，工作方法比较简单粗暴。在他的眼里，美女似乎和美女蛇是画等号的，私下里，他几乎不和系里的女同事说话，工作上的接触，一定保持着相当的安全距离。

　　刘书记说，听说她病了，所以代表系总支上门看一看，同时了解一下前天晚上的情况。方子衿热情地请刘书记进来，搬过一把椅子让他坐。刘书记极其小心地坐下来，告诉她说，学院对李淑芬打她一事非常重视，已经正式通知李淑芬停职检查。他说话的时候，一直在换动屁股，每次仅仅只是用屁股的一边坐在椅子上，身子歪斜着。每一次改变姿势，他都会皱一皱眉头。方子衿敏感地发现了这一点，问他是不是哪里不舒服。刘书记见问，顿时显得十分尴尬，张了张嘴，却什么都没有说出来。

　　方子衿说："你不必顾虑，我是医生。"

　　刘书记长叹了一口气，说："这毛病真是害死我了。"

　　原来，在部队的时候，条件异常艰苦，常常是饱一餐饿一顿，更多的时候，搞不到粮食，捞到能填肚子的，就往口里塞。这些东西吃下去后拉不出来，不得不用手往外掏，手掏不出来的时候，就叫别人帮忙，拿一根竹签，一点一点往外拨。很早以前，他就落下了脱肛的毛病，前些年总在打仗，根本没有机会治疗。后来和平了，生活好了些，像是没事了。偶尔复发，弄点药搽一下，几天就好了。没料到这次发得特别厉害，看了好几家医院，中药西药口服药外用药，全都试过了，没有效果。

方子衿对李淑芬的处理意见没有丝毫兴趣。她知道，自己掺和到这样的事里去不会有什么好处，相反，刘书记提到自己的病，她倒是兴趣大增。这是一个极其特殊的病例，不是非常时期经历非常生活，恐怕难以见到。她迅速在脑子里进行了一番扫描，将所学的西医理论、中医理论以及针灸学方面关于这种病的治疗方法，全都梳理了一遍，脑中顿时映现出各种不同的治疗方案。她详细地问起刘书记的治疗情况，尤其是中医以及针灸方面，她问得尤其详细，甚至是偏方也不放过。

这疾病折磨着刘书记，令他痛苦不堪。方子衿既然有心问起，他自然是有问必有所答，丝毫都没有保留。方子衿说，她记得从一本中医书中看到过一种偏方，如果他愿意，她可以同时用偏方、中药以及针灸制订一个综合治疗方案。刘书记说，许多的方法都试了，许多的钱也都花了，不在乎再多试一次。同时，他又问方子衿，她所说的偏方是什么，有没有副作用。方子衿说，具体药方，她记得不十分全，还需要去查资料。不过，她觉得用药方面并没有非常特别的，唯一的特别之处，是用狗肉作为药引。刘书记听说用黑狗肉做药引，立即说这可有点麻烦，他从小不吃狗肉。

方子衿哦了一声，不知该怎样说了。刘书记说，不过，为了治病，他还是可以试一试。

方子衿为刘书记的治疗持续了两个星期。其实，仅仅一个星期后，刘书记的病就已经好了。方子衿担心他遇到特殊情况会再次反复，用了一个星期时间巩固治疗。除了用药之外，方子衿还用上了针和灸。这两种治疗一次需要至少一个小时以上，和刘书记之间虽然没什么话说，却同刘书记的妻子以及大女儿关系亲密起来。

刘书记的大女儿刘云娣是一名高三学生，马上面临高考。可她的成绩在班上并不拔尖，他的妻子十分着急。有一次，全家等着刘云娣吃饭，可她有一道数学题做不出来，急得都快哭了。方子衿看了一遍，给她提示了两句，帮她解了难。刘书记的妻子当场提出请方子衿辅导女儿。

从此开始，方子衿每个星期给刘云娣上两个晚上的辅导课。透过刘云娣，方子衿听到了许多关于李淑芬的消息。

胡之彦被公安局逮捕，李淑芬又暴打方子衿之后，学院立即宣布对李淑芬进行停职反省处理。院党委开过几次会研究李淑芬的问题，第一次开会，部分人认为胡之彦的问题，性质已经变了，属于敌我矛盾，李淑芬再留在团委，显然是不适合的。而她置党性原则于不顾，无端打伤方子衿，性质恶劣，应该给予处分。同时也有不同意见，认为将李淑芬调出团委是对的，但仅仅她因误会而打人就给予组织或者行政处分，处理过重，只要她主观上能够认识错误，向方子衿公开道歉以及在党员生活会上公开检讨，就算了。因为意见分歧，未能形成决议。第二次再议的时候，已经是一个星期之后，这一个星期中，她不仅没有主动向方子衿道歉，而且干脆连班都不上了，明显是在闹情绪，对抗组织。因此，大多数党委成员同意给她行政记过处分。不料节外生枝，文大姐给学院党委书记打了一个电话，表示了两点意见。一，我党的原则一贯是一人做事一人当，不搞株连。胡之彦的案子由公安司法部门处理，学校方面不要插手，尤其不要牵连其他人。二，我们是马克思主义者，马克思主义者并非不讲人情人性，也要讲。讲的是无产阶级的人情，是共产主义的人性。凡是对我党的革命事业做过贡献的同志，我们就要讲人情人性。

党委书记接到这个电话，立即召集党委成员开会，传达文大姐的指示精神。最后决定，将李淑芬调离团委，任行政科副科长。

至于对胡之彦的判决，一直拖到第二年的四月。刘云娣说，像这种案子，性质特别恶劣，按照案情，应该判七年以上的，而且要在发案单位召开公开批斗大会进行宣判，然后在相当的范围内游街示众。但不知为什么，胡之彦仅仅被判了三年不说，其他的都免了。

方子衿想，判多少年无所谓，只要判了，他胡之彦就不可能再害自己了。盘旋在自己头顶的这只乌鸦终于除掉了，她暗暗松了一口气。

11 我要离婚，
我要和赵文恭离婚

1957年的红五月眼看就要过去时，一场飓风席卷了神州大地。

大鸣大放开始仅仅几天时间，医学院已经热火朝天。吴丽敏跑到南区来找方子衿，拉着她去看大字报。方子衿不喜欢凑热闹，对她说，要看大字报还不容易？我们南区好多呀。她说的是实话，李淑芬离开团委之后，那些黑板报办得没那么勤了。此刻，所有的黑板，全都被白纸黑字覆盖。别说是南区，整个校园整个宁昌市乃至全国，都是黑白的世界、大字报的海洋。吴丽敏见方子衿不够热情，说，子衿，你这样不行的。大鸣大放是全国性的政治运动，毛主席都号召帮助我们党整风。这是全国人民政治生活中的一件大事，你不能老把自己置于政治之外呀。方子衿将双手按在自己的腹部，在自己又圆又尖的肚皮上摸了一圈，说你看我，挺着个大肚子，像只大笨猪，难看死了。吴丽敏说，挺着大肚子怕什么？我和你一样呀。虽然肚子还没起来。方子衿惊讶地看着她，半天说不出话来。

吴丽敏不管她是否热情积极，拉着她向外走。虽然说教工宿舍以及学生宿舍区的黑板栏上都贴满了大字报，可这些地方，人流毕竟有限，大字报最集中的地方，还是进校门后的那条长一百五十米的宣传长廊。长廊两边的黑板，全都被贴上了大白纸，纸上写着密密麻麻的黑字，有的大字报长达十几页。

宣传栏后面，有两排高大的樟树，进入夏天以后，树上每天就歇着很多知了和麻雀，天一亮就开始大叫不止。两条长廊虽然够长，也无法完全容纳所有的大字报，这些大树就成了替代品，粗大的树干上贴满了大字报，远远望去，大树像是穿上了白底黑花的裙子。方子衿和吴丽敏站在那里看大字报，学校的许多老师也和她们一样，饶有兴趣地看着，一边看一边议论，就像树上的知了一般，聒噪不已。

吴丽敏说，我们也写一张吧。方子衿看着她，不太明白她想说什么。吴丽敏说，喻爱军的嫂子娘家那个公社，公社干部瞎指挥，结果闹得去年歉收。农民没饭吃，干部把种子分做口粮，今年没种子往地里种，只种了一半。吴丽敏兴奋地说，我们就写这个，两个人签名。方子衿正在看余珊瑶的大字报，没有答理她。

余珊瑶的大字报写得很长，事情罗列很多。比如胡之彦的问题，她说，胡之彦的问题，早就已经有了端倪，因为学院有个退伍军人帮，结果，胡之彦不仅没有受到处理，反而职权越来越大，最终结果，某些领导是应该负责的。她也谈到了学校内肆意践踏人权的问题。这个问题，她如果拿出自己的例子，是最有说服力的。可她举的例子是在学校随处可见的，并没有谈自己。他们怀疑一个女学生偷东西，将女学生带到人保科，脱光了她的衣服搜身。甚至借口女学生将东西藏在自己的身体里，硬是扒开看。女学生受辱后自杀。另一次类似事件更离谱，将十五个女学生集中在一起脱光了衣服搜身。第三大问题是外行领导内行，现在学校的大部分领导都是外行，许多人连最起码的医学知识都没有，却担任医学院的重要领导工作，而且还指手画脚，闹出许多笑话。有一次军事训练，一名女学生生理期，血量过大。领导当着所有男女生的面说：日你姐，流点血算个鸟？老子打鬼子的时候，肠子被小鬼子的炸弹炸出来了。日你姐，那个血流的。老师给学生上课，讲接生。某领导说，不就是生犊子吗？俺旮旯儿母牛生犊子，比拉屎还容易嘛。

方子衿看这些，确实觉得解气。同时她又为自己这位倒霉的老师暗捏了一把汗。她这大字报有指斥共产党之嫌。共产党的干部，都是一些像周昕若、陆秋生那样的忠诚信徒，他们不能容忍别人指责共产主义和共产党。可是，像周昕若和陆秋生那样有文凭有水平的领导干部，在任何地方都受到打击受到排挤，真要搞政治斗争，这些有高等学历的人，反倒不是那些泥脚肚子的对手，一个个被打落下马。

　　吴丽敏还在说共同写大字报的事，见方子衿半天没应声，轻轻推了推她。事后方子衿说，完全是女儿救了她。就是吴丽敏推她的时候，方梦白重重地踹了她几脚，她因此疼得叫起来。吴丽敏已经生了两胎，第三胎刚刚怀上，她有经验。见方子衿脸色变了，便说怕是要生了。走，快去医院。方子衿说，这孩子，怕是要提前来了。

　　那天知了叫得特别欢，天气也特别热。最热的还是鸣放。吴丽敏和方子衿小心又而快速向医院走，每隔一段距离，就可以看到围着一大圈人，有一些男女学生或者老师，在那里慷慨激昂地演讲，后来看《列宁在1918》，列宁就是那样演讲的。有的男学生干脆将上衣脱了，缠在头上，既可以挡太阳，又显得与众不同。整个校园，除了鸣放，再没别的事了。所有的老师和学生，从宿舍里从教室里从书斋里走出来。吴丽敏对方子衿说，又一场革命到来了，真令人激动。孩子出生了，不管是男是女，都叫鸣放。这个名字好，比我们家的学东学忠好。

　　几年前，附属医院从上海搬过来了，从医学院的侧门出来，经过吴丽敏家的门口，向右一拐就是医院大门。赶到附院妇产科，找不到医生。医生跑去鸣放了，只有几个护士值班。医学院的教授讲师都在这里兼诊，也算是医院的职工，方子衿在医学院主讲的是妇科，来医院兼诊，自然也是妇科，和所有的医生护士都非常熟。知道她快生了，有一名护士焦急地说，方姐，医生不在，你挺一下，我去给你找。说着转身要跑开，方子衿叫住了她，对她和另一名护士说：不必去找了，接生的程序，你们也都熟悉的，你们做准备，我指导你们就行了。

　　两名护士和吴丽敏一起护着方子衿走进产房。吴丽敏也是医生，却不是妇科医生。可今天太特别了，她放心不下，抓了一件白大褂，跟着两名护士一起做接生准备。方子衿自己躺在产床上，将双脚套进脚蹬里，吴丽敏帮她把裤子脱下来。一名护士往自己手上套手套，忙中偷闲往她双腿间望了一眼,说,方姐,已经开了三指。吴丽敏惊奇地说,这么快就开三指了?我生两胎,从动红到开三指,都大半天啊。方子衿可没时间理她的问题,她强忍着阵痛,伸出双手,在自己的小腹上抚摸着,她需要知道胎位是不是完全正了。

两名护士还在准备产钳产剪等工具,吴丽敏叫起来,护士,护士,快过来,孩子的头已经出来了。护士听说后连忙跑过来,伸出手去托孩子的头。

遇到顺产,一般都是由医生用双手托住孩子的头,再由护士轻轻挤压孕妇的腹部,医生指挥产妇用力。这次不同,是由产妇指挥两名护士替自己接生。方子衿早已经是一名经验丰富的妇科医生,躺在产床上,她用手摸了一遍自己的腹部,心中已经有数。因为是七个月早产,孩子的体积不会太大,而且胎位很正,加上她一直保持适当的运动,生产应该会很顺。听吴丽敏说孩子的头已经出来,她就更加坚信了这一点。

两名护士在她的指挥下操作,她强忍着疼痛,气沉丹田,将身上所有的力量向下汇集。她突然觉得肚子里有一大团东西往下一滑,溜出了她的体外。那一瞬间,她就像一个长时间负重的人卸下了沉重的负担似的,浑身无比的轻松。

比方子衿更兴奋的是吴丽敏。护士刚说,方姐,恭喜你,好漂亮的一个女孩。吴丽敏就叫,子衿,你生孩子怎个这么容易?比我拉一泡屎都容易。一身是血的小丫头既不理吴丽敏的大惊小怪,也不理母亲期待的目光。她似乎已经感受到了窗外的阳光灿烂。那阳光灿烂得有些过头,着了火一般,热得火蒸水煮似的。她不耐烦了,大声地哭叫着:热呵热呵热呵。护士将她身上的血污洗净,放在秤上称了一下,说,四斤六两。吴丽敏对方子衿说过,如果她生了儿子,结拜为兄弟,如果生了女儿,就给她当儿媳妇。现在看到这个漂亮的女孩儿,她简直比方子衿还兴奋,一会儿要小家伙叫她二妈,一会儿又说不如干脆叫妈好了。她一遍又一遍地说,鸣放,叫二妈呀。学东和学忠有了你这个小妹妹,一定乐坏了。

护士说,方姐,她爸爸如果知道生了这么漂亮一个女儿,还不知会高兴成什么样的。

吴丽敏突然惊醒过来,说,看我,光顾着乐了。你一定饿坏了,我去给你煮鸡蛋来，顺便让爱军去给文恭打个电话，把这个好消息告诉他。

离开医院后，吴丽敏一刻没停，跑回自己的家，拿了所有的蛋票。她去市场买鸡蛋，喻爱军去给赵文恭打电话。

喻爱军以为赵文恭还在野外，打电话到地质局，希望他们想办法通知。没想到，传达室的师傅说，赵工正在局里鸣放呢，你等一下，我去喊他。老师傅走到一群人面前，问其中一个人，见到赵文恭赵工吗？那个人伸手指着正在演讲的年轻人说，那不是？老师傅认真一看，原来赵工理了发，刮了胡子，整个人精神了一截也年轻了一截，认不出来了。他挤过去，说赵工赵工，喜事呀。赵文恭说，别你打岔，没见我在鸣放吗？老师傅说，你还是别鸣放了，你老婆已经给你鸣放了。下面的人一阵哄笑。赵文恭认为他是在羞辱自己，猛地瞪了一眼。老师傅说，你瞪我搞么事？你老婆生了，让你快去医院呢。赵文恭没好气地说，生了就生了，女人生孩子屁大个事。鸣放是政治大事。你对她说，我有空再回去。

第三天，《人民日报》发表一篇社论，政治风向突然改变了，反右斗争正式开始。

方子衿躺在医院的床上，看着窗外那些在暴晒中动都不动的树叶。树叶张成一只又一只小手，不知向这个世界索要着什么。护士给她安排了采光好靠窗的床位，原是有照顾的意思，没料到，这个床位离窗太近了，将窗外的世界收了进来。就在她的窗下，围着一群人，大多数人穿着白大褂。他们围在一起，听一个人在那里满口粗话地演讲。他演讲的中心意思是坚决反击资产阶级右派的猖狂进攻，誓死捍卫中国共产党的英明领导。与他的演讲遥相呼应的，是窗外此起彼伏的广播喇叭声，在一遍又一遍地播送人民日报社论。

外面是朗朗乾坤，方子衿却感觉着乌云密布。她首先想到的是余珊瑶老师，在这场暴风雨中，她将会淋成什么样子？又暗自庆幸，如果不是突然发作，她说不准真的和吴丽敏联名写大字报了。吴丽敏是党员是领导，她或许能够逃过一劫，自己呢？

她正躺在床上胡思乱想的时候，吴丽敏来了。吴丽敏显得神色有些慌张，坐在她的床前，小声对她说："余被批斗了。"

这似乎是意料之中的。方子衿只是看了她一眼，没有言语。

她将身子向前移了移，尽可能靠近方子衿，说："那些人真不像话，把她的上衣也脱了。"

方子衿猛地惊了一下，立即想到了死去的母亲。

吴丽敏进一步说，那些人质问余珊瑶，说你不是要资产阶级人性吗？我们要用无产阶级的人性，彻底把你的资产阶级人性粉碎。又说要看看资产阶级人性到底是什么货色。那些人把她押上台，脱下她的衬衣之后，见她胸前还戴着红色的套子，恰好套在双乳上。那时候，女人戴乳罩不普遍，一来似乎没有那样的习惯，二来，大家的收入极其有限，乳罩似乎是一种奢侈品。大多数人根本不知道那是什么东西，以为她这样做是故意想让乳房看上去大一些，是为了勾引腐蚀革命干部。于是，一场围绕乳房的革命大批判开始了。

方子衿听得心惊胆战，身上的汗毛一根根竖了起来，浑身发冷。她想到长期以来纠缠着自己的噩梦，难道这样的梦，会跟着自己一生一世？

当天晚上，护士抱着女儿让方子衿喂奶，刘云娣出现在病房门口，探头往里瞅。看到方子衿后，她悄悄地走进来。方子衿看到了她，正要打招呼，她抢在前面摆了摆手，示意不要出声。她走到方子衿身边，小声对她说，你出来一下，医院门口有个人要见你。不要让别人知道。方子衿愣了一下，想问她到底是怎么回事。她已经转身离去。

喂完奶，把孩子交给护士抱进婴儿室，自己走出病房，来到院门口。刘云娣等在那里，见她来了，不理她，转身向前走。方子衿觉得今天这事非常特别，联想到正在开展的反右运动，心中升起一股不祥的感觉。刘云娣和她之间保持着十米左右的距离，因为刘云娣没有停下来，方子衿不知道她到底要带自己去哪里，只好一直跟着。经过一棵大枫树时，有人叫了她一句。她走到枫树后，看见刘书记站在背阴处。

"刘书记。"她叫了一声。

刘书记摆了摆手，说，你别说话，听我说。我刚刚接到地质局的通知，你爱人赵文恭被关起来了，有可能被定为极右。他们明天要到你家抄家，你好好想一想，家里有什么犯忌的东西吗？

方子衿说，我家里，除了结婚证，没有他的任何东西。连户口本上都没有他的名字。

刘书记说，那你自己的呢？有什么犯忌的？

她认真想了想，什么是犯忌的？她和白长山之间的通信或许是犯忌的。可那些信自己锁在办公室里。以前还会留在家里一两封，自从上次和赵文恭闹过之后，她异常小心谨慎了。家里有什么？那么一个穷家，除了医学方面的书籍，能有什么犯忌的？对了，她为孩子的出生做的一些准备。她早就希望生的是女儿，所以，做了很多给女孩穿的衣服。所有衣服上，被子上，她都绣上了孩子未来的名字：梦白。这个犯忌吗？应该不会吧。人家如果问她，她说，梦白求恩，不成？

只是抄我的家？还抄别的地方吗？她问。

刘书记说，主要是地质局来人，我们配合，只抄家。如果有什么犯忌的东西，你可以告诉我，我去的时候，找机会给你拿出来。

方子衿心里很慌，身子在发抖。她真的担心家里会有什么是犯忌的，最终被顺带查出来给自己造成影响。可以肯定的是，家里没有赵文恭的任何东西，甚至连一双手套一双袜子都没有，连牙膏牙刷也没有。问题的关键在于，所谓犯忌，她心中并没有一个明确概念，那到底是一张纸片还是一件什么她想都想不到的东西，她完全不清楚。想一想，做人真是没意思，整天提心吊胆。自己偏偏还把女儿带到人世来了，到底是对是错？日子这么过下去，自己将她带到人世，岂不害了她？

回到病房，方子衿心里还是空空的。赵文恭被划为右派？陆秋生早就提醒过她，希望她劝一劝赵文恭，不要太放肆，不要总把攻击矛头指向共产党的领导。她根本就没想过告诉他，既知道他不会听自己的，更因为他们之间那畸形的关系，她根本就没有兴趣和他说上半句话。现在这种结果，也算是在陆秋生的意料之中了。赵文恭被划成右派，对自己和孩子的未来，到底会产生什么样的影响？不行，他给她带来的是太惨的记忆，不能再让他对孩子产生不利的影响了。她的心中，曾无数次冒出过离婚的念头，现在，离婚的欲望，在她的心中强烈地升起，就像是初春的嫩叶，突破枯老的树皮，执拗地探出头来。她在心里大声地喊叫着，不，不能再这样下去了，我要离婚。

第二天，吴丽敏给方子衿送饭来。吴丽敏还在盛饭的时候，方子衿迫不及待地对她说，丽敏，我要离婚。

吴丽敏大吃一惊，停下手里的活，盯着她看了好几秒钟，说道："你没发烧吧？"

"我非常清醒。"她说，"我要离婚，我要和赵文恭离婚。"

"开什么玩笑，过得好好的，女儿也有了，离什么婚？"吴丽敏说，"你难道不知道离婚有多难吗？我们学院的朱玉玲，你知道吧？她是典型的封建包办婚姻，两个人一点感情基础都没有。那男的，还经常打老婆，她没法忍受，要离婚。结果呢？都闹了三年了。你现在见了她，会吓个半死。那还是她吗？那还是个人吗？瘦得只剩下一张皮了。"

方子衿坚决地说："就算只剩一张皮，我也要离。"她从枕头下拿出一张纸交给吴丽敏，说是昨晚写的离婚申请报告，希望吴丽敏今天就拿去交给学院。

吴丽敏瞪大了眼睛，说你还闹真的？我以为你开玩笑。方子衿苦笑了一下说，你看我像开玩笑的人吗？吴丽敏说，为什么？白那边有什么消息了？方子衿摆了摆头说与他无关。吴丽敏急了，说你到底唱的哪一曲，把我给搞糊涂了。老赵挺好的一个人呀。方子衿说，你把这给我送去，我以后慢慢跟你说。

一个星期后，吴丽敏夫妇一起来接方子衿出院。喻爱军抱着方子衿的孩子，爱得不行，用他的短胡楂扎她，又问方子衿，真的叫鸣放？吴丽敏立即说，呸呸呸，你这张臭嘴，鸣么事放？你不看看政治风向的？方子衿看了看四周贴满的反右标语，真有点心惊肉跳。这原本是一个玩笑，该不会给自己带来麻烦吧。不知是不是这个头没开好，一路上，大家虽然还说着话，却显得缺情少趣，东一句西一句的。整个学院里，墙上先刷上白石灰，再在白灰上写红字，树干上贴着红红绿绿的标语，南区自然未能幸免，已经成了标语的海洋。

吴丽敏说，这还算好的。有人把标语贴在余珊瑶的门上了。挨完批斗回家的余珊瑶，不敢撕那些标语，进不了门，就睡在门口。晚上，她那细皮嫩肉成了蚊子的美餐，第二天脸上全都是红点点。听说还有一个被批斗的，人家把标语贴在他的身上，他不敢脱衣服，怕弄坏了标语。结果，屎尿都拉在裤子里，臭气熏天。

这些笑话一点都不好笑，吴丽敏笑了半天，见方子衿棱角分明的唇线紧紧地抿着，不笑了。回到家，里面倒是整整齐齐，干干净净的，外人看不出被抄过的迹象。小女孩扯开大嗓门哭起来。吴丽敏从丈夫手里把她接过去，用手轻轻拍打着孩子，口里乖女儿乖女儿地叫着。小丫头哭得越来越凶，并且憋出一泡热尿，洒在吴丽敏的身上。吴丽敏不仅不恼，反而兴奋地大笑。

方子衿已经在床上躺下来，对吴丽敏说："可能是饿的，给我吧。"

吴丽敏说，不行，她也是我的女儿，也要吃我的奶。说着，她在凳子上坐下来，解开衣襟，搂出奶子塞进婴儿的嘴里。她只是吸了一口，不知是觉得乳房比例不对还是乳汁味道不对，立即吐了出来，继续哇哇地大哭。也难怪，喻爱军兄弟姐妹五人，其余四个都在农村，除了父母之外，还有一个七十多岁的爷爷。吴丽敏家弟弟妹妹还小，全家十口人生活，只靠父亲一个人挣钱。许多人需要他们接济，那一点点工资哪里够？只好拿供应的细粮去市场上换人家的杂粮，奶水的质量，自然不如方子衿了。

"这伢儿，还认奶了。"吴丽敏说着，把她塞进方子衿的怀里，说："行了行了，你妈的奶大，是金奶，让你吃个饱。"

小家伙靠近母亲的怀里，立即闻到了母亲身上那与众不同的芳香，十分委屈地哭着，将一张小嘴往母亲的怀里猛拱。方子衿看着女儿，并没有立即解开自己的前襟，而是看着喻爱军。吴丽敏转身看自己的老公，见他站在那里，双眼发直，紧紧地盯着方子衿的胸前。吴丽敏说："你么样还站在这里？你也想吃？"喻爱军听了，尴尬地红了脸，往外退去。见喻爱军出了门，方子衿才掏出奶子。小家伙迫不及待地含住，拼命地吸起来。

"慢点，又没人和你抢。你要把我的血吸出来呀。"母亲说。

吴丽敏见她吃得欢，在一旁说："不都是奶吗？你妈的奶就香些，我的奶就臭些？"

一个月产假的最后一天，刘书记第二次登了她家的门。方子衿将他迎进家里，热情地搬过椅子给他坐。他摆了摆手，说不坐了，我说几句话就走。方子衿说，这么急干什么？来了怎么都要坐一下呀。刘书记不坐，同她保持着至少两米的距离。他说他是受组织委托来通知她的。学院党委收到了地质局的通知，赵文恭被第一批划为极右分子，目前已经关押，即将送去劳改。至于她的离婚申请，组织上研究过了，鉴于她和赵文恭之间已经上升到敌我矛盾，同意解除他们的婚姻关系。

同意解除婚姻关系？这就算是离婚了？"不需要办什么手续吗？"她问。

刘书记说："不用，有关方面已经通知他了。这样就行了。"他来这里的公事办完了，连告辞的话都没说，转身就向外走。方子衿还有很多话想问他，叫了一句。而他也在同时停下来，似乎想起什么似的，转过身来，对她说："你有什么事？"

方子衿说："你好像还有话，你先说吧。"

刘书记说："因为反右运动，今年的暑假取消了。系里在搞反右，我看你就不必去了，在家带好孩子。"

方子衿不完全明白刘书记是什么意思，看着他的脸，想从他脸上读出更多的内容来。他的脸非常平静，满面的皱纹纵横交错，让她想到自己下乡巡回医疗的时候见过的那一道道山梁。那些山梁实在太厚重了，山峦重叠之中，到底隐藏着什么，她永远都无法弄明白，因此也就多一种恐惧。现在是运动的风口浪尖，他叫自己不要去参加，用心何在？善意还是恶意？经历了胡之彦那些事之后，她觉得男人真是太可怕了，他们脑子里到底在打些什么主意，你永远无法知道。再一想，上次地质局要来抄家的时候，他和女儿跑到医院去通知自己，在政治上是要冒巨大风险的。这么说来，他是善意了，可这善意的背后呢？会不会有更深远的目的？她越来越觉得茫然，不明白人与人之间为什么会如此之深的猜忌和不信任。

刘书记说："刚才，你不是有事吗？"

她犹豫了一下，说："我想问一下，那天，他们抄到了什么？"

"哦，你为这个担心啊。"他说，"你放心好了，他们连一片纸都没有拿走。不过，我听说他们在他的宿舍里找到了他的日记，那里面有不少反党言论。"

刘书记走后，方子衿立即进入卧室。卧室的家具非常简单，除了床之外，有一个立柜，一张三屉桌。她坐在三屉桌前，拉开抽屉，拿出医学院的稿笺纸，铺在面前，又伸手到桌前的笔洗里去抽笔。她的手仅仅伸了一半，停下了，既没有再往前伸，也没有停下。那个陶制的笔洗里，原本插着好几支笔，其中就有陆秋生送给她的那支派克笔。可现在，那支笔不在了。这一个月，她一直都围着梦白在转，根本就没有写过字，因此，根本不知道这支笔是何时不见的。仔细想想，除了抄家的那些人，似乎不可能有别人了。

刚才的好心情，被这件事完全破坏了。她坐在桌前发愣，突然之间，觉得自己对陆秋生充满了愧疚。他对自己一腔痴情，苦苦爱了这么多年，半点回报都没有得到。现在，自己离婚了，成了自由之身。如果给他写一封信，他一定会迅速赶到向自己求婚吧。可是，她第一时间想到的不是他，而是要把这个消息告诉白长山。自己将他们之间唯一的想念给弄丢了，她因此有了一种对他的亵渎感。

过了好半天，她回过神来，拿起笔，开始给白长山写信。她自己也不明白为什么要给他写这封信，可就是想写，想将自己离婚的消息，第一时间告诉他。她几乎没有思索，在面前的纸上刷刷刷地写起来：

哥：

最近的几封信都收到了。这一个多月来没有给你回信，是因为发生了太多事。

首先要告诉你的第一件事是，我生了一个女儿，我给她取名梦白。

以前，我从来没有和你谈过我的婚姻，那是因为我不知道该怎样对你说。今天是个特别的日子，所以，我决定向你谈一谈这件事。

我答应嫁给他的时候，心里非常茫然，不知道这个决定是否对了。我甚至在那一瞬间就后悔了。可是，我太骄傲了，太执拗了，也太伤心了。大概潜意识中知道这是一个错误的决定吧，我只给他十天时间，我想，他也许无法在十天之内办好一切。可我又是一次错了，结婚太简单了，只需要扯一张纸，根本不需要十天。

古诗中说，久旱逢甘雨，他乡遇故知，洞房花烛夜，金榜题名时，是人生四大喜。作为女人，我曾多次梦想过洞房花烛夜，我曾梦想过浪漫的爱情、美满的婚姻。可是，当我经历那一刻时，所有的梦想全都破灭了。我因此知道，我走进的，不是梦想的洞房、幸福快乐的家，而是走进了永恒的监狱，开始了无边无际的苦役。许多个夜晚，我流着泪想着你，我多么希望睡在我身边的这个男人就是你呀。哥，你能理解我心中的一切吗？你能理解那湿了又干干了又湿的枕巾吗？你能理解盼望黑夜早点消逝太阳早点升起的痛苦煎熬吗？

我实在熬不下去了，一次又一次下定决心，无论如何要和他离婚。

可是，我的身边有着活生生的例子，两对闹离婚的夫妻，被离婚大战折磨得人不像人，鬼不像鬼，我害怕了。

就在这时候，没料到的事情发生了。这次反右运动，他被划为右派。我想，以前，无论有多少苦难多少伤痛，我是在为自己忍受。我认了我忍了，现在，我不能再忍了，因为这件事不再只是关乎我自己，更重要的是关系到我的女儿，小梦白。谢天谢地，今天，上级来通知我，我的离婚要求被批准了。

就像是挑了很长时间的一副担子放下了，我突然觉得非常轻松。我也说不清楚为什么，就是想把这种感觉告诉你。也许我的文字表达能力太差了，我没法完全说清楚自己此时的感觉。我就是想说，我刑满出狱了，我自由了。我突然觉得，天蓝了很多，地宽了很多，所有的一切，都变得美好起来。

接下来，她谈了一下反右运动的事。她说她一直非常担心他，像他那种性格，太耿直太无城府，平常又不太善于搞关系。她真的非常非常担心这场运动会波及他，许多个夜晚，她都对着北方的天空默默地祈求观音菩萨，希望不要让厄运降临到他的头上。她没有说，她祈求的不仅仅只是白长山，也包括陆秋生。

写完信，她抱着孩子去邮局。回来时，见彭陵野等在门口。

他们这届学生已经毕业了，原本应该回原单位上班。可是，反右运动打乱了一切计划，他们留了下来。方子衿打开门，也不理彭陵野，先将已经睡着的梦白安顿在床上。彭陵野随着她走进来，站在她的身后，她竟然不知道。安顿好女儿站起来，刚转过身，猛见身后站着一个人，吓了一大跳。她说，哎哟，你吓死我了。

　　"我听说你和他离婚了。"他说。

　　她的心猛一阵疾跳。暗想，原来这里还埋着一颗地雷呢，自己倒是把他给忘了。"你的消息好快，我也是刚刚才知道。"

　　彭陵野说，现在全校都已经知道了。她没有说什么。这件事，是通过组织传达的，由学院传达到系里，再由系里传达到她本人。中途经过了不知多少个人的手，消息传出去，可以想象。传开了也好，尤其在反右的高潮时刻，这能给人一种印象，她有和右派分子决裂的决心。事情也正是如此，后来，系里有人提出，方子衿虽然表面上从没有过右派言论，可她的骨子里是反对共产党领导的，她对伟大的土改运动整死她的父母耿耿于怀。刘书记说，你说人家因为土改运动耿耿于怀，你有证据吗？那人拿不出证据。刘书记说，相反，我倒可以拿出证据。她听说自己的丈夫被划为右派，第一时间就提出和右派丈夫划清界限。只要是做过父母的人都知道，刚刚生完孩子，是多么需要一个男人在自己身边。可是，为了表明她的立场，她没有任何犹豫。这样的同志，怎么可能是右派？

　　她从他身边走过，想到客厅里去。他突然抓住了她的手，对她说，嫁给我，好不好？她的心猛一阵狂跳，非常坚决地将自己的手抽出来。她说，你开什么玩笑？我是你的老师，年龄比你大，还有孩子。她竭力想让自己镇定，可办不到，声音有些发抖。他说，我是认真的。从见你第一面的时候起，我就爱上了你。你知道我的感情，你知道的。她说，不，我不知道。他的语气非常肯定，说，你知道。我原以为，我会带着遗憾离开这里，我也许永远没有机会向你表达。没想到，上天可怜我，被我的祈祷打动了，给了我这样的机会。我要让你知道，我爱你。永远爱你。

　　"你走吧，我不想再见你，永远不想。"她狠心地说。

　　"我希望你认真考虑。"

"不。"她坚决地摆了摆头,"你打消这个念头吧,我不会考虑的。"

"你一定要考虑。"他说,"今天晚上,我们还要开会,我得走了。老师,请你一定要好好考虑。"

他离开了。她已经用尽了全身所有的力气。她在他离开后,扶着床坐下来。她的脑子里一片空白,她不会想了。

吴丽敏当起了逍遥派,喻爱军也随后当起了逍遥派。

运动开始时,喻爱军非常积极,很快发现,有些领导借运动之机,拉帮结派,被整下去的,都是那些业务能力强正直敢言不阿谀奉承的人。他心里不满,向领导提意见。领导说,你这是典型的右派言论,如果你不是党员干部,不是朝鲜战场上下来的英雄,我当你是右派了。回到家里,他把这些事告诉了吴丽敏。吴丽敏说,别说是你,我都差点当了右派。像余珊瑶那张大字报上说的,哪一件事不是真的?哪一件又说得不在理?结果,她被人家押到台上,上衣剥光了,只差没脱下裤子来。亏她还能忍得住,如果换了我,我肯定一根绳子上吊了。这个运动我是不敢参加了,还是当逍遥派好,免得也像她那样,被剥光了让大家看。我可没她好看,生了两个孩子,奶子上小肚子上都是花,难看死了。她这样一说,两口子就都当起了逍遥派。

逍遥有时候不一定是什么好事,无所事事,人会闲得无聊。无聊中的吴丽敏跑来找方子衿,逗着小梦白玩。方子衿说,丽敏,你打听了保姆的事没有?吴丽敏说在打听呀。方子衿心里很急,虽然刘书记叫她不必去系里,可这么呆在家里,担心会授人以柄。她想去医院上班,孩子又没法安置。吴丽敏拍着胸脯说,你去吧,把孩子交给我。我们一大家子人呆在家里,正闲得无聊呢。至于保姆,慢慢找好了。

医院也在反右,医生们不是积极投身其中,就是诚惶诚恐,担心自己遭祸,谁还有心思看病?整个妇科,只有方子衿和另外一个逍遥派医生和两个逍遥派护士。并不因为伟大的反右运动,女人就少生病,也并不因为伟大的反右运动,女人就不生孩子。医生都运动去了,诊室门口排起了长龙。到了下班时间,方子衿站起来准备离去。排队的病人见她要走,围着她吵，拦住她不让离开。

方子衿急了，对她们解释，说自己整个下午没有上厕所了，再呆在这里，膀胱都要爆炸了。那些人同意她去上厕所，但上完厕所必须回来。有人不相信她会回来，大声叫着说要派人跟她一起去。她知道这样是走不脱的，又对她们解释，自己还急着回去给孩子喂奶，孩子才一个月大。她说，你们都是当母亲的人，应该知道胀奶是怎么回事，我是妇科医生，我更清楚，奶集中在乳房里，不仅仅是让乳房胀得痛，时间长了，会造成严重后果，得乳腺炎甚至乳房化脓。听了她的话，有些人开始准备离开，可有人对方子衿的话表示怀疑，问她怎样证明。她怎样证明？虽然大家都是女人，她也不可能敞开怀让人家看她的奶子。她转身进入诊室，拉开诊室后侧的屏风，将医用垃圾桶拿过来，摆在众人面前。她踩了一下踏板，垃圾桶上面的盖子弹开了，桶里溅满了白色的液体。她说，你们看到了吧？这是母亲的爱母亲的血，不是万不得已，天下哪个做母亲的，愿意把这挤出来扔掉？

那些人不再说了，又不愿走，睁着一双双愤怒而且无奈的眼睛看着她。那眼神像刀子一样剐人，方子衿狠了狠心，像做贼一般低着头，从目光的刀锋间逃开去。狂奔进厕所，扯下裤子，又急急扯开衣襟，抓住左边的乳房，双手的拇指和十指张开，围着根部，用力向前挤。奶汁向前冲向木门板上，绽开一朵洁白的花。这朵花虽然洁白美丽，却也令她的心像被猛揪了一下似的疼。日子过得不顺，物资供应紧张，什么都得凭票，能有点奶汁多不容易呀，就这么给挤掉了，比挤掉自己的血还令她痛心。

冲出医院，迅速往校外吴丽敏家赶。在吴丽敏家，她等不及回家，抱着女儿进入吴丽敏的卧室，掏出奶头往女儿嘴里塞。吴丽敏和她的婆婆进进出出的，她是顾不得了。偶尔，喻爱军也会一头撞进来。对此，吴丽敏是完全无所谓，方子衿羞得脸发烧，却无处可避。喂过奶，抱着女儿向外走。吴丽敏一家人留她吃晚饭，她说什么都不肯。他们两口子，喻爱军是高工资，有六十多块钱，吴丽敏和方子衿一样，才二十四元，不到九十元要维持一家五口的生活，还有十几口等着他们接济，日子的艰难可想而知。

284

回到家时，女儿早已经睡着了。她将孩子安顿在床上，然后开始做饭。一个人的饭不好做，一把米的饭她吃不完，而这些米，连塞锅底都不够。吃面食又太贵，只好弄点菜加点米，放在锅里一起煮。刚刚煮好，正准备吃，彭陵野来了。方子衿有意冷处理，只顾着自己吃饭，甚至没有理她。彭陵野自己搬把小椅子坐下来，顺手拿过一件梦白的小衣服在手中把玩着，看到上面绣的字，问她："你给她取名叫梦白？"她简单地回答了一个是。他又问这个名字是不是有什么特殊含义，她说没有，只是她喜欢纯洁喜欢白色，希望她长大了接过母亲的班，像白求恩一样，当个白衣天使。

东扯西拉了几句，方子衿问："你们么时候离校？"

彭陵野说，看情形，反右运动还要持续一段时间。目前还只是第一批，主要是划为极右的，接下来还有第二批第三批。方子衿哦了一声，暗想，看来这场运动，不是短时间能够完成的了。彭陵野见她不说话，就无话找话，对她说，余珊瑶被划为极右了。方子衿说了声知道。这件事在南区可以说无人不知无人不晓。那些人到余珊瑶家抄了好几次家，许多人去围着看呢，从她家抄了不少印着英文的乳罩以及三角内裤。那些人哪里见过这些？全都当成了余珊瑶是极右的证据。此外，还抄出许多爱情小说，英文版的中文版的都有，最特别的是抄出了一大堆周昕若写给她的信，她用一个花梨木的小匣子装着，匣子用红绸带束着。据说，这些信包括了周昕若调离后写来的，说明他们还一直在秘密来往。

彭陵野见她只吭了一声，又不说话，再一次主动开口，东一句西一句地扯着闲话，把自己的见闻讲给她听。方子衿觉得这样下去不是办法，无论如何，得断了他的念头。她鼓起勇气对他说，陵野，你心里想的，我明白。但是，也请你替我想想。现在是么时期？你天天往我这里跑，人家如果说我勾引自己的学生，我就只有死路一条了。你大概不希望我成为第二个余珊瑶吧。

彭陵野说："我不管别人怎么说，我只知道一件事，我爱你。"

"你可以不管，你只有一个人。"方子衿说："我还有女儿，我不能毁了自己也毁了她。"

彭陵野仍然不肯离开。方子衿不忍心说太重的话伤害他，似乎不说重话，又没法令他离开。正不知所措时，听到外面有一个人在打听：麻烦问一下，方子衿方老师住在哪里？方子衿赶出去，见是一个年轻小伙子。她说，我就是方子衿，你是？年轻人说，是容管家叫我来的，有急事，你快去吧。她问是什么事，年轻人说你去了就知道了，说过匆匆走了。

方子衿返身回屋，抱了女儿往外跑。彭陵野不好再呆下去，只好跟着她出门，并且表示要陪她一起去。方子衿看了他一眼，说你不担心人家往你头上扣右派帽子？她这样一说，彭陵野打消了念头，将她送上公共汽车后离开了。

赶到项宅，立即觉得气氛不对，院子里围了许多人，闹闹杂杂的，在争论着什么，有人在往外搬东西。容管家周旋在这些人之中，哭着求他们。方子衿叫了一声，容管家转过身来，看着她，定定地站在那里，叫一声方医生，不出声了。院子里点着许多灯，灯光照在他满是皱纹的脸上，脸上像是挂满了星星一般，闪着晶莹的光。方子衿大吃一惊，问道，容管家，出了么事？容管家说："老爷……老爷……"仅仅说了两句，再也说不下去。院子里的那些人，有方子衿认识的，有面熟的，也有她从来没见过的。所有人对她视而不见，匆忙地进进出出，将家里的各种东西往外搬。

方子衿冲上楼去，许多次差点和抢搬东西的人相撞。她冲进书房，书房里同样充满了抢搬东西的人。方子衿冲到书桌前，见几个人正抬起书桌，要向外搬。她大喝一声，这个不准搬走。那些人看了看她，竟真的放下了桌子，又去抢搬别的东西。方子衿跑向桌前，拉开抽屉，见里面是空的。她又拉开另一只抽屉，里面还是空的。所有抽屉都拉开了，里面空无一物。她又跑到书柜前，去翻找一些重要的书。书柜里面乱糟糟的，许多地方都空了。方子衿想找到师傅的手稿以及重要书籍，可是，这一切全都不见了。

容管家不知什么时候出现在她的身后，带着哭腔对她说："不用找了，都被他烧了。"

方子衿惊异地站起来，不解地问："烧了？为么事？"

容管家向里面的卧室指了指，说："他在里面，你去见见他吧。"

方子衿走向卧室。这里是整个项府最清静的地方，虽然灯光很亮，室内也摆了不少的东西，却没有一个人进来抢搬东西。她走向床前，见一个人躺在床上。她想，这应该就是师傅了。她叫了一声爷爷，没有应答。她又叫了一声，并且来到了他的近前。她向他看了一眼，见他双目紧闭，脸上有一股死气。她大吃一惊，伸手在他的鼻前试了试，顿时向后退了一步，站在那里，定定地看着他。

容管家走过来，站在她的身后，有一些滞重的声音，从他的鼻腔里滚滚而出。

"爷爷是么时候病的？你么不通知我？"方子衿质问容管家。

容管家痛苦地摆了摆头。方子衿一再追问，容管家才讲起事情的经过。

项钦羊根本就没什么病，他是自杀的。他自己配了药，交给容管家煎好，吃下去之后，对容管家说，他要好好睡一觉，没事不要打扰他。第二天过了下午，还没见项钦羊起来，容管家感到不对，进去看，见他已经死了，死得非常安详。

容管家说，大约十天前，居委会来了一个通知，让他去开会。开始还蛮好的，开了三天会，回来就变了，坐在那里发愣。后来，他不去开会了，呆在书房里烧他的手稿。一边烧一边自言自语，颠来倒去地说咎由自取、自取其辱什么的。容管家见状，知道自己制止不了他，要去叫方子衿来。老爷子拦住他不准出门。他说，不能去叫方子衿，否则就害了她。容管家反复追问，他才说，居委会通知他去，原来是开反右会议。在会上，九十多岁的项老爷子被划成了右派。他对容管家说，现在他是右派了，如果让方子衿过来，肯定会对她产生影响。他反复叮嘱容管家，无论在什么情况下，都不要告诉方子衿。

方子衿暗吃了一惊，问容管家那个通知自己的年轻人是怎么回事。容管家对此一无所知。发现老爷子自杀身亡之后，他只是通知了居委会以及项家的后人。居委会至今没有一点消息，项家的后人行动倒是快，跑来抢搬东西，他也没法制止。方子衿暗自吓出一身冷汗，意识到如果继续留在此地，很可能惹下巨大麻烦。可是，项老爷子躺在床上，尸骨未寒，她如果抽身而去，将会一辈子良心不安。她在心里一遍又一遍问自己应该怎么办，最后她想到了陆秋生，他父亲是共产党的高级干部，他或许能有办法吧。

　　下楼的时候，怀里的梦白醒过来。她到了吃奶时间，拼命用小嘴拱母亲的怀。方子衿哪里顾得上她？急急地往外走。梦白找不到母亲的乳房，急得大哭。方子衿刚刚出门，见门口驶过来两辆汽车，车上跳下很多荷枪实弹的武装人员，将项府团团地围了起来。那些往外抢搬东西的人，被武装人员用枪押了回来。所有人被押进了一楼的客厅，蹲着的坐着的站着的，谁都不说话，女人们面色惊惶，男人们大口大口地吸着烟，偌大的客厅里，烟雾弥漫。每一扇门前站着两名持枪人员，除了他们的人之外，其他人只准进不准出。方子衿坐在客厅的一张太师椅上，这把椅子原是在楼上的，不知被什么人搬下来，留在了这里。孩子在她怀里大哭，她哪有心情顾孩子？

　　一个穿中山装的男人和一个公安陪着容管家从楼上下来，走到方子衿面前。容管家向方子衿介绍，说他们一个是区里的章书记，一个是派出所的雷所长。章书记主动和方子衿握手，向她说，他们来晚了一步。这件事发生得太突然，他们一时也不知道该怎样处理，所以分别向市委和省委作了汇报。省委给了三条明确指示，第一，要保护好项宅的一切，连一张纸片也不能少。第二，由区里出面，办好项老先生的后事。第三，请方子衿到场，协助对项宅的一切进行登记造册。

　　方子衿想，那个去通知自己的年轻人，可能是他们派去的吧。她很想问一问，又觉得已经没有必要。自己拜项钦羊为师，原是他们之间的事，知道此事的人很少。现在要为项钦羊处理后事，省委的指示中明确提到了自己，说明与项钦羊有关的一切，省委知道得一清二楚。

　　章书记解释过后，见她怀里的孩子一直在哭，主动说，孩子是饿了吧。你先给孩子喂奶吧。其他的事，我们过一会儿再商量。

　　方子衿抱着孩子上楼，走进了项钦羊的卧室。她在他的身边坐下来，盯着他看了一眼，然后解开自己的前胸，将奶头塞进女儿的嘴里。梦白不哭了，用力地吸着。方子衿的眼睛看着睡着一般的项钦羊。她在想，父母

288

辞世，她连最后一眼都未能看上，现在，自己要利用这个机会陪一陪爷爷。坐在项钦羊的面前，她已经忽略了自己的存在，忽略了女儿的存在，思维的触须深入到面前这个死去的灵魂深处。她在想，他的选择是对的吗？是什么力量促使他迈出这一步的？几乎所有的右派被划为右派之后，均被关押。可他不同，他被定为右派，却又让他回家了，甚至给了他从容的时间烧掉了他乃至他的祖辈留下来的许多医学著作以及手稿。为什么对他网开一面？据说，组织部门专门成立了机构，将各单位报上去的右派进行审核。会不会有一种可能？他只是被居委会定为右派，而上级还没有批准甚至是根本不准备批准？如此说来，他是被这顶右派帽子吓死的？还是因为对生命以及社会的彻底绝望？由项钦羊的死亡，她想到了自己的母亲，还有余珊瑶老师。母亲受凌辱之后投江自尽了，可余珊瑶仍然活着。活着，她活在一个怎样的世界里？

母亲的世界、项钦羊的世界以及余珊瑶的世界，都是方子衿感觉的触须无法到达的世界。面对他们，她觉得自己太渺小太单薄太苍白。

后来的几天，方子衿一直在协助有关部门清理项钦羊的遗物。她很想参与最后的告别仪式，可是，她犹豫了再犹豫，最终还是没有提出这个要求。她为自己的懦弱而羞愧，她为自己那埋在心底深处的自我保护而良心不安。她将这所有一切倾注在项钦羊的遗物上。这些遗物中，有用的已经被他给毁了，她曾经读过的一些医案、一些孤本的医学著作以及他倾注巨大热情所写的手稿，全都毁了。一个人，处于怎样的绝望之中，才会将自己一生的珍爱彻底毁弃？他毁掉的并不仅仅是属于他自己的，而是一笔极其宝贵的社会遗产。

做完这件事，方子衿觉得自己的灵魂受到了一次凌迟。她拖着千疮百孔的灵魂回到自己的家里，见那里有好几封信等着她，都是南区居委会登记之后塞到她的门缝里的。来往信函的管理，就像人口流动的管理一样，极其严格。以前，信件由系里统一管理，现在，这项职权下放给居委会了。她拿起那些信看了看，竟然全都是白长山的，没有陆秋生的。

方子衿的心中闪过一丝阴翳。多长时间没有收到陆秋生的来信了？有一个多月了。自从离开恒兴来到宁昌，她已经习惯了每个星期收到一封他的来信。现在，他的信突然没有了，是否说明他已经对她彻底死心了？

将女儿安顿在床上，她有一种即将虚脱的感觉。就算还有最后一丝力气，她也一定要用这点力气来读白长山的信。她坐在书桌前，拿出那些信，像捧出一只又一只纯洁的白鸽。她满怀着虔诚，将这些信数了一遍，七封，平均两天一封。她仔细地将时间理顺，从最早的一封信看起。

这封信写得密密麻麻，可是，整封信都只有一句话：妹子，等着我，我马上离婚！这句话被他写了很多遍，占满了整张纸，每一句的结束，都打上了至少十个惊叹号。看到那些惊叹号，就像是看到了白长山站在自己的面前。她的心为这些惊叹号怦然而动，眼泪禁不住顺着脸颊流落下来。她没有急着打开第二封信，而是捧着第一封，静静地坐在那里。她的目光散乱着，似乎盯着信纸，又似乎飘离了那句话本身，飞到了遥远不可知的某一个地方。

她喜欢读白长山的来信，就像一个初生的婴儿喜欢母亲的乳房，那乳房里有清香的乳汁汩汩地流出来。虽然她的乳房已经枯竭了，原本饱满而又甘美的乳汁枯竭了。她是妇科医生，她知道原因。这段时间经历太多，苦难的经历吞噬了女儿的营养。没了乳汁，女儿却在酣畅地吸乳，吸得忘乎所以。

她打开了第二封信。第二封信只有一张纸，没有抬头称呼没有结尾署名，整封信只有四个字：我要离婚。看到这四个字，方子衿的心狂跳不已。这不是普通的四个字，而是四个鲜红鲜红的字。大大的四个字，触目惊心。她很容易可以检验这到底是血还是红墨水，可她根本不用这样做。她知道，这一定是用血写的。用血写的信背后，是怎样铭心刻骨的情感，又有着怎样的决心？

方子衿的思绪再一次飞走了，飞到了她丝毫都不熟悉的北国。

北国，白长山正拉着一车货从黑河赶回白河。夜幕似乎是从他身后漫漫翻卷而来的，像一块厚重的云，在他完全没有觉察的时候，濡染了他的整个天空。夜间行车不安全，他完全可以在中途住一个晚上，明天早晨再踏上归途。可是，他归心似箭，恨不得一步跨到家门。他想，子衿应该给自己回信了。对于这段时间来，自己给她写的许多封信，她到底是什么态度？除了急迫地想见到她的来信，他还急迫地希望自己的离婚案快点有结果。

汽车向南，一直向南。白长山在意识深处搜寻有关南国的记忆。海南岛成片成片的香蕉林、密密匝匝的甘蔗林、像老神仙一样挂满胡须的老榕树，还有那令人吐得五脏六腑都差不多倒腾不已的蓝色大海。至于宁昌，他的记忆要模糊得多，每次都是跟着车队，住在一个叫南苑的地方，汽车在那里装了弹药，便乘轮渡过江。汽车队太长而轮渡太少，他们不得不等在江边。对于宁昌，他只是一名过客，就像是在梦中走过的一般。可那里，又似乎是他命中注定要一辈子留连的地方，因为那里住着他梦里的女人。

他已经为她死过一次了。他做梦都没有想到，命运又为自己安排了一次机会。他默默地告诫自己，他一定要紧紧地抓住这次机会，不计任何代价。这个念头，是他接到她那封信时冒出的，而且随着时间的流逝，越来越坚定。

那段时间，每天爬起来就只有一件事：反右。最初是将大鸣大放中那些鸣过放过的人抓起来批斗，往往是抓住人家说的一句话，就写了一篇洋洋洒洒的批判文章，站在台上说得口沫四溅。这些鸣放过的人毕竟是有数的，没几天就被打得稀里哗啦。把那些自己跳出来的右派们打倒之后，没有人可斗了，有些人就觉得浑身上下不舒服。于是，反右运动又开始了新一轮，深挖那些藏在身边的右派。

于是，八百年前说的一句话会被挖出来，斩头去尾，拿到高倍显微镜下去分析，就像是考古学家在千年古墓里发现了一片八不像的陶土，如获至宝般弄出那么一点点，并且又分成许多份，左研究来右研究去。

白长山觉得这事很无聊。他也说不清为什么，自从那次和死神擦身而过，他的思想有了一次脱胎换骨的变化，以前看重的许多东西，现在觉得不值一提。以前苦苦追求的，现在无法让他打醒精神。唯独只有对方子衿的感情，就像是窖藏的美酒，日子越久，酒香越浓。那时候，他坐在会议室里，正看着外面走道上的一只蜻蜓。那只蜻蜓自由自在，两对透明的羽翼扇动着，在走廊上高低不平的泥地上飞翔着。他想，如果他是一只蜻蜓就好了，他一定不迷恋这个地方，他会一直向南飞。三月里莺飞草长的南方，才是理想的乐园。

传达室的老头走过来，见白长山坐在门口，随手将一封信交给他。老头还要进去给其他人发邮件，被局长制止了。局长说，没见正开会吗？这是很重要的会。出去出去。传达室的老头出去了，却不会将已经发出去的信收回来，白长山成了唯一的幸运儿。

当然，白长山完全不知道后来发生的那些事，他看一眼那熟悉的信封，那颗心就开始疾跳不已。东方红太阳升，他等着盼着的就是这封信。他不管那些人唾沫星子能飞多远，迅速将信拆开。

离婚了。她在信中告诉他，她离婚了。白长山就像是在黑夜中见到了一盏明亮的灯，就像是厚厚的乌云层中划过一道耀眼的闪电，就像当年攻打锦州时，将坚固的锦州城撕开了一道豁口。那时，白长山几乎想跳起来，对在场的所有人大喊：太好了，她离婚了，我有机会了。我要离婚。他实在无法抑制自己的兴奋。他知道，自己如果不尽快离开这里，肯定会大喊大叫着将这一激动人心的消息告诉在场的所有人。

他悄悄地离开了。好在他坐在门边，而且，会议的主题虽然严肃，仍然常常有人因为小便或者喝水离开，他趁机开溜，并没有引起别人的注意。离开之后，他想找一处僻静的树林，白桦林什么的。白桦树高耸入云，树干睁着一只又一只眼睛。千万只眼睛，会是他的见证。他需要这个见证，需要有眼睛看着他，一直看透他的心。可是非常遗憾，商业局大楼在市中心，离白桦林太远了。他唯一能做的，就是跑上办公楼的楼顶。站在楼顶上，头顶着蓝天白云，心胸突然地开阔起来。他想，他如果大声地喊叫，那飘动的云朵，一定可以将他的声音带到方子衿的耳边。可他不能叫，他的叫声会被别人听到，然后有人会拿到显微镜下进行分析。在伟大的反右运动中，他为什么会跑到楼顶大叫？这不能分析，一分析就是一个漏网大右派横空出世。

他站在楼顶上，对着天上的白云说话。他说，妹子，等着我，我要离婚，我要娶你。就算前面有千难万阻，我也一定要珍惜这上天给我的第二次机会。

下班的路上，白长山身上每一个细胞都在欢跳。他必须在今晚就和王玉菊谈开这件事。当然，这有点难以启齿。他不能说他只爱着方子衿，除她之外不会再爱任何人。他甚至不能透露作为已婚男人，他的心里一直装着另一个女人。社会道德不允许爱情和婚姻分离，爱情和婚姻被某种规范强行绑在了一起，以至于很少有人能够分清哪是婚姻哪是爱情。规范既然是强制执行，就需要一些强制手段，有了婚外性关系，就是流氓罪，可以根据情节判处相应的徒刑。就算没有婚外性关系，仅仅只是一种彼此认同的婚外爱情，那也是道德品质败坏，在党纪和政纪的管辖范畴。白长山知道，自己为了方子衿而闹离婚的事一旦公开，他将会身败名裂。

身败名裂又如何？像现在这样生活在贫瘠枯竭的感情之田中，生不如死。只要能够和方子衿结婚，他宁可不要现在所有的一切。他必须和王玉菊离婚，这一点没有任何条件可讲。为什么？是的，她一定会这么问。他也只可能有一种回答：感情不和。

王玉菊在商场当柜长，下班后要去托儿所接小女儿然后到幼儿园接大女儿，买菜做饭自然就是白长山的工作。他想，这日子反正已经不过了，这些事自然也就不必干了。回到家，先给方子衿写信，将自己要离婚的事告诉她。刚刚提起笔，觉得许多话要说，想来想去，最后只是在纸上写满了同一句话，让她明白自己离婚的决心。将信封好，贴上邮票，转身出门，走出商业局家属院。大院门口有传达室，传达室门前有一只绿色邮箱。这只邮箱离家太近了，他本能地觉得不安全，宁愿多走些路，过了两个街区的十字路口，有一个立式邮筒。他走过去，向四周看了看，见没有熟人，便用身子挡住别人的视线，迅速掏出信，塞进邮筒。然后，他迅速向前跨了两步，拉开同邮筒的距离，张目四望，下班的人们从各个不同的门口匆匆地走出来，涌向公共汽车站。汽车站排成了长龙，秩序井然。尽管没有人注意自己，白长山还是有些心虚，他故意往前再走了一个街区，在一个公共汽车站的站牌下煞有介事地看了看，走到等车的人流后面排队。排了几分钟，他装着突然想起什么似的，离开队伍，大步走开。

回到家属院门口，恰好见王玉菊下班归来。她怀里抱着小女儿白慕衿，手里牵着大女儿白慕芷，见白长山迎面走来，大声大气地说，你买的菜呢？慕芷看到父亲，挣脱了母亲的手，欢快地叫着爸爸，喜颠颠地跑过来。慕衿见姐姐找爸爸，闹着从母亲怀里下来，扑向父亲。白长山弯着腰去抱女儿，同时向妻子解释，局里搞运动，下班晚了，菜场已经关门了。王玉菊抱怨说，这些人真是，反右能当饭吃？白长山恼怒了，说你犯啥混呢？留神给你一顶帽子。

白长山原是想见面第一件事就提离婚的，可当着孩子的面，担心她闹起来，自己下不了台。他不说，王玉菊倒是说了。她说，这个月没来，已经过了一个礼拜了，她急死了。白长山心里一咯噔，又有了？老天，这不是和他过不去吗？他把心一横，无论如何，一定要离。有了孩子又怎样？刮掉呀。

王玉菊是那种高大的女人，祖先中有俄罗斯血统，圆脸盘，鹰钩鼻子，双下巴。应该说，她确实是一个美人，皮肤很白，相貌也漂亮，一对奶子大得惊世骇俗，夏天穿衬衣，事前要拿一块白布将胸部紧紧地裹住，否则不敢出门。白长山不得不承认，第一次见她的时候，确实非常心动。可她是那种没有文化的人，小学还没毕业就回家带弟妹，后来招工进了商场，接触的都是些琐琐碎碎的人、琐琐碎碎的事，整个人就一根直肠子，直进直出，一点弯都不会拐，更不可能有浪漫和情调。她有许多习惯，白长山无法忍受。没事的时候，她喜欢织毛线。她随身带着一只包，包里永远装着毛线和针，只要有一点点空闲，她就会不断地编织。如果她能大公无私，帮别人编一点也好，可她偏偏不做义务劳动，只给自己人织。比如给白长山织的，不仅仅是毛衣毛裤毛背心，甚至连内裤也是毛线的。两口子就那么点工资，不可能买许多毛线让她织，她就不断地拆又不断地重织。第二个让白长山不能忍受的毛病是喜欢吃葵花子，吃到哪里吐到哪里，尤其是一边织毛线一边吐瓜子皮儿的时候。遇到高兴或者生气了，就将瓜子皮吐到白长山的脸上。她吐瓜子皮可是练出来的真功夫，又远又准。第三件让他不能忍受的事，她喜欢裸着身子在家里走动。她可不管是否当着孩子的面，也不管白天还是黑夜，只要气温适合，她就喜欢寸缕不着。她对白长山说，这难道不称了你的意？你想做那事，随时都可以。这恰恰是白长山第四件不能忍受的事。她想要的时候，白长山立即就得给她，那时，她可能正在揉着晚餐的面条，也可能是白长山刚刚进入梦乡。许多时候，她会要两次甚至是三四次，她的叫声会让邻居觉得这家在杀猪，而他差不多想自杀算了。相反，他如果想要，那得看她的心情。当然，大多数时候，她的心情是非常好的，一个晚上来三次五次，第二天照样精神百倍。

进门后，王玉菊立即进了厨房。没有买菜，只能吃面食了。她拿出面盆，往里面舀了两碗面粉，随即将衣袖挽起，露出两条粉白的胳膊。她拧开水龙头，接了一瓢水倒进盆里，右手扶了盆沿，左手伸进盆中，搅动着，再淋一点水，搅几下，再淋一点。刚才还是散着的面粉，转眼变成了粉团。

白长山走进来，站在她的身后。她将左手抬起来，往后伸出说，把我的袖子弄一弄。过了一会儿，没见他动作，转过头问他：你咋啦？白长山说，我要离婚。她正跷起右手的小指将衣袖往上蹭，没完全听明白他的话，追问了一句：啥？白长山又重复了一句。这次，她听懂了，不太相信地转过头来。你说啥？你没喝酒吧？白长山说没有。王玉菊似乎突然意识到他是很认真在和自己谈这件事，突然加大了音量说：你说啥？再说一遍。白长山说：我要离婚。

王玉菊突然用右手的大拇指和食指卡住手臂，往下捋了一下，将手腕上的白粉捋去一些，又用左手捋了捋右手指上的面，再猛向下摔了摔双手。那架式，确实有些令人恐怖。白长山显然吃了一惊，以为她要动手，不自觉往后退了一步。王玉菊在自来水管中洗了一下手，双手十指张开，上下摆动几下甩去手上的水珠，又在面前的围布上蹭了几下，取下围布，揉成一团扔在案板上，转身走出厨房。

白长山在厨房里愣怔了一会儿，转身出门，见王玉菊提着一只帆布包，一面向外走一面拉着包的拉链。从没有拉严的地方可以看出，里面胡乱塞着的是衣服。她甚至没有看她一眼，也没有看正在画图画的慕芷和正在吃着手指的慕衿，匆匆拉开门，挺身而出。白长山觉得自己应该说点什么，嘴张开后没有声音发出来。

白长山一直站在那里，脑袋空空的，似乎被许多莫名其妙的念头充满着,又似乎什么都没有。天完全黑了下来,慕衿呜呜哇哇地哭着,后来就睡着了。慕芷也在哭,远比慕衿哭得有音乐感。白长山全都没有听到,不知是因为他的心灵世界万籁俱寂,还是因为声震寰宇,两个女儿的哭声,在他的耳边完全被忽略了。不知过了多长时间,慕芷在黑暗中爬着找到了他,并且紧紧地抱住了他的腿,在他耳边大声地说,爸爸,我怕。爸爸,我怕。

从梦游状态中惊醒过来,白长山一把将女儿抱起,向前走了几步,伸手到墙边,抓住了线,往下拉了一下,啪嗒一声,灯没有亮。他把女儿放下来,女儿像是感觉到要被他抛弃一般,疯狂地抱紧了他。他说别怕,爸爸划火柴。

灯点燃了,屋内有了昏暗的光。女儿又说,爸爸,我饿。他于是想起,妻子离家出走了,孩子们还没有吃晚饭呢。他一手擒着煤油灯,一手牵着大女儿往厨房里走。擀面条肯定来不及了,只好往盆里再加点水,搅成面疙瘩。将晚饭做好,给大女儿盛了一碗,又给小女儿盛了一小碗。将慕衿弄醒,抱在怀里喂她。慕衿一直还在吃奶,根本不肯吃这些东西,又是哭又是闹,喂进她的口里,她往外吐。气极了,他抡起巴掌,往她的屁股上猛抽了几巴掌。她惊天动地大哭起来。白长山顾不上这些,继续往她口里喂。他原以为她会屈服于自己的淫威,好歹吃上一点。没料到她的脾气比她妈还倔,毫不留情地往外吐。再打,还是没用。

折腾了一个多小时,一点效果没有。他绝望了,将她放在摇篮里,任由她哭着,不再理她。他饿得要死,却没有食欲,心中兀自烦着。大女儿吃完之后,手里拿着碗,口里还含着最后一块面疙瘩,坐在地上睡着了。他暗自叹了一息,走过去,接过她手里的碗,弄了点水,替她洗了一下。

离婚大战才刚刚拉开序幕,白长山就身心俱疲。

第二天起床,先做了早餐,又替孩子穿衣,洗脸。慕芷倒是乖,安静地吃完东西,等着他送自己去幼儿园。慕衿却还是一样,不肯吃他给她弄的面糊糊。眼看时间紧了,他只好抱着大哭的慕衿,带着慕芷,离开家门。将两个女儿安顿好,匆匆赶到单位,还是迟到了。好在反右运动虽然如火如荼,工作纪律却松弛,没什么人计较他是否按时到达。

整个白天，他都在思考一个问题：自己应该怎么办？他要离婚，这一点绝对不会动摇。问题是到底应该怎样做，才能突破这个僵局？想了一个星期，想不清楚。两个女儿越来越麻烦。慕衿大概知道没奶吃了，多少肯吃点别的，仍然是不停地哭，闹着要找妈妈。听到妹妹哭，慕芷也跟着哭。王玉菊是黄鹤一去无消息，似乎和她完全无关了。白长山想，孩子毕竟是她的，母女连心，她不可能不想孩子吧。星期六晚上，他将孩子送给她的朋友，由她的朋友转交给她。没想到，她拒收，她的朋友没办法，连夜将两个哭得昏天黑地的孩子交还给了他。

孩子哭着睡着了，白长山独自坐在黑暗里抽烟。他想哭。为了阻止离婚，她可以连女儿都不要，这种狠劲，令他瞠目结舌。这还仅仅是开始，接下来她会做出些什么，他简直不敢想象。前几天，他咬破手指，给方子衿写了一封血书，之所以那样做，是为了向方子衿表明自己的决心，同时，也很难说不是在给自己鼓劲。

几天后遇到一次往黑河送货的机会，作为车队党支部书记和队长，他没有必要亲自去。可他想，也许可以趁此机会将孩子交给她。他带着孩子去了她的商场。他知道，如果见到她，肯定什么都搞不成。他只是将孩子带到门口，对慕芷说，抱着妹妹，去找妈妈吧。慕芷抱着妹妹向前走，走了几步回头看他。他站在那里，向女儿挥挥手。看不到女儿之后，他躲到了一旁。果然没过多久，王玉菊一手抱着慕衿，一手牵着慕芷赶到了门口，四处看了看，没有找到他。没有见到他，只好又带着孩子退进了商场。

他算准了她会带着孩子找他，家里找不到，会找到车队。他既没有回家，也没有回车队，而是找到以前的战友，借口说家里来了客人，住不下，在他那里住了一个晚上。第二天上午回到车队，果然听说王玉菊昨晚带孩子来过。出车之后，他特意将车停在家门口，进去看了看，知道王玉菊和孩子昨晚是住在家里的。

这趟行程跑了一个星期。回到白河时，正是第二天上午。他把车子停好后就回家了。显然，这一个星期，王玉菊和孩子都住在家里，这个家到处充满着她的味道。他给自己弄了点吃的东西，洗了个澡，倒上床睡了。

一觉醒来，家里亮着灯，是电灯。他从床上起来，走到外面，见王玉菊带着孩子吃饭。孩子见到他，惊喜地叫他。王玉菊坐在那里吃饭，头都没转一下。他觉得应该对她说点什么，如果不开口，怎么好谈离婚的事？临时也想不起说什么话，只是说了句，回来啦。

王玉菊说，这是我的家，我为啥不回来？你希望我不回咋的？白长山不说话，走进厨房看看，没有他的晚餐。王玉菊进来盛饭，对他说，没你的饭。你不是要离婚吗？你到别人家吃去。白长山说，你轻点，孩子们听到了。王玉菊可不顾这么多，说孩子们听到咋的了？婚都要离了，还能让她们不知道咋的了？

白长山把心一横，吵吧，干脆吵开了好。反正是不过了，怕什么吵？他说，是，我是要离婚，你给个话吧，啥时候和我离？王玉菊猛地往地上吐了一口，我呸，你做梦。和你离婚？我为啥要和你离婚？我才不便宜那个狐狸精。白长山说你说啥？我和你离婚，扯啥别人？她说我不管你那些烂事，我只告诉你一点，离婚，门儿都没有。白长山说那我就上法院，让法院来判。王玉菊将手里的碗往地下猛一掼，咣的一声，碗碎成许多块。她说上法院咋的啦？上法院我也只有一句话，我不同意。

两人在厨房里吵了起来，声音越来越大。两个女儿吓坏了，跑到门口，抱着门框哭了起来。两个大人吵得起劲，哪里顾得上她们？父母吵的声音越大，孩子哭的声音也随之加倍。一时间大人吵孩子哭，鸡飞狗跳。

白长山也不吃了也不洗了，继续回到床上睡觉。他对自己说，所有一切都不要想了，明天再说吧。时隔未久，醒了过来。不是自然醒的，而是被她弄醒的。他醒过来之后，发现她骑在自己身上。他压低声音问，你干啥？她说，你是我老公，你说我干啥？他猛地将她掀开，爬起来。她说，你咋啦，想留给那个狐狸精？我就不让你得逞。说着爬起来，又要弄。他翻身下了床，披了件衣服向外走。

王玉菊说，你真要闹咋的？白长山说，我不想闹，我只要两个字：离婚。说过之后，走出家门。外面月朗星稀，天高地远，街上寂静无声，只有些老鼠奔来跑去，偶尔可以见到野猫乱蹿。他低着头往前走，整个世界似乎只有他的影子和他的脚步声，远处不时会传来几声狗叫。冷不防从旁边的巷子里冲出两个人，他吓了一大跳，再一看，是两个戴袖标的，手里拿着电筒，不断往他脸上照，面貌凶神恶煞一般。看情形，把他当成阶级敌人了，恨不能把他的祖宗八代都挖出来。他不得不解释，我真的不是阶级敌人，相反，我是革命干部，退伍军人。治安员说，你既然是革命干部，为啥这么晚还在外面？白长山沮丧地说，有啥办法？和老婆吵架，被赶出来了。年纪大的那个说，看你的样子也不像坏人。去吧。两口子吵架，床头吵床尾和，没啥。

第二天，白长山去法院申请离婚。接待他的那名女法官面无表情，问他，过得好好的，咋就不想过了？有第三者？他说没有。女法官说，那为啥？他说，感情不和。女法官说，啥感情和不和的？孩子都俩了，没感情孩子咋来的？白长山苦笑，有孩子就有感情？这算啥逻辑？女法官见他不言语，又问，她知道吗？她是啥意见？他说她不同意。女法官说，哎呀，那可麻烦。她说按照有关规定，如果夫妻一方不同意离婚，说明这段感情还没有完全破裂，有挽回的希望。他问，那要怎样才算是感情完全破裂？她说，有一个时间上的规定，如果分居三年，就判离。白长山哦了一声，说三年就三年，我现在就登记着。女法官给他登记，向他要单位证明。他愣住了，说，这种事是个人的私事，还要单位证明的？女法官说，你结婚的时候，不是单位证明过的？离婚当然也要。

单位证明不难，他本人是车队书记兼队长，单位的公章在他手中。他回到车队，将证明开了，又返回法院，算是立了案子。

离婚大战的大幕，正式拉开了。

12　长江是苦的，黄河也是苦的

白长山躺在房间里听收音机。

收音机里传来的消息激动人心，全国各地都在"大跃进放卫星"。河北某个县某个公社开展科技养猪竞赛，一大队用科技配种，让母猪一年生两胎，每头母猪平均年产猪仔十二头。产仔量比过去土法提高了百分之二百五十。三大队利用科学配食，大大提高了肉猪的成长速度。过去一头成猪的成长周期需要一年，现在仅仅八个月，就全部超过了二百斤。安徽某公社某大队大力发展科学养牛，采取人工受精方法获得成功，使得一头母牛一胎产下五头小牛犊。福建某县土法上马，大炼钢铁，形成了"村村有高炉，人人勇争先"的局面，目前全县人均产铁量五百斤。他们有信心在年内达到人均炼钢一吨的好成绩。

这些消息让白长山心中更加烦躁不安。全国都在大干快上，自己呢？因为这桩离婚案闹得心神不宁，干什么都缺情少趣。

他的离婚案立案已经几个月了，法院也要"大跃进"，完全顾不上他们，只是将两人叫去调解了一次。王玉菊态度非常坚决，除非她死了，否则，她绝对不同意离婚。白长山的态度同样坚决，就算拿枪顶着他的脑袋，他也不会再走进那个家了。不走进那个家，就得有住处，好在他有一个战友转业后被安置在房管局当科长，悄悄地将一间公房的钥匙给了他。

从那以后已经两个月过去了，王玉菊那方面，竟然没有丝毫动静。凭他在战场驰骋多年的经验，平静只是相对的，不平静才是绝对的，平静的背后，往往孕育着更大的波澜。白长山担心的不是更严峻的战斗，而是不明白最激烈的战斗会在哪一个位置展开。找不到敌人的攻击点，就只能被动应战。尤其可怕的是，任何人都有弱点，他的最大弱点在情感走向。她的攻击点如果选在这里，他就可能一败涂地。

呆在家里心烦，他干脆翻身下床，关了收音机，向外走去。

外面月色皎洁，城市里一夜之间，竖起了无数的高炉，每一只炉子都在冒烟。每一座高炉的旁边，都有许多的人影晃动，热火朝天。白长山想到，汽车队的那座高炉已经炼了好多天了，因为全国大炼钢铁，煤不够用，将几乎所有能烧的木材全都用上了，汽车队已经没有多少可烧的东西。这样下去显然不行，得想办法搞一车煤回来。

炼钢炉在停车场的一角，高高地耸起，有两层楼高。不远处搭建了临时工棚，那是给炼钢工人休息的。炼钢需要三班倒，每时每刻不离人。车队所有成员都排出了上班时间表，正常的业务反倒是被搁置起来，除非紧急任务，否则很少出车了，上级也不催他们，倒是催他们炼钢的进度。

白长山走到高炉前，这里有四个职工在看火。因为用的是木材而不是煤炭，燃烧时间短，常常需要往炉膛里加柴，因此，他们连打盹的机会都不能有。他们坐在炉膛前喝酒，抽烟，聊天，见到白长山，连忙让给他一个位置，将酒瓶递给他。他接过来，喝了一口，伸手抓起几颗花生米，扔进嘴里嚼得咯咯响。

白长山说，没啥事儿吧？几个人说没事，能有啥事儿？白长山说，这是大事儿，上面紧催着呢，你们哥儿几个盯着点儿。其中有一个年纪稍大的说，白书记，我有句话不知当说不当说。白长山说有话你只管说。同事说，我有一个亲戚是钢厂的。我听他说过，炼钢的温度要几千度。咱们用木材烧，根本达不到。白长山一听有些急，说不会吧，上面说可以用木材呀。同事说，他问过亲戚，说是肯定不成，一定要用煤，否则温度达不到。白长山说，煤现在很紧张，全国都紧张。他正考虑想办法。

301

第二天上班第一件事，给大同的一个战友打电话。这个战友原本是大同人，海南战役之后，坚决要求转业回家，在那里当上了科长。白长山说想弄点煤，战友说，今年就是煤最紧张了，大同煤矿加大了开采量，还是供不应求。现在全国各地都来要煤，计划都已经排到明年了。矿里的干部，手上也没有煤可批。白长山说了半天，他答应想想办法。下午，战友主动给他打来电话，说是给他弄了十吨。

他将此事告诉局党委书记，书记说，你有这样的关系，咋不早说？去，带五台车去，你亲自去，争取多拉一些回来。从白河去山西大同拉几车煤，仅运费就大大超过炼出的那点钢。但炼钢是政治，不能考虑经济账。白长山到了大同之后，先将那十吨煤拉了回来，另外几辆车等在煤矿，他本人也只好留下来。为了政治不能计经济，更不能计时间，这一等就等了半个月，加上路途时间，来去整整花了一个月。

这次，白长山犯了一个关键性错误。此前一天，他刚刚接到过一封方子衿的来信，同时给她回了一封信。后来，匆匆上路，没时间告诉她自己出差了，不要往单位写信，同时，他也没想到这些信会出现什么麻烦。可他哪里料到，王玉菊早已在他身边布下了一张网搜集有关他的信息。王玉菊这样做的目的，只是想找出那个想抢走自己老公的女人，她坚信有这样一个女人存在。这件事持续了一段时间，从各方面反馈的消息来看，白长山在白河没别的女人，他的生活一直都很正常。正当王玉菊考虑自己是否该放弃搜集这方面的消息时，车队负责看门的一位老师傅交给她一些白长山的信件。

看看这些信，哥呀妹的，叫得让人酸掉牙。最初看到信的时候，她气得全身发抖，想将这些信撕得粉碎，冷静下来之后，立即想到，这些信对保护自己的婚姻或许有用。他不是要离婚吗？好，有这些东西在手，看他怎么离。她想，就算是毁了他，也不能让那个女人得到他。

拿着这些信，她去了市妇联。妇联是一个庞大的组织，职责就是为女人撑腰。接待她的那个妇联副主任，个头比她还大一半，往人前一站，像座山似的。她拍了拍王玉菊的肩说，你放心，你是咱的阶级姐妹，咱不帮你谁帮你？对了，你叫啥？好，好，你的事我知道了。你放心回去吧，我

302

们妇联就是你的娘家人，我们会给你撑腰的。接着，女主任送她离开，分别握手时，她十分热情，那只大手差不多要将王玉菊的手捏碎。王玉菊当时就想，自己真不该来这里，看来她们完全不准备帮自己。可她没料到，妇联还真是雷厉风行，第二天派人去法院了解情况，第三天到了商业局。

白长山回到汽车队，发现家里的一切全都变了，他原来的副手被任命为队长，又从局其他单位调了一个书记来。白长山立即开着汽车到了商业局大楼，找到党委书记，问他这到底是怎么回事。书记淡淡地说，没办法，我们也不想这样。可是市妇联强烈要求我们对你进行处理。白长山立即跳了起来，市妇联？市妇联与我有啥关系？书记说，是与你没有关系，可和你老婆有关系呀。书记说过之后，将一份组织决定递给他，说你看看吧，这是组织决定，停职反省，以观后效。

他明白事情出在离婚案上，当即对书记表态说，就算开除我，我也要离婚。

书记说，你小子犯浑呀。书记用手指头在面前的桌子上敲了几下，口气严厉地说，你以汽车队党支部的名义给法院开介绍信，你知道这是啥性质的问题吗？你自己是一个已婚男人，却和一个女人保持了几年暧昧关系，你说这是啥性质的问题？长山，你糊涂呀，你是党员干部，党培养你多年，又在军队这所熔炉里锻炼多年，组织上一直认为你是一棵好苗子，你怎么能自毁长城呢？你好好想想吧。

说是停职反省，其实也没有停职，车队将他安排在炼钢炉前烧火。后来，局里又将他派到大同去搞煤。最令他不能忍受的是，组织上要求他每个星期写一份思想汇报。他想，如果同意让他离婚，就算不要这个工作了，他当农民都愿意。问题是，检查还要没完没了地写，离婚大战似乎还要没完没了地打下去。

在大同，他一封又一封地给方子衿写信，将自己心里的痛苦和挣扎告诉她。除了她，他没有人可以倾诉，这个世界再没有第二个人能够理解他。

读着这些信，看着门前一片片落叶，方子衿感到从未有过的寒意。秋天又一次来临了，人生的一个又一个秋天。叶子绿了又黄，日子如同落叶，一片片飘零。只有心永远这么悬着，飘着，就像是一艘漂泊在大海中的小船，目光所及，到处都是巨浪，无边无际，没完没了，一波紧接着一波。希望一次又一次在明媚的月夜里升起，一次又一次在炙热的阳光下幻灭。看着窗外落叶飘零，她才突然想起，自己应该去看一看陆秋生。已经一年了，整整一年了，她没有再收到他的来信，甚至连消息都没有。她给他写过几次信，可连一片纸都没有回复。或许，他已经结婚了吧？因为结婚了，才不再和自己联系？就算是结婚了，自己也应该去看一看，如果见他生活得很好很幸福，她这颗心，也会安宁一些。

国庆节有一天假，将前后两个星期天移过来，就有了三天。而国庆节后的一整天，她没课，恰好有四天的空闲。她让保姆看家，自己带着梦白，登上了前往红川的汽车。

找到市教育局时已经是中午，因为放假，院子里没几个人。方子衿问门房的师傅，师傅看了她半天，问她和陆秋生的关系，她说，我是他妹。门房师傅有点将信将疑，见她是一个很有风度的女人，又抱着个孩子，递给她一个本子让她登记，然后告诉他，大院后面有几间平房，陆秋生就住在那里，在门前喊一声，他准能听到。

方子衿一直走到院墙的最后面，抬头一看，靠院墙确实建了几间房子，可那算什么房子？完全是临时搭建的棚户，用一些碎砖头砌成的，又矮又破。房子一共有三间，两间的门板窗户用木条封死了，只有其中一间安了一些破玻璃，仍然还是缺了几块。门前是厚厚的落叶，似乎很久没人来过。她愣了一下，觉得门房师傅肯定说错了，陆秋生是第一副局长，怎么可能住在这种地方？这里似乎根本没有住人嘛。她正准备转身找人再问问，却看到面前的那间房里有烟冒出来。她想，有烟就有人，过去问一问也好。

站在门口往里看，里面光线很暗。一扇破门里面，只有十来平米的空间，散乱地摆了几张用木板和树墩钉成的凳子，一张木板钉四根柱子拼成的桌子，其中的一根柱子已经断了，用布缠着，像打上去的绑腿。房间的一角，摆了一张床。所谓的床，只不过两条木凳上架了一块木板，上面胡乱扔着一床很黑的床单。再靠里面，有一个人背对着门在锅里炒菜，看那身又脏又破的工作服,像是院子里打扫卫生的。

"同志,请问……"方子衿问字后面的话没有说出来,整个人就愣在了那里。

面前的男人转过身来,惊讶地看着外面的方子衿。光线虽然暗,方子衿还是看清了他,正是陆秋生。才一年不见,他似乎突然老了很多,一头黑发变灰了,胡子长长的,又脏又乱,他的嘴里叼着一支手卷的烟,胡子上粘着几根烟丝,还有点白白的东西,看上去,像是唾沫。他不经意地转过身,看清站在外面的是方子衿时,本能地缩了缩身子,似乎想逃走。可是,这空间太小了,无处可逃,他只好站在那里,脸是死一般的苍白。

"哥,你……"她说不出话来,眼泪夺眶而出。

"我不是你哥,你走吧。"他惊悟过来,态度蛮横地说。

方子衿不理他,一步跨了进去,在他的床上坐下来。怀里的梦白瞪大一双漂亮的眼睛看了看陆秋生,又恐惧地转过头来看母亲。陆秋生大声地叫道,我叫你走,你听到了没?梦白被他的大叫吓坏了,嘴瘪了瘪,哇的一声哭起来。方子衿哄着女儿说,别哭白白,别怕,他是你舅。又对陆秋生说,你叫么事?吓坏孩子了。

陆秋生将手中的锅铲放在锅上,就地蹲下来,在身上摸了半天,摸出两个烟头,又伸手到另一只口袋里摸,摸出一张小纸片。他将纸片放在手掌上,再将两个烟头掐碎,掐出烟丝,小心地将烟丝拨匀,把纸片卷在一起,将纸片的一角置于舌上舔舔湿,粘成一支烟。他顺手拿起一根小树枝,伸进炉膛里,不一会儿将树枝拿出来,点着烟,猛地吸了几口。你来做么事?你为么事要来?他说。

方子衿说,这到底是么回事?你不是当副局长吗?怎么这样了?他说,当副局长是一年前的事了,现在他是右派。方子衿惊问,右派?你么样也成了右派?陆秋生说,你回去吧,别连累了你和孩子。她觉得心里很苦,想哭。别人她不了解,陆秋生她是了解的,他怎么可能是右派?如果说,这个世界上只剩下一个革命者,那可能不是他,但如果世界上只剩下十个革命者,肯定有一个就是他。他怎么可能反党?方子衿一定要他说是怎样成为右派的。他被逼不过,只好告诉她。大鸣大放的时候,他给省委写了一封信，反映文大姐包庇胡之彦、打击余珊瑶等问题。陆秋生说，胡之彦原本应该判至少七年的，可不知为什么，文大姐出面替他说情，结果只判了三年，进去后又减了一次刑，马上就要出来了。反右运动刚刚开始，文大姐就给医学院打招呼，要把余珊瑶划为极右。结果，余珊瑶成了医学院第一个被批斗的右派。除了这些之外，还有其他一些事，比如她在省里培植个人势力，工作上瞎指挥给党和人民造成很大损失等等。

陆秋生还没有说完，方子衿就在心里长长地叹息一声。说到底，他的这个右派，原本该属于她的。

方子衿将梦白放在床上，转身开始收拾这间房子。除了床上的床单可以叠一叠，这房子实在没什么好收拾的。过了半天，陆秋生才惊醒过来，对她说，你这是做么事？带着孩子快走，快离开这里。方子衿说，我不走了，我已经决定了。

"你疯啦？"他说。

"我没疯，我从来没有现在清醒。"

陆秋生说："你和赵文恭离婚，不就是为了孩子有个好前途吗？"

方子衿停下来，认真地看着他。"你晓得我和他离婚了，说明你一直在关心我，是不是？"

陆秋生低下头来，不语。

她说："我和他离婚，与他是不是右派没有关系。如果我爱他，不管他是左派还是右派，我都不会离开他。"

"可你也不爱我。"陆秋生说过之后，抬头看她，眼中满含着期待。

方子衿想，爱？不爱？如果说不爱，这一年多来，她一直在期待他的消息，当时以为他找到了心爱的女人，已经结婚了。那时，她心中不是有那么一丝惆怅一丝苦涩吗？如果不是爱，那种酸酸涩涩的感觉是什么？在这个悲情的秋天，自己为什么会生出强烈念头，一定要来看一看他？这难道不是一种爱的指引？当看到他并非结婚，而且因为命运的捉弄，成了另一个人时，自己的心为什么会那么那么疼痛？自己为什么会情不自禁地想到要和他结婚，要和他相守一生一世？然而，如果说这是爱，那么，白长山呢？

想到白长山，她的全身都软了。是的，她爱的是白长山。他正在努力离婚。

因为这份爱太苦了，苦得她无力承受，因此才想到第二次逃离？

陆秋生说："我听说，白长山在办离婚，真的？"

她点了点头。

他说："是不是遇到了很大阻力？"

她再次点了点头。

他停了片刻，下了决心，说："是不是心里很苦，想从中逃离出来，才想随便找个人把自己嫁了算了？"

她的心事被他说中了。突然之间，她觉得自己就要崩溃了一般，浑身上下，连一点力气都没有了。她伸出手，扶着他的床，慢慢坐下来。梦白一岁多了，还不会走路，在床上乱爬，一遍又一遍地叫着妈妈。这是她目前会说的唯一一句话。她爬到母亲身边，抱着母亲一遍又一遍地叫。方子衿连应答的力气都没有。

陆秋生说："上次，你也是在这种心态下嫁给赵文恭的，对不对？你已经错过一次了。同样的错误，你难道还要重复一次？"

她很想对他大声地说，我想再重复一次吗？我想过得这样悲惨吗？这是我的错吗？我不想得到幸福吗？我不期望美好的爱情吗？可是，这个世界偏偏要和我作对，要让我和心爱的人永远分开，我能有什么办法？她肚子里全都是苦水，倾泻到长江，长江是苦的，倾倒进黄河，黄河是苦的。可是，她哪里都不能倒，她只能深深地埋在心里，让它在心里腐烂，在心里苦着自己。

方子衿猛地抱起女儿，一句话不说，向外走去。

到了车站一问，今天最后一班车刚刚开走了。抱着女儿站在候车室中间，看着形形色色的人来来往往，真想找个地方痛哭一场。车站十分简陋，四周的窗子全都破了，秋风吹动着那些被偷走了风钩的木窗，哐啷哐啷地响。她想到了当初和医疗队一起下乡，在恒兴码头等船。那或许就是自己人生的开始？想想那时候，真是意气风发。同时也想到了逃离恒兴到宁昌，那是她一生中最远的一次旅行。转眼已经七八年过去了,人家说,大道越走越光明。可她不明白,自己的人生道路,为什么会走得这样艰难?

当然不能在这里停留,她得找地方住下来。上次送陆秋生来的时候,她在教育局招待所住过一晚。她抱着孩子又一次回到教育局,对看门的人说要去住招待所。看门的女人说,有局长的批条吗?有的话,我这里有钥匙,我给你开门。方子衿说,还要局长批条?女人说不要批条谁给你住?你住国营旅社去吧。方子衿问,哪里有国营旅社?女人向左边指了指,说你往那边走,红旗商店旁边有一家。她抱着孩子问着向前走,总算是找到一家旅社。旅社门前摆着一张桌子,桌子后面坐着两个年轻女人,正紧一句慢一句说着话。方子衿说,同志,我住旅社。其中一个年轻女人也不说话,只是伸出一只手。方子衿掏出工作证递过去,女人接到手中,认真看着,同时将另一只手伸出来。她不解,问还要什么?女人说,介绍信呀,你的介绍信拿出来。方子衿说,我是来走亲戚的,没有介绍信。那个女人随即将她的工作证往桌子上一扔,说没介绍信我们不能接待。

她只想着来了这里,陆秋生可以替自己解决一切,将介绍信这件关键的事给疏忽了。她想,这么大个红川市,总会有地方不需要介绍信吧。她走出门,站在红川大道上,看着面前人来车往,心中有一种说不出的苦。这样呆着不行,还得找下去,她只需要对方给自己一张床,就算是价格再高,她都无所谓了。早晨出门时吃的一餐饭,现在已经十几个小时过去了,肚子里一点东西都没有,饿得她两眼发花,整个人精疲力竭。可她不能停下,还得继续往前走。

不知走了多少路,也记不清问了多少家。感觉上,她已经走遍了整个红川市。以前她从来没有注意过,一个城市里,旅社竟然是如此之少,而且,几乎所有的旅社,没有介绍信,全都不接待客人。那些服务员非常有原则,无论她怎样乞求,人家都是公事公办,半点都不肯通融。

女儿在下车之前吃过一些零食,现在也已经饿了,在她的怀里大哭。她想,算了,大概是无法找到了,还是先找个地方吃点东西,然后回到车站去呆一个晚上吧。她走到外面街上,在一间餐馆坐下来。幸好吃饭不需要介绍信,她要了两碗面,一碗素的一碗荤的。素的一碗自己吃,荤的自然是女儿的。两个人都饿了，女儿将一碗吃下去一大半。她吃完了自己一碗，肚子还是饿的，又将女儿剩下的吃完，同样不觉得饱。不饱也没办法了，这年头，能省就得省。

吃完东西，抱着孩子回到车站，一眼就看到陆秋生在候车室内没头苍蝇一般乱蹿。他看到方子衿，立即狂奔过来，说你们去哪里了？我都快急疯了。方子衿冷冷地说，你来做么事？不怕我又犯一次错误？陆秋生说，么事都莫讲了，先找地方吃饭去。说着，他上前去抱她的孩子。梦白认生，一般不让陌生人抱。方子衿见他的手伸过来，不好对他解释，就想让开。她摆动身子，反倒带动了他。他身体向前一步，手碰到了她的乳房。她似乎一下子被点燃了，心开始狂跳，脸上像是有千万把细刀子割一般，火辣辣的疼。那一瞬间，她的整个身子软了下来，双腿几乎无法支撑全身的重量。她已经没有力气抱住女儿，只得松开了手。

被陆秋生抱在怀里的梦白惊恐地大哭。陆秋生不理她，接过方子衿手中的包，向外走去。方子衿稳定了一下心神，疾步跟出去，对他说，这孩子认生，给我吧。她伸手去接，梦白迅速往她身上扑。为了不让他碰到自己的身体，她尽可能只是夹着女儿的两腋，几乎是从他怀中将女儿抽了出来。即使如此，他的手还是不经意地从她的胸前和手臂间划过，碰了一下她的衣服，她顿时有一种闪电灼过的感觉。

因为她们已经吃过晚餐，他直接领她们回了他的住处。他对她说，你们就睡这里吧。条件很差，总比睡在车站里好。方子衿见他准备往外走，问他去哪里，他说去找朋友挤一个晚上。走到门口，方子衿终于鼓起勇气叫了他一声。陆秋生停下来，以背脊对着她。她看不到他的脸，却能感受到，他的身体在微微抖动。

他说："有事？"

她犹豫片刻，说："算了，别麻烦人家了。"

他站在那里，一动不动。他的身体原本就瘦小，却也差不多把门给堵严了。室内的光线，透过他的身体和门之间的空隙，射到外面，将影子拉得很长。

她说："我和梦白需要你。"

他仍然不说话。外面秋风瑟瑟,树叶沙沙地翻卷着。她站在他的后面,不再说话,等待他转过身来拥抱自己。他终于动了,不是转身返回,而是抬起脚向前走去。脚步踩踏着落叶的声音,一路渐行渐远。方子衿的眼泪,夺眶而出。

　　晚上躺在床上,身体虽然没动,脑子却在翻江倒海。梦白这一天大概折腾得够呛,上床就睡着了。方子衿又一次闻到了那熟悉的味道,那是陆秋生身上特有的味道。她第一次闻到这种味道是在恒兴陆秋生的宿舍,那一晚她没有睡好觉,这种味道熏得她恶心想呕。时隔几年,又一次闻到这种熟悉的味道,感觉竟然完全不一样,她甚至觉得这种皮屑味裹挟着的汗液味之中,有一种汩汩而来的馨香。这种馨香像是无数的虫子,在她仍然细腻而且感性的皮肤上爬行,寻找着她那白色的纤细的绒毛,像一只只小兔子在茂密的红树林间玩耍跳跃追逐,然后一个个钻进树根下的小洞,开始一次激动人心的旅行。

　　这些小兔子在她的体内掀起了一场暴风骤雨式的革命。她从来没有意识到,自己的体内潜伏着如此多的阶级敌人,这些阶级敌人全都被兔子赶出来了,在她的体内进行着最彻底最疯狂的大破坏。她已经不能控制自己的身体。这具令她常常生出厌恶的躯体,此刻经历着最惨烈的反叛,战火迅速弥漫着,火焰噼噼啪啪舔舐着,摇曳生姿。

　　她憎恶这具肉身,它常常充满了反叛,革命一场比一场激昂惨烈。她挣扎着和这场血雨腥风的反革命暴乱战斗,疯狂的镇压,令她精疲力竭,苦不堪言。泪水弥漫而出,恣意纵横,荡涤着她生命最深沉的苦痛。

　　漫漫长夜,何时是黎明?苦海无边,哪里有沙岸呀。

图书在版编目（CIP）数据

爱情万岁.上 / 黄晓阳 著. —重庆：
重庆出版社，2012.11
ISBN 978-7-229-05895-1

Ⅰ.①爱… Ⅱ.①黄… Ⅲ.①长篇小说—中国—当代
Ⅳ.①I247.5

中国版本图书馆CIP数据核字（2012）第269720号

爱情万岁（上）
AIQING WANSUI（SHANG）
黄晓阳 著

出 版 人：罗小卫
策　　划：华章同人
出版统筹：陈建军
特约策划：欧阳勇富
责任编辑：舒晓云
营销编辑：张　颖
责任印制：杨　宁
封面设计：门乃婷工作室

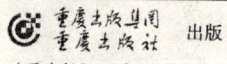

重庆出版集团
重庆出版社 出版
（重庆长江二路205号）

投稿邮箱：bjhztr@vip.163.com
三河九洲财鑫印刷有限公司　印刷
重庆出版集团图书发行有限公司　发行
邮购电话：010-85869375/76/77转810
重庆出版社天猫旗舰店
cqcbs.tmall.com
全国新华书店经销

开本：787mm×1092mm　1/16　印张：20　字数：283千
2012年12月第1版　2012年12月第1次印刷
定价：35.00元

如有印装质量问题，请致电023-68706683

版权所有，侵权必究